晚清文史叢刊　*1*

晚清報刊、性別與文化轉型

——夏曉虹選集

呂文翠　選編

人間出版社

目錄

三、清末報刊

四、晚清文學與文化

五、遊記與憶語

深閎‧精到‧樸茂

夏曉虹的晚清文史研究（代序）

呂文翠

　　北京大學教授夏曉虹的晚清文史研究，既有宏大的格局，且於研究對象精細深到，樸實的文字不掩繁茂的風致，可謂碩果累累。

　　2002 年秋冬之際在台灣初識夏曉虹教授，迄今整十年了。又是楓紅映空的深秋時節，此刻我已在美東哈佛大學東亞系訪學。透過網際網路，魚雁往返於北京、台北與波士頓，編成夏老師在台灣出版的第一本文集，將在呂正惠教授所主持的人間出版社出版，委實令人歡喜。何其有幸，能參與此書編選過程，並受夏先生、呂先生所囑，為此書撰寫序言。於茲側記學界盛事，更兼回顧自身進入晚清研究十多年來的點點滴滴，饒具別樣意義。

　　該書緣起於 2011 年秋天。透過國科會的資助，我終於一償夙願，邀請到近代文學研究大家夏曉虹教授到我任教的中央大學中文系來講學。雖因夏老師無法離開她所執教的北京大學太久，僅在台不到一個月，已經讓我喜出望外。夏先生在台數次的演講集中於梁啟超與女報的研究，且與台灣學界研究晚清報刊及近代文學文化的學者與學生近距離交流，師生均受益匪淺，可嘆光陰短暫，未免有不能一窺全豹之憾。

　　這些年我也開設近代小說與報刊研究的課程，為寫課程講義，我經常勉力扛鼎般地從自家書房把夏先生的眾多論著

搬到學校研究室，擇其精要文章，讓助理一一掃描製作成電子文檔，安插在課程中作為授課時細部討論的教材。然數次效法陶侃搬磚，終不免掛一漏萬。我胸中久已醞釀要編一本夏先生文集作為晚清報刊與近代文學課程教材的想法，因去年夏先生來台講學的觸動，再次盤桓於心。

然此念付諸實踐，仍得歸功於呂正惠先生。即將結束在台講學的前夕，呂先生邀夏先生到府上歡聚暢談，也順道參觀了他所主持的人間出版社。當天呂先生向夏先生提議在台灣出版她的文集，由人間出版社發行。此議恰與心中所藏之念不謀而合，我自然在一旁猛敲邊鼓。夏先生當時仍有猶豫，幸而幾天後慨允，且認為從後學如我的觀點來編選文集，或許會對台灣的年輕研究者更有幫助。

2011年1月夏先生的「自選集」《燕園學文錄》輯選其眾多著作精華三十篇在大陸出版，除逐一在文章篇首道出撰作文章的時代氛圍與個人心影外，更有卻顧所來徑，反省自身學術生涯與時代脈動對話的多重意涵。該書為上海復旦大學出版社策劃的「三十年集」系列之一，叢書作者均為目前活躍在大陸學界的中堅學者，他們多數為1977年恢復高考始進入大學就讀，且逐漸卓然成家的重量級知識分子。若將此書移在台灣出版，頂多將簡體文字轉成繁體即可付印，用不著再花費心思編輯選錄。但那是在大陸特有的社會文化語境中的產物，未必全然契合台灣讀者的需求。夏先生捨近求遠，將重新編選文集的主導權交與我，除了體現其一貫的謙遜和不願自我重複的謹嚴品格而外，將這獻給台灣讀者的第一部論著與《燕園學文錄》的性質有所區隔，當是首要的考量。

一旦體察到夏先生的深意，我即放棄了編選文集作為授課教材之「私心自用」初衷。我向來自詡夏老師的忠實讀者，此時亦不敢大意，唯恐個人視野有所侷限而遺漏，隨即赴各大圖書館與台北的大陸書專賣店，蒐集在台灣可以尋到的所有夏先生的論著，加上手邊藏書，逐一重新檢讀。雖終不免限於一隅，但統攝在五大主題——「閱讀梁啟超」、「近代婦女」、「清末報刊」、「晚清文學與文化」、「遊記與憶語」

——的二十篇文章，確為我心目中最能呈現夏先生文史交融的治學思路與獨特學術魅力的精品。

第一大主題當然要從夏先生的當行本色「梁啟超研究」著手。夏先生身為知名學者、北京大學季鎮淮教授的關門弟子，1984 年碩士學位論文以《梁啟超的「文界革命」論與「新文體」》命題，與梁啟超的不解之緣迄今將歷三十寒暑。她自謂平生撰寫的第一部學術專著就是梁啟超研究（即 1991 年出版的《覺世與傳世——梁啟超的文學道路》），嗣後又有另一部《閱讀梁啟超》的評論專書出版；或導讀、編輯，或校閱與注解的《梁啟超文選》、《梁啟超學術文化隨筆》、《中國現代學術經典叢書：梁啟超卷》、《學者追憶叢書：追憶梁啟超》、《大家國學‧梁啟超》、《〈飲冰室合集〉集外文》……，都說明了梁啟超不只是夏先生付出最多的歷史人物，更是奠定她學術成就的核心基石。

本書僅抽繹《覺世與傳世——梁啟超的文學道路》一章〈梁啟超與日本明治小說〉編入，俾讀者管窺奧妙。該文固然還是著手於梁任公將傳統觀念的末技小道「小說」文類一舉推到文學殿堂的前台，對近代文學改良運動的巨大貢獻之學界定論，可是更窮根究柢，緊追梁啟超啟動的「新小說」與「小說界革命」風潮的日本影響之線索，自其翻譯或撰寫小說的東瀛資源，深入剖析泰西文明與東亞文化的融接對話過程。在此視野下重新審視梁公的「新小說」觀，衡史論文，自然別開新境，更難得的是展現了超越學科藩籬、跳出學術窠臼的寬宏氣度。

1980 年代中期後逐漸關注明治文化的日本學界，1990 年代也將夏先生探討晚清文化的論著譯為日文（《纏足をほどいた女たち》〔意即：放足的婦女們〕，為《晚清文人婦女觀》日文版），得其啟發後，紛紛投入研究，並開始從諸多面相探討梁啟超在日長達十四年期間受到的明治影響，均可見夏先生著作在東亞國際學術交流上引發的廣泛迴響。

另外三篇儘管焦點互異，率皆秉持深閎視域，從「文類概念」與

「學術史」著作評析梁任公因時代推移而靈活變通的文史新詮。少有人細心追究的任公與小說家吳趼人之互動，在夏先生爬梳史料、縝密推敲與重建時空語境的過程中，逐漸浮出清晰輪廓。如〈梁啟超的文類概念辨析〉文末的總結，便扼要概括了梁氏文學觀念以五四為分水嶺，從早期的功能論，到晚期注重陶冶美感的轉折變化：

> 借助文類辨析，透視梁啟超文學觀念的演變，而上述梁氏對於文類的離合、重組，以及等級的升降種種剖析，最終也都指向了其從偏向文學功能到注重文學美感的理念轉化。晚清時期，梁氏將小說尊為最上乘的文學，導致戲曲裏挾詩歌，一併列入小說的門牆；五四以後，情形迥異，戲曲不但與詩歌結盟，將小說擠出「好文學」之列，而且，經由韻文的導引，文章中「美術性」最強的抒情文也投奔詩歌，因而造就了詩歌「一覽眾山小」的獨大局面，並獨享了「美文」的榮名。其間，梁啟超雖於文學版圖分割屢屢變異，但在變動之中，仍暗合了時代的思潮。

於此可見，固然夏先生擅於從雜亂紛陳的文史材料中條分縷析，理出主從脈絡，可她更感興趣的，毋寧是觀察研究客體怎麼隨時代變遷而有觀念的推移嬗遞，又將如何調停理想信念與行為實踐間的矛盾衝突？她曾道，梁之「屢變」、「善變」，使「他文學創作研究也呈現出極不穩定狀態，而這正好是處在傳統與現代之間的近代文學的典型形態」（《覺世與傳世》後記，上海人民出版社1991年版，頁289）。其致力於追蹤晚清人物思想之幽微異變軌跡，也讓近代中國變亂紛陳的文化現象、未能定型的社會樣貌無所遁形，歷歷顯相現身。

「但開風氣不為師」的梁啟超名滿天下，文滿天下，多半還是緣於他創辦主持過眾多報刊，透過大眾傳媒鼓吹啟蒙思潮而深入人心所致。因此，夏先生另一獨門功夫便是博覽晚清報紙，精熟近代文學刊物。選

在本書第三個主題的「清末報刊」相關論述，可說是我投入近代報刊與報人研究後，未嘗離身的案頭讀物，囿於篇幅，也只能擇其精要選出四篇。〈晚清上海賽馬軼話〉看似以西人賽馬一事為論述核心，但從《申報》創刊號的頭版文章發端，細數《新聞報》、旅滬指南書或文人筆記《滬游雜記》、《淞南夢影錄》、《滬游夢影》等；甚至更早由傳教士創辦的《教會公報》上以賽馬為主題的詩文，逐一剖析，重建百年前的文化氛圍之餘，更與今日社會情境對話。

值得稱道的是，賽馬一文與歸在本書「晚清文學與文化」主題的〈上海旅遊指南溯源〉、〈車利尼馬戲班滬上尋蹤〉實可視為研究晚清前期「海派文學」與報刊文化的鼎足之作。三文異曲而同工，從種類繁多的通俗書籍、報紙或雜誌的梳理中，重新構建滬城前世今生的發展軌跡；今日學界蔚為風潮，喜從物質文化史的角度探尋「事物原始」之來龍去脈者，更可在這當中得到滿足。文章筆調看似談閒話逸，但實際操作起來，箇中甘苦惟有實際查閱過浩若煙海的報紙文獻研究者，方能體會其中一二。

誠如夏先生〈晚清報紙的魅力〉所言，該文篇幅雖短，卻精要地道出了從事晚清報紙研究不容取代的獨特價值：

> 史料價值高的根源在於保留了社會情狀的原生態，這也是我最看重的晚清報紙的品格。那本是一個新舊紛呈、光怪陸離的時代，其可一不再的不可複製，已足令人神往。而無論是由於清廷的失去控制能力，抑或緣於報界的敢言無忌，總之，晚清社會的基本信息確實完好地保存在當年的報紙中。要想穿越時間隧道，擁有「回到現場」的準確感覺與裁斷，讀報紙顯然是上選。對於晚清而言，尤其如此。

閱讀舊報紙確為貼近社會情狀原生態的不二選擇，但卻不是人人能耐得

住的寂苦。故與其讚嘆夏先生擅於在故紙堆中披沙揀金，不如説，嚐盡獨坐冷板凳的滋味，數十年猶堅持不懈，將披閲一手材料視為研究過程中最為基礎、不能省略的首要步驟之過人毅力，才是夏先生最不可及之處。

〈作為書面語的晚清報刊白話文〉一文觸及白話文運動前史的追根溯源，在別人可能因不熟悉報刊文獻而往往含糊以對，夏先生恰可在此處大顯身手，帶領讀者穿越時空，設身處地體會晚清時期種種運動口號與文學主張在踐行之際遭遇的難題：

> 在以官話為標準的白話文書寫理念引導下，生活在北方話之外的方言區作者的情況便值得格外關注。如黃遵憲為客家人，所用日常口語為粵東客家話；裘廷梁籍貫無錫，屬於吳語方言區；梁啟超則為廣東新會人，正處於粵語區內。自然，出於科考、仕宦等緣由，必須奔走在外的士人也一定要學説官話。但對於非北方話地區出身的讀書人來説，先入為主的方言總是會成為日後斷續習得的官話的羈絆，與北方話音韻、詞彙差別越大的地區，官話越難寫得順暢。

出於女性學者的細膩敏感，考慮到廣闊的中國大地南腔北調的方言，便能使讀者對「我手寫我口」文學理論實行起來遭遇的困難有臨場感受了。説到推動白話文成為報刊書面語言的過程，女性作者在其中扮演了超乎想像的重要角色，這又讓人不禁要提及夏先生治學成就的另一巨峰——近代婦女研究——的開路先鋒意義。

經夏先生仔細考證出的，在裘廷梁發表那篇名文〈論白話為維新之本〉，赫然標舉出「崇白話而廢文言」的主張前，創辦於上海的中國第一份女報（1898年出版）上所刊〈上海《女學報》緣起〉一文，作者上海女士潘璇早已有了以「白話」取代「古話」（文言）以便增進「實

學」的主張了。夏先生進一步論證「由於裘廷梁辦《無錫白話報》所倚重的從侄女裘毓芳亦在《女學報》第一批公佈的主筆名單上，因此，裘廷梁的白話論極有可能受到了潘璿的啟發」。夏先生以其精熟報刊文獻的素養，提出有力證據，一新學界耳目。同樣令人印象深刻的是，夏先生反覆論述吳稚暉虛齡十歲的女兒吳芙以無錫俚語所著〈班昭《女誡》注釋‧序〉，經「報界女子第一人」裘毓芳改寫為官話版；裘氏擔任《無錫白話報》主筆之靈魂人物所作的一系列文章，實乃促進白話文寫作的先行者，在在說明了近代中國新文化運動的醞釀期中，女性知識人的身影之不容抹煞。

　　本書第二大主題為「近代婦女」。所選〈吳孟班：過早謝世的女權先驅〉一文，鉤沉了年僅十八即謝世，被讚為「女中盧梭」的女權先鋒吳孟班的生平事蹟。她為創設「女學會」而在《中外日報》上刊出的〈擬上海女學會說〉（1901 年 4 月 7 日），乃為晚清女權思想借鑒西洋經驗而能實踐於本土的重要證據，可補上近代婦女思想史的關鍵一環。因吳氏其文而及人、及事、乃至眺望晚清民初的女性解放運動之艱難過程，更當與〈晚清女報的性別觀照——《女子世界》研究〉一文相互參看，庶幾可勾勒出推動近代中國性別啟蒙與男女平權意識的顛簸道途。《女子世界》這份由江蘇常熟人丁初我創辦的同人刊物，其主筆群也聚集了近代文學界的重要人物：金天翮、徐念慈、柳亞子與周作人等。由男性擔任主要撰稿者撐起這份刊物，其倡言女權，興辦女學，推許女性為「國民母」，並鼓勵女性作者的投稿，畢竟仍以其由上至下的啟蒙者姿態「不自覺地流露出男子中心的立場」，「這些啟蒙者的發言並不足以包容晚清被啟蒙女性的思考，儘管他們還是婦女解放的同路人」。夏先生剖析其中因由：

　　　由晚清最推崇女性的文人學者所構想的「女子世界」，其根基明顯與西方女權運動不同。歐美婦女的要求平等權，是根據天

賦人權理論，為自身利益而抗爭；誕生於中華大地的「女子世界」理想，昭示著中國婦女的自由與獨立，卻只能從屬於救國事業——「女子世界出現於二十世紀最初之年，醫吾中國，庶有瘳焉」。因此，近代中國的婦女解放進程與國家的獨立密不可分。在此基礎上理解晚清的婦女論述，才不致出現隔膜與偏差。

正因同為女兒身，夏先生注意到晚清女報中的女性作者儘管位處邊緣，她們對「身體」的特別關注（或曰強調「女子體育」的重要性），便呈現了有別男性主筆的獨立意識：

> 放足即為典型的一例。儘管晚清的不纏足運動發端於外國傳教士與中國的維新人士，但由男性主導的輿論轉為女性的實踐，其間的甘苦，只有身歷其境的女子體會最真切。因為，放足過程中的血液流通所帶來的腫脹之痛（所以須講究循序漸進），天足女子可能遭遇的婚姻麻煩（傳統社會中，不纏足女子難以匹配上等人家），最終都要由女性來承當；而放腳後的身體自由，以及由此產生的精神愉悅，也並非崇高的救國呼號所能涵蓋。只是，在一個國家危亡的時代，女性身體解放的私人性一面往往被忽略，而其與國家利益相關的公共性一面則被凸顯出來和刻意強調。不過，被掩蓋的女性體驗並非蕩然無存。因而，當男性論者更多地申述民族自強、國家獨立對於女性的要求時，《女子世界》中的女性群體倒更執著於關切己身的纏足話題。

近代中國婦女的不纏足運動與「強國強種」的口號緊密相連，救亡圖存意識形態下隱藏的仍是悍然不可動搖的男性霸權思想，已為學界公論，但身體自主的聲浪在近代中國婦女解放艱難道途上的不同凡響，猶待夏先生清點門戶，讀者方知「閨閣中本自歷歷有人」，體會這些女性聲音

在當時語境中的前衛意義。

〈羅蘭夫人在中國〉、〈《世界古今名婦鑑》與晚清外國女傑傳〉兩文成稿雖相距十年以上，脈絡地看來，恰成合璧，有力地凸顯了明治維新之後日本知識圈引介西洋書籍與新知，如何透過梁啟超與維新人士的改寫與轉譯，深深影響清末中國革命思潮與女性啟蒙運動。1902年10月刊登在《新民叢報》上長達萬字的〈羅蘭夫人傳〉，因其中西合璧的豐富意涵，成為晚清時期救國圖強思潮中無可取代的文化載體，堪稱中國近代傳記典範人物中的異數。讀者對口呼「自由自由，天下幾多罪惡，假汝之名以行！」，從容赴斷頭台殉身的羅蘭夫人（Jeanne-Marie Roland, 1754-1793）絕不陌生；迄今卻已少有人知，羅蘭夫人鮮明的女傑形象，乃梁啟超在戊戌政變後流亡日本期間，從日本著名作家德富蘆花改寫外國女性傳記、撰成《世界古今名婦鑑》中脫化而來。小傳中原本未見奇特的羅蘭夫人形象，經「筆鋒常帶情感」的任公先生渲染而卓然不群。

夏先生敷演此一課題，因其關注婦女史，又帶入了深邃綿密的論證，她分析，在中國的語境中，唯一能跨越思想啟蒙與身體力行間鴻溝的女子，允稱被譽為「東亞羅蘭」的秋瑾。她本可逃避緝捕，卻甘為自由理想犧牲，其含冤莫白，蒙受斷頭慘刑而亡，更激起彼時報刊界不分黨派，眾口一致地義憤，斥責清廷專制。痛輓志士之際，益發促使革命思潮風雲湧動。如此一來，《世界古今名婦鑑》「以其『百變身』融入中國語境，直接參與了晚清女性尋求獨立解放的思想歷程」，遂得以綱舉目張。

循此兼容文史的研究路徑，更會得出一個不容輕忽的結論：若對明治維新後成功「脫亞入歐」的近代日本文化思潮不甚了了，勢必不能廓清晚清知識界學步西洋尚須借鑑東瀛的曲折蜿蜒道途，亦無法真正進入晚清人物與文化思想的核心。〈扶桑：追尋歷史的蹤跡（關東篇）〉表面上是遊記體，實則正如該篇係選自《返回現場——晚清人物尋蹤》一

書的言下之意，踏查今日景致，旨在透過「返回現場」膚觸實地，拼湊出百年前先賢的海內外足跡。

不管是從上海倉皇出走，避居香港廿二載，卻以《普法戰紀》揚名東瀛的長毛狀元王韜；還是有感於昔時蕞爾小邦，今日儼然以東亞強國之姿崛起而慎重撰述《日本國志》的外交參贊黃遵憲；乃至政變後逃亡日本十四年，卻出乎意料得到親受明治文化洗禮的特殊機遇，致使個人生命史或學問事業均有決定性轉折的梁啟超，皆為夏先生扶桑之遊的考察重點。看她鍥而不捨地探訪前人的舊宅故跡，每每幾番轉折，或終究柳暗花明，完成使命，或仍然湮滅混沌，無由辨認。讀者隨夏先生且喜且歎，領略「歷史尋蹤所帶來的特別好處」：

> 初次走向世界的晚清人所獲得的驚喜，在他們的著述中有極為形象、直觀的展現。可惜，在通常的情況下，那種新鮮感與衝擊力已不可復現。因為電視的普及鈍化了我們的感覺。很多時候，我是經由晚清人的眼光與感受，恢復麻木的知覺，使世界在我面前重新生動起來。（《返回現場——晚清人物尋蹤》〈後記〉，江西教育出版社，2002 年出版，頁 141）

夏先生為文每能開風氣之先。〈社會百象存真影——說近代竹枝詞〉、〈吟到中華以外天——近代「海外竹枝詞」〉兩文所論的那些竹枝詞，百年後經夏先生闡釋，彌足珍貴地映現了過渡時代紛呈錯雜的動態形影。〈真影〉一文所述，最值得注意的是《台灣竹枝詞》。1911 年梁啟超應台灣名紳林獻堂之邀，從東京出發，乘船渡台遊歷，在此期間創作的《台灣竹枝詞》十首，不僅捕捉了乙未割台十六年後台灣社會與庶民生活的側影，亦援用民間歌謠相思苦情的形式澆胸中思念故國之塊壘；時移事往，再看任公先生這些以郎情妹意包裝「遺黎之哀」的詩句，帶給我們的是另一種新鮮感受。至於年方十四便寫出《台灣竹枝詞》四十

首的少年詩人邱逢甲，以其早慧之才識，道出對鴉片流毒遍及全台的隱憂；基督教深入窮鄉僻壤，廣收門徒，在下層社會已有不可磨滅的影響，也是邱詩中另一個引人注目的主題。凡此，皆可啟發自今已取得絕對正統性地位的台灣文學研究界，從嶄新視角重新關注「晚清時期」台灣的社會文化變遷歷程。

〈吟到中華以外天──近代「海外竹枝詞」〉述及晚清大量「域外竹枝詞」中唯一的女性作者單士釐。她隨屢任海外使節的夫婿錢恂，遍歷亞、歐、非三大洲，其《日本竹枝詞》呈現民間舊俗新風，清新雋永。作為晚清女性撰寫海外遊記的第一人，單氏著作近年已成學界熱門話題，但夏先生在廿年前晚清女性相關研究尚屬寂寥的時空環境中，早已獨具慧識地抉發此題。

〈《紅樓夢》與清代女子詩社〉一文，於今已難得見到書面文本。該文剪輯自她八十年代初讀研究生時期的課程作業，原刊於中華書局主辦的《文史知識》（1989年第7期），後收入夏先生第一本著作《詩界十記》（1991年出版），此書乃袖珍本的系列叢書之一，可惜台灣書市已難購得，各大圖書館所藏亦稀少。不少從事明清婦女文學研究的學者只能於網路網頁上瀏覽此文，因知我與夏先生的師生之誼，幾度向我示憾。選此文置於「晚清」一貫主題的書裡貌似突兀，實乃理所當然。曹侯虛構的大觀園女子詩社，確實不易與晚清研究聯繫起來。但細細尋繹夏先生的路徑，是從保存下來的女性詩歌文集，重構出隱藏在小說文本中明清江南社會的生活；文章對閨中文學譜系考證嚴謹又如數家珍，讓我們得以更瞭解夏先生廣博深細的近代婦女史研究之「史前史」軌跡。

與夏先生閒談，她提及那時北京大學圖書館儘管書目分類未經整頓，不夠系統性與科學化，一般書目與古籍善本往往雜處一室，但最大的好處是學生可隨意閱看和出借館藏的善本書。因文獻充盈、觸手可及，夏先生得以逐一細讀這些在圖書館中乏人問津的女性詩文集，寫作起來自然左右逢源、得心應手。據她說，此文原稿還有後段一大截是細

膩分析《紅樓夢》中「海棠詩社」的描寫，當時受限於篇幅無法完整呈現在期刊論文中。我追問全稿下落，她笑稱是錄在學生時代的某個作業筆記本裡，裡頭歷歷記載著她自大學起注釋、賞析清代女性詩歌的論文片段與習作。詎料這大學時期養成的文藝賞評愛好，無心插柳的課程期末作業，卅年後的今日會成為當紅「顯學」？看當下多少號稱挾新出土的文獻或材料可為明清女性文學史補白的論文紛紛出籠之際，格外讓我懷想與嚮往夏先生憶起的那種求知若渴、相對寬鬆自主的大學學風：無所為而為，心無旁鶩地教學、讀書、寫作，不為升等或應付評鑑而「生產論文」！

從不追趕流行，卻成為引領潮流之先驅；沒想過湊熱鬧，但總是在看似荒漠的土壤裡，開闢出燦爛園地。穩紮穩打立定根基，為學與為人如一，夏先生身上體現的就是這看似平凡實則永恆的真理。〈以學為樂以史為志──回憶季鎮淮先生〉、〈在學術中得到快樂與永生──葉曉青《西學輸入與近代城市》編輯感言〉兩文，與其說是從回憶中娓娓道出師長、友朋間的深厚情誼，在我看來，不如說，夏先生為這兩篇紀念文所定的標題，也恰恰為她自己一路行來始終如一的學問心性做了最好的註腳。

夏先生回憶在北大的求學歲月，恩師季鎮淮帶給她的影響不單單是學術上的，更是一種超然當下處境的眼力與胸襟：

> 八十年代初，近代文學尚屬冷門，研究乏人。季師學問廣博，先秦兩漢或隋唐又均為學生看好，他卻不趨時尚，獨具慧眼，特於近代段招生。待我入得門來，先生又不急於為我填補空白，將我封閉在晚清專心用功，反開放門戶，向上追尋，要求我從清初大家別集讀起。我體會，季先生是把治學看作一項崇高的事業，鄙視急功近利，而注重打好根基。何況，在他心中，文學史也呈現為生生相續的動態過程，研究其中任何一段，都不可能在對前

後文學演進一無所知的情況下作出成績。這一學術思路，無疑將使我終身受益。

透過夏先生，我們也一併領受這位從西南聯大走出的學者季鎮淮先生的教誨，提醒我們在紛紜擾攘的現實處境中，擁有一份澄然靜定的心懷之必要。

最後，借夏先生的話來總結一下此文集將帶給當代讀者的深刻啟示：

> 綜合上述各案例而構成的晚清圖景，實在已蘊涵了現代社會與現代思想萌發的種種跡象。此時已初見端倪的舊綱維的日漸解體與新秩序的逐步建立，使我們有理由相信，晚清並不屬於已經消失的過去，她其實繫連著我們今日仍然生活於其中的現在。（《晚清女性與近代中國》導言，北京大學出版社 2004 年初版，頁 6）

因緣俱足，台灣讀者正可通過人間出版社的夏曉虹先生文集，穿越時空隔閡，從二十一世紀的現在，回到精彩紛呈的晚清！

作於劍橋，查爾斯河畔賃廬

一、閱讀梁啟超

梁啟超與日本明治小說

一、從「稗官改良」到「小說界革命」

日本明治維新以後，隨著「文明開化」定為國策，在全國普遍興起了否定舊傳統的熱潮，各方面的「改良」口號相繼推出。在推進「社會改良」的同時，「文學改良」問題也逐漸引起了人們的重視。

明治十六年（1883 年）六月，在自由黨系統的重要報紙《日本立憲政黨新聞》上，刊出了題為〈播殖自由種子於我國之一手段即在改良稗史戲曲等〉[1]的文章，明確提出了小說改良問題：

是以苟欲矯正時弊，刪除陋習，變我國維佳氣靄然之自由樂園者，不可不謀求改良此稗史戲曲等。是實可謂播殖、培養自由種子於我國之一良好手段也。

作者對這一觀點反覆加以強調，以之為文章立論的核心，因為小說改良作為實現社會改良的重要手段，引起了自由民

1　文章無署名，據日本研究者推定，為小室信介所作，收入吉田精一、淺井清編《近代文學評論大系》第 1 卷，（日本東京）角川書店 1978 年版。

權運動理論家的密切關注。文章作者注意到小説對於下層社會感化誘導力最大，而總結過去流行的舊小説，「其主旨所在，大略非忠孝節義之事則優勝劣敗之戰紀，非綣綣之戀情則因果報應之理，非俠客力士之事則盜賊博徒之事，非怪説鬼談則滑稽諧謔」，使專制陋習深入人心，流毒於全社會。為了改變這種狀況，傳播自由思想，文章作者也針鋒相對地提出以小説為下層社會啟蒙的要求：小説應發揮「教育工具」的效能，「啟其蒙而破其陋，得奏偉功」。這一改良小説的思想，又是當時學習西方、文明開化的直接產物。被文章作者推尊為稗史戲曲改良典範的，正是英國的莎士比亞。作者讚嘆説：

> 嗚呼！天降此人於英國，莎士比亞以其無比俊秀之才、靈妙之筆，可謂適逢改良戲曲之機運而生歟！

他認為，當前也是日本稗史戲曲改良的難得機會，有志之士正當趁此時機，大力推進改良事業。

這篇文章是明治時期小説改良論的代表作，它所提出的幾個問題，即小説改良的意識，以小説為啟蒙工具，以及取法西洋文學，概括地反映了小説改良思想的基本內容。梁啟超雖不一定讀過此文，但神往於明治維新的變革，使他對日本的小説改良精神也深有領會。

去國之前，梁啟超僅在《變法通議》中談及小説問題。把小説作為幼學教育的課本，是他最關切之點。為此，他也批評了舊小説「誨盜誨淫」，敗壞了社會風氣，可是，這種批評還是侷限在教育的範圍內，尚未與文學革新發生關係。梁啟超此時所提倡編寫的説部書，也只是一種包容「聖教」、「史事」、「國恥」、「彝情」等各類知識並以俚語寫作的通俗百科全書[2]，而並非屬於文學的一部分。到日本以後，情況才

2　〈論學校五・幼學〉（《變法通議》三之五），《時務報》第 18 冊，1897 年 2 月。

發生了明顯的變化。

　　首先是做為文學革新運動的一個方面，梁啟超明確提出了「小說界革命」的口號。小說革新的自覺意識在〈論小說與群治之關係〉[3]一文中充分體現出來。改文發表在《新小說》第 1 號上，顯然有代發刊詞之意。刊物的取名則直接借用了日本 1889 年和 1896 年兩次創辦的同名雜誌的名稱，明顯表現出日本文學的影響。

　　講求「新民」之道，是梁啟超這一時期注意的中心問題。於是，文章一開頭便開門見山提出：

　　　　欲新一國之民，不可不先新一國之小說。

「新小說」因而具有頭等重要的地位，掌握了道德、宗教、政治、風俗、學藝等革新的命脈。文章的結尾處，梁啟超又再次強調肯定了改良小說的思想：

　　　　故今日欲改良群治，必自小說界革命始；欲新民，必自新小
　　說始。

不僅有理論上的宣告，他還創辦了欄目眾多的小說雜誌《新小說》，切實從文學創作方面全力推進「小說界革命」。雖然梁啟超與日本自由民權運動理論家的具體出發點不同，後者以培植自由思想為中心，目的是配合民權派反對專制政府、要求開設國會的鬥爭，而梁啟超則以比較寬泛的新民理論為基礎，仍然屬於改良派開通民智的總體努力之中；但二者在精神上又是完全相通的。他們都反覆強調小說改良的重要性與迫切性，視之為改良群治也即是改良社會不可或缺、並且必須優先考慮的大

3　《新小說》第 1 號，1902 年 11 月。

事。這種本質上的相同，使梁啟超有可能借鑑日本小說改良的經驗。

其次，作為文學的一個門類，此時梁啟超已不再把小說侷限在幼學課本的範圍內，但也並不抹煞其教育、啟蒙功能。相反，他對此倒是給予了足夠甚至是過分的重視。

像日本自由民權運動的理論家一樣，梁啟超也覺察到小說有巨大而神奇的感化力，即「小說有不可思議之力支配人道」。他以「薰」、「浸」、「刺」、「提」四種力來概括描述這「不可思議之力」，稱：

> 此四力者，可以盧牟一世，亭毒群倫，教主之所以能立教門，
> 政治家所以能組織政黨，莫不賴是。文家能得其一，則為文豪；
> 能兼其四，則為文聖。有此四力而用之於善，則可以福億兆人；
> 有此四力而用之於惡，則可以毒萬千載。而此四力所最易寄者，
> 惟小說。

於是，梁啟超不禁慨嘆道：「可愛哉小說！可畏哉小說！」小說所具有的四種力既然可以使小說家成為教主，成為政治家，成為文聖，因而小說也完全可以成為教義、政論、義理的載體，即成為載道的工具。如所載為封建專制之道，則「毒萬千載」，梁啟超一一指陳：

> 吾中國人狀元宰相之思想何自來乎？小說也。吾中國人佳人
> 才子之思想何自來乎？小說也。吾中國人江湖盜賊之思想何自來
> 乎？小說也。吾中國人妖巫狐兔〈鬼〉之思想何自來乎？小說也。

種種封建社會惡習惡行的造成，在梁啟超看來，可以一言以蔽之，「曰惟小說之故」。小說之「可畏哉」，便在於它做為傳播封建思想的教育工具，「陷溺人群，乃至如是」。反之，如果小說所載為「新民」之道，發揮其「新道德」、「新宗教」、「新政治」、「新風俗」、「新

學藝」以至於「新人心」、「新人格」的啟蒙作用，便可以將「陷溺」於有毒思想中的「人群」救拔出來，使之「化身為華盛頓」，「化身為拿破崙」，「化身為釋迦、孔子」，如此，則可以「福億兆人」。小說之「可愛哉」，正在於此。從這個意義上，梁啟超才把「小說界革命」視為「改良群治」[4]關鍵的第一步。

　　在對舊小說的批判中，梁啟超使用了與日本民權派理論家幾乎相同的說法，片面誇大了舊小說對造成舊意識所起的作用。單從社會意識反作用於社會存在一方面考慮，而忽略了社會存在決定社會意識的主導方面，這在論證小說的社會影響力這個具體問題時，應該說是可以原諒的偏執。更何況梁啟超與日本啟蒙思想家正是從舊小說的為害之深、為害之廣，看出了小說中潛藏著巨大的教育能量，從而得出了通過小說改良，把小說轉化為播殖文明思想的啟蒙利器這一最終結論。如果說與日本民權派的小說改良論比較，梁啟超尚有不足的話，那就是他對舊小說的批判，本身還帶有不自覺的封建意識。以「誨盜誨淫」斥責通俗小說，正是突出的一例。而對於「忠孝節義」這一同樣存在於中國通俗小說、流行於下層社會的思想，因為其作為支撐封建統治的意識形態，更深地植根於傳統社會體系中，梁啟超便不能如日本民權派思想家一般，抉剔之而撻伐之，未免顯得藕斷絲連。

　　再次，西方小說傳入日本，以其迥然不同於日本傳統小說的新內容與新形式，吸引了日本知識份子，並由此引發出改良小說的願望。梁啟超則以取法西洋的日本近代小說為學習範本，開始了「小說界革命」的嘗試。這種直接學日本、間接學西方的小說革新，也經歷了與日本相似的進程。以提倡和創作「政治小說」為鮮明的標誌與開端，中國小說從此走上了緩慢而艱難的近代化之路。為此，我們有必要回溯一下日本近代文學的發展史。

4　俱見〈論小說與群治之關係〉。

二、引人注目的日本「政治小說」

　　日本小說改良的機運是由明治第二個十年翻譯文學的勃興帶來的。
1878 年（明治十一年），曾經留英的丹羽（織田）純一郎翻譯了英國通
俗小說作家利頓（Robert B. L. Lytton, 1803-1873）的《（歐洲奇事）花
柳春話》，在日本大受歡迎。隨後，利頓的其他作品，如《（歐洲奇
話）寄想春史》（織田純一郎譯）、《（開卷驚奇）倫敦鬼談》（井上
勤譯）、《（諷世嘲俗）系思談》（藤田茂吉、尾崎庸夫譯）、《（開
卷悲憤）慨世者傳》（坪內逍遙譯）也競相譯出。《花柳春話》的翻譯
成功，還為日本小說界輸入了「政治小說」這一新概念。除利頓的作品
外，同一時期介紹到日本的西洋小說，如英國迪斯累里（Benjamin Dis-
raeli, 1804-1881）的《（政黨餘談）春鶯囀》（關直彥譯）、《（三英
雙美）政海之情波》（渡邊治譯）、司各特的《春風情話》（坪內逍遙
譯）、《（泰西話劇）春窗綺話》（坪內逍遙、高田早苗譯，原作為敘
事詩）、《（政治小說）梅蕾余薰》（牛山鶴堂譯），法國大仲馬的
《（法國情話）五九節操史》（松岡龜雄譯）、《（法蘭西革命記）自
由之凱歌》（宮崎夢柳譯）、《（法國革命起源）西洋血潮小暴風》
（櫻田百衛譯），費奈隆的《（歐洲小說）哲烈禍福談》（宮島春松
譯）等，也都被當作政治小說看待。而實際上，名符其實的政治小說只
有利頓、迪斯累里的作品。另外，描寫俄國虛無黨活動的《虛無黨退治
奇談》（川島忠之助譯）、《（虛無黨實傳記）鬼啾啾》（宮崎夢柳編
譯），也可以歸入此類。至於其他翻譯的歐洲小說，大多屬於歷史小說
範疇，如司各特的《艾凡赫》（即「*Ivanhoe*」），在譯為《梅蕾余薰》
時，被冠以「政治小說」的標目，也是強使就範。即使從莎士比亞表現
古羅馬歷史的戲劇《裘力斯・凱撒》中，日本的翻譯家也讀出了其中的
政治意味，於是該劇獲得了《（該撒奇談）自由太刀餘波銳鋒》（坪內
逍遙譯）的譯名，帶上了其時正在日本流行的自由思想的色彩。

　　在這種有意無意政治化的翻譯文學刺激下，政治小說的創作一時大
為興盛，並贏得了廣大讀者群。最早出現的日本政治小說是盧田欽堂的
《（民權演義）情海波瀾》（1880 年），從書名即可看出，作者的政治
傾向在自由民權派一邊。其後，大批政治小說紛紛問世，如坂崎紫瀾的
《（天下無雙人傑海南第一傳奇）汗血千里駒》，小室案外堂（信介）
的《（勤王為經民權為緯）新編大和錦》，末廣鐵腸的《二十三年未來
記》、《（政治小說）雪中梅》、《（政事小說）花間鶯》，須藤南翠
的《（一顰一笑）新妝之佳人》、《（雨窗漫筆）綠簑談》、《（慨世
悲歌）向日葵》，尾崎行雄的《新日本》，藤田鳴鶴（茂吉）的《濟民
偉業錄》等。即使是寫作《小說神髓》、批評勸善懲惡的小說主旨的坪
內逍遙，此時不但翻譯了好幾部利頓等人的作品，而且自己動手，創作
了《（內地雜居）未來之夢》、《外務大臣》等政治小說。而當時影響
最大、成為政治小說代表作的，則是東海散士（柴四朗）的《佳人奇
遇》和矢野龍溪（文雄）的《（齊武名士）經國美談》兩部書。

　　顯然，翻譯文學的政治化和政治小說的興起，與自由民權運動之間
存在著不可分割的深刻聯繫。有一種說法，政治小說的翻譯和創作之所
以盛行於世，是曾任自由黨總理的板垣退助旅歐時，接受了法國著名作
家維克多‧雨果的意見。德富蘆花在他的《回憶錄》中即提到：

　　　　當板垣君問「假如要把自由平等的理想灌輸到人民中間應該
　　　怎麼辦才好」的時候，雨果不也是回答說「應當讓他們讀我的小
　　　說」嗎？[5]

政治運動造成了特定的文學現象這種實際的關聯以及由此引起的小說改

5　　第六卷第十二節，（日本東京）民友社 1901 年出版。此書為自傳體小說，以
　　上引語有根據。

良思潮,早就引起了文學史家的注意。《日本維新三十年史》[6]第九編〈文學史〉的作者即作了如下評述:

> 比及十五六年,民權自由之說,盛行於世。新聞紙上,有載西洋小說者,如《繪入自由》、《自由之燈》,皆傳法蘭西、羅馬革命之事者也。自是翻譯泰西小說者,源源不絕,則當日人心之渴望新文學,即此可見一斑;而他日小說之推陳出新,亦於茲伏線矣。今試舉其例,則織田純一郎之《花柳春話》,最先問世,他如關直彥之《春鶯囀》,藤田鳴鶴之《系思談》,及《春窗綺話》、《梅蕾余薰》、《經世偉觀》等。其原書多為英國近代歷史小說家之作。譯本既出,人皆悅之,遂不知不覺,竟成小說革新之媒。柴東海之《佳人奇遇》,第一破格而出,繼而末廣鐵腸著《雪中梅》、《花間鶯》。又有別為一體,不純乎小說者,則藤田鳴鶴之《文明東漸史》、矢野龍溪之《經國美談》等是也。

梁啟超在〈東籍月旦〉[7]中曾推薦此書,稱其為「實近史中之最適於我學界者也」,證明他讀過此書。在他的《飲冰室自由書》中,有一則〈文明普及之法〉[8],也著重談到了明治維新以後小說演變的發展情況:

> 於日本維新之運有大功者,小說亦其一端也。明治十五六年間,民權自由之聲,遍滿國中。於是西洋小說中,言法國、羅馬革命之事者,陸續譯出,有題為《自由》者,有題為《自由之燈》者,次第登於新報中。自是譯泰西小說者日新月盛。其最著者則

6　羅普譯,(上海)廣智書局 1902 年出版。

7　《新民叢報》第 11 號,1902 年 7 月。

8　初刊於 1899 年 9 月《清議報》第 26 冊,無題目,《清議報全編》(日本橫濱:新民社 1903 年版)卷六署此題,《飲冰室合集》題為〈傳播文明三利器〉。

織田純一郎氏之《花柳春話》，關直彥氏之《春鶯囀》，藤田鳴
鶴之《系思談》，《春窗綺話》，《梅蕾余薰》，《經世偉觀》
等。其原書多英國近代歷史小說家之作也。翻譯既盛，而政治小
說之著述亦漸起，如柴東海之《佳人奇遇》，末廣鐵腸之《花間
鶯》、《雪中梅》，藤田鳴鶴之《文明東漸史》，矢野龍溪之《經
國美談》（注略）等。

　　與上引《日本維新三十年史》的譯文對照，如出一轍。不僅梁啟超
所舉書目與之完全相同，而且次序絲毫未變。在轉述時，梁啟超甚至可
能誤會了原文，取消了「藤田鳴鶴之《系思談》」後的「及」字，便使
人以為《春窗綺話》，《梅蕾余薰》，《經世偉觀》等書俱出自藤田的
譯筆，而根據我們前面的敘述，實際是大謬不然。考慮到《日本維新三
十年史》的原本《明治三十年史》出版於 1898 年，中譯本譯者為羅普，
梁啟超在向羅普學習日文時，有機會看到此書，因而可以肯定，梁啟超
關於日本明治小說發展史的了解和描述，在很大程度上是依靠了這部日
文著作。當然，這樣說也並不排除梁啟超從其他渠道接受消息。起碼他
在敘述中指明《佳人奇遇》等一系列作品為「政治小說」，並將《明治
三十年史》中認為「不純乎小說者」或指為「傳奇小說」的《文明東漸
史》與《經國美談》[9]，毅然歸入「政治小說」，便表明他對明治的小說
創作確有一定的接觸，並非只是人云亦云。
　　康有為早年購買的日文書中，有不少政治小說，一般流行的作品幾
乎都收藏了[10]。雖然我們不能肯定梁啟超去國前看過其中的哪一本，但

9　《日本維新三十年史》：「至有傳奇小說，……其中佳作，以矢野龍溪之《經
　　國美談》首屈一指。」（第九編）

10　據康有為《日本書目誌》（上海：大同譯書局 1898 年版），諸如《花柳春
　　話》、《春鶯囀》、《佳人奇遇》、《經國美談》、《花間鶯》、《雪中
　　梅》、《綠簑談》等，均有藏品。

柴四朗《佳人之奇遇》初編（1885 年）書影

最遲到 1898 年 9 月 21 日戊戌政變發生後，梁啟超避難出走，在東渡日本的輪船上，便已開始閱讀日本的政治小說。據《任公先生大事記》載：

> 戊戌八月，先生脫險赴日本，在彼國軍艦中，一身以外無文物，艦長以《佳人之奇遇》一書俾先生遣悶。先生隨閱隨譯，其後登諸《清議報》，翻譯之始，及在艦中也。[11]

僅管梁啟超在 1900 年所作的《紀事二十四首》[12] 中已自認譯者，云「曩譯《佳人奇遇》成」，卻仍有人對此說法表示懷疑，根據是梁啟

11　引自丁文江、趙豐田編《梁啟超年譜長編》，第 158 頁，上海人民出版社 1983 年版。

12　《清議報》第 64 冊，1900 年 11 月。

超其時不懂日文，無法進行翻譯。我以為以上推斷忽略了原作者所用文體這一重要情況，因而尚欠缺說服力。凡是讀過《佳人奇遇》原文的人，很容易發現該書是以典型的漢文直譯體寫成。現錄其開頭幾句：

> 東海散士一日費府ノ獨立閣二登リ仰テ自由ノ破鐘（注略）ヲ觀俯テ獨立ノ遺文ヲ讀ミ當時米人ノ義旗ヲ舉テ英王ノ虐政ヲ除キ卒二能ク獨立自主ノ民タル，高風ヲ追懷シ俯仰感慨ン堪ヘス慨然トシテ窓二倚テ眺臨ス 13

梁啟超譯為：

> 東海散士一日登費府獨立閣，仰觀自由之破鐘（注略），俯讀獨立之遺文，慨然懷想，當時米人舉義旗，除英苛法，卒能獨力為自主之民，倚窗臨眺，追懷高風，俯仰感慨。14

不獨梁啟超，而且只要是對日文稍有了解的中國獨者，便不難猜出大意，並破譯成上述文字。

三「公卿碩儒」寫小說的發現

自《清議報》創刊，梁譯《佳人奇遇》即開始在該刊「政治小說」欄連載；至 36 冊，又續刊《經國美談》15，到 69 冊全部載完，該欄目即撤銷。由於《清議報》的文學欄目只有「政治小說」和「詩文辭隨錄」，並且只出刊一百期，因此，日本政治小說在梁啟超主辦的《清議

13　錄自《現代日本文學全集》第一編《明治開化期文學集》，第 141 頁，（日本東京）改造社 1931 年版。

14　《佳人奇遇》卷一，《清議報》第 1 冊，1898 年 12 月。

15　二書刊出時均未署譯者名。

報》上的確是獲得了殊榮地位。《清議報全編》[16]卷首的〈本編之十大特色〉也誇耀説：

> 本編附有政治小説兩大部，以稗官之體，寫愛國之恩。二書曾為日本文界中獨步之作，吾中國向所未有也，令人一讀，不忍釋手，而希賢愛國之念自油然而生。為他書所莫能及者三。

選中《佳人奇遇》與《經國美談》兩部書向中國讀者界鄭重介紹，是因為梁啟超認為，在日本的政治小説中，「其浸潤於國民腦質，最有效力者，則《經國美談》、《佳人奇遇》兩書為最云」[17]。梁啟超希望它們對中國讀者也能發聲效應，引起「希賢愛國之念」，提高國人的政治思想覺悟。

令梁啟超最感興趣的，並不是政治小説的藝術技巧，而是作者的政治寄託。總結《清議報》出至一百冊的重要內容時，他就明確講過：

> 有政治小説《佳人奇遇》、《經國美談》等，以稗官之異才，寫政界之大勢。美人芳草，別有會心；鐵血舌壇，幾多健者。一讀擊節，每移我情；千金國門，誰無同好？[18]

而沒有政治寄託，不能啟發讀者的政治覺悟，恰恰是梁啟超對舊小説作者最不滿之處，也是他決心改造「誨盜誨淫」、「遊戲恣肆」[19]的舊小説的根本原因。

16　（日本橫濱）新民社 1903 年輯印。

17　〈文明普及之法〉。

18　〈本館第一百冊祝辭並論報館之責任及本館之經歷〉，《清議報》第 100 冊，1901 年 12 月。

19　〈論學校五・幼學〉（《變法通議》三之五）。

認為中國的文學家缺乏政治意識，這是當時新學界中普遍流行的看法。《清議報》登載政治小說《新日本》的作者尾崎行雄的《論支那之運命》（即〈支那處分類〉第二章）時，譯者稱尾崎「於中國之內情，洞若觀火」。而尾崎對中國文學的一個認識便是：

> 故吾得以一言斷之曰：支那人雖有文學思想，而無政治思想。故其政治上之奏議論策，不過是文學上之述作耳。

《佳人奇遇》（1898 年《清議報》第一冊）

這段話也得到了譯者的衷心推服，以致要求：「凡今日自命政（治）家有言責常建議者，及與我輩同業為報館主筆者，皆當書此節末數言（按：即上引文字）於座右，每將執筆時則內自省之。」[20] 不僅政治家撰寫政論文時要充滿強烈的政治意識，切忌抱有藏山傳世作文章的念頭，而且小說家創作小說時，也應如此。蔡奮（衡南劫火仙）即批評「吾邦之小說」，「其立意則在消閒，故含政治之思想者稀如麟角，甚至遍卷淫詞羅列，視之刺目者」。小說界的腐敗狀態既亟需改變，而改變的辦法，惟有增強小說作者的政治責任感，使小說成為特定政治思想

20　《清議報》第 24-25 冊，1899 年 8 月。

的載體，以「小說為振民智之一巨端」[21]。

正是從「載道」（指宣傳維新思想）小說的層面上，梁啟超把日本的政治小說選作中國「小說界革命」的範本，期望從政治小說入手，改變小說家的創作意識和小說的創作內容。梁啟超的政治家身分，也決定了他必然效法明治政治小說的作者，走政治小說的創作道路。

《日本維新三十年史》已經指明，政治小說的譯者、著者並非一般舞文弄墨的文人，而是頗有影響的政治家：

> 然此等著譯諸人，悉為當時論政大家，不過假託人物，以自寫其所見，故不得謂之專為文學而作。[22]

梁啟超復述此意時，單舉創作，稱：

> 著書之人皆一時之大政論家，寄託書中之人物，以寫自己之政見，固不得專以小說目之。[23]

明明是小說作品，又「不得謂之專為文學而作」，「不得專以小說目之」，道理即在作者別有懷抱，意不在小說。說穿了，不過是政治家把政論文的內容改寫成小說，編派幾個虛構人物，製造幾段故事情節，讓人物有機會代替作者發言，宣說作者的政治主張。這才是兼營小說的政治家注目之點。因而，日本著名的政治小說作者中便不乏有名望的政治活動家。如矢野龍溪，是立憲改進黨的領袖人物，改進黨重要報紙《郵便報知新聞》的社長及主筆，1897-1898 年曾任日本駐中國特命全權公使。末廣鐵腸，組織、參加過「櫻鳴社」、「國友會」及「自由黨」，

---

21 〈瀛海縱談・小說之勢力〉，《清議報》第 68 冊，1901 年 1 月。
22 《日本維新三十年史》第九編〈文學史〉。
23 〈文明普及之法〉。

任自由黨常議員，先後擔任過《曙光新聞》（後改名《新聞雜誌》）、《朝野新聞》的主編，《櫻鳴雜誌》、《國友雜誌》的主筆。二人俱為自由民權運動的積極鼓吹者。柴四朗，曾出任農商務大臣秘書、代議士、農商務次官，為大阪《每日新聞》第一任社長。其他像坂崎紫瀾、宮崎夢柳、小室案外堂、尾崎行雄等，也都是民權派著名的報人和記者。

　　如此眾多的知名政治家操筆寫作流行小說，這在日本文學史上也屬絕無僅有。而溯其起因，則與西方小說的傳入有關。翻譯小說特別是其中的政治小說之所以在日本流行一時，是有其特定的時代條件和社會基礎的。「假如說我們日本的開化實際是學習西方現在的開化，那麼，關於西方現在社會的政治小說自身便富有感動日本人的效力，蓋為無疑的事實。」24 於是，「翻譯小說之有關於革命者，人爭先睹，立通、智斯黎等之政治小說，亦盛行於世」25。利頓、迪斯累里也因此成為明治前期最受歡迎、享有盛譽的兩位西方小說家。不過，這一事實無論如何也不能改變二人小說文學價值很低的基本評價。倒是不恰當地抬高其地位的誤解，反映出日本社會現實的特殊需要。

　　利頓和迪斯累里的小說能夠一度成為明治年間的暢銷書，在很大程度上是得益於二人的政治背景。他們不僅以政治小說作者聞名，而且本人也是英國社會中地位顯赫的人物。利頓先後加入自由黨與保守黨，兩次當選國會議員，並擔任過英國殖民大臣，獲男爵爵位。迪斯累里的政聲更在其文名之上。他是著名的保守黨領袖，兩次出任英國首相，1875年被封為貝肯斯菲爾德伯爵（the Earle of Beaconsfield）。上流社會的貴族，又是赫赫有名的政黨領袖、政府要員，同時也作為小說家，為「俗人」編寫「稗史」，這在與中國一樣視小說為「末技小道」的日本社會

24　鳥鳥道人（坂崎紫瀾）〈政治小說之效力〉，載明治十八年（1885年）5月28日《自由燈》，收入《近代文學評論大系》第 1 卷。

25　《日本維新三十年史》第一編〈學術思想史〉。

中，無疑會引起震動、惶惑、覺悟以至於興奮。西方上流社會並不鄙視小說，寫小說也並非見不得人的事情，相反，小說家在西方可以成為受尊重的社會名流，有身分的政治家也樂於接受小說家的桂冠。這個發現猶如一股強勁的衝擊波，動搖了日本文學界對小說的傳統看法。看來頗為奇怪，舊小說觀念的摧毀，新小說觀念的建立，竟然開始於並不高明的利頓和迪斯累里的譯作。然而這卻是事實，本身具有合乎邏輯的必然性。從此，日本的文人從事小說創作，已不必擔心受人指責而心中不安，他們完全可以理直氣壯、引經據典地回答：「迪斯累里不也是小說家嗎？」[26] 還可以順便補上幾句，「古今歐美諸國之小說家，往往為學者社會中傑出超群之有名大家，殆不遑僂指」[27]。誰又能夠輕視小說家呢？何況，政治家的頭銜會保證小說有更大的銷行量，成倍地提高作品的影響力，甚至有人評論說：「現在我們日本翻譯並出售的諸如《俄國虛無黨退治奇談》以及《春鶯囀》之類，其效力幾乎超過了讀普通政論的譯本。」[28] 這也令日本的政治家們怦然心動，競相效法。

注意到作家成分的改變，小說從下層文人之手轉而出自著名政治家筆下，身為改良派政治家、宣傳家的梁啟超自然深受啟發，大受鼓舞。在日本翻譯文學與政治小說的迷惑下，他總結這一時期對日本及西方小說的觀察時，才會有意無意作出如下誇張的描述：

> 在昔歐洲各國變革之始，其魁儒碩學、仁人志士，往往以其
> 身之所經歷，及胸中所懷政治之議論，一寄之於小說。於是彼中
> 綴學之子，黌塾之暇，手之口之，下而兵丁、而市儈、而農氓、
> 而工匠、而車夫馬卒、而婦女、而童孺，靡不手之口之。往往每

26　德富蘆花《回憶錄》第六卷第十二節。

27　〈論政治稗史小說之必要〉，文章無署名，載明治十六年（1883 年）8 月 28
　　日《繪入自由新聞》，收入《近代文學評論大系》第 1 卷。

28　烏鳥道人〈政治小說之效力〉。

一書出，而全國之議論為之一變。[29]

梁啟超心目中足以改變「全國之議論」的「魁儒碩學、仁人志士」，當然包括了日本的政治小說作者柴四朗[30]、矢野龍溪、末廣鐵腸等，而且也包括了《花柳春話》的作者利頓、《春鶯囀》的作者迪斯累里。特別是後者，在改良派中相當吃香。麥孟華（蛻庵）即推迪斯累里之作為英國「最著名之小說」[31]；《新民叢報》答讀者問介紹英國首相格蘭斯頓的文字時，也特意問一答二，抬出迪斯累里，稱：「時與彼齊名之的士黎里（亦曾數度為宰相者），則兼以文學名。所著小說數種，多嬉笑怒罵語。」[32]此外，梁啟超經常提到的伏爾泰、托爾斯泰，也屬於這一行列。他讚揚伏爾泰：

> 福祿特爾當路易第十四全盛之時，愀然憂法國前途，乃以其極流麗之筆，寫極偉大之思，寓諸詩歌、院本、小說等，引英國之政治以譏諷時政，被錮被逐，幾瀕於死者屢焉。卒乃為法國革新之先鋒，與孟德斯鳩、盧梭齊名。蓋其有造於法國民者，功不在兩人下也。

讚揚托爾斯泰：

> 托爾斯泰，生於地球第一專制之國，而大倡人類同胞兼愛平等主義。……其所著書，大率皆小說，思想高徹，文筆豪宕，故

29　〈譯印政治小說序〉，《清議報》第 1 冊，1898 年 12 月。

30　〈譯印政治小說序〉後作為《佳人奇遇》，印於該書卷首，見《清議報全編》第叄集《新書譯叢》第十三。

31　〈小說叢話〉中蛻庵語，《新小說》第 7 號，1903 年 9 月。

32　（問答）欄，《新民叢報》第 26 號，1903 年 2 月。

> 俄國全國之學界為之一變。近年以來，各地學生咸不滿於專制之
> 政，屢屢結集，有所要求，政府捕之錮之，放之逐之，而不能禁，
> 皆托爾斯泰之精神所鼓鑄者也。[33]

這兩段文字，可以作為梁啟超所說「歐洲各國變革之始」，「魁儒碩
學、仁人志士」往往借寫作小說改變全國輿論的具體事例和說明。只要
承認伏爾泰是百科全書派的重要成員，法國啟蒙運動的代表作家和思想
家，承認托爾斯泰是思想深刻的小說大家，其影想超越了俄國而波及全
歐，那麼，我們便必須肯定，梁啟超的話道出了部分事實真相，並非全
屬無稽之談。但由誇張造成的失真也不容否認，起碼就很難說；有哪一
本小說曾經發生過「每一書出，而全國之議論為之一變」的神奇效力。
全國輿論的改變，也並不是靠一部文學作品的出現就能辦到的。非有可
以互相溝通、彼此相近的思想意識作基礎，便不會產生共鳴。

　　儘管如此，梁啟超的看法在當時還是很有代表性的。如蔡奮也明確
講過：

> 　　歐米之小說，多係公卿碩儒，察天下之大勢，洞人類之賾理，
> 潛推往古，豫揣將來，然後抒一己之見，著而為書，用以醒齊民
> 之耳目，勵眾庶之心志。或對人群之積弊而下砭，或為國家之危
> 險而立鑒，然其立意，則莫不在益國利民，使勃勃欲騰之生氣，
> 常涵養於人間世而已。[34]

---

[33] 均見〈論學術之勢力左右世界〉，《新民叢報》第 1 號，1902 年 2 月。

[34] 〈瀛海縱談·小說之勢力〉。商務印書館主人〈本館編印《繡像小說》緣起〉
語意與之相似，云：「歐美化民，多由小說；扶桑崛起，推波助瀾。其從事於
此者，率皆名公巨卿，魁儒碩彥，察天下之大勢，洞人類之哲理，潛推往古，
豫揣將來，然後抒一己之見，著而為書，以醒齊民之耳目。或對人群之積弊而
下砭，或為國家之危險而立鑑，揆其立意，無一非裨國利民。」（《繡像小
說》第 1 期，1903 年 5 月）

與梁啟超幾乎是異口同聲。蔡奮更指明小說家中有「公卿」，則利頓、迪斯累里必在其內，已無疑問。梁、蔡兩位較早出現的小說論者，其興奮點都集中在西方小說作者的社會地位，與日本明治年間的情形完全相同，從中倒是可以窺見中日文學家的共同心態，也因此決定了中日小說在轉折期必然經歷類似的演變過程。

　　明治時期民權派作家模仿西方政治小說的模式，創作出了一大批日本的政志小說，不但卓有成效地宣傳了自由民權運動的精神，而且以「小說改良」的第一批成果，為小說觀念的革新、小說創作的發展打開了道路。梁啟超從翻譯日本的政治小說也得到啟悟，進而效法，創作出中國第一部標明為「政治小說」的《新中國未來記》，演述改良派的政治理想，並選擇政治小說樣式，開始發動中國的「小說界革命」。

四、政治小說為「文學之最上乘」

　　「魁儒」、「公卿」從事小說創作的發現，把小說從正統文人不屑一顧的低級文學中解放出來了。「好風憑藉力，送我上青雲」，小說又被一鼓作氣，直接升送到「文學之最上乘」的地位，榮登榜首。這樣急劇的觀念轉變，看似不可思議，實則有跡可尋。

　　「小說為文學之最上乘，近世學於域外者，多能言之。」[35] 此話明白說出了尊崇小說的觀念來自國外的事實。所謂「域外」，究竟指的是哪一些國家？很值得探究。因為眾所周知，在西方，小說的地位既不像中國傳統文學中那樣低下，可也絕非壓倒群芳，一枝獨秀。梁啟超在〈論小說與群治之關係〉中關於「小說為文學之最上乘」的結論，顯然不是直接考察西方文學的結果（此時他英文不好，又未到過歐洲），那麼，唯一的可能，便是經由日本這個中轉站得到的印象。

　　由利頓、迪斯累里以公卿身分創作小說所引起的第一次推動，在日

35　〈《新小說》第 1 號〉，《新民叢報》第 20 號，1902 年 11 月。

本產生了連鎖反應。他們的譯作被統稱為「政治小說」，因而激發起人們對政治小說的巨大熱情。內田魯庵即指出：

> 在迪斯累里著作上附以政治小說之名的先例影響到日本，使
> 《雪中梅》、《新日本》等聲譽頗高，但此等書並非皆應附以（政
> 治小說這一）特定冠詞。[36]

既然「政治小說」成了可以為作品帶來聲譽的定語，其地位自然應該在各類文學作品之上。果然，此時便出現了「甚至把迪斯累里的所謂政治小說尊崇為最上乘的文學」[37]之議論。

「政治小說」是「最上乘的文學」作為一種文學價值評判標準流行開來，徹底改變了鄙視小說的傳統觀念。身為小說宗族中的一員，「政治小說」一步登天，自然不可能冷落了同類。所謂「一損俱損，一榮俱榮」，連類而及，靠著政治小說的提攜，小說也從各類文學體裁的底層扶搖直上，佔據了文學殿堂中的第一把交椅。於是，反觀西方，人們又發現「蓋泰西諸國，稗史院本為文章之最上乘」。[38]

明治年間小說觀念的逐步轉變過程，在梁啟超身上也重演一遍。以政治小說為中介，梁啟超最終獲得了與日本文學界大致相同的認識。他在〈譯印政治小說序〉中已經承認：

> 彼美、英、德、法、奧、意、日本各國政界之日進，則政治
> 小說為功最高焉。

---

36 不知庵主人〈讀《浮城物語》〉，載明治二十三年（1890年）5月16日《國民新聞》，收入《近代文學評論大系》第1卷。

37 不知庵主人〈讀《浮城物語》〉，載明治二十三年（1890年）5月23日《國民新聞》。

38 半峰居士（高田早苗）〈評《佳人奇遇》〉，載明治十九年（1886年）《中央學術雜誌》第25號，收入《近代文學評論大系》第1卷。

再進一步，從「為功最高」的「政治小說」推演開去，便自然誕生出「小說為文學之最上乘」的結論。

梁啟超把「政治小說」引進中國，導致了傳統小說觀念的崩潰，建立全新的小說觀念因而具有了無限的可能性。應該說，「小說界革命」真正的革命意義正在這裡。當然，這一說法並不意味著「小說界革命」已徹底完成了小說觀念的轉換。恰恰相反，與傳統文學思想「剪不斷，理還亂」的關係，使梁啟超的新小說觀處處露出了舊徽記。

把小說送上「最上乘」文學寶座的是「政治小說」，而非一般純藝術的創作。「政治小說」，顧名思義，是以政治思想取勝，作者最得意、讀者最會心的只在此處，藝術高低倒不計較。實際上，抱著單純的政治宣傳意圖，必然要以犧牲作品的藝術價值為代價。政治小說中不見佳品，正不足為怪。從內容方面考慮，政治小說仍然屬於傳統所重視的「載道」文學，它強調的仍然是作品的思想性，作者要有寄託。本來，政治小說不過是按題材分類的小說之一種，它只像一件外套，可以包裹各種各樣的思想軀體。而在梁啟超看來，「先新一國之小說」所以必要，便在於其「欲新一國之民」。小說要載「新民」之道，這才是梁啟超提倡政治小說的本心。抨擊「狀元宰相」、「佳人才子」、「江湖盜賊」、「妖巫狐鬼」種種封建之道，並不等於放棄了對「道」的追求。梁啟超不過是將「道」的內涵更新，換上維新思想，這樣，小說照樣可以成為載道之具。因此，說梁啟超的小說觀念貌新實舊可能太過份，但稱之為半新不舊，倒並不冤枉他。與傳統小說觀念未斬斷的聯繫，也使梁啟超的思想有可能出現反覆。

與之相似的情況在日本文學中同樣存在，並可以為我們對梁啟超的分析提供有力的佐證。

「有益於世道人心」的中國舊說在日本的翻版，即是以「勸善懲惡」為小說創作的宗旨。江戶時代著名的小說家瀧澤馬琴之說可作代表。馬琴曾批評前輩小說家平賀源內：「其人誠為遊戲文學之巨擘，但

未見有足以勸善懲惡、啟發蒙昧之作品。」[39]他認為：「無本之學，虛構之說，稗官以傳於稗官。幻緣化境，追風捕影，其書雖奇而妙，君子不取也。謂之無益於世教，可以廢焉。」而他寫作小說，則是因為「勸懲莫捷於此」。[40]這種看法深入小說作者與讀者的頭腦，形成了強大的傳統勢力。

明治維新以後，首先起來批判「勸善懲惡」的封建文學觀念並發生了重大影響的是坪內逍遙。他在《小說神髓》一書中，明確把「模寫（按：即寫實）小說」與「勸懲小說」對立起來，認為「小說常以模擬為其全部根基。模擬人情，模擬世態，力求模擬得逼真」。因此，「小說的主腦是人情，其次為世態風俗」[41]。他尖銳地斥責：「自古以來，我國習慣即視小說為教育之一方便法門，雖高唱以『勸善懲惡』為主眼，實際卻以殺伐慘酷或猥褻故事娛樂讀者。」[42]與此同時，作為其小說理論的具體實踐，坪內逍遙還寫了《（一讀三嘆）當代書生氣質》一書。這部小說以幾位書生為主角，描寫了明治十年代的學生生活。小說一出版，立即招來非議。評論界幾乎一致判定：「其文章雖巧，但意近粗鄙，毫無慷慨悲壯之氣」，「於世教不可謂之無害」[43]。而且，有「文學士」稱號的坪內逍遙竟然也寫作這樣「粗鄙」的遊戲小說，更令人不能容忍。自然，《當代書生氣質》絕非上乘之作，可訾議處甚多，但上述的評價尺度仍太陳舊，不足為訓。有意義的倒是從中透露的一點消

39　轉引自西鄉信網等《日本文學史──日本文學的傳統和創造》中譯本，第216頁，（北京）人民文學出版社1978年版。

40　〈皿皿鄉談・自序〉，原文為漢文，此處轉錄自謝六逸《日本文學史》（下卷），第12頁，（上海）北新書局1929年版。

41　〈小說的主眼〉，伊藤整等監修《日本近代文學大系》第 3 卷《坪內逍遙集》，第141頁，（日本東京）角川書店1974年版。

42　〈小說神髓・緒言〉，《日本近代文學大系》第 3 卷。

43　半峰居士（高田早苗）〈評《當代書生氣質》〉所述當時評論界對此書的一般評價。

息。原來批評者所持的標準不僅與「勸善懲惡」的小說舊旨一脈相通，而且適用於品評政治小說。偏愛慷慨悲壯的文風，是政治小說出現後的新傾向，無怪乎重世態人情描摹的《當代書生氣質》不合格。對比時人對《佳人奇遇》的讚美：「其文奔放雄大，高破雲漢；其詩慷慨淋漓，遠邁魏晉。全書以節義忠愛為骨幹，以人間情思為肌膚。……勇壯快活之意氣充溢全篇，一讀使人意氣飛揚，睥睨古今，叱吒英雄，不覺拍案大叫快哉！」[44] 從一貶一褒之中，可以更清楚地看出，「勸善懲惡」的舊小說批評標準與政治小說的新批評標準完全可以重合，這恰好證明了政治小說與舊文學之間存在著內在、深刻的聯繫。還帶有濃厚舊傾向與舊趣味的讀者群，可以迅速接受文學士坪內逍遙翻譯的利頓的政治小說《慨世者傳》，也可以對他涉及外國人在內地雜居這一當時熱門問題的政治小說《（內地雜居）未來之夢》有好感，其根本原因正在於此。

　　中日兩國文學中利用載道與勸善懲惡的傳統影響，借助政治小說的形式，獲得提高小說地位的實際效果這一新舊共生的文學現象，其意義並不限於顯示了傳統力量的頑固與強大，更重要的倒是預示出新的小說觀念即將誕生。無論是日本的「稗史改良」，還是中國的「小說界革命」，都是在固有文學的基礎上發生的，並且，文學創作也需要相互感應的社會環境，因此不能企望觀念的更新可以在傾刻間完成。利用舊概念偷運新內容，往往能夠減少舊勢力的阻力，在潛移默化中改造作者與讀者，把看來不可能完成的「斷裂」，變成由許許多多可能實現的環節勾連而成的一個長鏈條，逐步脫去舊殼，最終以煥然一新的面目為社會所接受。不管以什麼方式，既然「小說為文學之最上乘」的觀念得到普遍認可，那麼，政治小說勢必不能再處於獨尊的地位，其他題材、寫法的小說也盡可以各領風騷。擺脫了「載道」、「勸善懲惡」觀念對小說

44　流芳浪人《明治廿五年之文學界》，載明治二十五年（1892 年）《女學雜誌》
　　第 303 號，收入《近代文學評論大系》第 1 卷。

的羈絆，「道」與「善」不再成為小說必不可少的主眼，這時，小說觀念的徹底更新便真正實現了。

五、《新中國未來記》溯源

除了小說觀念發生轉變，明治小說對梁啟超的影響還表現在政治小說樣式的全面接受。政治小說作為一種特定的模式，有一套區別於其他題材小說的寫作方法。梁啟超的《新中國未來記》正是一個可供對比、解剖的合適標本。《新中國未來記》在《新小說》第 1 號初次刊出時，即標明為「政治小說」。梁啟超對政治小說的熱中已從翻譯轉向創作，日本明治文學的影響也隨之深入一層。

既然日本政治小說的作者大多是自由民權運動的政論家，因而他們的作品必然以宣傳其所屬黨派的政治主張為旨趣。在民權派中，持激進態度的為自由黨，持漸進態度的為立憲改進黨。儘管梁啟超對日本政治小說發生興趣時，自由民權運動已成為日本歷史上過去的一頁，日本政黨各派已經過分化，重新組合，但從梁啟超赴日後所接觸的政界人物看，仍然多屬改進黨舊人。原改進黨總理大隈重信此時出任首相兼外務大臣，是日本政壇的實力人物。梁啟超初到東京，即與之聯繫，並與「大隈左右如犬養毅、高田早苗、柏原文太郎（此君與任公先生交厚，當時約為兄弟）時有來往」[45]。特別是日本政治小說的著名作者矢野文雄，梁啟超在國內時便已見過。1897-1898 年，矢野文雄以公使身分駐北京，與維新派人士有密切接觸[46]。在康有為早年收藏的日文書中，也

45　楊維新〈與丁文江書〉，引自《梁啟超年譜長編》，第 169 頁。

46　梁啟超〈與志賀重昂筆談〉提及：「矢野公使，昔僕在北京，曾數次相見，親愛敝邦之情，深所感誦。」（〈志賀重昂與梁啟超的筆談〉，1959 年 7 月 9 日《光明日報》）《新民說·論進步》亦云：「吾昔讀黃公度《日本國志》，好之，以為據此可以盡知東瀛新國之情狀矣。入都見日矢野龍溪，偶論及之。龍溪曰：是無異據《明史》以言今日中國之時局也。」（《新民叢報》第 10 號，1902 年 6 月）黃遵憲〈東海公來簡〉也稱：「二十世紀中國之政體，其必法英

有矢野的《經國美談》、《浮城物語》等主要作品。與原改進黨領導者的多年交往及對其著作情況的熟悉，對梁啟超創作政治小說產生了重大的作用。

在自由黨政治小說作家中，最著名的當推末廣鐵腸，而改進黨中足以與之匹敵的則屬矢野文雄。末廣鐵腸的小說政治說教意圖非常明顯，這不僅表現在他的多部作品題目上都標寫出「政治小說」字樣，而且其中大部分也確是為配合某一政治運動而寫的。如《二十三年未來記》、《雪中梅》、《花間鶯》，便都以描寫民權派要求開設國會的鬥爭為主要線索。而矢野龍溪從其《經國美談‧自序》[47]看，似乎與末廣不同。他批評「世人動輒曰：稗史小說，亦有補於世道。蓋過言也」，要求「讀是書者，亦以遊戲之具視之可也」，倒像是反對以小說為教育、宣傳工具，但他的《經國美談》恰恰不是一部無所用心的遊戲之作，而是「論破政治之得失於記事之間，辨晰風俗之美惡於敘情之中」[48]的深有寄託的政治小說。書中敘述古代齊武（即底比斯）志士巴比陀（即派洛皮德）等人亡命阿善（即雅典），積聚力量，終於推翻專制黨統治，恢復了民主政體，使齊武成為希臘諸國中的霸主。吉田精一先生評這部小說「是以希臘歷史上底比斯的勃興和完成霸業為主，同時也包含了作者自己的改進黨的主張和意見。底比斯之所以興旺，是由於實行了它的理想和主張；相反地，具有共和政治理想的雅典卻衰落了。這樣，作者從漸進主義的改進黨的立場出發，提出了對激進的自由黨的批判」[49]。因而，矢野龍溪的創作意圖，仍在借歷史故事反映現實的政治鬥爭。

之君民共主乎？胸中蓄此十數年，而未嘗一對人言，惟丁酉之六月初六日，對矢野公使言之。矢野力加禁誡。」（《新民叢報》第 13 號，1902 年 8 月）

47　《日本近代文學大系》第 2 卷《明治政治小說集》，第 163-165 頁，（日本東京）角川書店 1974 年版。

48　藤田鳴鶴〈《經國美談》‧跋〉，同上書，第 319 頁。原文為漢文。

49　《現代日本文學史》中譯本，第 14 頁，上海人民出版社 1976 年版。

急於表現自由黨與改進黨的政治活動及其鮮明的思想分野，是明治政治小說的重要特色。在兩黨之爭中，屬於改良派的梁啟超顯然更傾心於改進黨的政治主張。改進黨宣布其宗旨為：

> 政治之改良進步者，乃我黨人之所冀望；而行破壞急激主義，則非我黨人所冀望也。蓋不遵其順序，而遽行破壞以謀變革，是為紊亂社會之秩序，而卻妨礙政治之進步矣。[50]

這一政治主張在《新中國未來記》中引起了回聲。奠定新中國基礎的憲政黨黨章即明確規定：

> 本黨以擁護全國國民應享之權利，求得全國平和完全之憲法為目的。

> 本黨抱此目的，有進無退，弗得弗措。但非到萬不得已之時，必不輕用急激劇烈手段。[51]

憲政黨領袖黃克強也宣稱：

> 當那破壞、建設過渡時代，最要緊的是統一秩序。若沒有統一秩序的精神，莫說要建設不建設來，便是要破壞，已不破壞到。[52]

在以改良派政治家黃克強為主角的同時，作為對明治政治小說的全面借

---

50 轉引自〈明治政黨小史〉（據《清議報全編》，知為東京日日新聞社纂，陳超譯），《清議報》第 100 冊，1901 年 12 月。

51 《新中國未來記》第二回，《新小說》第 1 號，1902 年 11 月。

52 《新中國未來記》第三回，《新小說》第 2 號，1902 年 12 月。

鑒，梁啟超還設計出黃克強與激進派政治家李去病的一場舌戰。回想改
進黨與自由黨雖然具體作法上有差異，但在自由民權運動中仍是同路
人，同屬社會改良的促進力量，便可以透視梁啟超安排這場各不相讓的
大論戰，原是對雙方都抱有好感，肯定其俱為愛國志士，因而所論「句
句都是洞切當日的時勢，原本最確的學理，旗鼓相當，沒有一字是強詞
奪理的」[53]，令讀者「每讀一段，輒覺其議論已圓滿精確，顛撲不破，
萬無可以再駁之理。及看下一段，忽又覺得別有天地。看至段末，又是
顛撲不破，萬難再駁了。段段皆是如此」[54]。作如是想，才能夠體會出
梁啟超的良苦用心，也算達到了他所預期的效果。

　　《新中國未來記》中不但有這一場被作者自我作古、稱讚不已的大
辯論，而且整部小說按其構思來說，便是一篇由孔覺民老先生口中述出
的絕長的演說辭。《（新小說）第一號之內容》[55]便特意介紹：

　　　　本書全部以史傳出之，而皆由一人所講演。這場大演說，開
　　宗明義，講中國何以能維新自立之原因，語語足為今日志士針砭。

以一人對眾演講的形式作小說，在中國文學中實為新創。孔老先生絕不
同於中國古代的說話藝人，說話藝人關心的是如何以曲折的情節吸引聽
故事的人，而孔老先生則是「為國民演說國事」，因此，「那緊要的章
程，壯快的演說，亦每每全篇錄出」[56]。作者要孔老先生擔任的，不過
是政治啟蒙家的角色，講故事倒在其次。只要注意一下，孔老先生所述
不稱為「講史」、「演義」，而稱為「講義」、「演說」，便見分曉。

　　以演說為小說雖可云中國文學中的新創，卻不等於說梁啟超無所師

53　《新中國未來記》第三回。
54　平等閣主人（狄葆賢）第三回總批，《新小說》第 2 號，1902 年 12 月。
55　《新民叢報》第 25 號，1903 年 2 月。
56　《新中國未來記》第二回。

承。考慮到其實演說之風甚盛的背景，溯其來源，仍要歸之於明治時代風氣的感染。日本政界要人之犬養毅即親口對梁啟超說過：

> 日本維新以來，文明普及之法有三：一曰學校，二曰報紙，三曰演說。[57]

演說成風，也是學習西方的產物。周桂笙就從閱讀「外國叢報」獲知：

> 演說一道，最易動人。故歐美特多，分門別類，幾於無一處，無一業，無演說。晚近日本學之，亦幾於無一聚會，無演說，甚至數人之會，亦必為之。其狀殆如吾國之說書。不過一則發表意見，就事論事；一則抱守陳腐，徒供笑謔。宗旨不同，智愚斯判。然在西國演說極難，非有新理想，新學術，必不足以饜聽者之望；而其民之智識，又大都在普通以上，不若說書之可以隨意欺人也。[58]

演說具有普及新思想、新知識的功用，自然會大得日本啟蒙思想家的青睞。在日本最先倡導演說的便是福澤諭吉。他譯過《會議辯》，寫過〈論提倡演說〉（收入《勸學篇》一書）等文，專門講論演說的好處，並帶頭當眾演說，又在慶應義塾開辦演說會，設立演說館，切實推動了日本社會演說風氣的形成。即使「演說」一詞，也是由福澤從英文 Speech 譯出、酌定的。

演說作為啟蒙教育的重要手段，不僅被政治宣傳家廣泛利用，產生了實際的效益，而且當這批人轉而從事政治小說創作時，也習慣性地沿

---

57 〈文明普及之法〉。
58 〈知新室新譯叢·演說〉，《新小說》第 20 號，1905 年 9 月。

用這種形式，從而形成了政治小說特有的演說調。日本政治小說中不乏長篇大論的演說。如《雪中梅》第二回描述正義社政談演說會的盛況，便是典型的一例。眾辯士輪番登台演講，作者只將主人公國野基的演說辭全文錄出，即成該回的主幹。演說的一種轉化形式——對談，在政治小說中也得到了普遍的運用。《佳人奇遇》由於故事發生在外國，為了介紹背景，作者甚至不顧實際的可能性，強使人物在交談中，不斷重複在其國為常識、在日本為新知的話題，如第一回幽蘭、紅蓮關於美國獨立戰爭的一席話，即是如此。寧願把人物變成可笑的傳聲筒，也不願自己出面在敘述中交代，這除了以酷愛演說來解釋，便不可理解。因為即使是兩人對面談心，也必設想有第三者在場旁聽，這只能是演說家的心理。演說在整部小說的布局中，也占據著重要地位。藤田鳴鶴評《經國美談》第一回即著眼於此：

> 開卷，先敘老教師演說，述阿善賢君義士愛國殉難之跡，暗暗裡呼起後段齊武國難。
>
> 一演說，大有關係於全篇，結構極妙。59

梁啟超構思《新中國未來記》時，對此必有會心，而其高明之處，則在於故事敘述人的腔調與演說調的合一。採取一人演說的口氣，就可以避免出現日本政治小說中常見的演說腔與小說敘述語言不協調的毛病。

演說進入小說，是造成政治小說特有的慷慨悲壯風格的一個重要原因。同時，這一風格的形成，也得力於政治小說所描寫的人物。作為小說主人公的，都是意氣風發的愛國志士。《經國美談》中的巴比陀，《佳人奇遇》中的東海散士，《雪中梅》中的國野基，都屬於這一形象系列。他們救國濟民的事跡，便構成小說的中心故事。此外，日本古代

59　《日本近代文學大系》第2卷《明治政治小說集》，第177頁。批語原為漢文。

文學擅長書寫愛情的傳統，也給予政治小說作者以影響。於是我們看到，幾乎每一位志士身邊，都由作者配備上一位美女。巴比陀有令南，國野基有富永春兒；東海散士因遊歷歐美，更多奇遇，有幽蘭、紅蓮兩位異國女子傾心相愛。一種縈繞不已的感情糾葛，使政治小說在慷慨悲壯之外，又增添上穠麗哀艷的色調。實際上，這一「志士美人」的特定格局，早在日本第一部政治小說作品户田欽堂的《（民權演義）情海波瀾》中即已奠定。單從小說的名稱上，便可見其大意。户田本人在自序中也直言不諱：

> 此處所述一段新話，專繫之以佳人奇緣之事。[60]

寫「佳人奇緣」，無疑可以吸引更多熟悉舊小說的讀者，擴大作品的社會影響。如末廣鐵腸著《雪中梅》，是因「當時對世態深有感憤，託以情話，意在描述出政治之狀況」，但仍然聲明：

> 是書於我為一部政論，讀者將其與普通人情小說同一視之，則幸甚。[61]

原也有爭取讀者的用意。另外，樂於編述「佳人奇緣」，也反映了作者本人的志趣。民權派中人大多抱有志士意識，以先知先覺者自視，啟迪蒙昧眾生。和內心深處的優越感一同產生的，還有不被理解的苦悶。而在現實生活中，發洩苦悶的對象很容易選中歌妓（這也是由日本的社會結構、傳統習慣決定的）。如自由民權運動最激進的思想家植木枝盛，

60　轉譯自越智治雄〈《明治政治小說集》解說〉，《日本近代文學大系》第 2 卷《明治政治小說集》，第 12 頁。

61　〈（訂正增補）雪中梅序〉，《現代日本文學全集》第一編《明治開化期文學集》，第 329 頁。

不但寫出了《民權自由論》、《天賦人權辯》等一批政論文以及政治小說《國會組織國民大會議》，而且經常出入妓院，眠花宿柳。將這種生活藝術化寫成小說，受日本古代文學與中國文學中「美人香草」傳統的合流影響，便出現了一批與志士志同道合、情愛甚篤、既是情人又是知音的佳人形象。

反觀《新中國未來記》，已完成的前五回中雖然還沒有佳人登場，但這也僅是由於梁啟超半途而廢造成的。細讀作品，仍然不難發現明治政治小說「志士美人」珠聯璧合的影子。

第三回，愛國志士黃克強、李去病在山海關登長城後，回到客店，醉中二人聯句，作了一首《賀新郎》詞題在牆上。第四回，黃、李二人於數日後重回此客店，卻看見前日的題壁詞後多了一首和韻。其中云：「人權未必釵裙異。只怪那女龍已醒，雄獅猶睡。相約魯陽回落日，責任豈惟男子？」末後有跋語兩行，一方面為國民慶幸「眾生沉醉，尚有斯人」，另一方面感嘆自己「東歐遊學」，以致「蒹葭秋水，相失交臂，我勞如何」，落款為「端雲」。可見這一位遊學歐洲的女豪傑在救國壯心之外，也不乏愛慕柔腸。端雲在書中必是一位重要人物。只看作者安排黃、李二君出遊旅順，仍要借「行李還在山海關」為由頭，「仍在前日的客店前日的房裡住下」，並且安排他們在晚上到達，「胡亂吃了晚飯」，「倒頭便睡了」，而將這一首絕妙好詞留待次日清晨，二人梳洗已畢，方才從從容容地「上前仔細看」，並作評論，「看這筆跡，那雄渾裡頭，帶一種娟秀之氣」云云，又鄭重其事地將這一首詞並題記抄入黃克強所寫的筆記《乘風紀行》一書中，便可知我們的推論大體不錯。作者還借李去病之口，說出「東勞西燕」這一常用來形容戀人分離的成語，與端雲「蒹葭秋水」的感嘆相呼應，也可料定這一位奇女子與黃、李二人中的一位日後必有奇緣。作者不僅以千回百折、千呼萬喚始出來的方式寫未曾露面的端雲，而且為了加深讀者的印象，在第五回鄭伯才送給黃李二人的同志名單上，「女士三人」中的第一位便赫然列著

「王端雲」，介紹其為「廣東人，膽氣、血性、學識皆過人，現往歐洲，擬留學瑞士」[62]。從其簡歷看，這一位「王端雲」，便是在山海關作和詞的「端雲」女士，當無疑問。在這一部「於廣東特詳」、「書中人物」「多派以粵籍」[63]的小說中，廣東女子王端雲也絕不會成為過場人物，而必有著落。從這些蛛絲馬跡的通盤考察中，我們不難揣摩出作者「千里姻緣一線牽」的苦心構思，更何況第四回回目：

　　　　旅順鳴琴名士合併　　榆關題壁美人遠遊

也已暗示出「名士」與「美人」的足相匹配。

　　「繫之以佳人奇緣」的政治小說本身便帶有濃厚的浪漫傳奇色彩，這不僅因為書中人物的結合是作者理想中志士與美人的天作之合，更因為在主要人物身上還寄託著作者的政治理想。無怪乎《日本維新三十年史》的作者要將《經國美談》、《向日葵》、《南洋大波瀾》（末廣鐵腸著）等書歸入「傳奇小說」。此外，他還進一步指出了此類作品「讀者則比之寫實小說，較為眾多」的現象[64]。明治前期文學的趨於浪漫情調確是時代風氣的反映。依據雨果「浪漫主義，其真正的定義不過是文學上的自由主義而已」[65]的名言觀察明治前期社會，則當時的日本可以說是熱情奮發，充滿自由的空氣。在這樣的時代氛圍下接受西方文學，便很容易偏於傳奇、浪漫一路。司各特、大仲馬的傳奇歷史小說，雨果的浪漫主義小說，以及從司各特脫胎的利頓等人的政治小說，自然而然

62　《新中國未來記》第四、五回，《新小說》第 3、7 號，1903 年 1、9 月（後一期雜誌實則 1904 年 1 月後始出刊）。

63　〈《新中國未來記》‧緒言〉，《新小說》第 1 號，1902 年 11 月。

64　《日本維新三十年史》第九編《文學史》。

65　〈《歐那尼》序〉，引自《歐美古典作家論現實主義和浪漫主義》（二），第 134-135 頁，（北京）中國社會科學出版社 1981 年版。

成為這一時期讀者的心愛物，大有市場，大行其時。反轉過來，迎合了讀者口味的西方小說又作用於日本的小說創作，將這一股浪漫的氣息帶入政治小説作品。

　　歸根結底，政治小說作者的根本目的是要改變現實，因而與現實相對立或超越現實的理想社會才是作者心嚮往之、作品精神匯聚之處。可以這樣說，幾乎每一部日本政治小說都透射出政治理想的光芒。而最能體現其理想光輝與浪漫性質的，當推「未來記」一類。明治年間的作者熱衷於幻想未來社會，就使「未來記」成了政治小說的一種常見形式。單從書名看，便有末廣鐵腸的《二十三年未來記》、服部撫松的《二十三年國會未來記》、坪內逍遙的《（內地雜居）未來之夢》、藤澤蟠松的《日本之未來》等等。其他標題上未帶出「未來」字樣的「未來記」尚有多種，像尾崎行雄的《新日本》、須藤南翠的《新妝之佳人》等。這些小說固然是對當時譯介的西方烏托邦小說如《良政府談》（即托瑪斯莫爾的《烏托邦》，井上勤譯）、《（社會進化）世界未來記》（蔭山廣忠譯）的模仿，但也顯現出作者的政治熱情與自由心態。「未來記」的影響甚至波及意在反映現實鬥爭的政治小說。末廣鐵腸的《雪中梅》，中心故事本來是描述明治年代政治社會的狀況以及志士們為開設國會所作的鬥爭，卻採用了「未來記」的框架，從明治一百七十三年即國會開設一百五十周年慶祝日講起。日本政治小説作者對於「未來記」實在是過於喜愛了。

　　無獨有偶，梁啟超的《新中國未來記》在開篇的結構上竟與《雪中梅》極為相似。《雪中梅》「發端」借兩位老者的交談，極口稱頌舉行國會一百五十周年慶典時國力的強盛：

　　　若講起商業來，只怕賽過倫敦、巴黎；講起武事來，地上有幾十萬強兵，海上有幾百隻堅艦；講起教育來，全國沒有沒設學堂的地方；講起政治來，上有尊嚴的皇族，下有有智慧、有閱歷

的國會，改進、保守兩政黨又互相競爭，接代著做內閣，憲法法律都定得完備，言論集會都很可自由，沒有一點弊竇。

兩位老者不由得「想起一百年前，人家都說我們是亞細亞洲裡頭最弱最貧的國」[66]，引出歷史的回顧。《新中國未來記》在誇說國家的富強上也不甘示弱。第一回「楔子」敘公元 1962 年「我中國全國人民舉行維新五十年大祝典之日」的盛況，稱：

> ……諸友邦皆特派兵艦來慶賀，英國皇帝、皇后、日本皇帝、皇后，俄國大統領及夫人，菲律賓大統領及夫人，匈牙利大統領及夫人，皆親臨致祝。其餘列強皆有頭等欽差代一國表賀意，都齊集南京，好不匆忙，好不熱鬧。

又在上海開設大博覽會，「各國專門名家、大博士來集者不下數千人，各國大學學生來集者，不下數萬人」。「原來自我國維新以後，各種學術，進步甚速，歐美各國皆紛紛派學生來遊學」，數達三萬餘名，真是百川朝宗，氣象非凡。於是，第二回「孔覺民演說近世史」，一開口便對「我們今日得擁這般的國勢，享這般的光榮」無限感慨，不禁回想「六十年前，我國衰弱到恁般田地」，就此提起話頭，從「黃毅伯組織憲政黨」[67]，開始演述民間志士為建立新中國而鬥爭的歷史。

據《中國唯一之文學報〈新小說〉》[68]以及《新中國未來記》第一回關於本書的介紹，我們知道梁啟超原意是要從 1902 年黃克強、李去病二人遊學歸來聯絡同志敘起，終止於 1962 年在中國首都南京召開「萬國太平會議」、簽訂「太平條約」的盛舉。從現在寫至未來，而以未來

66　譯文借用了江西尊業書館 1903 年出版的熊垓的譯本，只改動了個別字。

67　《新中國未來記》第一、二回，《新小說》第 1 號，1902 年 11 月。

68　《新民叢報》第 14 號，1902 年 8 月。

的描述為主，梁啟超因而為此書取名《新中國未來記》。稍加辨析就可以認出，這一名稱來源於日本同類小說，是綜合了《新日本》與《二十三年未來記》一類的書名而成。中國文學中從未有過以「未來記」形式出現的小說，即使偶爾記述對理想社會的構想，也必將其置於同一時代存在的海外異域或與世隔絕的桃花源，而絕沒有超越時間限隔的未來社會提前出世。因此，康有為在評述日文小說時，才會對「未來記」特別感興趣，一連舉出《未來之面影》、《未來之商人》、《世界未來記》、《新日本》等多部小說，讚揚其「懷思奧說」，「足以發皇心思」[69]。對康有為這段話以及《烏托邦》等空想小說非常熟悉[70]的梁啟超也看中了「未來記」宜於表述政治理想的長處，毫不猶豫地選中「未來記」作為政治小說的基本形式。以「新小說報社」名義登出的〈中國唯一之文學報《新小說》〉便明白說出：

> 政治小說者，著者欲借以吐露其所懷抱之政治思想也。其立論皆以中國為主，事實全由於幻想。

並且在「政治小說」欄目下介紹了三部著作，其中《新中國未來記》一種梁啟超已動筆寫作，擬議中的尚有《舊中國未來記》與《新桃源》（一名《海外新中國》）。前書「敘述不變之中國，寫其將來之慘狀」；後書「以補《新中國未來記》所未及」，虛構二百年前遁居荒島的中國一大族，建立了第一等文明國，後終於幫助內地志士完成了祖國的維新偉業。囊括「政治小說」一欄廣告的三部作品，竟都含有「未來」成分，具有幻想性質，則梁啟超的偏愛「未來記」可謂證據確鑿。

69　《日本書目志》卷十四，（上海）大同譯書局 1898 年版。

70　梁啟超〈與康有為書〉（光緒二十八年〔1902 年〕四月）中論大同學說，有「英國之德麻摩里」（按：即托瑪斯莫爾）「著一小說，極瑰偉，弟子譯其名曰《華麗界》」等語，見《梁啟超年譜長編》，第 286 頁。

　　既然是寫作「未來記」，便必不可少那種特有的浪漫情調。前引
《新中國未來記》中誇耀新中國的話，便足以表見梁啟超不乏這方面的
情趣。實際上，正是從以「未來記」形式出現的政治小說中，梁啟超才
得到了對於浪漫主義文學的初步認識。與《新中國未來記》同期發表的
〈論小說與群治之關係〉，在中國文學批評中最早提出了浪漫派小說與
寫實派小說的兩分法。但在總結前一類小說的特點時，梁啟超又用「尋
人遊於他境界」的定語以偏概全，並冠以「理想派小說」的統稱，便是
對「未來記」的偏愛在作祟。梁啟超不走寫實派小說的路子，如李伯元
輩創作《中國現在記》，而單單選中理想派小說，懸想新中國之未來，
這除了表明他本人性格中具有浪漫的氣質，而且證明他與明治政治小說
的作者確實是「心有靈犀一點通」，對明治政治小說的精髓確實是心領
神會，並且確實攫取到了日本「文明開化」時期最富於時代精神的創作
意識。

（前四節原刊《北京大學學報》1987 年第 5 期，全文收入上海人民出版社
1991 年版《覺世與傳世──梁啟超的文學道路》）

梁啟超的文類概念辨析

　　文體分類是一個由來已久且眾說紛紜的問題。古代中國人的文類意識最早起碼可以追溯到《尚書》，其典、謨、誓、誥、訓等，已根據文章的用途、對象與特點作了區分[1]。而由於文體的劃分不僅關涉到形式體制，也兼及文辭書寫的功能、語言、風格等諸多方面，因此，從古到今的文論家與選家不斷進行歸類的嘗試，以求更準確地揭示各種文體相互區別的內在規定性。鑒於梁啟超在近代中國文化界的覆蓋性影響，本文擬集中考察其文類概念的演變軌跡，進而揭示梁氏文學觀演進的內在理路及其與時代思潮的互動。

「小說為文學之最上乘」

　　晚清以降，受西方文類概念以及文學創作新趨向的影響，各類文體經歷了大規模的重組與區劃，為現代的文體分類學奠定了基礎。而對於國人來說，近代出現的文類論述實際大多以其時日本的同類著作為依據，這也使得晚清「新派的文體論」[2]不僅新舊雜糅，而且類別大致相近。

1　參見吳承學《中國古代文體形態研究》（廣州：中山大學出版社，2000 年）第十四章〈文體學源流〉。

2　參見蔣伯潛《文體論纂要》（上海：正中書局，1948 年）第四章〈新派文體分類述評（上）〉所述。

以出版於 1905 與 1906 年的兩部文章學著作為例：龍志澤（字伯純）的《文字發凡》在〈修辭學〉部分既有新派的分類法，即將文辭分為「記事文」、「敘事文」、「解釋文」與「議論文」四種，又以「敘事」、「議論」、「辭令」、「詩賦」為綱，將傳統的文體分別系屬其下[3]。其牽合新舊的努力頗費心思，但在現代學者蔣伯潛看來，後者「完全是零碎地，凌雜地敘述舊派底文體分類」，「所分子目之繁冗雜亂，所加說明之不得要領」，讓人一目了然。故蔣氏只肯定前者的價值[4]。來裕恂（字雨生）的《漢文典》比龍氏有所進步，在〈文章典〉的第三卷〈文體〉中，他直接將舊有的文體名目嫁接到「敘記」、「議論」、「辭令」三大類項下。作者雖對日本學者所著諸種《漢文典》有所批評，但訾議僅限於文法，所謂「以日文之品詞強一漢文，是未明中國文字之性質」[5]；而其文體分類，實則仍與之相通。故來著與被蔣伯潛斷為「多取之日人山岸輯光底《漢文典》」[6]之龍著後一類別也大同小異，不過是把龍之「詩賦類」合入「辭令類」。

其實，詳勘二者之細目，其間固有出入，但最引人注目者，還在「小說」的歸屬。龍志澤將「小說」與「傳記」、「歷史」並列，安置在「敘事文」這一新派的文類體系中，顯然是認為按照傳統的文體分類法，無法為「小說」找到合適的位置。而來裕恂既已合新舊於一手，其為「小說」尋找的歸宿，列之於「辭令」項下「文詞類」即「文、詩、賦、辭、樂府、詞曲之流」的末尾，也不免有幾分勉強[7]。「小說」作

3　龍伯純《文字發凡》卷三、卷四，（上海）廣智書局，1905 年。

4　蔣伯潛《文體論纂要》50 頁。

5　來裕恂《漢文典》，（上海）商務印書館，1906 年初版；今有《漢文典注釋》，（天津）南開大學出版社，1993 年。所引見來之〈《漢文典》‧序〉，《漢文典注釋》2 頁。

6　蔣伯潛《文體論纂要》50 頁。

7　〈敘事文〉，《文字發凡》卷三；《漢文典注釋》341 頁。來裕恂以「文、詩、賦、辭、樂府、詞曲之流也」解釋「文詞類」，原未及小說；而下文第一至五

為一向遭受輕蔑、卻在晚清突然榮顯的文學體裁，一時在文體分類中難以為之定位，也從一個側面昭示出重新界定文類的必要。

　　毋庸置疑，文類界定的需要總是產生在新文體出現或文類格局已然發生改變之後。而在晚清，小說的異軍突起實為最重要的推動力，梁啟超則是其中一位關鍵性的人物。

　　論及梁啟超的文類意識，晚清時本人雖無清晰表述，卻仍有若干蹤跡可尋。尤其是在戊戌變法失敗後，梁氏避難東渡，受到日本明治文學創作與觀念的啟示而倡導文學改良，對文學體裁的分類也不無考慮。其曾以「變革」置換「革命」，而解釋説：

> 　　夫淘汰也，變革也，豈惟政治上為然耳，凡群治中一切萬事萬物莫不有焉。以日人之譯名言之，則宗教有宗教之革命，道德有道德之革命，學術有學術之革命，文學有文學之革命，風俗有風俗之革命，產業有產業之革命。即今日中國新學小生之恒言，固有所謂經學革命、史學革命、文界革命、詩界革命、曲界革命、小說界革命、音樂界革命、文字革命、等種種名詞矣。[8]

此語已表明，梁啟超區別於傳統的新式文學分類直接採自日本，這才有發起「文界革命」、「詩界革命」、「小說界革命」之實績。而檢索梁氏其時的著述，他切實談論過的「文學之革命」，實在也只有上舉三項[9]。這也可以理解為，梁氏的「文學」分類僅指向「詩」、「文」與

　　節即分述「文」、「詩」、「賦」、「辭」、「樂府」，另憑空添入「小說」為第六節。

8　中國之新民〈釋革〉，《新民叢報》22 號，1902 年 12 月。

9　梁啟超關於「文界革命」的說法見於《夏威夷遊記》與《十五小豪傑》評語；「詩界革命」的思想以《夏威夷遊記》與《飲冰室詩話》中的討論最重要；「小說界革命」的論述則集中在〈論小說與群治之關係〉一文。

「小說」。至於戲曲，即梁所謂「曲本」，在其時尚處於附庸的地位，未能獨立。

考察梁啟超流亡日本期間所辦的雜誌，對釐清這一問題亦有幫助，因為近代報刊的欄目設置，同樣反映出編者的文類意識。

分別創刊於 1898 年 12 月與 1902 年 2 月的《清議報》與《新民叢報》，實為梁啟超投入精力最多、對國人影響深巨的一代名刊。從創辦之初，《清議報》便開設了「政治小說」與「詩文辭隨錄」兩個固定的文學欄目。迨出刊至 100 期，梁氏撰文慶賀，自我總結《清議報》「內容之重要」、「有以特異於群報者」，即稱說：

> 有政治小說《佳人奇遇》、《經國美談》等，以稗官之異才，寫政界之大勢。美人芳草，別有會心；鐵血舌壇，幾多健者。一讀擊節，每移我情；千金國門，誰無同好？若夫雕蟲小技，余事詩人，則卷末所錄諸章，類皆以詩界革命之神魂，為斯道別闢新土。

除了表現出對政治小說的情有獨鐘，在「詩文辭隨錄」一欄，梁啟超已明顯有所偏愛，即棄置「文辭」，而全神貫注於詩歌。而其所標舉的「開文章之新體，激民氣之暗潮」的《少年中國說》、《呵旁觀者文》、《過渡時代論》等，以及自詡為「以精銳之筆，說微妙之理，談言微中，聞者足興」的《飲冰室自由書》，諸種得意之作卻均不在此欄。這類新體文章其實享有更高的待遇，它們或刊載於「本館論說」中，或另立專欄連屬於其下 [10]。如此，既說明梁氏更看重的是「文」作為新思想之載體的啟蒙功效，也可見其並不以為「文學」可以包容它的

10　任公〈本館第一百冊祝辭並論報館之責任與本館之經歷〉，《清議報》100 冊，1901 年 12 月。起初，《飲冰室自由書》為一獨立欄目，列於「本館論說」下，後期亦間或置於上欄中。

全部內涵。換言之，即「文」具有超出「文學」品格的更廣泛的文類意義。於是，真正屬於純文學的品類便只剩下「詩」與「小說」。

由《清議報》筆端的「詩文辭」的分化，在《新民叢報》得到了進一步的展開。新命名的「文苑」欄幾乎已被「詩界潮音集」與連載的梁啟超《飲冰室詩話》所包攬，也即是說，發表與評論詩歌已成為此欄目的專責。此外，「小說」也取代「政治小說」，擁有了更大的容量與空間。除翻譯小說外，梁啟超撰寫的《劫灰夢傳奇》、《新羅馬傳奇》等戲曲作品紛紛在此現身，使作為文類概念的「小說」更為複雜。

應該說明的是，在其時梁啟超的使用中，「詩」、「文」、「小說」三者的邊界都有相當的模糊性。即使局限於梁氏心目中更純粹的文學類別「詩」與「小說」，常人看來楚河漢界，清晰可辨，但在梁氏那裡，二者也可以混為一談。最明顯的例證當數《飲冰室詩話》與《小說叢話》的兩段論述，同樣是比較中外長篇詩作，梁啟超兩次作出的文類歸屬卻大有出入。

在 1902 年 6 月發表的《飲冰室詩話》中，梁啟超大力推崇西方詩人荷馬、莎士比亞、彌爾敦等所作長詩，稱：「勿論文藻，即其氣魄固已奪人矣。」反觀中國，則以為杜甫的《北征》、韓愈的《南山詩》，「其精深盤鬱雄偉博麗之氣，尚未足也」；《孔雀東南飛》「詩雖奇絕，亦只兒女子語，於世運無影響」[11]。整個論述都是在相當純粹的「詩」的體裁中，檢討中國古代詩人「才力薄弱，視西哲有慚色」。一年半以後，梁氏發表《小說叢話》，仍然以上舉三首中國古典長詩對陣「泰西詩家」，不過，後一系列中的莎士比亞已被暗中替換為擺倫（即拜倫）[12]。這一改變並非無關緊要，在梁氏下文將前述結論轉化為前提

11　飲冰子《飲冰室詩話》，《新民叢報》9 號，1902 年 6 月。

12　飲冰等〈小說叢話〉，《新小說》7 號，標為 1903 年 9 月出刊。實則，依據梁啟超在〈小說叢話〉篇首所寫「識語」，記其成稿時間為「癸卯初臘」，即光緒二十九年十二月，折算成西曆，應為 1904 年 1 月，故知該期雜誌乃延後出版。

以展開新一輪論述的過程中,莎翁退場的意義正在於保證了整個論說的合理性。

當寫作《小說叢話》之際,梁啟超重申前說的同時,也進一步反省了其間的缺失,所謂「既而思之,吾中國亦非無此等雄著,可與彼頡頏者」。之所以產生以前的迷思,乃是由於「吾輩僅求之於狹義之詩」。至此,梁啟超鄭重提出了「詩分廣狹」的新見:

> 詩何以有狹義、有廣義?彼西人之詩不一體,吾儕譯其名詞,則皆曰「詩」而已。若吾中國之騷、之樂府、之詞、之曲,皆詩屬也,而尋常不名曰「詩」,於是乎詩之技乃有所限。吾以為若取最狹義,則惟「三百篇」可謂之「詩」;若取其最廣義,則凡詞曲之類,皆應謂之「詩」。

此時再依據「廣義」的「詩」之定義來比論,其對於中國古代詩歌的看法便截然兩樣:不僅「古代之屈、宋,豈讓荷馬、但丁」;而且,在梁啟超眼中,近世的戲曲名家湯顯祖、孔尚任、蔣士銓也可謂「一詩累數萬言」,「其才力又豈在擺倫、彌爾頓下耶?」這裡的關鍵是將「曲本」「以廣義之名名之」為「詩」,即將「詩」的概念擴大到戲曲。因此,西方的戲劇大師莎士比亞本不應在「狹義之詩」的討論中提前登場。

表面看來,「曲本」之歸入「詩」,是「詩」的文類外延擴展的結果。而實際上,這種延伸在梁啟超重構的文類格局中,不過是為「詩」通往「小說」建立了可行之路。其邏輯推演步驟如下:

首先,確立「曲本」在「詩界」的至高地位。在《小說叢話》中,梁啟超專門分析了「曲本之詩」「所以優勝於他體之詩者」有四點:一是「唱歌與科白相間」,互相補充、發揮,「可以淋漓盡致」;二是上場人物「可多至十數人或數十人,各盡其情」;三是折數及曲調之多

寡，「一惟作者所欲，極自由之樂」；四是格律、體式限制較少，「稍解音律者，可任意綴合諸調，別為新調」，舊調之中亦可增字。凡此，均為通常「只能寫一人之意境」且格律謹嚴的近體詩與詞所不及。梁氏因此斷言：「故吾嘗以為中國韻文，其後乎今日者，進化之運，未知何如；其前乎今日者，則吾必以曲本為巨擘矣。」

其次，先前對於曲本歸屬於小說門下的分類仍然有效。梁啟超自撰的《劫灰夢傳奇》1902 年 2 月在《新民叢報》的「小說」欄發表，為一明顯標誌。同年 8 月，梁氏籌辦《新小說》雜誌時，設計各欄目，也專列一「傳奇體小說」，並加以說明：「本社員有深通此道、酷嗜此業者一二人，欲繼索士比亞、福祿特爾之風，為中國劇壇起革命軍，其結構、詞藻決不在《新羅馬傳奇》下也。」[13] 與伏爾泰並列提出的莎士比亞，在此已安放在合適的位置。當年 11 月，《新小說》正式出版，此欄目又簡稱為「傳奇」，恢復了舊名，卻無改於其為小說之一種的文類認定。並且，梁氏與同人合作撰寫的《小說叢話》，原本起因於 1903 年 2 月梁赴美航海時，「篋中挾《桃花扇》一部，藉以消遣，偶有所觸，綴筆記十餘條」。友朋見之，異口同聲謂為：「是小說叢話也，亦中國前此未有之作。」[14] 可見，曲本之隸屬小說已為一時公論。

再次，「廣義」的「詩」在曲本的引導下向「小說」靠攏。曲本既為最高等的「詩」，本身又歸屬「小說」，故就排列等級而言，可以認為，「詩」類中最重要的部分已被「小說」收編。而且，即使是在《小說叢話》中討論「詩」之廣狹義與體裁之進化的話題本身，也表明「小說」的概念大於「詩」。

從以上對於梁啟超文類層級的剖析可以發現，梁氏實際是在使用不同的標準建構體系。談論曲本與詩的關係時，他注重的是相通的音律；

13　新小說報社〈中國唯一之文學報《新小說》〉，《新民叢報》14 號，1902 年 8 月。

14　飲冰〈小說叢話〉「識語」，《新小說》7 號。

而當問題轉變為曲本與小說的聯繫時，他關注的又是二者共有的敘事成分。不過，無論如何，其文體分類最終還是指向小說地位的崇高，這也呼應與印證了梁氏當年的一句名言：「小說為文學之最上乘。」[15]

而小說獲此殊榮，又與此時身為政治家的梁啟超之文學觀大有干係。其在晚清熱心倡導「文學改良」，主要目的實在以文學作為政治變革與社會改良的工具，因此格外看重文學的社會教育功能。雖然梁氏並列地提出了「詩界革命」、「文界革命」與「小說界革命」三大主張，但與詩文相比，小說的「淺而易解」、「樂而多趣」，「易入人」、「易感人」，「有不可思議之力支配人道」[16]，並且接受面最廣，優勢明顯，這使得小說最有資格充當啟蒙與救亡的最佳利器。在此意義上，梁啟超才肯定小說為最高等級的文學，或曰：「小說為國民之魂。」[17]「小說界革命」於是也成為晚清文學改良的中心，用梁氏自己的話說，就是：

> 故今日欲改良群治，必自小說界革命始；欲新民必自新小說始。[18]

受梁啟超「小說改良群治論」與「小說新民論」的鼓舞，晚清小說創作出現了前所未有的繁榮景象。而小說地位的提升與小說觀念的改變，也在其時的文體論述中留下了痕跡。來裕恂將「小說」分為「傳奇」與「演義」二體，專注於「戲曲」與「白話小說」，完全撇開了舊有的小

---

15 〈論小說與群治之關係〉，《新小說》1 號，1902 年 11 月。此文最初發表時未署名。而梁啟超「小說為文學之最上乘」觀念的形成與日本明治年間「小說改良」之關係，可參閱筆者《覺世與傳世——梁啟超的文學道路》（上海人民出版社，1991 年）第八章〈「以稗官之異才，寫政界之大勢」〉。

16 〈論小說與群治之關係〉。

17 任公〈譯印政治小說序〉，《清議報》1 冊，1898 年 12 月。

18 〈論小說與群治之關係〉。

說分類，正是對梁啟超提倡「小說界革命」以來文類格局改變的總結。其以「移風易俗之道，外國泰半得力於小說」為據，批評中國舊小說「事雜鬼神，情鐘男女者為多」，因此「而沮風氣」，以及推原此現象的產生，是「由於讀小說者，不知小說之功用，作小說者，不知小說之關係」[19]，均體現出對梁啟超鼓吹「各國政界之日進，則政治小說為功最高」及以舊小說為「吾中國群治腐敗之總根原」[20]諸論的應和。因此，梁氏在晚清構建的文類體系，由於與文學改良運動密切相關，已超越了個體的局限，獲致普遍的意義。

「詩本為表情之具」

在梁啟超的人生之旅中，1917 年底的退出政壇與 1918 年底的出遊歐洲，使其社會身份、文化立場、研究指向、生活狀態均發生了巨大變化。此後，梁啟超仍關注政局，發表政見，但基本是以社會名流的個人身份發言，更多的精力已轉向學術著述與講學。

作為學者與導師的梁啟超，此時自覺地以發掘、闡揚中國傳統文化為己任。在治學與授課中，梁氏不斷強調「研究國學有兩條應走的大路」：一是「用客觀的科學方法去研究」「文獻的學問」，以「在學術界上造成一種適應新潮的國學」；一是「用內省的和躬行的方法去研究」「德性的學問」，以「在社會上造成一種不逐時流的新人」[21]。由此，「為學」與「做人」[22]成為其後期學術研究的兩大基點，學問與人生因此密不可分。

19　《漢文典注釋》351、353 頁。

20　〈譯印政治小說序〉、〈論小說與群治之關係〉。

21　李競芳記〈治國學的兩條大路〉，《時事新報》「學燈」，1923 年 1 月 23 日；周傳儒、吳其昌記〈梁先生北海談話記〉，吳其昌編《清華學校研究院同學錄》，1927 年。

22　梁啟超有一篇文章即題為〈為學與做人〉（1923 年 1 月 15 日《晨報副刊》），〈梁先生北海談話記〉中心也是談「做人的方法」與「做學問的方法」。

1920 年 3 月歐遊歸來，開始學術轉向的梁啟超對文學也有了不同體認。文學改良群治的功能已然消解，代之而起的是對文學淨化情感、陶冶情操作用的追求。文學不再是啟蒙的工具，而成為藝術的美的表現。凡此，均在對於「詩」的重新界說中體現出來。

寫於 1920 年 10 月的〈晚清兩大家詩鈔題辭〉[23] 雖是未完稿，且在梁啟超生前並未發表，其意義卻不容低估。這篇主體為「將我向來對於詩學的意見，略略說明」的文章，由於其中大段關於白話詩的討論而引人注目。該文雖起因於現實創作的刺激有感而發，卻為梁氏此後的諸多論說定下了基調。

在全篇論述的開始，梁啟超先對「文學」作出了兩個基本判斷，即「文學是人生最高尚的嗜好」與「文學是一種『技術』」。前者關涉到文學表達的內容，要求「往高尚的一路提倡」，表現出梁氏對於文學功能已有了不同以往的理解。更值得關注的是指向文學表達藝術的後者，其完整的說法是：

> 因為文學是一種「技術」，語言文字是一種「工具」。要善用這工具，才能有精良的技術；要有精良的技術，才能將高尚的情感和理想傳達出來。

這一對「文學」技術層面的偏重，在一年半以後經過修正，又有了正式的表述：「自己腔子裡那一團優美的情感養足了，再用美妙的技術把他

23　〈晚清兩大家詩鈔題辭〉收入《飲冰室合集》時未注明撰寫時間，筆者據《張元濟日記》（1920 年 10 月 21 日）與梁啟超致胡適函（1920 年 10 月 18 日），確定其當作於 1920 年 10 月。參見拙著《詩騷傳統與文學改良》（杭州：浙江文藝出版社，1998 年）293 頁。以下引文見《飲冰室合集》文集 15 冊卷四十三 70-79 頁，（上海）中華書局，1936 年。

表現出來，這才不辱沒了藝術的價值。」[24]而無論從哪一面立說，在梁啟超看來，優美高尚的情感與美妙精良的技術，均為具有藝術價值的文學缺一不可的兩大要件。

在此前提下，〈晚清兩大家詩鈔題辭〉對於「詩」類的甄別雖是重拾舊話，實已另出新意。「中國有廣義的詩，有狹義的詩」的辨析即是如此。梁啟超不同意中國沒有長詩之說：「有人說是中國詩家才力薄的證據，其實不然。」他似乎已經忘記，這正是十幾年前他本人曾經發過的宏論。接下來的說法儘管與前引《小說叢話》中的高見相似，用意仍然有別：「狹義的詩，『三百篇』和後來所謂『古近體』的便是；廣義的詩，則凡有韻的皆是。」例證也很現成，「賦亦稱『古詩之流』，詞亦稱『詩餘』」。梁啟超於是指認，「騷」、「七」、「賦」、「謠」、「樂府」、「詞」、「曲本」、「山歌」、「彈詞」，「都應該納入詩的範圍」。並且據此申言，「我們古今所有的詩，短的短到十幾個字，長的長到十幾萬字，也和歐人的詩沒甚差別」。至此為止，所有的議論尚不出前說的範圍。只是下文為「詩」尋找以「狹義」代「廣義」的原因，《小說叢話》歸之於翻譯中的以一當十，此處卻認為是中國文體「分科發達的結果」，這才使得「『詩』字成了個專名，和別的有韻之文相對待，把詩的範圍弄窄了」。所以，梁啟超「對於詩的頭一種見解」，就是「要把『詩』字廣義的觀念恢復轉來」。

值得注意的是，在這一大篇討論之後，照舊包容了「曲本」的「廣義的詩」，卻絲毫沒有投誠「小說」一方的任何動向。即使談到「元、明人曲本」中「最有名的《琵琶記》」，梁啟超也不過將其放在「白話詩」的專論中，而與「小說」不相干。儘管其實是靠了「曲本」、「彈詞」等的加入，「廣義的詩」的概念才得以成立，但此次「曲本」既未

24　〈中國韻文裡頭所表現的情感〉，《改造》4卷6號，標為1922年2月出版。而梁啟超的序寫於1922年3月25日，因知雜誌刊記與實際出刊時間不符。

被視作「詩界」中的「巨擘」，其帶有敘事性的特質也完全遭到忽視。所有的跡象都顯示出，在梁啟超的文學新視野中，「詩」已恢復了其本應獨立的文類品格。就像梁氏在發論之初特意指出的那樣：

　　詩，不過文學之一種，然確占極重要之位置。在中國尤甚。

只是，所謂「極重要之位置」的真實含義，還需要時間來呈現和理解。

　　按照梁啟超設定的框架，〈晚清兩大家詩鈔題辭〉關於詩學的闡說應該包括「技術」與「實質」兩個層面。實際上，此文更多討論的是詩的「技術方面」，即以「修辭和音節」為「技術方面兩根大柱」。並由此出發，批評白話詩在修辭上的「冗長」、「淺露寡味」、「字不殼用」，違背了「文以詞約義豐為美妙」、「美文貴含蓄」等詩學原則；至於音節，梁啟超也認為白話詩「枝詞太多，動輒傷氣」，故「有妨音節」。對於「技術」問題的究心不只反映在所占篇幅之長上，而且，單就論說次序而言，「技術」也優先於「實質」，得到作者的更多青睞。這是由於梁氏根據「文學是一種『技術』」的總體判斷，而裁定——

　　詩是一種技術，而且是一種美的技術。

至於被簡化處理的詩的「實質方面」，在梁啟超說來，係指「意境和資料」。從梁氏早年提倡「詩界革命」之標舉「新意境」，以及「新意境」與「新理想」[25]的互相置換，可以肯定，「意境」類乎今日所說之「思想」、「觀念」。梁對此只發表了兩點意見，一是打破厭世、悲觀

25　梁啟超在〈夏威夷遊記〉（初名〈汗漫錄〉，刊《清議報》35 冊，1900 年 2 月）中提出「詩界革命」的「三長」，即「新意境」、「新語句」與「古風格」；到發表《飲冰室詩話》時，又推許黃遵憲詩「能熔鑄新理想以入舊風格」（《新民叢報》4 號，1902 年 3 月）。

的人生觀，一是提倡「為文學而研究文學」的創作理念。梁啟超希望以此「新理想為之主幹」，「資料」則「專從天然之美和社會實相兩方面著力」，如此，詩中「自然會有一種新境界出現」。諸論之中，最有意味的是「為文學而研究文學」的提出。梁氏的看法是，「唐以詩取士」，人人做詩，反而「把詩的品格弄低了」：

> 原來文學是一種專門之業，應該是少數天才俊拔而且性情和文學相近的人，屏棄百事，專去研究他，做成些優美創新的作品，供多數人賞玩。

這樣，創作的「根柢已經是純潔高尚了」。很明顯，梁啟超在此刻意維護的詩的高雅化，與其先前傾心於小說的通俗性，取向截然相反。而在作為大眾文學的小說與精英文學的詩歌之間，放棄了文學啟蒙心態的梁氏，已悄悄將情感的砝碼移向後者。

1922 年 3 月，梁啟超在清華學校講演〈中國韻文裡頭所表現的情感〉。依據篇首「預定的內容」提示，這又是一篇未完稿，儘管得到了及時發表 [26]。在「導言」部分，梁氏將其最新發現的「文學」功能定義為「情感教育」，比之《晚清兩大家詩鈔題辭》籠統含混地稱為「人生最高尚的嗜好」，自然精確了許多：

> 情感教育的目的，不外將情感善的美的方面儘量發揮，把那惡的醜的方面漸漸壓伏淘汰下去。

而「情感教育最大的利器，就是藝術：音樂美術文學這三件法寶，把

26　〈中國韻文裡頭所表現的情感〉，初刊《改造》4 卷 6、8 號，標為 1922 年 2、4 月出版（實際有拖延），僅刊前八節；《（乙丑重編）飲冰室文集》（上海：中華書局，1926 年）補入九、十節，比照擬目，仍不全。

『情感秘密』的鑰匙都掌住了」。所以，梁啟超認為，藝術家（包括文學家）責任重大，「為功為罪，間不容髮」。其「最要緊的工夫，是要修養自己的情感，極力往高潔純摯的方面，向上提挈，向裡體驗」，這才有了把優美的情感養足、再用美妙的技術表現出來的前引警言。

　　不過，梁啟超晚年對文學功能的這段最完備表述，落實到展開的論文中，仍然顯得分量不足。梁氏自言此文的主旨是「用表情法分類以研究舊文學」，因為「前人雖間或論及，但未嘗為有系統的研究」，故感覺「別饒興味」。講題中倒是也列出了「文學裡頭所顯的人生觀」，卻終於沒有成稿。而且，即使是最初設立的題目，與「奔迸」、「回蕩」、「新同化之西北民族」、「蘊藉」、「象徵派」、「浪漫派」、「寫實派」等專門的表情法解說相比，唯一涉及表情內涵的「人生觀」也顯得孤單零落，很不成比例。開講之時，梁啟超已有自知之明，聲稱：「我這回所講的，專注重表現情感的方法有多少種？那樣方法我們中國人用得最多用得最好？至於所表現的情感種類，我也很想研究；但這回不及細講，只能引起一點端緒。」也就是説，論者對「美妙的技術」的偏好還是奪占了「優美的情感」的闡釋空間，使得〈中國韻文裡頭所表現的情感〉這篇五萬多字的長文，最終成為「詩」的表情技術充分盡情的演示場。

　　其實應該說明，從酌定題目開始，梁啟超已完全用「韻文」取代了「廣義的詩」。這自然是為了避免煩瑣的解釋及容易發生的誤解，才採用了這一與「散文」相對應的近代術語。為理清眉目，梁氏對「韻文」也作了簡要解釋：

> 「韻文」是有音節的文字，那範圍，從「三百篇」、《楚辭》起，連樂府歌謠古近體詩填詞曲本乃至駢體文都包在內。

他只説自己「駢體文徵引較少」，實際上，除了《牡丹亭》、《長生

殿》、《桃花扇》三部曲本，以及似乎是為了豐富品種而在最後節錄的一小段鮑照的《蕪城賦》之外，其他上列「填詞」以前的文體占了舉例的最大多數，凡此均可納入今日所謂「詩歌」的範疇。

「詩」在文學品類、更是在梁啟超心目中的「極重要之位置」，到1923 年 4 月梁撰寫〈國學入門書要目及其讀法〉[27] 時，已經可以看得很清楚。這份原意是為清華學校學生開的書單，因體現了梁啟超研究國學的基本思路，即兼顧「為學與做人」，分類亦大有講究。特別是在與同樣接受約請的胡適所作〈一個最低限度的國學書目〉[28] 的比較及梁啟超的評說中，其文類趣好更彰明較著。

梁啟超所開國學書目計分五類，依次為：修養應用及思想史關係書類，政治史及其他文獻學書類，韻文書類，小學書及文法書類，隨意涉覽書類。唯一屬於文學的是「韻文書類」。頗堪玩味的是梁氏為此所作的說明：

> 本門所列書，專資學者課餘諷誦陶寫情趣之用。既非為文學專家說法，尤非為治文學史者說法。故不曰文學類而曰韻文類。文學範圍，最少應包含古文（駢散文）及小說。吾以為苟非欲作文學專家，則無專讀小說之必要。至於古文，本不必別學。吾輩總須讀周秦諸子《左傳》《國策》四史《通鑑》及其關於思想關於記載之著作，苟能多讀，自能屬文。何必格外標舉一種名曰古文耶？

可見，在梁啟超的文體分類中，文學仍是三分天下。不過，除小說外，

---

27 梁啟超〈國學入門書要目及其讀法〉，《清華週刊》281 期之「書報介紹附刊」3 期，1923 年 5 月。

28 胡適〈一個最低限度的國學書目〉，《努力週報》增刊《讀書雜誌》7 期，1923年 3 月。

「詩」與「文」已分稱「韻文」與「古文」。而這一次，駢文也從韻文中分出，歸入古文，是否用韻應是關鍵的區別標誌。如前所述，「文」對於梁氏一貫是個超出文學邊際的類別，因此，學習古文而取法傳統的經、史、子類書，也算是正道。

需要特別申說的是小說。由於梁啟超的書目開在胡適之後，因此很多地方是針對胡適而言。上引「苟非欲作文學專家，則無專讀小說之必要」即是如此。胡適的〈一個最低限度的國學書目〉包含三部分：工具之部、思想史之部與文學史之部。在文學史類中，白話小說佔有相當重的分量。單是「明清兩朝小說」，從《水滸傳》到《老殘遊記》，胡適一口氣就開出了 13 種，前列還有《京本通俗小說》、《宣和遺事》與《五代史平話》，這在「文學史之部」總共 78 種書中十分惹眼。

這個書目立刻引起梁啟超的反彈，也可以說，梁之〈國學入門書要目及其讀法〉的寫作，很大程度是由於「不贊成」「胡君這書目」。為此，梁啟超特意將《評胡適之的〈一個最低限度的國學書目〉》作為附錄，放在自己的書單後面。而其最大的不滿是胡目中「史部書一概屏絕」，這又關乎胡適對小說的格外抬愛。梁激烈批評說：

> 一張書目名字叫做「國學最低限度」，裡頭有什麼《三俠五義》《九命奇冤》，卻沒有《史記》《漢書》《資治通鑒》，豈非笑話？
>
> 總而言之，《尚書》《史記》《漢書》《資治通鑒》為國學最低限度不必要之書，《正誼堂全書》……《綴白裘》……《兒女英雄傳》……反是必要之書，真不能不算石破天驚的怪論。

應該說，胡適的書目確有如梁啟超指責的「文不對題」的毛病，因其太貪心，〈序言〉中便道明：「這個書目不單是為私人用的，還可以供一切中小學校圖書館及地方公共圖書館之用。」如此公私兼顧，大量總集

類的書自然會讓人望而生畏。只是，與胡適的垂青小說相反，梁氏對小說的一無所取，內中還別有緣由。

這裡必須回到文學為「情感教育」利器的命題。在為「韻文書類」所作的說明中，梁啟超已指認其所列各書乃「專資學者課餘諷誦陶寫情趣之用」。而作為梁目附錄的《治國學雜話》，把這層意思發揮得更為透徹：

> 我所希望熟讀成誦的有兩種類。一種類是最有價值的文學作品；一種類是有益身心的格言。好文學是涵養情趣的工具。做一個民族的分子，總須對於本民族的好文學十分領略。能熟讀成誦，才在我們的「下意識」裡頭，得著根柢，不知不覺會「發酵」。

而其所謂「最有價值」，除了文學美感，當然也包括了陶冶情操，此即梁啟超所自言的「令情感變為情操，往健全路上發展」[29]，這才是「陶寫情趣」與「涵養情趣」的正解。瀏覽一下梁啟超的文學書目，其中包括了《詩經》、《楚辭》、《文選》、《樂府詩集》、魏晉六朝及唐宋人詩文集、唐宋詩選本、宋人詞集，以及《西廂記》、《琵琶記》、《牡丹亭》、《桃花扇》、《長生殿》五種元明清人曲本，「文」也偶雜其間；小結中為應「就文求文」的讀者之需，更補充了《古文辭類纂》、《駢體文鈔》與《經史百家雜鈔》，實已逾出其自限的「韻文」邊界。但是，小說仍不在其中。

這種對於小說的決絕態度，即將小說完全排除在「好文學」之外，同當年梁啟超盛讚「小說為文學之最上乘」，真正勢如水火。後期的梁啟超既以為文學的價值體現在「優美的情感」與「美妙的技術」之結

---

29 梁啟超〈中學國文教材不宜採用小說〉，《現代中國》第三輯，（武漢）湖北教育出版社，2003年。此文為梁氏遺留的殘稿，由整理者代擬題。

合，而小說並不以「表情」見長，也就是說，梁氏自歐遊歸來對於「情感」的推崇[30]，早已埋下貶抑小說的伏筆。再追溯到晚清文學改良時期小說得勢的原因，本就是靠了「政治小說」、改良群治論的提攜；時移勢轉，藝術當家，評價尺度改變後，其失勢自在所難免。小說於是只剩下史學價值：為文學史研究提供文本，為社會史研究提供史料[31]。與之命運相反，依託「詩本為表情之具」[32] 的定義，「韻文」即「廣義的詩」不但一頭獨大，而且成功登頂，成為最高級的文學。也正是在小說與詩之文類等級一升一降、雲泥霄壤的地位互易中，梁啟超完成了其文學觀的轉變。

「情感之文美術性含得格外多」

後期以書齋、課堂為主要活動場域的梁啟超，仍然保持了對現實的密切關注和及時回應。特別是有關文化建設的事件與討論，更容易激起其參與的熱情。而 1921 年 10 月，在第七屆全國教育會聯合會上通過的新學制（辛酉學制）草案，以及隨之展開的「國文教學」的爭論，意義深遠，梁自然不會置身事外。因此，在隨後的一年裡，他多次就中學教

30　參見筆者《覺世與傳世──梁啟超的文學道路》（上海人民出版社，1991 年）第六章〈反叛與復歸〉第四節，其中鉤稽了歐洲社會思潮對梁啟超從「文學救國」到「情感中心」之文學觀轉化的影響。

31　梁啟超《中國歷史研究法》（上海：商務印書館，1922 年）第四章〈說史料〉即明說：「中古及近代之小說，在作者本明告人以所紀之非事實；然善為史者，偏能於非事實中覓出事實。例如《水滸傳》中『魯智深醉打山門』，固非事實也，然元明間犯罪之人得一度剃即可以借佛門作遁逃藪，此卻為一事實；《儒林外史》中『胡屠戶奉承新舉人女婿』，固非事實也，然明清間鄉曲之人一登科第便成為社會上特別階級，此卻為一事實。此類事實，往往在他書中不能得，而於小說中得之。須知作小說者無論騁其冥想至何程度，而一涉筆敘事，總不能脫離其所處之環境，不知不覺，遂將當時社會背景寫出一部分以供後世史家之取材。」

32　梁啟超《詩經》，〈要籍解題及其讀法〉，《清華週刊》302 期之「書報介紹副刊」8 期，1924 年 1 月。

育問題發言，便很合乎情理。

　　與本文論旨相關的是三篇以中學作文為主題的演講稿：其中〈為什麼要注重敘事文字〉一篇，在《飲冰室合集》中僅留下部分草稿，且未署時間。其他兩篇均題為〈中學以上作文教學法〉，一發表在 1922 年的《改造》雜誌 4 卷 9 號，後經修改增補，編入《飲冰室合集》，改題〈作文教學法〉；一由中華書局 1925 年出版。三文都專論文章，在詩與小說的離合關係之外，又提供了考察梁啟超文體分類觀念的另一個重要視角。

　　首先應該提及的一個背景資料是，在梁啟超與友人合辦的《改造》4 卷 7 號上，開始連續刊登一則〈中華書局新小、中學教科書徵求意見及教材〉廣告。徵稿緣起在開篇有交代：「各省區教育會聯合會議決新學制案大體已具，教科用書自應改革。」其中所擬徵求意見與教材的條目，便包括了「中學國文應如何編制？語體、文體如何分配」[33]。而此廣告刊出兩期後，梁啟超的〈中學以上作文教學法〉即在該刊發表。三年後，梁氏同名之作又列入中華書局的「教育叢書」面世。因此，梁文的寫作與中華書局的動議總有或多或少的聯繫。

　　並且，就在梁啟超講說〈作文教學法〉約略先後，陳望道與夏丏尊也撰寫了類似著作。陳著〈作文法講義〉1921 年 9 月 26 日開始在上海的《民國日報》副刊《覺悟》上連載，1922 年 2 月 13 日刊畢，當年 3 月即由上海民智書局出版了單行本。夏著《文章作法》雖然從 1919 年在長沙第一師範講學已起首編撰，但最後一章〈小品文〉卻是 1922 年移教浙江上虞春暉中學時才續寫上。而在梁啟超撰文之際，夏作尚未面世。不過，陳、夏二書不約而同均因應於國文教學的需要而編寫，且對於文章類別的劃分相當一致，因此，夏丏尊所自承的「本書內容取材於

33　中華書局編輯所〈中華書局新小、中學教科書徵求意見及教材〉，《改造》4
　　卷 7 號，標為 1922 年 3 月出版。

日本同性質的書籍者殊不少」[34] 一言，實際也可以推及、適用於這一時期快速成書的陳望道等人的同類著作，並共同構成了梁氏寫作的具體語境。只是，作為新文化人的陳望道與夏丏尊，教授作文法也以白話寫作為標的，有意為新文學張目，與梁啟超「主張中學以上國文科以文言為主」[35]，仍有取徑以至文化觀念之不同。

據《改造》版補訂的〈作文教學法〉，應是梁啟超 1922 年 7 月在天津南開暑期學校的講課稿[36]，當初刊載時也有待「下回分解」，在隨後一期《改造》的終刊號上卻不見下文，直到梁啟超去世後編印的《飲冰室合集》才收入全篇[37]。1922 年夏季，梁啟超又赴南京講學，在東南大學暑期學校中仍以南開的題目開講。當時聽課的衛士生與束世澂作了筆錄，曾在該校的《暑校日刊》登出。不過，直到 1924 年 3 月，經過衛、束二人的一再請求，梁復信同意出版時，還是表示，這份其本人「極不滿意」、也「總想騰出日力來改正一番才安心」的記錄稿，「在

34　夏丏尊〈《文章作法》序〉，夏丏尊、劉薰宇《文章作法》，（上海）開明書店，1926 年初版；錄自《夏丏尊文集》（文心之輯）3 頁，（杭州）浙江文藝出版社，1983 年。

35　梁啟超〈中學以上作文教學法〉，《改造》4 卷 9 號，標為 1922 年 5 月出版；但同期載有 1922 年 7 月 1 日出刊的《中華教育界》第 11 卷第 12 期目錄，因知該號《改造》至少在 7 月以後印行。

36　梁啟超 1922 年 7 月 24 日〈與徐佛蘇書〉言及，「本月二十九在南開講畢，八月二日即赴南京，……而弟現時預備講義夜以繼日，（每日兩時以上之講義窮一日之力編之僅敷用，尚領[須]別備南中所講）」（《梁啟超年譜長編》961 頁，上海人民出版社，1983 年）。另外，梁在〈作文教學法〉中，亦有「例如作一篇〈南開暑期學校記〉和作一篇〈論暑期學校之功用〉」的例句，顯然屬於因地制宜的現場發揮。

37　〈作文教學法〉，《飲冰室合集》專集之七十，（上海）中華書局，1936 年。又，1922 年 10 月 10 日梁氏為《梁任公近著第一輯》（上卷，上海：商務印書館，1922 年）作〈敘〉時，提到其「未成或待改之稿」，便列舉了「〈國文教學法〉約三萬字」，說明此文在彼時尚未定稿。

最近時間恐怕還沒有校正的餘力」[38]。這一雖經梁啟超過目、尚多遺憾的講稿，即是交由中華書局印行的《（梁任公先生講）中學以上作文教學法》。

　　按照以上的考證，兩個版本的《中學以上作文教學法》關係相當密切，而且，其最初的發表形態都屬於有待修正的未定稿。在給衛士生與束世澂的信中，梁啟超因此發誓，「下半年決當再將這個題目重新研究組織一番」。並且，從近年發現的梁氏遺墨中，確有一份

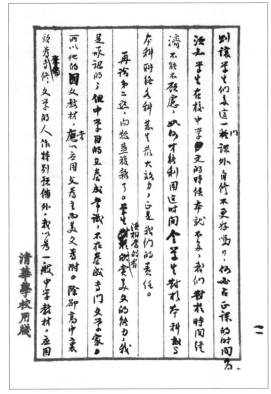

梁啟超〈中學國文教材不宜採用小說〉手稿

與之相關的文稿。據學者研究，由篇首「接筆記稿」的説明，可知其為梁對衛、束筆錄稿所作的修訂[39]。這應該是梁啟超 1924 年秋冬在北京師範大學講授「國文教學法」一課時所做的補充[40]。其中集中闡發的

38　衛士生、束世澂〈序言二〉，《（梁任公先生講）中學以上作文教學法》，（上海）中華書局，1925 年。並參見該書衛、束二人所寫〈序言一〉。

39　見陳平原〈學術講演與白話文學〉，《現代中國》第三輯 63 頁，武漢）湖北教育出版社，2003 年。修訂的時間，陳文認為是在 1922 年秋冬之際梁啟超講學東南大學期間。

40　梁啟超 1924 年 3 月 10 日致衛士生、束世澂信中說：「今年北京師範大學也要求我講這門功課。我正在要想請兩君把筆記稿子寄來當參考品，免得另起爐灶呢！」（衛、束〈序言二〉）梁在北師大講授「國文教學法」事，見梁容若

「中學國文教材不宜採用小說」的觀點，使其已有的表述更完整、更顯豁。

而考訂〈為什麼要注重敘事文字〉[41] 一文的寫作時間，則是個相當麻煩的問題。此文在《飲冰室合集》中排列在〈晚清兩大家詩鈔題辭〉之後，因未記年代的四篇文章一併夾在標明為 1927 年所寫的二文中間，很容易被誤解為同時之作。而筆者在前文已說明，〈晚清兩大家詩鈔題辭〉實際撰稿於 1920 年，且為未完稿。因此，可以肯定，〈為什麼要注重敘事文字〉與之相同，都屬於被梁啟超放棄的殘稿，在編輯《飲冰室合集》時，才從梁氏存稿中發掘出來。至於寫作年代，由於缺乏直接的證據，筆者只能推測為 1922 年。主要的理由是，此文與梁啟超在這一年接連發表關於中學作文法的講演思路連貫。

從文稿開頭的幾句話——「前幾天接校長的信，叫我替本校文學會作一次講演」——已可看出，此文原本是梁啟超為其當年任職的學校文學會準備的一個演講稿。查《梁啟超年譜長編》可知，1922 年春，梁啟超在清華學校講學 [42]。而當時，他確實為該校的文學社作過課外講演，這就是著名的〈中國韻文裡頭所表現的情感〉。估計梁啟超最初擇定的講題是〈為什麼要注重敘事文字〉，大概後來改變主意，另以〈中國韻文裡頭所表現的情感〉應命，才使此文未能終篇。並且，雖然考慮到「文學會所要求者諒來是純文學方面的講題」，但梁氏自我說明選此題的理由是，「我對應用文學方面有點意見，覺得是現在中學教育上很重要的問題」，所以提出討論。這一表白也為該文撰寫於 1922 年，即梁啟超集中關注中學教育之年提供了間接證明。

〈梁任公先生印象記〉（夏曉虹編《追憶梁啟超》340 頁，北京：中國廣播電視出版社，1997 年）。

41　〈為什麼要注重敘事文字〉，《飲冰室合集》文集之四十三 81-85 頁，（上海）中華書局，1936 年。

42　丁文江、趙豐田編《梁啟超年譜長編》949 頁，上海人民出版社，1983 年。

關於〈中學以上作文教學法〉，梁啟超在《改造》版的說明堪稱提要鉤玄：「主意在研究文章構造之原則，令學者對於作文技術得有規矩準繩以為上達之基礎。」因而，其最大特色是緊緊扣住「預備中學以上教學用」，具有很強的針對性與實踐性。其中討論文章分類的部分即是如此。

在南開講演時，梁啟超首先肯定：「文章可大別為三種：一記載之文，二論辯之文，三情感之文。」儘管他也承認，「一篇之中」，「有時或兼兩種或兼三種」，文體不那麼純粹；「但總有所偏重」，因此，「我們勉強如此分類，當無大差」。不過，回到中學以上作文教材的基點，梁氏發表的意見更值得重視：

> 作文教學法本來三種都應教，都應學。但第三種情感之文，
> 美術性含得格外多，算是專門文學家所當有事。中學學生以會作
> 應用之文為最要，這一種不必人人皆學。而且本講義亦為時間所
> 限，所以僅講前兩種為止。[43]

由此便可以理解，在接下來的東南大學暑期學校演講中，梁啟超對文章的分類為何更加狹隘與簡化。這次他歸納「文章種類」，專「從思想路徑區分」，稱：一是「以客觀的吸進來之事物為思想內容者」，此即「記述之文」；一是「以主觀的發出來之自己意見為思想內容者」，是即「論辨之文」。並進而斷言：「世間文字不外這兩種。」在此，梁啟超已將「情感之文」完全排除。

其實，「世間文字」當然並非記述與論辨兩類文章即可包容盡，而梁啟超之特重二者，實與其對中學國文教育的目標設定密切相關。梁氏認為，「中學目的在養成常識，不在養成專門文學家，所以他的國文教

43　梁啟超〈中學以上作文教學法〉，《改造》4卷9號。

材，當以應用文為主而美文為附」[44]。從學生的角度說，則是「以會作應用之文為最要」。由此一教育目標所帶出的話題是，在梁啟超的文類區劃中，尚有「應用文」與「美文」之更高層級的分別。「美文」的問題留待下文再談。至於「應用文」，梁氏在〈為什麼要注重敘事文字〉一文中有更明確的界說：

> 應用文的分類，大約不出議論之文和記述之文兩大部門，——通俗一點說，就是論事文和敘事文。

這也是梁啟超在〈中學以上作文教學法〉中只限於研究「記述之文」與「論辨之文」寫作方法的道理。

其實，不只是梁啟超，在陳望道的〈作文法講義〉中，其所討論的「記載文」（「描寫文」）、「記敘文」、「解釋文」、「論辨文」（「議論文」）、「誘導文」[45]雖然分類更細，但大體仍不脫梁文劃定的「記載」（記述）與「論辨」兩大範圍。夏丏尊的《文章作法》起初也只列出「記事文」、「敘事文」、「說明文」與「議論文」四體，與陳著基本對應。如果再向上追溯，前文提及的 1905 年出版的龍志澤著《文字發凡》，基於「由思想發而為文」之不同，已將文章分成「記事文」、「敘事文」、「解釋文」與「議論文」四種，不但讓人想到梁啟超「從思想路徑區分」「文章種類」的相似做法，而且，其使用的文體名稱也與陳、夏多有重合。龍著既自承「間有采東西文者」[46]，封面又由書局加蓋了「中學文法教科書」的紅色印章。因此，諸作所呈現的共

44　梁啟超〈中學國文教材不宜採用小說〉，《現代中國》第三輯 4 頁，（武漢）湖北教育出版社，2003 年。

45　括弧內為陳望道〈作文法講義〉初刊《民國日報》時所用名。

46　龍伯純《文字發凡》卷三、〈例言〉，《文字發凡》，（上海）廣智書局，1905 年。

同指向說明，文章的分類及其名目乃是借道日本、取法西方的結果；而在中學國文教學研究者心目中，記述與論說確是最重要的兩大文體。

不過，與陳望道、夏丏尊不同而引人注目的是，無論哪個版本的梁氏〈作文教學法〉，討論記述文的篇幅均大大超過了論辨文。《飲冰室合集》版總共十二節，從第三節到第十節均在傳授「記載文作法」，留給「論辯文」的只有第十一節；中華書局版分為七節，「論辨之文」仍只占一節，二至五節則通通由「記述之文」包攬。如此畸輕畸重，固然可以理解為梁氏對敘述文有特別的興趣與研究心得；但更深層的緣故，在〈為什麼要注重敘事文字〉中已講得十分明白。

梁啟超批評「現在學校中作文一科，所作者大率偏重論事文」，很不對。除了指出「這種教法，在文章上不見得容易進步」，梁文的重點還在抨擊其「在學術上德性上先已生出無數惡影響來」。他將教授論說文的傳統上溯到科舉時代，指認此種教法「全是中了八股策論的餘毒」，由此而產生「獎勵剿說」、「獎勵空疏及剽滑」、「獎勵輕率」、「獎勵刻薄及不負責任」、「獎勵偏見」、「獎勵虛偽」諸種弊病。極而言之，梁氏以為，長期受此種教育的學生會「養成不健全的性格」，「國家和社會之敗壞，未始不由於此」。與之相反，學作敘述文的好處則至少有「養成重實際的習慣，不喜歡說空話」；「磨練出追求事物的智慧並養成耐煩性」；「練習對於客觀事物之分析綜合，磨出縝密的腦筋，又可以學成一種組織的技能」；「得著治事的智慧，將來應用到自己所作的事增加許多把握」。總之，注重敘事文的寫作更近於梁啟超一貫提倡的「科學精神」，也更有利於學生人格的塑造。而其對多作論說文的擔憂也並非此文之獨見，在兩種作文法講義的教授提要中，對此都有涉及。

不過，「議論之文」既為應用文之半壁江山，梁啟超也承認，其「可以磨練理解力判斷力，如何能絕對排斥」；因而，減輕論說文在作文課所占的分量，要求學生「確有他自己的見解」，「不得不寫出來」

時，「偶然自發的做一兩篇」[47]，便成為趨利避害的明智選擇。〈中學以上作文教學法〉之仍為「論辨文」留一席之地，且比重偏輕，道理在此。

回到與「應用文」相對應的「美文」概念，在梁啟超的用語中，其與「純文學作品」意義相當。梁對於「美文」的屬類，可從下引文見出：

> ……我以為一般中學教材，應用文該占百分之八十以上，純文學作品不過能占一兩成便了。此一兩成中，詩詞曲及其他美的駢散文又各占去一部分，小說所能占者計最多不過百分之五六而已。

也即是說，詩詞曲、文學性駢散文與小說，共同構成了「美文」的三大部類。這與早先龍志澤以「詩歌、小說、戲文，等」界說「美文體」[48]頗類似。不過，站在中學為常識教育的立場，梁啟超一再肯定，「小說是大學文科裡主要的研究品」[49]，「像那純文學的作品《水滸》《紅樓》之類，除了打算當文學家的人，沒有研究之必要」[50]。何況，就「涵養情趣」而言，傳統小說的負面影響更令梁氏深感不安[51]。小說之從中學國文教科書中消失，以至從「好文學」中袪除，便在情理中了。

而被梁啟超除外於中學作文教學的「情感之文」即抒情文，倒與小

47　梁啟超〈為什麼要注重敘事文字〉。

48　龍伯純《文字發凡》卷四「基於思想之文體」。

49　梁啟超〈中學國文教材不宜採用小說〉，《現代中國》第三輯 4-5、9 頁。

50　〈中學以上作文教學法〉，《改造》4 卷 9 號。

51　梁啟超認為：「晁蓋怎樣的劫生辰綱，林沖怎樣的火拼梁山泊，青年們把這種模範行為裝滿在腦中，我總以為害多利少。我們五十多歲人讀《紅樓夢》，有時尚能引起『百無聊賴』的情緒，青年們多讀了，只怕養成『多愁多病』的學生倒有點成績哩！」（〈中學國文教材不宜採用小說〉）

說的受冷遇不同。因此，在《改造》版的〈中學以上作文教學法〉中，他仍然為想要修習此類「研究法」的學生指出了自學門徑，即推薦自己的〈中國韻文裡頭所表現的情感〉：「諸君若對於這方面有興味，不妨拿來參考參考。」衛士生與束世澂編輯中華書局版梁氏講義時，也以該文「是講做韻文的方法」、「必須參考」[52] 為理由，將其作為附錄收入。凡此均清楚地表明，梁氏所謂「情感之文」，其內涵即相當於「韻文」。因此，在東南大學演講時，他才會將抒情文從歸屬於散文體的「文章種類」中摘出。這也同時昭示出，梁啟超已完全把「表情」作為「韻文」的專利。

這一文類功能設定中所隱含的價值取向，在梁啟超隨後撰寫與發表的〈亡妻李夫人葬畢告墓文〉有最充分的體現。梁夫人李端蕙病逝於1924 年 9 月 13 日，次年 10 月 3 日入葬梁家在香山新築的墓園。為祭奠一生患難與共的妻子，梁啟超於葬禮前的 9 月 28 日寫成此文。

與通常為文之倚馬立就、一氣呵成不同，梁啟超寫作這篇不過千字的短文顯得格外矜持、用心。9 月 29 日給孩子們的信中說：「我昨日用一日之力，做成一篇告墓祭文，把我一年多蘊積的哀痛，盡情發露。」[53] 10 月 3 日又寫信提到：「這篇祭文，我做了一天，慢慢吟哦改削，又經兩天才完成。雖然還有改削的餘地，但大體已很好了。」這篇精心結撰的告墓文，因此被他自許為「我一生好文章之一」。梁對此文極為珍視，不僅把「本來該焚燒的」祭文以「我想讀一遍，你媽媽已經聽見」為由，將原稿交給長女梁思順保存，囑咐其「將來可裝成手卷」；而且，要求時在加拿大的思順與思莊讀後，立刻抄一份寄給遠在美國讀書的梁思成與梁思永傳觀，並打算有空時再另抄一份送給長子思成。而這一梁啟超擬傳之後世、無比寶愛的自撰文，在其心目中，恰正屬於「情

52　衛士生、束世澂〈序言一〉，《（梁任公先生講）中學以上作文教學法》。

53　梁啟超〈與思順、思成、思永、思莊書〉（1925 年 9 月 29 日），《梁啟超年譜長編》1059 頁。

感之文」，所謂「情感之文極難工，非到情感劇烈到沸點時，不能表現他（文章）的生命，但到沸點時又往往不能作文」[54]。這便是梁文為何遲至夫人去世一年後才寫出的道理。

從文體而言，無論古代還是現代的文章學，祭文一向都歸入「文」而非「詩」。不過，梁啟超最看好〈亡妻李夫人葬畢告墓文〉的，除了其中所表達的「語句和生命是迸合為一」[55]的真情，還有音節。要孩子們「都不妨熟誦」的理由，也是因為「其中有幾段，音節也極美」。「熟誦」的目的，則與〈治國學雜話〉表彰以韻文類為主的「好文學」可以「涵養情趣」相同，是為了「增長性情」[56]。由此，這一篇被梁啟超視為「一生好文章之一」的「情感之文」，發表在 1925 年 10 月的《清華文藝》1 卷 2 號時，便已然從各類文章中出脫出來，而躋身於位列梁氏「美文」分類之首的「詩歌」欄。並且，除去開頭一段有關時間、人物、地點的說明繫連排外，自「享於墓而告之曰」以下，該文也完全依照現代詩的分行格式排列。現抄錄首尾各一節以見一斑：

> 嗚呼！
>
> 君真捨我而長逝耶？
>
> 任兒女崩摧號戀而一暝[瞑]不視耶？
>
> 其將從君之母，挈君之殤子，日逍遙於彼界耶？
>
> 其將安隱住涅槃視我輩若塵芥耶？
>
> ……

54　梁啟超〈與思順、思成、思永、思莊書〉（1925 年 10 月 3 日、9 月 29 日），《梁啟超年譜長編》1062、1059 頁。

55　梁啟超〈中國韻文裡頭所表現的情感〉，《改造》4 卷 6 號，1922 年 2 月（？）。

56　梁啟超〈與思順、思成、思永、思莊書〉（1925 年 10 月 3 日），《梁啟超年譜長編》1062-1063 頁。

　　嗚呼！

　　人生兮略[若]交蘆，因緣散兮何有？

　　愛之核兮不滅，與天地兮長久。

　　「碧雲」兮自飛，「玉泉」兮常溜；

　　「臥佛」兮一臥千年，夢裡欠伸兮微笑。

　　鬱鬱兮佳城，融融兮隧道，

　　我虛兮其左，君領兮其右。

　　海枯兮石爛，天荒兮地老，

　　君須我兮山之阿！行將與君兮於此長相守。

　　嗚呼哀哉！

　　尚饗！[57]

這一篇用古文體書寫的文辭與當年最時髦的現代分行詩形式的奇妙結合，其所彰顯的文類意義是，經由「韻文」即「廣義的詩」作中介，「文」最終也可以歸併到「詩」。或者也可以說，在梁啟超的文類概念中，「情感之文」非「詩」莫屬。

　　更進一步，1926 年，梁啟超開始撰著《中國之美文及其歷史》[58]。此著雖只留下殘篇，但其規模為一部中國詩歌史，已可看得十分清楚。其中「韻文」與「詩歌」常常互文使用，但有韻的駢文辭賦已不在選文

57　梁啟超〈亡妻李夫人葬畢告墓文〉，《清華文藝》1 卷 2 號，1925 年 10 月。引文據《梁啟超年譜長編》1021-1023 頁所錄《祭梁夫人文》核校。

58　《飲冰室合集》將此著寫作時間繫於 1924 年。而 1926 年 5 月出版之《實學》2 期有梁啟超〈古詩十九首之研究〉一文，劉盼遂加按語云，「此篇為梁任公師近著『中國美文及其歷史』第四章，漢魏詩歌中之一部」，據此定其應作於 1926 年。

之內，所討論的作品為清一色的詩詞。這說明梁啟超已由「廣義的詩」向「狹義的詩」傾斜，文學的分類更形精細。而以「美文」取代「韻文」專指「詩歌」，則更凸顯了其對於文學「美術性」即今日所謂「審美性」的推崇。詩歌也因此一命名而成為最精粹的文學品類。

　　總結前文，可以看出，在梁啟超的文類概念中，凡是被置於最高等級的文學，其包容量也最大。筆者既有意借助文類辨析，透視梁啟超文學觀念的演變，而上述梁氏對於文類的離合、重組以及等級的升降種種剖析，最終也都指向了其從偏向文學功能到注重文學美感的理念轉化。而這一文類分析的結果可以概括為：晚清時期，梁氏將小說尊為最上乘的文學，導致戲曲裹脅詩歌，一併列入小說的門牆；五四以後，情形迴異，戲曲不但與詩歌結盟，將小說擠出「好文學」之列，而且，經由韻文的導引，文章中「美術性」最強的抒情文也投奔詩歌，因而造成了詩歌「一覽衆山小」的獨大局面，並獨享了「美文」的榮名。其間，梁啟超雖於文學版圖的分割屢屢變異，但在變動之中，仍暗合了時代的思潮。

（原刊 2005 年 6 月《國學研究》第 15 卷）

中國學術史上的垂範之作

——讀梁啟超《論中國學術思想變遷之大勢》

一

1902 年 2 月，自「戊戌政變」後流亡日本已三年多的梁啟超，在橫濱創辦了《新民叢報》（半月刊）。3 月起，《論中國學術思想變遷之大勢》陸續在該刊「學術」欄發表[1]，所用「中國之新民」乃這一時期梁氏最著名的筆名，由此亦可究知其寫作的緣起與用心。

據《新民叢報章程》[2]標示，梁啟超辦刊的宗旨是，「取《大學》『新民』之義，以為欲維新吾國，當先維新吾民」。因此，從《禮記‧大學》篇「作新民」一語生發而來的「新民」思想，也成為其時梁啟超關注與論述的中心。《新民叢報》第 1 號即開始連載的系列政論文《新民說》，對此作了充分闡釋，為延續到「五四」以後的改造國民性話題開了先聲。與此同時，在其他欄目出現的梁文，無論所談為歷史或現實、政治或文學，其著眼點也均在「新民」之道。《論中

---

[1]　《論中國學術思想變遷之大勢》前六章，初時陸續發表在 1902 年 3-12 月的《新民叢報》第 3-5、7、9、12、16、18、21-22 各號上；1904 年，梁啟超又續寫出〈近世之學術〉部分，刊於同年 9-12 月《新民叢報》第 53-55、58 號。

[2]　〈本報告白〉，《新民叢報》1 號，1902 年 2 月。

《新民叢報》第一號（1902 年 2 月）刊影

國學術思想變遷之大勢》自不例外。

　　「百日維新」的失敗，證明日本「明治維新」由上而下的社會政治變革方式在中國不能照搬；1900 年唐才常等在國內組織「自立軍起義」失利，又使改良派「武力勤王」的計畫破產。經此一系列重大打擊，梁啟超沉潛思索，轉而以啟發民智、鼓吹輿論為救亡圖存、改革中國社會的入手處，「新民」理論於是應運而生。

　　《新民說》的出發點，一則曰：「國也者積民而成。」一則曰：「『新』之義有二：一曰淬厲其所本有而新之；二曰采補其所本無而新之。」[3] 也即是說，現代國家建立的基礎，在於培植一代兼取中外優長的國民。因此，梁啟超在寫作《論中國學術思想變遷之大勢》時，也秉持此義。

　　那段時間，梁啟超一再引用宋代理學家程頤為文乃「玩物喪志」的說法，即使是討論學術問題，也有意與「於國民之進步無當也」的「今所謂涉獵新學、研究西書者」[4] 相區別。而其所期待的「讀書致用」，即在「新民」。依梁啟超之見：「新之有道，必自學始。」這也是梁氏縱觀世界歷史發展而得出的結論：

　　　　有新學術，然後有新道德、新政治、新技藝、新器物；有是
　　數者，然後有新國、新世界。[5]

3　分見《新民說》之〈敘論〉與〈釋新民之義〉，《新民叢報》1 號。
4　〈地理與文明之關係〉，《新民叢報》1 號。
5　〈近世文明初祖二大家之學說〉，《新民叢報》1 號。

而在〈新民說・論新民為今日中國第一急務〉[6]中，我們也可以讀到「苟有新民，何患無新制度，無新政府，無新國家」的話，可見，梁啟超是把「新學術」（與「新民」一樣，此「新」字也作動詞解）作為「新民」的利器，而列為當務之急。

刊登《論中國學術思想變遷之大勢》前，梁啟超先在《新民叢報》第1號發表了一篇〈論學術之勢力左右世界〉，以為張目。文中所舉證之哥白尼、培根、笛卡兒、孟德斯鳩、盧梭、富蘭克林、瓦特、亞當・斯密、達爾文等，無一不出自西方，而其學說對於世界文明史均產生過巨大影響。篇末，梁氏寄語中國學者，謂其「即不能左右世界，豈不能左右一國；苟能左右我國者，是所以使我國左右世界也」。而這希望的落實，便在假借《論中國學術思想變遷之大勢》的撰著，總結中國固有學術思想之得失，以西方文化參補之，從而恢復上古與中古時代「我中華第一也」的學術「最高尚最榮譽之位置，而更執牛耳於全世界之學術思想界」（第一章〈總論〉）。

為此，梁啟超在論述中國學術思想變遷史時，便刻意突出了反對思想一統而主張學術自由的主線。篇中稱「春秋末及戰國」為中國學術思想的「全盛時代」，推尊其「非特中華學界之大觀，抑亦世界學史之偉跡也」。而追溯所以致盛的原因，雖列舉七端，「思想言論之自由」為其中一因，但實際除了「由於蘊蓄之宏富也」與歷史傳承有關，其它「社會之變遷也」、「交通之頻繁也」、「人材之見重也」、「文字之趨簡也」、「講學之風盛也」，均關係到社會控制的鬆動。這是從外在環境的「自由」探求諸子百家繁興的因由。

而從學術發展的內在機制看，梁啟超同樣力主精神的自由。他最推崇「戰國之末」的學術思想，以之為「全盛中之全盛」，並分析其表現有四：「一曰內分，二曰外布，三曰出入，四曰旁羅。」「內分」者，

6　《新民叢報》1號。

指學派內部之分化;「外布」者,謂學派向外之擴張;「出入」者,弟子之轉師他學也;「旁羅」者,宗師之兼採他說也。即使在最有強制色彩的「外布」中,梁氏看重的也是其交融的結果:「智識交換之途愈開,而南、北兩文明,與接為構,故蒸蒸而日向上也。」歸根結底,釀成學術最高峰時代的內因,實在「思想自由,達於極點」(俱見第三章〈全盛時代〉)。

與之相對應,兩漢的「儒學統一時代」,則被梁啟超視為中國學術思想進步「自茲凝滯」的轉捩點。其說曰:

> 夫進化之與競爭相緣者也,競爭絕則進化亦將與之俱絕。中
> 國政治之所以不進化,曰惟共主一統故;中國學術所以不進化,
> 曰惟宗師一統故。

因而,漢武帝運用專制勢力「罷黜百家」而製造的「儒學統一」,在梁啟超看來,便絕「非中國學界之幸,而實中國學界之大不幸也」(第四章〈儒學統一時代〉)。

在刊於《新民叢報》第 2 號的〈保教非所以尊孔論〉中,梁啟超對學術思想定於一尊之害有更痛切而淋漓盡致的闡發。雖文字稍長,但因其關乎梁氏對於中國學術的基本判斷,故仍完整引錄如下:

> 我中國學界之光明,人物之偉大,莫盛於戰國,蓋思想自由
> 之明效也。及秦始皇焚百家之語,坑方術之士,而思想一室;及
> 漢武帝表章六藝,罷黜百家,凡不在六藝之科者絕勿進,而思想
> 又一室。自漢以來,號稱行孔子教者二千餘年於茲矣,而皆持所
> 謂表章某某、罷黜某某者,以為一貫之精神。故正學異端有爭,
> 今學古學有爭;言考據則爭師法,言性理則爭道統。各自以為孔
> 教,而排斥他人以為非孔教,於是孔教之範圍,益日縮日小。浸

假而孔子變為董江都、何邵公矣，浸假而孔子變為馬季長、鄭康
成矣，浸假而孔子變為韓昌黎、歐陽永叔矣，浸假而孔子變為程
伊川、朱晦庵矣，浸假而孔子變為陸象山、王陽明矣，浸假而孔
子變為紀曉嵐、阮芸台矣，皆由思想束縛於一點，不能自開生面。
如群猿得一果，跳擲以相攫；如群嫗得一錢，詬罵以相奪，其情
狀亦何可憐哉！[7]

而中國學術之萎縮衰敝，也成為中國社會停滯不前的根本原因。

政治專制與學術一統既相緣而生，為害甚烈，梁啟超於是自覺以批
判、破壞的姿態出現，明確宣稱：「一尊者，專制之別名也。苟為專
制，無論出於誰氏，吾必盡吾力所及以拽倒之。吾自認吾之義務當然
耳。」（第四章〈儒學統一時代〉）這與「新民」之道中以「自由」為
必不可少之義的論述也一脈相通。在〈新民說・論自由〉[8] 一節中，梁
氏著重發明了「欲求真自由者乎，其必自除心中之奴隸始」的道理。他
認為，被人奴隸並不可怕，最悲慘的是自我奴隸，那便會墮入萬世沉淪
而永無超拔之日。文章區分出「心奴隸」的四個種類與解除之道，而列
於首位的正是「勿為古人之奴隸」。甚至說：「要之四書六經之義理，
其非一一可以適於今日之用，則雖臨我以刀鋸鼎鑊，吾猶敢斷言而不憚
也。」這不只是對「新國民」品格的理想構造，也反映出梁啟超當年的
精神風貌。

出於對思想自由的崇拜，梁啟超檢點中國學術史時，從其最稱揚的
先秦諸子中，便仍然抉發出六條短處。而其中三條，「門戶主奴之見太
深也」，「崇古保守之念太重也」，「師法家數之界太嚴也」，均指向
壓制、奴役，而與自由精神相背。此說與前述對於戰國學術思想的肯定

7　〈保教非所以尊孔論〉第五節「論保教之說束縛國民思想」，《新民叢報》2
　　號，1902 年 2 月。

8　《新民叢報》7、8 號，1902 年 5 月。

似有矛盾，但由此亦可看出，即使被認作中國思想最自由的時代，在梁
氏眼中仍未臻於極致。其意更在警惕學界內的專制作風，所謂「惟務以
氣相競，以權相凌」，「焚坑之禍，豈待秦皇」；「號稱守師說者，既
不過得其師之一體，而又不敢有所異同增損；更傳於其弟子，所遺者又
不過一體之一體，夫其學安得不漸滅也」（第三章〈全盛時代〉）。在
九流百家勃然興起的盛況中，揭出其間實已潛伏著思想衰落的因數，確
是梁啟超眼光高超之處。而學術的興旺發達依賴於自由精神的發揚，亦
已不言自明。

二

　　探究梁啟超批判舊學意識的發生，借鑒西學以為參照系的作用不可
否認。上述對於先秦諸子缺失的揭示，即是在與希臘學術比較中而獲
得 9。因此，我們也可以推論，假如沒有希臘作對照，戰國之為中國學
術的「全盛時代」亦可謂完美無缺。

　　希臘學派的引進，不只映現出諸子學派的建立與傳衍過程中自由精
神之不完全，而且，單從學理考量，其論說亦顯露出弊端。梁啟超所舉
示的「論理 Logic 思想之缺乏也」、「物理實學之缺乏也」、「無抗論
別擇之風也」，均屬此類。前兩項與梁氏對西方科學精神的體認相關，
在第八章〈近世之學術〉有更周到的論述。容後再說。「無抗論別擇」
之說則確可說搔到了先秦學術的癢處。

　　梁啟超認為，希臘哲學「皆由彼此抗辯折衷，進而愈深，引而愈
長」。即諸哲於甲說與非甲說的彼此駁難中，激發產生出更高明的乙說
以調和兩家；此過程不斷推演下去，其學術自然日益進步。諸子學派反
之，「顧未有堂堂結壘，針鋒相對，以激戰者」。當時各家既不正面交

9　第三章〈全盛時代〉第四節題為「先秦學派與希臘印度學派比較」，實際上，
　　梁啟超只寫出「與希臘學派比較」部分。

鋒，迨儒學一統後，又以陋儒而倡言「群言殽亂衷諸聖」，中國學術「之所以不進也」，此亦為重要一因。這裡談及的雖然只是論辯方式的異同，而其對於整個學術史的影響卻是巨大而久遠。其間的關鍵在於，學派競爭、學說對抗乃是學術發展必不可少的內在驅動力，喪失了這種刺激的機制，學術思想便會失去生命力。

　　抱著講求「新民」之道的態度治學，也使梁啟超得以避免陷入國粹主義的泥坑，而能夠以清醒、理智的態度審視中國學術思想的得與失。按照他的自白：

> 　　不知己之所長，則無以增長光大之；不知己之所短，則無以采擇補正之。語其長，則愛國之言也；語其短，則救時之言也。
> （第三章〈全盛時代〉）

　　而晚清中國國勢阽危，「救時之言」無疑更切合社會的需要。因此，在與西方文化的對比中，梁啟超於中國傳統中看到的缺陷更多，相應要求更多的采補。

　　這種對固有文化的批判意識，表現在《論中國學術思想變遷之大勢》的長文中，即是肯定優勝之處的分量往往不及揭發短缺來得重。第三章「與希臘學派比較」一節，「先秦學派之所長」有五：「國家思想之發達也」、「生計 Economy 問題之昌明也」、「世界主義之光大也」、「家數之繁多也」、「影響之廣遠也」；與之相對，所短則有六條。第四章論述「儒學統一」的結果，否定的傾向更為明顯：儘管好的方面也搜羅出「名節盛而風俗美也」、「民志定而國小康也」兩項，但僅承認其為「儒教治標之功」；而即使除去「或曰儒教太高尚而不能逮下」一條，壞的影響仍有「民權狹而政本不立也」、「一尊定而進化沉滯也」，均關係到治國的根本。進入第五章〈老學時代〉，所舉「學術墮落」的五種原因，已無一可取。

　　而如果進一步追究這種具有現代意識的批判眼光何以產生，我們仍然可以發現，西哲的啟示在梁啟超擺脫崇古尊聖的舊學體系上確實發揮了至關重要的作用。梁氏早年在廣州萬木草堂從康有為受教，已熟悉今文經學講究微言大義的治學思路。不過，康氏雖以之表達變革社會的新思想，卻尚須假借孔子，言其「托古改制」，這在梁啟超參與編纂的《孔子改制考》一書有明顯的表示。而避難日本後，梁氏直接感受到明治新文化的強大衝擊，「疇昔所未見之籍，紛觸於目，疇昔所未窮之理，騰躍於腦」，於是，「思想為之一變」[10]。

　　在梁啟超所讀之書、所窮之理中，對其思維方式最具改造力的，當推培根與笛卡兒的學說。他不但推二人為「近世文明初祖」，稱：「為數百年來學術界開一新國土者，實惟倍根與笛卡兒。」而且，在《新民叢報》第1、2號的「學說」欄，專門發表文章，介紹兩家之說[11]。從梁氏鉤玄提要的簡述，不難看出其心得所在：

　　　　中世以前之學者，惟尚空論，呶呶然爭宗派、爭名目，口崇希臘古賢，實則重誣之。其心思為種種舊習所縛，而曾不克自拔。及倍根出，專倡格物之說，謂言理必當驗諸事物而有征者，乃始信之；及笛卡兒出，又倡窮理之說，謂論學必當反諸吾心而自信者，乃始從之。此二派行，將數千年來學界之奴性，犁庭掃穴，靡有孑遺，全歐思想之自由，驟以發達，日光日大，而遂有今日之盛。[12]

中世紀歐洲的情況既與中國相近，而根據梁啟超的看法，中國學術思想

10　梁啟超〈論學日本文之益〉及〈三十自述〉，分見《清議報》10冊（1899年4月）與《（分類精校）飲冰室文集》卷首（上海：廣智書局，1905年）。

11　〈近世文明初祖二大家之學說〉，《新民叢報》1號，1902年2月。

12　〈論學術之勢力左右世界〉，《新民叢報》1號。

落後於歐洲又只是近世史才出現（見《論中國學術思想變遷之大勢》第一章〈總論〉），則起衰為盛的法寶，毫無疑問，只能是西方懷疑及實證精神的引進，或者用梁啟超的説法，是需要「一種自由獨立、不傍門戶、不拾唾餘之氣概」。在〈近世文明初祖二大家之學説〉中，梁氏之所以反複強調，「無論大聖鴻哲誰某之所説」，培根與笛卡兒必經驗證、心安，然後才接受，原是意有所指。

梁啟超因此大聲疾呼，希望有衆多中國學者能夠移換腦質，改變精神，「第一勿為中國舊學之奴隸，第二勿為西人新學之奴隸」[13]。在二十世紀初中外交匯的時代，以培根與笛卡兒為典範、思想空前解放的梁啟超，便可以吐露這樣的豪言壯語：

> 我有耳目，我物我格；我有心思，我理我窮。高高山頂立，深深海底行。其於古人也，吾時而師之，時而友之，時而敵之，無容心焉，以公理為衡而已。
>
> 我有耳目，我有心思。生今日文明燦爛之世界，羅列中外古今之學術，坐於堂上而判其曲直，可者取之，否者棄之，斯寧非丈夫第一快意事耶？[14]

而這種理想境界的描述，也正是梁本人寫作《論中國學術思想變遷之大勢》時精神狀態的自我寫照。

其實，在西學尚遭遇傳統勢力頑強抵拒的晚清，梁啟超必須傾注最多心力去破除的還是舊學的束縛。其將中國學術文化復興的希望寄託在近代西方思想學説的導入，因而毫不足怪。這種急切的心情，在〈總論〉結尾也以梁氏特有的「筆鋒常帶情感」的激情話語作了充分表達：

13　〈近世文明初祖二大家之學説〉。

14　分見〈新民説‧論自由〉及〈保教非所以尊孔論〉。

> 蓋大地今日只有兩文明：一泰西文明，歐美是也；二泰東文
> 明，中華是也。二十世紀，則兩文明結婚之時代也。吾欲我同胞
> 張燈置酒，迓輪俟門，三揖三讓，以行親迎之大典。彼西方美人，
> 必能為我家育寧馨兒以亢我宗也。

對於正在清理中國學術思想變遷史的梁啟超來說，上述期盼並非空中樓
閣，而同樣是以歷史為據。

與批判學術專制相同，對文化交融的禮讚也成為貫穿全書的另一條
主線。梁啟超認定「隋、唐之交，為先秦以後學術思想最盛時代」，更
進而以「隋、唐之學術思想，為並時舉世界獨一無二之光榮」，理由全
在佛教的輸入。梁氏所肯定的接受外來學術又並非全盤照收，而是「盡
吸其所長以自營養，而且變其質、神其用，別造成一種我國之新文
明」。因此，他總結出的中國佛學四大特色，便迥異於佛教母國印度，
而盡為中國所獨創：「自唐以後，印度無佛學，其傳皆在中國」；「諸
國所傳佛學皆小乘，惟中國獨傳大乘」；「中國之諸宗派，多由中國自
創，非襲印度之唾餘者」；「中國之佛學，以宗教而兼有哲學之長」。
對此，梁啟超也極為少見地一概加以讚許，給人的印象，是其認同程度
還在謂為「全盛時代」的春秋戰國之上。其現實含義也很清楚，隋唐融
合佛學的成功經驗，也為今日「合泰西各國學術思想於一爐而冶之，以
造成我國特別之新文明」的理想提供了努力的信心與實現的可能（第六
章〈佛學時代〉）。

不限於外來文明與本土文明的融會，即使是一國之內各地域文化的
交流，也為梁啟超所首肯。從「胚胎時代」黃帝東征西討，「屢戰異種
民族而吸收之，得智識交換之益」的讚揚開始，繼以戰國末「地理界限
漸破，有南、北混流之觀」，而成就「全盛中之全盛」氣象的概括（第
二章〈胚胎時代〉與第三章〈全盛時代〉），梁啟超始終反對閉關自
守，而以交換與融合為保持學術生命力的必要條件。這與前述對於希臘

學派「抗論別擇」的推許實為異曲同工。

三

翻開《論中國學術思想變遷之大勢》，最直觀的印象是與古人著述形式的不同。在中國古代學者常用的單篇論說、箋證疏義、讀書箚記、傳承表等體式之外，梁啟超又提供了一種嶄新的學術史寫作模式。在第一章〈總論〉中，他以學術思潮的演變為依據，把截止到 20 世紀初的中國學術思想史劃分為八個時期：

> 一胚胎時代，春秋以前是也；二全盛時代，春秋末及戰國是也；三儒學統一時代，兩漢是也；四老學時代，魏、晉是也；五佛學時代，南北朝、唐是也；六儒佛混合時代，宋、元、明是也；七衰落時代，近二百五十年是也；八復興時代，今日是也。

全書即依此次序演述。這種縱貫全史的視野，配以分章分節的體例，使得《論中國學術思想變遷之大勢》綱目清晰，史論互證，分而不散，合而不亂，新意迭出，引人入勝。

其實，新的著述體式即隱含著新的思路。用胡適日後追憶的說法：梁啟超的《論中國學術思想變遷之大勢》「給我開闢了一個新世界，使我知道《四書》《五經》之外中國還有學術思想」，「這是第一次用歷史眼光來整理中國舊學術思想，第一次給我們一個『學術史』的見解」。胡適以之為個人所受梁氏最大的恩惠之一，並坦承梁著的未完成，埋下了其「後來做《中國哲學史》的種子」[15]。

而發現中國學術思想不只用《四書》《五經》無法涵蓋，即使添上

15　三、在上海（一），《四十自述》101-107 頁，（上海）亞東圖書館，1941年。

清代學者已開始關注的諸子百家，仍遠非全貌，此一意識的形成，自是得益於梁啟超流亡日本的閱歷。戊戌變法前，梁幫助其師康有為編纂的《孔子改制考》，尚沿用傳統著述體例，於彙集先秦以降的各家言說後，再自下斷語。1902 年發表的《論中國學術思想變遷之大勢》則已有了質的改變，以我為主的論述方式，使歷代讀書人動輒徵引的「子曰詩云」失去了至高無上的地位，被還原為真正意義上的史料加以運用。雖然梁啟超曾為 1900 年刊行的章太炎名著《訄書》初刻本題寫過書籤，在 1904 年續撰的第八章論述清學的〈近世之學術〉部分（實含有原先所擬「衰落時代」與「復興時代」之內容），也曾參考同年面世的《訄書》重訂本中〈清儒〉諸篇，或引錄或駁詰；而若比較二人的著作體式，章書更近於唐代劉知幾的《史通》與清人章學誠的《文史通義》，已說明梁作還該另有取法。

在《新民叢報》創刊號發表的〈新史學〉首篇〈中國之舊史學〉中，梁啟超對中國史學傳統作了總體清算。既已歷數舊史學「知有朝廷而不知有國家」、「知有個人而不知有群體」、「知有陳跡而不知有今務」、「知有事實而不知有理想」四大病根，得其首肯的史家自然極其稀少。而被判為「稍有創作之才」的六人中，撰著《宋元學案》與《明儒學案》的黃宗羲亦赫然在列。梁稱讚其書為「史家未曾有之盛業」，原因端在黃氏「創為學史之格」。不過，《明儒學案》仍是以小傳加史料摘引的形式編排而成，因此，梁啟超推崇黃著的意義，實僅在打破了「中國數千年惟有政治史，而其他一無所聞」的局面一點。

排除了承接古人與援引同道的可能，餘下的便只有借鑒域外一途了。其時，明治維新以後的日本史學界，從大量翻譯的西方學術著作中，已經熟悉並開始採用西人的史著文體。恰好在《論中國學術思想變遷之大勢》動筆之前，1900 年，兩部關於中國學術思想史的日人新著出版發行，一為遠藤隆吉的《支那哲學史》（東京：金港堂），一乃白河次郎與國府種德合著的《支那學術史綱》（東京：博文館）。依照梁啟

超的辯說，「鄙論標題為《學術思想變遷之大勢》，非欲為中國哲學史也」[16]，其思路於是更接近後者。

《支那學術史綱》的作者自詡，其著作的特點即在「於體裁改而新之，令方今讀者易知其大綱；更加入新研究而推闡之，然後紹介於世」[17]。全書結構亦扣緊「學術變遷之大略」展開，分為六編：一、總論；二、太古學術之發源；三、夏殷周三代學術之變遷；四、秦漢三國兩晉南北朝學術之變遷；五、隋唐五代宋遼金學術之變遷；六、元明清學術之變遷。梁著的時段劃分雖與之不同，而別有心得，但其關注「學術思想變遷之大勢」，「苟有可以代表一時代一地方之思想者，不得不著論之」[18] 的總體構思，甚至包括卷首提綱挈領的〈總論〉之設置，均與《支那學術史綱》一脈相承。

在研究方法上，《支那學術史綱》的作者亦強調「將其國文物制度、地理思想剴切地徵於歷史而究以科學」[19]，顯然認西方學術史著為具有科學的體系。因而，不止描述現象，且進而探究隱藏其後的原因，便成為該編自覺的追求。梁啟超撰寫《論中國學術思想變遷之大勢》時，也致力於前因後果的考索。如第三章〈全盛時代〉第一節，即為「論周末學術思想勃興之原因」；第四章〈儒學統一時代〉，更乾脆以「其原因」、「其結果」為該章首尾二節之標題。

對於科學方法的傾心，在 1904 年補寫的〈近世之學術〉中表現得尤為分明。按照最初的綱目，清代學術思想史本冠以「衰落時代」的題名，不被梁啟超看好。這除了有為「西學東漸」的新思潮開道之意，故欲揚先抑；也由於梁氏在學術與思想的評價之間，其時更傾向於後者，

16　《〈周末學術餘議〉附識》，《新民叢報》6 號，1902 年 4 月。

17　〈小引〉，白河次郎、國府種德編述《支那學術史綱》卷首 1 頁，（東京）博文館，1900 年。

18　《〈周末學術餘議〉附識》。

19　〈小引〉，白河次郎、國府種德編述《支那學術史綱》卷首 2 頁。

《論中國學術思想變遷之大勢》（1902 年《新民叢報》第三號）

考據派的出現便被指為本朝「思想日以銷沉」的學術根源。兩年後，梁啟超真正動筆論說清學時，已採取分而治之的策略。著眼於學術，「本朝學者以實事求是為學鵠，頗饒有科學的精神」，便被肯定為「學界進化之一徵兆」。漢學家「研究之方法」，也在「科學的精神」一點上與西方「近世各種科學所以成立之由」接軌，其特徵為：

　　善懷疑，善尋問，不肯妄徇古人之成說與一己之臆見，而必力求真是真非之所存，一也。既治一科，則原始要終，縱說橫說，務盡其條理，而備其佐證，二也。其學之發達，如一有機體，善能增高繼長，前人之發明者，啟其端緒，雖或有未盡，而能使後人因其所啟者而竟其業，三也。善用比較法，臚舉多數之異說，而下正確之折衷，四也。

凡此，在前述對於先秦諸子的討論中，多已涉及。此處重以「科學的精神」概括之，越發凸顯了梁啟超研治國學的西學背景。

就本論而言，梁啟超明確言及借助日本學者研究成果的雖只有〈佛學時代〉之〈諸宗略紀〉一節，乃撮述《八宗綱要》、《十二宗綱要》、《佛教各宗綱領》等書而成；但受啟示最多者實為理論方法。其中，尤以對文化地理學的倚重更為突出。《支那學術史綱》已辨明關切「文物制度、地理思想」之必要，該書〈總論〉亦闡述了黃河與揚子江流域作為中國文化發源地的意義。儘管在〈近世之學術〉章，梁啟超才提到他 1903 年閱讀過日人木口長三郎所著《人生地理學》一書，但其實早在《論中國學術思想變遷之大勢》全文開筆寫作時，他對源於西方的這套地理新說已了然於胸。其 1902 年接連刊出的系列地理學論文，多半各有日文出處：〈地理與文明之關係〉大抵譯自浮田和民的《史學通論》中〈歷史與地理〉一章[20]；〈亞洲地理大勢論〉與〈歐洲地理大勢論〉[21]，則有自加「譯者識」道明來歷，係以志賀重昂的《地理學講義》（增訂第六版為政教社1894年出版）之〈亞細亞地理考究之方針〉與〈歐羅巴地理考究之方針〉兩章為藍本，「而略加己意」。只有〈中國地理大勢論〉[22]為自撰之作，倒可與《論中國學術思想變遷之大勢》互相發明。

而如果參考梁啟超最初擬訂的章目，我們可以清楚地發現，即使忽略中間的殘缺不計，今日所能見到的部分，也不過完成了計畫的一半。在順時的分期演述之外，自第十章至第十六章，作者本來還設計了若干從通史中提煉出的問題，以待詳加討論。這些未完成的題目中，便有「地理上之關係上（國內地理）」與「地理上之關係下（國外地

20　參見蔣俊〈梁啟超早期史學思想與浮田和民的《史學通論》〉，《文史哲》1993 年 5 期。

21　二文分刊於《新民叢報》4、10 號，1902 年 3、6 月。

22　《新民叢報》6、8、9 號，1902 年 4-6 月。

理）」，三分天下幾占其一，足見梁氏之偏好。

在《論中國學術思想變遷之大勢》現存的本文中，梁啟超也已隨處注意，盡力闡發學術思想受地理因素影響之情狀。運用最得體、流傳最廣遠的一段論述，是關於先秦諸子南北學派特點的分疏：

> 北地苦寒磽瘠，謀生不易，其民族銷磨精神日力以奔走衣食、維持社會，猶恐不給，無餘裕以馳騖於玄妙之哲理，故其學術思想，常務實際，切人事，貴力行，重經驗，而修身齊家治國利群之道術，最發達焉。惟然，故重家族，以族長制度為政治之本（注略），敬老年，尊先祖，隨而崇古之念重，保守之情深，排外之力強。則古昔，稱先王；內其國，外夷狄；重禮文，系親愛；守法律，畏天命：此北學之精神也。南地則反是。其氣候和，其土地饒，其謀生易，其民族不必惟一身一家之飽暖是憂，故常達觀於世界以外。初而輕世，既而玩世，既而厭世。不屑屑於實際，故不重禮法；不拘拘於經驗，故不崇先王。又其發達較遲，中原之人，常鄙夷之，謂為蠻野，故其對於北方學派，有吐棄之意，有破壞之心。探玄理，出世界；齊物我，平階級；輕私愛，厭繁文；明自然，順本性：此南學之精神也。

較之《支那學術史綱》第三編第四章〈周代學者之戰國時代〉敘述的簡陋，梁啟超採納新學說而別具風采，原是以其修養有素的舊學功底為根基。

由於後半部的割棄與前半部中宋、元、明時代的整體闕失，梁啟超以文化地理學為線索，考察中國學術思想變遷的思考未能貫徹始終，誠為憾事。幸好其〈中國地理大勢論〉有述及哲學與地理之關係的一節文字，現抄錄漢以後部分，聊作補缺：

逮于漢初，雖以竇后、文、景之篤好黃老，然北方獨盛儒學；雖以楚元王之崇飾經師，然南方猶喜道家。《春秋繁露》及其餘經說，北學之代表也；《淮南子》及其餘詞賦，南學之代表也。雖然，自漢以後，哲學衰矣。洎及宋、明，茲道復振，濂溪、康節，實為先驅。雖其時學風，大略一致，然濂溪南人，首倡心性，以窮理氣之微；康節北人，好言象數，且多經世之想。伊川之學，雖出濂溪，然北人也，故洛學面目，亦稍變而傾於實行焉。關學者，北學之正宗也。橫渠言理，頗重考實，於格致蘊奧，間有發明。其以禮學提倡一世，猶孔、荀之遺也。東萊繼之，以網羅文獻為講學宗旨，純然北人思想焉。陸、王皆起於南，為中國千餘年學界辟一新境。其直指本心，行知合一，蹊徑自與北賢別矣。

梁氏儘管也承認人事的作用，但突出學術所受「地理上特別之影響」，仍可算作其論學特色。且直至晚年，思路不改，寫於 1924 年的〈近代學風之地理的分佈〉[23] 一篇長文，即充分顯示了他的情有獨鍾。論其在近代學界的流播，錢基博之〈中國輿地大勢論〉與劉師培之〈南北學派不同論〉[24]，均可稱為嗣響。

如前所述，《論中國學術思想變遷之大勢》雖係未完成之作，但其在中國近現代學術史上，實具有首開風氣的示範意義。而且，直至今日，閱讀此作，仍能發人深思，予人啟示。

（原刊《天津社會科學》2001 年第 5 期）

23　《清華學報》1 卷 1 期，1924 年 6 月。

24　分刊於《新民叢報》64-67 號（1905 年 3-4 月）及《國粹學報》2、6-7、9（1905 年 3-10 月）。

吳趼人與梁啟超關係鉤沉

　　往往有這種情況，一篇已醞釀多時的考據文字，直待關鍵史料發現，才猶如一地散錢，忽然得到貫穿的線索；又如堵塞的河道豁然貫通，順流直下，即可領略兩岸的旖旎風光。原先零落的材料與缺乏驗證的預感，便可在此一史料的統領下，自然整飭成篇。而對於吳趼人與梁啟超這個題目來說，霍堅（儷白）的〈梁任公先生印象記〉就具有這樣的作用。

　　此前，論及二人關係，最先也會最多談到的，應該是列名於「四大譴責小說」的吳趼人撰《二十年目睹之怪現狀》，一向被視為由梁啟超倡導的「小說界革命」代表作。該書以及吳氏的不少小說，也是在梁啟超主辦的《新小說》雜誌上開始連載。至於二人之間是否有過直接的交往，則基本不在考慮之列。因為吳趼人以辦《采風報》、《奇新報》、《寓言報》等娛樂性小報成名，與先後主編《時務報》、《清議報》、《新民叢報》等政論雜誌的梁啟超不在一個層次；而友人記吳氏「以小說名家，詼詭玩世，不可方物」[1]，也與政治家兼學者的梁啟超形象大異其趣。「道不同，不相為謀。」二人雖曾有戊戌變法前二年同寓滬上的經歷，但此後天涯暌

1　雷瑨《文苑滑稽談》卷四〈滑稽詩話〉，上海掃葉山房，1914年；錄自魏紹昌編《吳趼人研究資料》20頁，上海古籍出版社，1980年。

隔，要見也難。如斷言其未曾往來，也絕不出人意外。

意外地倒是在編輯《追憶梁啟超》時，我讀到霍儷白的〈梁任公先生印象記〉，在這篇副題標為「為先生逝世二十周年紀念作」的回憶文章中，居然提到了吳趼人曾招待過流亡日本的梁啟超。那段話是這樣寫的：

> 弱冠遊學滬濱，適值先生自日本潛赴香島，路過上海稍事勾留，偶於鄉前輩馮挺之先生席上一遇之，初見平易無異常人。次日復於吳趼人先生（即我佛山人）座上再瞻丰采，趼人先生固淳于髡之流，多方為余揄揚，並謂是君雖少，曾居印度有年，深知印度國情，熟諳梵文等語。實則余雖曾隨父執旅印三年，略操印度流行語，他非所習也。[2]

就所述情景看，梁啟超與吳趼人並非初見，且已有相當交情，吳氏才會在梁為清廷通緝的亡命客時，無所顧忌地接待他。

需要考證的是此事發生的年份。查檢丁文江與趙豐田編纂的《梁啟超年譜長編》，可以知道，自 1898 年 9 月 21 日「戊戌政變」發生後，梁啟超逃亡日本，到 1910 年 10 月 21 日吳趼人去世，其間梁曾三次往來上海。依照上文「自日本潛赴香島，路過上海稍事勾留」的條件，第三次即 1907 年陰曆四月間的回滬，顯然應該排除，因有梁啟超六月八日〈與南海夫子大人書〉自述，「數月來奔走於上海、神戶、東京之間」[3]，此次顯然未至香港。

2　霍儷白〈梁任公先生印象記——為先生逝世二十周年紀念作〉，原刊 1949 年《時事新聞》11 期，錄自夏曉虹編《追憶梁啟超》163 頁，（北京）中國廣播電視出版社，1997 年。

3　丁文江、趙豐田編《梁啟超年譜長編》409 頁，上海人民出版社，1984 年。

另外兩次行蹤，一在 1900 年，梁啟超〈三十自述〉[4]中曾道及：

　　至庚子六月，方欲入美，而義和團變已大起，內地消息，風
聲鶴唳，一日百變。已而屢得內地函電，促歸國，遂回馬首而西。
比及日本，已聞北京失守之報。七月急歸滬，方思有所效。抵滬
之翌日，而漢口難作，唐、林、李、蔡、黎、傅諸烈先後就義，
公私皆不獲有所救。留滬十日，遂去，適香港。

這次梁啟超的倉促回國，本是為策應唐才常、林圭等籌畫的「自立軍」
起義。此役乃是「戊戌變法」失敗後，維新派集中最多精銳與財力、寄
予厚望的武力行動。其迅速慘敗，對於作為組織者之一的梁啟超，所受
心理打擊之大，可想而知。且梁氏此行，在滬不過十日，雖曾見過後任
《時報》編輯及《新新小說》主筆的陳景韓（即陳冷血），當時陳氏卻
是以「同志」而非小說作者的身份與梁秘密會見[5]。因此，以情理推之，
梁啟超似無心情與餘暇和尚處於編小報生涯的吳趼人會面。

　　1904 年的情況就不同了。據《梁啟超年譜長編》於該年項下所記：

　　先生以正月杪返國，往香港開會。二月末旬由港至滬，留數
日，與狄楚青、羅孝高籌畫開辦《時報》各事。三月，復返日本。[6]

既要辦報，自然須聯絡同仁，與在報界已頗有影響的吳趼人見面，也屬

4　梁啟超《（分類精校）飲冰室文集》卷首，上海廣智書局，1905 年。
5　這一情節在當年負責接待梁啟超的狄葆賢（楚青）所述《任公逸事》中有記
　　述：「庚子七月任公曾在上海虹口豐陽館十日，任公以日本料理不甚佳，由余
　　家日日送小菜以佐餐。任公到之第三日，陳景韓在豐陽館與談二小時，乃初次
　　見面也。」（《梁啟超年譜長編》255 頁）
6　《梁啟超年譜長編》336 頁。

「1902 年的梁啟超」

順理成章。何況，吳氏此前已開始在橫濱出版的《新小說》上發表作品，與梁並非陌路人。還有一個細節，可從側面證明吳、梁滬上相見是在此時。根據後來進入《時報》館做編輯的包天笑回憶，那時《時報》除總主筆羅普（孝高）外，「另外有兩位廣東人」擔任主筆，其一即是馮挺之 [7]。那麼，梁啟超在赴吳氏之約前的會見馮氏，應該也是為籌辦《時報》事。並且，霍堅記此次會面後，接下來又說到，「顧是時立憲論與革命論激戰甚烈」。而就時間言，1906 年發生的這場論戰，也更接近於此時而與 1900 年隔遠。

從會面情形看，因在座尚有多人，可知是吳趼人邀約梁啟超，而非梁之主動求見；否則，梁氏也不便為照顧霍堅，「遂舍眾客側席獨與」霍談。由此亦可推知，吳趼人與梁啟超此前應已相識。這裡，用得著吳氏生前摯友周桂笙的一段追述：

> 趼人先生及余，皆嘗任橫濱新小說社譯著事，自滬郵稿，雖後先東渡日本，然別有所營，非事著書也。[8]

7　包天笑《釧影樓回憶錄》318 頁，（香港）大華出版社，1971 年。

8　周桂笙〈吳趼人〉，《新庵筆記》，上海古今圖書局，1914 年；錄自《吳趼人研究資料》16 頁。

吳、周二人為《新小說》撰稿，起始於 1903 年 10 月印行的第八號雜誌。吳趼人在該期一口氣發表了歷史小說《痛史》、社會小說《二十年目睹之怪現狀》與寫情小說《電術奇談》，並在「雜錄」欄刊出〈新笑史〉，其文字占了那本刊物的大半篇幅，並由此一躍而為《新小說》的第一寫作主力。關於吳氏赴日時間，魏紹昌推定為 1903 年冬，即在最初「自滬郵稿」橫濱《新小說》社之後。而吳趼人與周桂笙加盟後，《新小說》在第八號與第九號之間，仍有 10 個月空前絕後的長時間停頓。雖然在此期間，《新小說》社連同承擔其印刷的《新民叢報》社活版部，正從橫濱市山下町 152 番遷至 160 番，可能會造成刊物的脫期；但其延誤時間之久也讓人疑心，吳、周二人大約正在此時「後先東渡日本」。查梁啟超 1903 年蹤跡：正月應美洲保皇會之邀，遊歷美洲；十月二十三日（西曆 12 月 11 日）復返橫濱[9]。據此而論，梁氏應該有機會與吳趼人碰面。這大概就是吳在滬上邀約梁啟超的前因。

至於吳趼人去日本所營何事，周桂笙未作說明。魏紹昌在《魯迅之吳沃堯傳略箋注》中曾提供了一個說法：

> 據其堂弟吳植三在一九六二年說，趼人在滬曾助理廣智書局業務，此去與《新小說》社聯繫出版發行事項有關。[10]

魏紹昌雖然謹慎地表示，「姑錄此說待證」，但這多半是事實。從 1905 年 2 月出版的第二年第一號（第十三號）起，《新小說》的發行所已正式由先前的橫濱新小說社，標明改為上海廣智書局。或許是為了表示與「國事犯」梁啟超撇清干係，以掩人耳目，這期刊物上還故意刊登了被梁氏一再痛罵的「清太后那拉氏」的照片。而《新小說》的移師上海，

9　參見《梁啟超年譜長編》309、333 頁。

10　魏紹昌〈魯迅之吳沃堯傳略箋注〉注[九]，《吳趼人研究資料》6 頁。

應該就是吳趼人東渡商談的結果。

　　1901 年於上海開辦的廣智書局，是維新派在國內最重要的出版機構，主要由梁啟超在日本遙控。初期經營狀況一直不佳，這在梁與同人的書信中屢有述及。即使光緒二十九年（1903 年）遊美歸來，十二月十八日（西曆 1904 年 2 月 3 日）致書蔣智由時，梁氏仍在為「今年廣智虧累不少」[11] 而苦惱。在此情況下，吳趼人將多種小說交由該書局出版，無疑是對這一維新事業及時而有力的支持。根據魏紹昌與日本樽本照雄先生著錄的吳趼人小說版本 [12]，可以看出，吳氏清末刊行的小說單行本，約略一半出自廣智書局。現舉示如下（包括長篇小說與筆記）：

　　　　《電術奇談》24 回，出版於光緒三十一年（1905）八月；
　　　　《二十年目睹之怪現狀》108 回，自光緒三十二年（1906）二月，

11　梁啟超〈致蔣觀雲先生書〉，《梁啟超年譜長編》335 頁。

12　見魏紹昌編《吳趼人研究資料》與樽本照雄編《（新編增補）清末民初小說目錄》（濟南：齊魯書社，2002 年）。另，1909 年，吳趼人在《中外日報》發表《（社會小說）近十年之怪現狀》（後改名《最近社會齷齪史》）時，撰有〈自序〉一篇，清點其歷年所作小說，一向為研究者所重視：「計自癸卯始業，以迄於今，垂七年矣。已脫稿者，如借譯稿以衍義之《電術奇談》（見橫濱《新小說》，已有單行本）。如《恨海》（單行本），如《劫餘灰》（見《月月小說》），皆寫情小說也。如《九命奇冤》（見橫濱《新小說》，已印單行本），如《發財秘訣》，如《上海遊驂錄》（均見《月月小說》），如《胡寶玉》（單行本），皆社會小說也。兼理想、科學、社會、政治而有之者，則為《新石頭記》（前見《南方報》，近刻單行本）。……惟《二十年目睹之怪現狀》一書，部分百回，都凡五十萬言，借一人為總機捩，寫社會種種怪狀，皆二十年前所親見親聞者，慘澹經營，歷七年而猶未盡殺青。」（1909 年 4 月 20 日《中外日報》）郭長海據此而將署名「抽絲主人」的《海上名妓四大金剛奇書》與署名「繭叟」的《瞎騙奇聞》與《糊塗世界》排除在吳作之外（見氏之〈吳趼人寫過哪些長篇小說〉，日本《清末小說》17 號，1994 年 12 月）。但《海上名妓四大金剛奇書》已有論者證明為出自吳趼人之手（見何宏玲〈《消閒報》與吳趼人的《海上名妓四大金剛奇書》〉，《清末小說》28 號，2005 年 12 月），至少不當除外。

至宣統二年（1910）八月，陸續分八卷出版；《中國偵探案》，光緒三十二年（1906）三月出版；《九命奇冤》36 回，自光緒三十二年（1906）七月，至同年八月，分三冊出版；《恨海》10 回，光緒三十二年（1906）九月出版；《劫餘灰》16 回，宣統元年（1909）出版；《最近社會齷齪史》20 回（未完），宣統二年（1910）九月出版；《趼廛筆記》，宣統二年（1910）十二月出版；《痛史》27 回（未完），宣統三年（1911）出版。

其中原在《新小說》連載者，版權固然可保留在廣智書局，但《恨海》乃直接以單行本面世，《劫餘灰》與《最近社會齷齪史》（初名《近十年之怪現狀》）分別初刊《月月小說》與《中外日報》，最終也花落廣智，可見吳趼人與廣智書局的關係確實非同一般。而除《新石頭記》與《上海遊驂錄》，吳氏最重要的小說已盡包括在內。

從 1903 年 10 月與《新小說》結緣，到 1906 年 11 月《恨海》的出版，可以算是吳趼人與梁啟超所主持的雜誌及書局的第一度「親密接觸」。其後的中斷，顯然是因為由吳趼人擔任總撰述的《月月小說》在 1906 年 11 月創刊。這不僅導致了《新小說》的停刊 13，也使得吳氏隨後的幾部小說，如《胡寶玉》、《俏皮話》、《上海遊驂錄》與《發財秘訣》，改由承擔《月月小說》發行的樂群書局與群學社出版 14。而

13　《月月小說》第二號（1908 年 11 月）廣告曰：「本社……特聘我佛山人、知新室主人為總撰、譯述。二君前為橫濱新小說社總撰、譯員，久為海內所歡迎。本社敦請之時，商乞再三，始蒙二君許可，而《新小說》因此暫行停辦。」又，郭浩帆在〈《新小說》創辦刊行情況略述〉（日本《清末小說から》66 号，2002 年 7 月）中，對此說作了考證。

14　《月月小說》第一號（1906 年 11 月）刊有〈聲明版權〉，稱：「本社所登各小說，均得有著者版權。他日印刷告全後，其版權均歸上海棋盤街樂群書局所有，他人不得翻刻。特此先為預告。」至第九號，《月月小說》改由群學社經辦，也曾刊登過類似聲明（見《月月小說》第十號封三之〈特告〉）。

恭賀新禧

光緒丁未年吳趼人二十四歲

「1907 年吳趼人恭賀新禧」

1909 年 1 月《月月小說》停辦後，吳趼人又立刻恢復了與廣智書局的聯繫，雖然留給他的時間已經不多了。

考察吳趼人小說的署名，除常用的吳趼人及由其化出的趼人、趼等，「我佛山人」應是最通行的名號。其他如「嶺南將叟」只偶而一用。其中值得注意的是「老少年」或「中國老少年」之署，首見於光緒三十一年（1905）八月開始在《南方報》刊發的《新石頭記》，再現於 1906 年出版的《〈中國偵探案〉弁言》。此筆名之使用，顯然與梁啟超寫作《少年中國說》，並自署「少年中國之少年」有關。視其為對梁氏維新理想的呼應，應該不算太離譜。

更值得考究的是吳趼人的小說創作與梁啟超的內在聯繫。以前的研究者討論「四大譴責小說」時，雖也將其納入「小說界革命」的框架中，並認定其在結構、筆墨上受《儒林外史》影響甚大，但這只屬於精神上的契合，而缺乏確鑿的證據。1997 年，筆者到美國哈佛大學哈佛燕京圖書館查閱資料時，在《新民叢報》第十九號（1902 年 10 月）的初版本上，偶然發現了一則〈新小說社徵文啟〉，才自認為找到了「譴責小說」文體發生的由來。這一在《新小說》出刊之前登載的徵文啟，應該是出自刊物創辦人梁啟超之手，其關於來稿要求的說明，對作家的寫作自然會產生誘導的作用。而其中特別強調：

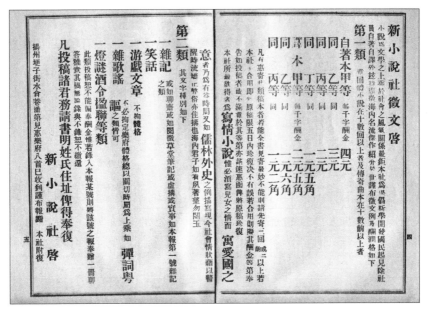

〈新小說徵文啟〉（1902 年《新民叢報》第十九號）

本社所最欲得者為寫情小說，惟必須寫兒女之情而寓愛國之
意者，乃為有益時局。又如《儒林外史》之例，描寫現今社會情
狀，藉以警醒時流、矯正弊俗，亦佳構也。

由此便不難理解，為何李伯元的《官場現形記》與吳趼人的《二十年目
睹之怪現狀》這兩部最接近《儒林外史》風格的小說，會不約而同在
1903 年出現；而吳作寫情小說《恨海》與《劫餘灰》開卷發論，也總要
在兒女之情外，說出另一番「情」之理。

追索吳、梁遇合，大概最讓人難以置信的是，吳趼人的作品中，與
梁啟超本人的著述關係最密切、形跡最明顯的，竟是其最不能被人理解
的《胡寶玉》。先是 1926 年，有署名「稗史氏」者，在《我佛山人之
贗品》中，指認收入《我佛山人筆記四種》中的《上海三十年艷跡》

「乃假託也，原為一小冊子，名曰《胡寶玉》，出自另一人之手筆」[15]；後有王俊年在《吳趼人年譜》中頗為疑惑地提及：「作者和當時的廣告都把《胡寶玉》列為『社會小說』，其實它只是一部寫上海妓院生活的筆記而已。」[16] 將《胡寶玉》從吳趼人的著作中剔除出去，或者否定作者本人冠之以「社會小說」的定義，都是因為無法想像，已經顯示出強烈的社會批判意識的吳趼人，何以會為一名妓女立傳，為腐敗社會肌體上的毒瘡妓院浪費那麼多的筆墨。

我起初也未嘗不抱有同樣的疑慮。迨熟讀過梁啟超的《李鴻章》，此次再重讀吳趼人的《胡寶玉》，便突然有新的發現：二書在題目、構思以至章節設計上是如此的相似。

《李鴻章》又名《中國四十年來大事記》，是因為梁啟超認為：「四十年來，中國大事，幾無一不與李鴻章有關係。故為李鴻章作傳，不可不以作近世史之筆力行之。」[17] 而《胡寶玉》正題下也徑直署有「一名《三十年來上海北里怪歷史》」，吳趼人也是希望通過此書，「乃得見此胡寶玉為上海數十年間冶艷歷史中之旋渦中心點」[18]。

篇章佈局上也好有一比：《李鴻章》第一章為〈緒論〉；第二章〈李鴻章之位置〉分述「中國歷史與李鴻章之關係」及「本期歷史與李鴻章之關係」；第三章題為〈李鴻章未達以前及其時中國之形勢〉。以下各章分別從「兵家之李鴻章」、「洋務時代之李鴻章」、「中日戰爭時代之李鴻章」、「外交家之李鴻章」、「投閒時代之李鴻章」、「李鴻章之末路」，論述了李鴻章一生行事。最後一章即第十二章為〈結

15　稗史氏〈說董（九）·《我佛山人之贋[贗]品》〉，《紅玫瑰》2 卷 15 期，1926 年 1 月；又見《吳趼人研究資料》264—265 頁。

16　王俊年〈吳趼人年譜〉，《中國近代文學研究》第三輯 297 頁，（廣州）中山大學出版社，1985 年。

17　飲冰室主人《序例》，《李鴻章》（一名《中國四十年來大事記》），1902 年。

18　第一章《發端》，老上海《胡寶玉》2—3 頁，（上海）樂群書局，1906 年。

論〉。而《胡寶玉》第一章名為《發端》，末章即第八章也稱〈結論〉。中間從第二章到第四章依次為《胡寶玉以前之北里》、《胡寶玉以後之北里》、《胡寶玉同時代之北里》；第五章筆端拉開，寫〈上海遊客豪侈之一斑〉；以下才言歸本傳，是即第六章〈胡寶玉本傳〉。而傳主之遲遲登場，更顯示出作者意在借胡寶玉，寫出晚清上海妓院史，進而透顯出滬上奢靡風氣的形成與變遷。

　　而上文漏過的第七章〈胡寶玉之比擬〉，又是明顯脫胎於《李鴻章》一書〈結論〉中的第一個子題目「李鴻章與古今東西人物比較」。梁啓超將李與霍光、諸葛亮、郭子儀、王安石、秦檜、曾國藩、左宗棠、李秀成、張之洞、袁世凱、梅特涅、俾斯麥、格萊斯頓、梯也爾、井伊直弼、伊藤博文16位中外名人相比，以確定李鴻章的歷史定位。〈胡寶玉之比擬〉則分列「與諸妓之比擬」、「與諸鴇之比擬」、「與群盜之比擬」、「與神怪之比擬」四節，所比之人近至稍後成名的妓女林黛玉，遠至小說中的虛構人物孫行者，看似雜亂。但如果因此認為，這是吳趼人的遊戲筆墨，故意將《李鴻章》一書庸俗化、妖魔化以取悅讀者，則屬誤讀與失察，不會為吳氏所首肯。

　　其實，在《胡寶玉》的〈結論〉一章，吳趼人曾特意為此書之撰著作了一番辯白。其說先以發問引出：

　　　或曰：胡寶玉一妓女耳，其傳不傳何足道，其得若失更何足以攖吾人之心？顧乃費紙費墨費日月費精神而為之傳，又復羅列各妓女之歷史以實之。金聖歎有言：「世間筆墨匠，造成筆墨，乃遭如此人如此用！」毋亦可以已手？且今之時，何時也！識時之士，方且競出其新思想新學問，著書立說以餉國人；不足，又翻譯西書，取材外族。今不從事於此，而獨浪費筆墨，為此無益著述，縱不為人所齒冷，寧不自惡耶？

這一責備以今天的眼光看來，可謂義正詞嚴。但吳趼人並不認可，且辯稱其著作實有深意。按照他的說法，胡寶玉雖不過一妓女，卻能「轉移風氣」，「維持典型」，足以作「知改良風俗之為急務」的「英俊少年」與「知保全國粹為要圖」的「老成持重者」的示範：「嗚呼！以一妓女能為之者，顧如許之英俊少年、老成持重之流皆甘放棄其責任，滔滔天下吾將安歸？此《胡寶玉》之所由作也。」這便是《胡寶玉》與《二十年目睹之怪現狀》同列為「社會小說」的原因，在吳趼人，本是以莊重、嚴肅的態度寫作這部筆記的。

　　此說還可得到一個證明。為撰此文，近日重翻《吳趼人研究資料》，才發現吳之摯友周桂笙早在《胡寶玉》出版不久，即已在書評中揭示了其有意模仿梁啟超「全仿西人傳記之體」[19]而寫的《李鴻章》一書之底牌：

　　　　此書之作，即所以傳寶玉者也，故名之曰《胡寶玉》。仿《李鴻章》之例，其體裁亦取法於泰西新史。

接下來，周氏正面闡述了此書的意義：

　　　　全書節目頗繁，敍述綦詳，蓋不僅為胡寶玉作行狀而已，凡數十年來上海一切可驚可怪之事，靡不收采其中，旁徵博引，具有本原，故雖謂之為上海之社會史可也。……蓋中國自古至今，正史所載，但及國家大事而已。故說者以為不啻一姓之家譜，非過言也。至於社會中一切民情風土，與夫日行纖細之事，惟於稗官小說中，可以略見一斑。故余謂此書可當上海之社會史者此也。[20]

19　梁啟超〈序例〉，《李鴻章》。

20　新廣〈胡寶玉〉，《月月小說》5 號，1907 年 2 月；又見《吳趼人研究資料》250-251 頁。

而這一評價思路，也有梁啟超的《中國史叙論》與《新史學》發明在前。所謂「前者史家，不過紀述人間一二有權力者興亡隆替之事，雖名為史，實不過一人一家之譜牒；近世史家，必探察人間全體之運動進步，即國民全部之經歷，及其相互之關係」[21]，這一主張為國民作史與關注國民史的新史學宗旨，在當時激起了巨大反響。而吳趼人《胡寶玉》之撰著與周桂笙書評之闡發，其實正是對梁氏首倡的自覺應和。

如此，梁啟超 1901 年撰寫、出版的《李鴻章》，1914 年由中華書局改題為《中國四十年來大事記》[22] 重新出版，尚符合作者之本意；而《月月小說》創辦人汪慶祺（號惟父）1915 年將死友吳趼人之《胡寶玉》更名為《上海三十年艷跡》，編入《我佛山人筆記四種》中印行，而放棄了吳氏自擬的另一書題《三十年來上海北里怪歷史》，則使其影寫上海社會史之深心隱而不現，趼人先生於地下當亦不能心安。

以上對於吳趼人與梁啟超從行跡到心跡的相遇鉤沉，正好寫在《新小說》創辦與「小說界革命」口號提出一百周年之際，謹借此表達對先賢事業的一份敬意。

（原刊《安徽師範大學學報》2002 年第 6 期）

21　任公《中國史叙論》第一節〈史之界說〉，《清議報》90 冊，1901 年 9 月。另可參閱梁啟超《新史學》中〈中國之舊史學〉與〈史學之界說〉二節（《新民叢報》1、3 號，1902 年 2、3 月）。

22　據中國社會科學院歷史研究所編《1900-1980 八十年史學書目》（北京：中國社會科學出版社，1984 年），頁 54。

二、近代婦女

《紅樓夢》與清代女子詩社
——從大觀園中的「海棠詩社」談起

　　讀過《紅樓夢》的人，大概都不會忘記大觀園中的「海棠詩社」。曹雪芹在第37、38回中費了許多筆墨，描述結社緣起及頭兩次詩會，直到76回「凹晶館聯詩悲寂寞」，延續了整整四十回的詩社活動才告了結。就全書的構思看，曹雪芹固然有諸多考慮，例如展示「幾個異樣女子」的才情，在情節的連貫上穿針引線、推向高潮等等；不過，即使從時代風尚探究，「秋爽齋偶結海棠社」一事也絕非偶然。

　　大觀園這個小社會雖是藝術虛構，卻不是與世隔絕。曹雪芹年少時曾在揚州、南京等地生活過，這段經歷在《紅樓夢》中也留下了痕跡，小說便反映了不少南方的社會風習。比較看來，江南風氣較為開通。特別是富庶的江、浙一帶，女子於相夫課子之暇，也能以詞章播名藝林。明代末年，江南女子已有姊妹、母女、婆媳一門皆詩的風雅之事，如葉紹袁之妻沈宜修及三女葉紈紈、葉小紈、葉小鸞便是著名的一例。「長幼內外，悉以歌詠酬唱為家庭樂」（葉恒椿《午夢堂集・識語》），其作品統由葉紹袁匯刊入《午夢堂全集》，廣為流傳。到了清代，此風益熾。康熙年間成書的《全唐詩》及乾隆皇帝授意編定的《御選唐宋詩醇》，表現了最高統治者的嗜好。而康熙、乾隆數次南巡，士子們投其所好，由獻詩得官者不乏其人。上有所好，下必甚焉。影響所及，閨中

也詩才輩出。據胡文楷先生《歷代婦女著作考・自序》所言：「清代婦人之集，超軼前代，數逾三千。」數量之多，可謂空前未有，極一時之盛。而詩集作者也多集中在江南。

吟詩作為一種時代風尚流行開來，清代女子便不再滿足於一家一戶自我娛樂的唱和，而希望有交流、競爭的機會，於是同里女子的結詩社之舉應運而生。

康熙年間，杭州出現了由顧之瓊招諸女發起組織的「蕉園詩社」。《國朝閨秀正始集》記此事曰：

> 亞清（按：即林以寧）……與同里顧啟姬姒、柴季嫻靜儀、馮又令嫻、錢雲儀鳳綸、張槎雲昊、毛安芳提倡「蕉園七子之社」，藝林傳為美談。（卷四）

「蕉園詩社」還帶有從家庭吟樂脫化而來的遺跡，七人之中，林以寧是顧之瓊的兒媳，錢鳳綸是其女。《國朝杭郡詩輯》對當時「蕉園詩社」的活動曾有記載：

> 是時，武林風俗繁侈，值春和景明，畫船繡幕交映湖滸，爭飾明璫翠羽、珠鬊蟬縠以相誇炫。季嫻獨漾小艇，偕馮又令、錢雲儀、林亞清、顧啟姬諸大家，練裙椎髻，授管分箋。鄰舟遊女望見，輒俯首徘徊，自愧弗及。（卷三十）

讀此，可以想見其風流儒雅之狀。現存社中人詩文集，如林以寧的《墨莊詩鈔》、錢鳳綸的《古香樓集》，都還留有馮嫻與柴靜儀的評點。

乾隆年間，在蘇州地區又出現了以張允滋為首的「清溪吟社」，規模更大。張允滋「與同里張紫繁芬、陸素窗瑛、李婉兮嬿、席蘭枝蕙文、朱翠娟宗淑、江碧岑珠、沈蕙蓀纕、尤寄湘澹仙、沈皎如持玉結

『清溪吟社』，號『吳中十子』，媲美西泠。嗣又選定諸作，刊《吳中女士詩鈔》，富以詞賦及駢體文，藝林傳誦，與『蕉園七子』並稱」《國朝閨秀正始集》（卷十六）。《吳中女士詩鈔》刊於乾隆五十四年，所選十人之集，集前多有社中人互相題詞作序。江珠在為席蕙文的《采香樓詩集》作「叙」時，講到了起社的原委：

> 吳中女史以詩鳴者代不乏人。近得林屋先生（按：即任兆麟）提倡風雅，尊閭清溪居士為金閨領袖，以故遠近名媛詩筒絡繹，咸請質焉。

社中人雖也有若干戚誼，如張芬為張允滋的從妹，沈持玉是尤澹仙的表妹等，但關係畢竟要遠些。

除十子外，與社中人詩詞往還的還有一位女尼王寂居。也許是出家人不便涉身世事，王寂居並未列名詩社。不過，在尤澹仙所作的《懷人十絕句》中，除社中九位同學外，所懷的第十人便是王寂居；任兆麟作《兩面樓詩稿·叙》，也提到張芬與寂居等人參禪論學事；寂居又曾為李嫩的《琴好樓詩》題詞；主要匯錄社中人作品的《翡翠林閨秀雅集》的詩榜上，也有「王寂居拈華」之名。凡此均可見這位女尼與詩社的關係之密切。由此很容易聯想到《紅樓夢》中「海棠詩社」的社外友妙玉。妙玉雖未正式入社，在凹晶館黛玉與湘雲聯詩時，妙玉卻突然出現，續筆作結。這個「檻外人」畢竟還是凡心不死，詩情不泯。

「清溪吟社」的詩會也確實當得起「雅集」之稱。沈纕有〈《翡翠林雅集叙》〉，文不長，不妨全文抄錄如下：

> 月滿花香，夜寂琴暢；珠點夕露，翠濕寒煙。於是銜流霞之杯，傾華崤之宴，飲酒賦詩，誠所謂文雅之盛，風流之事者矣。況夫君子有鄰，名流不雜，援翠裾而列坐，俯磐石以開襟。終讌

一夕，寄懷千載。是時也，莫春駘蕩、初夏恢台之交耳。乾隆己
酉歲敘。

詩社活動的一般狀況及女詩人的情趣於此可見。

除「清溪吟社」外，當時還有袁枚以詩相號召，廣收女弟子，並輯
有《隨園女弟子詩》。而「清溪吟社」的同人江珠也與隨園女弟子駱綺
蘭有詩交，駱綺蘭所編《聽秋館閨中同人集》中，便收有江珠的贈詩。
這些女詩人互通聲氣，以詩會友，對世俗偏見形成了有力的挑戰。

女詩人們最不滿的是「女子無才便是德」的舊說，所謂「識字為女
郎之害，工師乃當世所譏」（沈持玉〈《曉春閣詩稿》‧叙〉）；於是
反其道而行之，大力表彰女子之詩，大力傳揚才女之名。結詩社時，心
中也未嘗不存著個與才士爭高下的念頭。顧之瓊所作〈蕉園詩社啟〉沒
見到，可是，江珠的〈《青藜閣詩稿》‧自叙〉讚「清溪詩社」的一段
話卻說得非常痛快、明白，足可代一篇「清溪吟詩啟」：

> 聞道香名，人人班、謝；傳來麗句，字字徐、庚。薄頌椒文
> 思未工，陋賦茗才華乏艷。於是香奩小社，拈險韻以聯吟；花月
> 深宵，劈蠻箋而酬酢。並翻五色之霞，奇才倒峽；互竟連珠之格，
> 彩筆摩空。接瑤席而論文，宛似神仙之侶；榭吟壇而勁敵，居然
> 娘子之軍。麗矣名篇！美哉盛事！……即使鬚眉高士，亦應低首
> 皈依；縱有巾幗才人，並向下風拜倒。真閨閣之雕龍，裙笄之繡
> 虎也。

無獨有偶，大觀園中「海棠詩社」的挑頭人探春也寫過一張花箋，可視
為「海棠詩社啟」，其爭勝對手也是鬚眉男子。因為「或豎詞壇，或開
吟社，雖一時之偶興，遂成千古之佳談」歷來是男子之事，故探春決意
自為：

> 娣雖不才，竊同叨栖處於泉石之間，而兼慕薛、林之技。風
> 庭月榭，惜未宴集詩人；簾杏溪桃，或可醉飛吟盞。孰謂蓮社之
> 雄才，獨許鬚眉？直以東山之雅會，讓余脂粉。

其志不可謂不高。為此，「海棠詩社」中的唯一男性賈寶玉，儘管在賈政集眾清客群中顯得矯矯不凡，才氣橫溢，而在大觀園的歷次詩會中，曹雪芹卻安排他回回落後。

詩社既以交流、競爭為目的，就要有一套特定的組織辦法。《吳中女士詩鈔》刊有《翡翠林閨秀雅集》一卷，可作範例。卷中錄入〈白蓮花賦〉八篇，出自八女之手，均由任兆麟加評。有趣的是，目錄頁還開列出評定等次，公之於眾。其中「超取四名」有江珠、沈纕、張允滋、尤澹仙，還有「優取四名」，包括張芬、沈持玉等。由此可以推知，雅集的一種形式是「一題分詠」，以定名次。除〈白蓮花賦〉外，各體詩也分了等，有「超取」，有「優取」，說明雅集也可以採取「述題分詠」的形式。再看《紅樓夢》，第一次結社詠白海棠，限用韻腳字，正是「一題分詠」；第二次集會詠菊。擬定十二個題目，各人任選，不限韻，「高才捷足者為尊」，又是「數題分詠」。兩次均由社長李紈評判優劣，酌定名次。以後的詩會還有花樣翻新，或「即景聯句」，或命題填詞，只是都有競賽的意思在裡頭。

儘管清代女詩人不乏才情，並結社聯吟，頗有聲勢，但「數逾三千」的清代婦女詩文集，能夠流傳至今的並不多。其中的原因很複雜，不過，駱綺蘭的說法值得重視：

> 女子之詩，其工也，難於男子；閨秀之名，其傳也，亦難於
> 才士。

這是由於女子的活動範圍小，家務勞作忙，又受到禮教的約束。駱綺蘭

本人學詩的經歷最典型。她少時從父學詩；出閣後，家道中落，廢吟詠而謀生計；後又孀居，獨撐門戶，賣詩畫為生。即使僥倖逃過了生活的重壓，保留下的一點詩心仍然會橫遭非議。先是懷疑其詩「皆倩代之作」，及至駱綺蘭「間出而與大江南北名流宿學覿面分韻，以雪倩代之冤，以杜妄人之口」，並師事袁枚、王昶、王文治，「出舊稿求其指示差繆，頗為三先生所許可」，「於是疑之者息而議之者起矣」。一則曰「婦人不宜作詩」，一則曰駱綺蘭「與三先生相往還，尤非禮」（《聽秋館閨中同人集·序》）。總之，當你證明非不能詩、詩非偷抄時，他就乾脆宣布你本不應作詩，拜師學師乃非禮之事。一棍不能置你於死地，就再加一棍，而且這後一棍更毒更狠，更難抵擋。如此，藝術生命不被扼殺已屬不易，詩集、詩名流傳後世自然倍加艱難。

　　幸好有曹雪芹的《紅樓夢》細緻地描述了「海棠詩社」的活動，為清代女子詩社及女詩人的才情留下了不朽的見證。

（原刊《文史知識》1989 年第 7 期，原題〈東山雅會讓脂粉
——《紅樓夢》與清代女子詩社〉）

羅蘭夫人在中國

在近代中國知識群體中，羅蘭夫人（Jeanne-Marie Roland, 1754-1793）知名度極高。凡是稍稍瀏覽過新書新報或自命開通的人，未有不知羅蘭夫人者。由於譯音、譯法的不同，其名曾以朗蘭夫人、烏（毋）露蘭、瑪利、瑪利儂等行世。而譯名的紛雜，也是其人被多次介紹於國人留下的遺痕。

羅蘭夫人何人也

不難想像，羅蘭夫人能博得晚清知識者的眾口交譽，必定是有豐功偉業或奇行異事為人所仰慕。不過，若僅僅讀過陳壽彭與薛紹徽夫婦譯述的《外國列女傳》，肯定會大失所望。據編譯者自言：其書乃「取英文各史傳以及譜錄之類採摘成之」[1]。因係雜收眾書，集中關於羅蘭夫人一篇取材何處，目前尚無法考知。但其所擇底本陋劣，讀譯文已可斷言，儘管在所有的譯介中，唯獨它注出了人物、地點的英文原名。其文不算很長，錄以為例：

> 烏露蘭 Roland，雕刻匠符力旁 Phlipon 女，一千七
> 百五十四年三月十七生於巴黎。幼聰穎善悟，四歲即嗜

1 　陳壽彭〈譯例〉，陳壽彭譯、薛紹徽編《外國列女傳》，（南京）
金陵江楚編譯官書總局，1906 年。

讀，七歲讀報紙，能背誦。八歲即挾巴拉他次 Pla(u)tarch（希臘史學家）集入教堂，悉去小兒癡想。十一歲至汕馬西 Faubourg Saint-Marcel 女教會，得兩少女，曰衡利得 Henriette，曰堅尼 Sophie Cannet，與堅尼尤親。兩年後歸家。七十三年，其母卒，父絀於治生，遂大窘。時烏露蘭已二十五歲，仍復退至女教會。烏當時在會，為時無多，既散歸，不免多所遺忘，以故轉落同輩後，鬱鬱不得志。七十五年，於堅尼家遇其夫烏露蘭。夫慕其才貌，與周旋者四年，八十年二月四日始合卺。自是遭際稍舒，因夫適為法廷清要耳。八十九年，變革亂作，同黨皆遷避。九十一年，夫為利恩 Lyon（邑名）舉送入國會，與烏同返巴黎。九十三年五月三十一，巴黎大亂，諸黨相攻，夫走避。是夕，烏被擒，囚於亞婢 Abbaye（地名）。六月二十四釋放，似可自由矣。而營官復執之，監於皮拉齊 Pelagie。烏在監仍為學，演《政策記》，未成。十一月初，付之於亂黨。刑官斷以死罪，九日殺焉。烏之死，既無告案，又無與於黨會事，只以匪徒逞一時病狂之勢，欲殺竟殺矣。烏既至行刑架上，容色不變，呼紙筆至，將欲書遺囑，而匪徒已吆喝動刑。……2

讀此文，羅蘭夫人未見出色，不過是妻以夫貴，嗜學而已。其政治才幹既無表現，被殺自然只能處理為冤案。唯一足以支持譯者將其人置於卷五「義烈列傳」中的描寫，也只是在斷頭臺上的「容色不變」，這當然也很難得。

薛紹徽所撰《外國列女傳・敘》雖成於 1903 年，而全書印行已在三年後，其介紹羅蘭夫人在此書或不可缺，對讀書界卻並無新意，因早有更詳細的讀本流傳。諸本之中，又以梁啟超的〈（近世第一女傑）羅

2　〈義烈列傳・毋露蘭〉，《外國列女傳》卷五。

蘭夫人傳〉影響最大。

　　戊戌政變後流亡日本的梁啟超，其在國內的身份儘管還是被通緝的國事犯，而他刊佈於東鄰的著述卻是無遠弗屆。發表梁文的《清議報》、《新民叢報》固然也遭查禁，然而屢禁不絕，翻印、轉載乃常有事。於是，梁啟超不僅未因居日而減弱了對國內的影響，相反，親受明治文化洗禮的特殊機遇，倒成就了他開晚清學界風氣的功業。

　　梁啟超的〈羅蘭夫人傳〉刊登在 1902 年 10 月出版的《新民叢報》17-18 號，使用了在國內尚屬新體的評傳形式。梁氏以他那「筆鋒常帶情感」[3] 的報章文體風格，將羅蘭夫人的一生事蹟娓娓道來，令人耳目一新，大受感動，閱讀後會留下深刻印象。其開篇一段文字，即以飛動的筆墨引人入勝：

　　　　羅蘭夫人何人也？彼生於自由，死於自由。羅蘭夫人何人也？自由由彼而生，彼由自由而死。羅蘭夫人何人也？彼拿破崙之母也，彼梅特涅之母也，彼瑪志尼、噶蘇士、俾士麥、加富爾之母也。質而言之，則十九世紀歐洲大陸一切之人物，不可不母羅蘭夫人；十九世紀歐洲大陸一切之文明，不可不母羅蘭夫人。何以故？法國大革命，為歐洲十九世紀之母故；羅蘭夫人，為法國大革命之母故。

文章以一萬字的長篇，敘述了羅蘭夫人自出生到致死的人生之路。由於利用生動的細節描寫，凸顯人物傑出品格的形成過程，使得羅蘭夫人最後的英勇就義成為水到渠成。《外國列女傳》中語焉不詳的讀希臘史學家著作情景，在梁文中已有更周到的描述，稱其「每好讀耶穌使徒為道

3　梁啟超《清代學術概論》二十五節，（上海）商務印書館，1921 年；錄自夏曉虹編校《中國現代學術經典・梁啟超卷》195 頁，（石家莊）河北教育出版社，1996 年。

流血之傳記」，「而尤愛者，為布林特奇之《英雄傳》」。梁氏還以其傳佈新知的熱心，加注說明：《英雄傳》「傳凡五十人，皆希臘、羅馬之大軍人、大政治家、大立法家，而以一希臘人一羅馬人兩兩比較，故共得二十五卷」，「實傳記中第一傑作也」。對陳、薛譯著中有關羅蘭夫人在女教會成績不佳的記述，也有著眼點迥異的另樣筆錄，認為是其「常有一種自由獨立、不傍門戶、不拾唾餘之氣概」的表徵。因而，「彼於《新舊約》所傳摩西、耶穌奇跡，首致詰難，以為是誕妄不經之說」，以所讀懷疑論哲學破之，「當十六七歲頃，終一掃宗教迷信之妄想；但不欲傷慈母之意，故猶循形式，旅進旅退於教會」。這樣的解說自然更有利於理解人物。

本著「時勢」與「英雄」相緣而生的認識，梁啟超的〈羅蘭夫人傳〉尤注重傳主在法國大革命中的政治作為，這部分夾敘夾議的文字，即佔據全文四分之三以上的篇幅。就此而言，在晚清所有關於羅蘭夫人的著譯中，梁作的重點最為突出，「近世第一女傑」的內蘊被發揮得淋漓盡致。文章寫出了羅蘭夫人如何從一個幸福的家庭主婦變為活躍的吉倫特黨精神領袖，彰顯了羅蘭夫人因醉心共和主義，以為1789年爆發的大革命是實現其平生理想的最佳時機，因而現身政治舞臺。

其時的梁啟超雖在現實政治的刺激下，痛恨清政府的殺害維新志士、頑固守舊，而提倡「破壞」論，但其根深蒂固的改良主義立場，仍使他對「破壞」的後果有所顧忌。與堅決的革命論者不同，梁氏更強調，「夫破壞者，仁人君子不得已之所為也」；「非有不忍破壞之仁賢者，不可以言破壞之言；非有能回破壞之手段者，不可以事破壞之事。」儘管在這篇著名的〈論進步〉一文中，梁啟超還在痛苦地闡述「蓋當夫破壞之運之相迫也，破壞亦破壞，不破壞亦破壞；破壞既終不可免，早一日則受一日之福，遲一日則重一日之害」，讚頌「法國大革命以來綿亙七八十年空前絕後之大破壞」，帶來了歐洲大陸各國自1870年以後幾十年的安定[4]；不過，寫作〈羅蘭夫人傳〉的情感體驗，顯然

使梁氏對三四個月以前的上述表態開始反省。傳文中的如下一段文字，
應能顯示梁啟超對羅蘭夫人與法國大革命的關係已別有體會：

> 河出伏流，一瀉千里，寧復人力所能捍禦！羅蘭夫人既已開
> 柙而放出革命之猛獸，猛獸噬王，王斃；噬貴族，貴族斃；今也
> 將張牙舞爪以向於司柙之人。夫人向欲以人民之勢力動議會；今
> 握議會實權者，人民也，飲革命之醉藥而發狂之人民也。夫人凤
> 昔所懷抱，在先以破壞，次以建設，一倒專制，而急開秩序的之
> 新天地。雖然，彼高掌遠蹠之革命巨靈，一步復一步，增加其速
> 力，益咆哮馳突，以蹂躪蹴踏真正共和主義之立腳地。

羅蘭夫人因此最終站到了「革命」的對立面，被更激進的先前的同志送
上了斷頭臺。而對羅蘭夫人的歷史總結，無疑也給了梁啟超以啟示，在
梁氏由鼓吹流血的革命到退回溫和的改良的思想轉變過程中，〈羅蘭夫
人傳〉的寫作可以視為一個轉捩點。

雖然對羅蘭夫人推動革命招致的嚴重後果有所批評，梁啟超在傳文
中還是承認時勢不可抗拒，尤其突出了羅蘭夫人人格的高尚。在羅蘭夫
人看來，「今日之法國已死，至死而之生之，捨革命末由」。因此，
「夫人非愛革命，然以愛法國故，不得不愛革命」。她最後的與巴黎民
眾為敵，既是出於保持革命的純潔，更是為了挽救法國，其言曰：

> 我等今日既不能自救，雖然，一息尚存，我等不可以不救我
> 國。5

4　中國之新民〈新民說・論進步〉，《新民叢報》11 號，1902 年 7 月。

5　中國之新民〈（近世第一女傑）羅蘭夫人傳〉，《新民叢報》17-18 號，1902
　　年 10 月。

為達此目的，羅蘭夫人毅然決然地走上了斷頭臺。在梁啟超筆下，羅蘭夫人以她的鮮血與生命，完成了一幕感天動地的愛國悲劇。這也為其後晚清國人對於羅蘭夫人的評價定下了基調。

梁啟超的〈羅蘭夫人傳〉一經刊出，便不脛而走，上海的《女報》（《女學報》）立即轉載[6]，使其在女界更廣為人知。次年又出現《女豪傑》一書，不僅如《女報》的隱去作者名，而且改變題目，令人莫知其來歷，實則仍為梁氏傳記的翻錄本[7]。如此迅速的擴散，自會激起熱烈的反響。先有廣東移風女學校創辦人杜清池女士作詩稱讚：「瑪利（按：〈羅蘭夫人傳〉譯羅蘭夫人之本名為「瑪利儂」）、批荼著美歐，立身當與彼為儔。」[8]隨後，金一（天翮）撰寫《女界鐘》，即引羅蘭夫人「救國」之言，而呼籲中國的「善女子」「誓為馬尼他、瑪利儂、貞德」等女傑，因「此皆我女子之師也」[9]。從時間及譯名考慮，可以認定羅蘭夫人的感召力確自梁文發生。而當時出現的一則笑話，也足以證實此傳記的流布之廣。1902 年，清廷迫於壓力，不得不將科舉考試的科目由八股改為策論，學堂的功課也相應調整，試題中開始增加時事的內容。於是產生如下一段笑談：

> 有某學堂，近日初創立，招考生徒，先試以一論，論題為：「泰西最近世史，每稱拿破崙時代，梅特涅時代，能言其故歟？」有一生交卷，卷中有數語云：「拿破崙與梅特涅，一母所生，而一則為民權之先導，一則為民權之蟊賊」云云。閱卷者大詫異，

6　見《女報》（《女學報》）8-9 期，1902 年 11、12 月。

7　《女豪傑》，武林印刷所，1903 年。此書誤為小說，收入《中國通俗小說總目提要》，（北京）中國文聯出版公司，1990 年。

8　杜清池〈贈吳、莊、周三女史〉，《女報》（《女學報》）9 期，1902 年 12 月。

9　第一節〈緒論〉、第九節〈結論〉，愛自由者金一《女界鐘》14、93 頁，1903 年 9 月初版、1904 年 6 月再版。

告以拿、梅二人，不同時，不同國，安得同母？某生抗辯不服，
因出所夾帶之《新民叢報》第十七號第三十五頁〈羅蘭夫人傳〉
發端處，指以示閱者曰：「這不是明說著『羅蘭夫人何人也？彼
拿破崙之母也，彼梅特涅之母也』嗎？」閱者只得囅然一笑置之。10

　　儘管這位學生知識貧乏，生吞活剝，為人取笑，但我們仍然能夠從中得
到羅蘭夫人的大名因梁啟超之作而在晚清社會廣泛傳揚的確鑿資訊，雖
然其中包含了誤讀。

女傑本自東瀛來

　　既然梁啟超是在日本寫成〈羅蘭夫人傳〉，其撰稿時，必定參考了
日文的有關著述。現在根據日本學者松尾洋二的考證，我們已可知道，
梁作除上引開頭的一段文字以及結論部分的「新史氏曰」為自撰，主體
則是譯自德富蘆花所編《（世界古今）名婦鑒》第一篇，原題為《法國
革命之花》。梁啟超在翻譯時當然也有改動，主要有二：一是將無關大
局的生活瑣事刪去，一是對有關羅蘭夫人初期激進言行的敘述有所緩
和。後一點牽涉到梁氏的思想轉變。因此，儘管關於「革命猛獸」的一
段話原出自德富蘆花，但「在他來說只是一種瞬間的感應，他並沒有由
此全面展開他的思想。而接受了他的影響的梁啟超卻完成了這個任
務」，將其改造為通篇傳記的核心思想11。而將原文的副題移作正題，
在梁啟超應該也有回避對「革命」的歌頌之意12。
　　此外，其時尚有多種日人有關羅蘭夫人與法國大革命的著作譯介到

10　〈考試新笑話・拿破崙與梅特涅同母〉，《新小說》1 號，1902 年 11 月。
11　松尾洋二〈梁啟超與史傳〉，狹間直樹編《梁啟超・明治日本・西方》265-274
　　頁，（北京）社會科學文獻出版社，2001 年。
12　見〈佛國革命の花〉（ロ-ラン夫人の伝），蘆花生編《（世界古今）名婦
　　鑑》，（東京）民友社，1898 年。

中國。就介紹的集中而言，1903 年堪稱「羅蘭夫人年」。僅據筆者所見，正月，趙必振譯、岩崎徂堂與三上寄鳳合著的《世界十二女傑》由廣智書局發行；三月和四月，澀江保所著《法國革命戰史》的兩個中譯本接踵問世，商務印書館推出的一種，署為「中國國民叢書社譯」，「人演譯社社員」翻譯、該譯社出版的另一版本，書名直接承襲了日文本，題為《佛國革命戰史》。所有各書都專門為羅蘭夫人立了傳。後二書雖均沿用了梁氏「羅蘭夫人」的譯法，卻以人演譯社之本與梁作關係最密切，除書中全部譯名照抄梁傳外（惟「瑪利儂」改作「馬利儂」），更將梁啟超引在傳首的羅蘭夫人臨終之言略加減省，移錄文中，使其成為一時流行的名言：

　　　　嗚呼！自由自由，天下幾多罪惡，假汝之名以行。[13]

不過，由於澀江保之作乃以法國大革命為敘述對象，羅蘭夫人傳只是夾雜在有關吉倫特黨內閣的行文中，因此篇幅不長。《世界十二女傑》中的〈朗蘭夫人傳〉則採取單獨列傳的方式，記述自更詳細。即使如此，關於羅蘭夫人政治活動的篇章，在後者分列的八節中，也只有「夫人與橄落達黨」、「夫人囚」、「夫人就刑於斷頭臺」三目，遠不及梁氏傳文之用力。

　　但如此密集的宣說，必然會強化羅蘭夫人在國人心目中的世界女傑形象。其中《世界十二女傑》一書，更直接呼應了梁啟超以「近世第一女傑」推許羅蘭夫人的定位。該書之流行，也使得羅蘭夫人成為女傑排行榜上不可或缺的人物，加固了晚清先進女性對其人的欽敬。此後，廣東香山女學校制定學約，期望學生「爾當勉為世界之女豪」，舉為典範

13　第五編〈立法議會〉第一章〈狄郎的士黨內閣〉，澀江保著、人演譯社社員譯《佛國革命戰史》125 頁，（上海）人演譯社，1903 年。

的正是「羅蘭夫人，若安少女」[14]，二人傳記均見於《世界十二女傑》中。江天鐸（競廠）作〈詠世界十二女傑〉，也正是依據原書次序逐一題詩，詠贊「羅蘭夫人」的一首為：

> 綠窗少女鬢慵梳，慣讀英雄奇遇書。
> 絕世才誇橢托達，斷頭臺上志難舒。[15]

「橢托達」與「橢落達」同，兩見於原書，今通譯為「吉倫特」。作者選取了羅蘭夫人一生中兩個最精華的片段，即少年時代的耽讀《英雄傳》與大革命時期以吉倫特派之實際領袖而遇害，這也是梁啟超的傳文反覆渲染的情節。而江氏棄原譯本之「朗蘭夫人」不用，卻採納梁氏的譯名，無疑是因為梁作已有先入為主的號召力，並最終作為通行的譯法固定下來。

通過這些翻譯與準翻譯文本，我們可以發現，日人對法國大革命歷史的評價，確實予梁啟超等先進之士以深刻影響。這種超越黨派的一致認同，也是羅蘭夫人之所以在晚清備受推崇的重要原因。

由於明治維新採取了自上而下的改革方式，沒有經過長期的內亂、流血，日本學者以己度人，便對法國大革命中的激進派頗多貶詞，述及路易十六世在斷頭臺被斬之後的歷史，幾異口同聲斥為「暴政」。處於對立面的羅蘭夫人，自然而然獲得同情，其逆潮流而動的勇氣，更以「挽狂瀾於既倒」的悲壯，容易贏得讀史者的尊敬。《佛國革命戰史》正是這樣述說羅蘭夫人的遭遇：

> 當是時人心騷然，激烈派徒暴戾非常，不問其敵與否，輒殺

14　〈香山女學校學約〉，《女子世界》7 期，1904 年 7 月。

15　競廠〈詠世界十二女傑〉，《國民日日報彙編》第三集，（上海）東大陸圖書譯印局，1904 年。此作亦刊於《女子世界》3 期（1904 年 3 月）。

之以為快；即政友之間，亦意見各異，猜疑傾軋，習以為常。於
是夫人為所捕，下於獄。[16]

　　由此形成勢難兩全的言說方式：站在雅各賓派激進革命的立場，羅蘭夫
人便無足取；若肯定羅蘭夫人的為國獻身，激烈派實行的人民專政、革
命法庭即應當被否定。在日本學者的著作中，我們看到了這種敘述的一
致性，作者與羅蘭夫人的視角因而是重合的。

　　接受日本學者的出發點與結論，對於身為改良派輿論家的梁啟超可
謂順理成章；而因此左右了呼喚暴力革命的晚清鬥士之法國革命觀，則
實為歷史的誤會。1906年，康有為發表《法國革命史論》，以法為誡，
反對中國的流血革命，認為：「革命之舉，必假借於暴民亂人之力」，
「救國而國將斃，救民而民殆屠盡」；厲斥：「法國以革命故，流血斷
頭，殃及善良，禍貽古物，窮天地古今之兇殘，未有比之。」[17]康有為
的論調立刻招致革命派的反擊，汪東撰文痛加駁斥，在肯定「革命之必
要」的同時，卻也回護吉倫特派，而指責羅伯斯比爾、馬拉、丹東等
人，「以其悉出於民黨，性皆悍鷙，互相爭權，流血遍地，以是釀成恐
怖之世」；雖歸結為「天賦其性，慓悍不仁」[18]，乃個人品質而非革命
本身之過錯，畢竟缺乏說服力，且與康有為對其人的評價毫無二致，也
不利於革命的宣傳。這就使當時不少的革命者左右為難：

　　　嗚呼！我欲不革命，民氣日折磨；我欲說革命，忍看血成河？[19]

16　瀧江保著、人演譯社社員譯《佛國革命戰史》125頁。
17　明夷《法國革命史論》，《新民叢報》85、87號，1906年8、9月。
18　寄生〈正明夷《法國革命史論》〉，《民報》11號，1907年1月。
19　秦風（高旭）〈讀《法蘭西革命史》作革命歌〉，《國民日日報彙編》第三
　　集。

革命必不可免地和暴力、流血結合在一起，關鍵是審度何種方式為救國良策。

而為了堅持革命的主張，擁護法國大革命的激烈手段實為題中應有之義。即使這將令中國的革命論者在面對羅蘭夫人時處於兩難之境，我們仍發現矛盾的雙方可以相提並論，獲得同樣熱烈的讚頌。這當然與羅蘭夫人先期登陸、已得人和不無關係。其中金一的態度最具代表性。他以激昂的語調鼓吹革命，認定：「共和主義、革命主義、流血主義、暗殺主義，非有遊俠主義，不能擔負之。」不僅讚美「非法蘭西人之俠心，不能倒君權而演革命之劇」，更格外稱頌「丹頓、羅伯斯比」為「尤俠」者 [20]。金一當時正虔信革命、崇拜暗殺，所著《自由血》一書，即是頌揚俄國虛無黨的力作。他表彰虛無黨為「自由之神也，革命之急先鋒也，專制政體之敵也」，視暴力為傾覆滿清政府最有效的手段。而一旦以文人革命的浪漫筆調數及法國歷史上的傑出女性，革命的犧牲品羅蘭夫人也一視同仁地被稱道：

> 余讀法蘭西史而心醉焉，以其拏龍擲虎之活劇，而每聞嗔鶯叱燕之風流；拼如蜂之首於戰爭之潮，擲驚鴻之身於革命之火。值血雨刀霜之夕，美人虹來；正銅圍鐵馬之秋，胭脂虎嘯。余嘗得三人焉：一曰愛國女子貞德，二曰革命黨女傑羅蘭夫人，三曰無政府黨女將軍路易‧美世兒。[21]

金氏所取三人，亦一併見諸《世界十二女傑》，該書作為流行讀本的影響力自不可低估。

於是，從贊成使用暴力手段實現政治革命的角度，金一更推許丹東

20　壯游〈國民新靈魂〉，《江蘇》5 期，1903 年 8 月。

21　〈緒言〉、第七章〈虛無黨之女傑〉，金一《自由血》2、124 頁，（上海）鏡今書局，1904 年。

和羅伯斯比爾;一旦以「女權革命」的倡導者身份出現,羅蘭夫人便成為典範人物中的首選。《自由血》在列舉三人名號後,引發的議論正是「女權革命之一粒種,將隨政治革命而復抽其芽,揚其葩」[22]。寫作〈女學生入學歌〉時,金一也如此標舉:

> 緹縈、木蘭真可兒,班昭我所師;
>
> 羅蘭、若安夢見之,批茶相與期。
>
> 東西女傑並駕馳,願巾幗,凌鬚眉。[23]

與金一同里且同志的柳亞子,更明確地在「民權革命」與「女權革命」的雙重意義上表彰羅蘭夫人。所撰〈松陵新女兒傳奇〉,假其鄉受過文明教育的新女性謝平權之口,吐露的正是一己之心聲:

> 儂家平日所最崇拜的法朗西羅蘭夫人、俄羅斯蘇菲亞兩先輩,
>
> 不就是世界女傑的代表人麼?

最崇拜的理由,就政治功業而言,柳亞子尊羅蘭夫人為「文明革命軍先導」,因其「素手纖纖推倒獨夫朝」;若論及女子解放,則其人又堪作男女平權的表率:「亞細亞人也是個人,歐羅巴人也是個人,為什麼咱們偌大中華,女權蹂躪,女界沉淪,愈趨愈下?偏是那白晢人種,平權制度一定,便有一班女豪傑出來,為歷史上添些光輝。」[24]如此理解羅蘭夫人,自然和諧圓滿,適應面更廣。難怪羅蘭夫人被樹立為享有「國民之母」光榮稱號的晚清女性普遍的榜樣,在其時幾乎所有談論婦女解放的文本中出現。

22　金一《自由血》124 頁。

23　金一〈女學生入學歌〉其三,《女子世界》1 期,1904 年 1 月。

24　安如〈松陵新女兒傳奇〉,《女子世界》2 期,1904 年 2 月。

中西合璧的啟蒙角色

羅蘭夫人在晚清文人圈中的顯赫名聲，固然依靠眾多傳記的反覆敘說；而若要使其人成為社會各界共同奉仰的楷模，則有賴於各種文學樣式「眾聲喧嘩」的渲染，以普及人物事蹟，增強感化力。詩歌自是中國文人駕輕就熟的創作手段，前舉各詩已見一斑。但如想細說其人，影響大眾，卻非兼採長於敘事的通俗文藝形式不可。晚清具有啟蒙意識的知識者，往往借助編寫小說、戲曲與彈詞以開通民智，講說羅蘭夫人故事的最佳體裁，因此非此莫屬。不過，至今為止，以羅蘭夫人為主角的小說尚未發現，可以談論的於是只有戲曲與彈詞。並且，在如此陳舊俚俗的形式中，注入這般先進高雅的意識，兩者之間的巨大張力，反而能夠生出奇妙的效果。

在梁啟超的〈羅蘭夫人傳〉[25] 刊出後，未及四月，《新民叢報》即接力登載了麥仲華編撰的《血海花傳奇》[26]。此劇雖只得一齣，便匆遽收場，卻開啟了改編傳記為通俗文體的先河。

僅有第一齣《嚼雪》的傳奇《血海花》，主要故事自無從展開。而作者獨具隻眼，不從頭說起，單取羅蘭夫人結婚後，與丈夫同居亞綿士為開端，刻意表彰其政治抱負與救國決心。人物上場念誦的一闋《鷓鴣天》，便專在「奇情磊落與人殊」上作文章，而落實為：「女兒與有興亡責，不信鬚眉始丈夫。」「自報家門」的一段說白，也是依據梁啟超的傳文，套用傳統戲曲語彙寫成：

儂家瑪利儂，姓菲立般，法蘭西巴黎市人也。系出清門，幼
嫻姆教；雖非名族，頗誦清芬。自及學齡，早受教育；喜讀英雄

25　中國之新民〈（近世第一女傑）羅蘭夫人傳〉，《新民叢報》17-18 號，1902
　　年 10 月。

26　玉瑟齋主人《血海花傳奇》，《新民叢報》25 號，1903 年 2 月。

之傳記，心醉政治之共和；雖無詠絮之清才，卻抱孤芳而自賞。
二十五歲，與羅蘭郎君結婚。晨看並蒂之花，夕綰同心之縷；自
喜英雄兒女，人誇名士美人。有志澄清，聞雞聲而對舞；分燈夜
讀，比鴛翼以雙棲。結此琴瑟古歡，也算家庭一樂。只恨我法國
自路易十四以來，政府專橫，國事日壞。專制的君權，已膨脹到
極點；平民的自由，直褫剝到盡頭。……我瑪利儂雖是女兒，亦
有國民責任，難道跟著他們醉生夢死，偷息在這黑暗世界不成？

　　自從梁啟超作《新羅馬傳奇》，「以中國戲演外國事」，「熔鑄西
史，捉紫髯碧眼兒，被以優孟衣冠」[27]，這類中西合璧的戲曲便因別具
一格，而贏得啟蒙者的青睞。麥仲華與梁氏本為萬木草堂的同學，學步
更得其神韻。戲中每牽引中國典故，狀寫異國情調，因而「感時淚向花
間濺」的抒懷者並非憂君情切的中國詩聖杜甫，而是充滿犧牲精神的西
方女傑羅蘭夫人：

　　　　我看今日情形，我國民不流些頸血，斷不能把這污濁世界，
洗得乾淨。

有這番鋪墊，此本若得以完稿，劇情當以法國大革命時代羅蘭夫人在政
治舞臺上的表演為主線，似無疑問。

　　傳奇只成片段的遺憾，幸而由全本流傳的《法國女英雄彈詞》[28]作

27　捫虱談虎客（韓文舉）〈新羅馬傳奇・楔子一齣〉批語，《新民叢報》10 號，
　　1902 年 6 月。

28　挽瀾詞人《法國女英雄彈詞》，（上海）小說林社，1904 年；收入阿英編《晚
　　清文學叢鈔》（說唱文學卷）上冊 202-222 頁，（北京）中華書局，1960 年。
　　據徐天嘯《俞天憤》云：「其所著單行本小說，最初為小說林出版之《法國女
　　英雄彈詞》。」（原載 1923 年 1 月 31 日《小說日報》，錄自芮和師等編《鴛
　　鴦蝴蝶派文學資料》上冊 353 頁，福州：福建人民出版社，1984 年）可知「挽
　　瀾詞人」為俞天憤之筆名。

了彌補。作者俞天憤開宗明義即道出以彈詞喚醒中國女界、取法西方女傑的苦心。而在他看來，「各國貞奇烈義的女人，絡繹不絕」，其中「最有本事，最有名，人人曉得，各國稱讚的一個女人」，卻是羅蘭夫人（第一回）。分為十回的彈詞於是從「法蘭西奇女出世」，直說到「鴛鴦同命流血為民」，羅蘭夫人的一生行事，便借用彈詞這一中國傳統女性最喜愛的文體敷衍成篇。

　　對應著羅蘭夫人的救國情懷，俞天憤有意將筆名取為「挽瀾詞人」。其強烈的現實感並未擠落了歷史感，相反，羅蘭夫人奇情壯采的生平，即便如實道來，已足引人入勝。為此，俞天憤特意聲明：

　　　　但是做書的舊套，一椿事體到手，總要添上幾句話頭，以為好看個地步。在下做這彈詞，卻沒有一章虛設，處處照著外國史記上編成的，不過辭氣之間，略為潤色罷了。（第一回）

但排比覆勘材料來源，這所謂「外國史記」，除了《世界十二女傑》中的〈朗蘭夫人傳〉，最主要的仍是梁啟超之作。其結構安排也一如〈羅蘭夫人傳〉，自第三回「賦斂煩苛獄破波士＼共和實踐會集同胞」以下，即轉入羅蘭夫人在法國大革命中的敘述。即是說，其最後四年的政治活動，占全書五分之四的篇幅。在當時流行的中文傳記裡，只有梁作於此描述周詳。《法國女英雄彈詞》作者既「一心想把中原救」（第一回），其筆墨集中在時危節見的大革命時代，因而更多依賴梁氏傳文，正有不得不然的道理。

　　不妨舉幾個例子，示範彈詞如何取材於〈羅蘭夫人傳〉，而出之以通俗化的語體。傳記嘗述及：

　　　　時有一老練之外交家焦摩力者，引其友以見夫人。既退，夫人語人曰：「彼輩諸好男兒，面有愛國之容，口多愛國之語。以

> 吾觀之，彼等非不愛國也；雖然，愛國不如其愛身。吾不願我國
> 中有此等人。」

此言移植為彈詞體，便成如下一段妙文：

> 這天有個焦摩力，引個良朋做一淘。瑪利儂即便來相見，說
> 話完時向內跑。羅蘭便問如何樣，瑪利儂卻一團怒氣上眉梢。說
> 「這些男子真無賴，把那愛國真心在口上描。究竟愛身先愛國，
> 我不願國中生下這膿包」。

此節出自第五回，而回目中的「佩金印宰相紅顏」一句，也沿用了傳記的說法。1792 年，羅蘭出任內務大臣，梁作傳文評以：「法國內務大臣之金印，佩之者雖羅蘭，然其大權實在此紅顏宰相之掌握中矣。」此意在澀江保的《佛國革命戰史》中說得更明白：「然則羅蘭雖任內務大臣，其實權與名譽，皆在夫人也。」[29] 這已是史學界的公論。

彈詞有關法庭審判、決處死刑的陳述，同樣以〈羅蘭夫人傳〉為範本：「這天審判完功日，這羅蘭夫人瑪利儂是，雪白長衣上法庭。碧眼盈盈雙翦水，宛如二十妙齡人。」被梁啟超推許為「實法蘭西革命史中最悲壯之文也」的羅蘭夫人法庭答辯詞，也改寫成十字句，讀來朗朗上口：

> 我則曉、大人物、迴與人異，去情愛、獻身體、待報千春。
> 願諸公、無遲疑、速行宣告，我這裡、無所悔、一死身輕。
> 雖則是、我今朝、身首異處，究竟是、生死事、志士仁人。
> 覽吾邦、人血界、慘無天日，余亦願、快脫離、留戀何因。

29　第五編〈立法議會〉第一章〈狄郎的士黨內閣〉，澀江保著、人演譯社社員譯《佛國革命戰史》121 頁，（上海）人演譯社，1903 年。

　　我所祝、我國民、速行自立，願蒼天、眷下顧、法國人民。

（第九回）

節奏鏗鏘有力，情感激越動人，這段通俗的韻語自比傳記文字容易記
誦，而羅蘭夫人之為愛國女傑的形象，也深刻地植入讀者心中。

　　出於急切的覺世欲望，晚清大量的啟蒙文學讀物不免因倉促成篇而
多粗疏之病。《法國女英雄彈詞》也不例外，在其標榜的「處處照著外
國史記上編成」的作品中，卻不難發現誤讀史傳、產生訛謬的關目。如
西方冗長的人名，對於剛剛打破閉關鎖國狀態的晚清文人，實屬拗口難
記。翻譯已很勉強，再移入原應通俗易懂的彈詞文體，其扞格不適亦在
情理中。俞天憤因而也會發生此類錯誤，其稱羅蘭夫人婚前有三位「舊
日良朋」：「一個是、沙赴伊加真密友，一個是、伊茲托氏更纏綿；這
阿美阿君尤熱愛，比那兩人情好更加添。」（第二回）而對勘《朗蘭夫
人傳》原文：羅蘭夫人「訪其昔日寺院之女友，如沙赴伊、加伊茲托
等，……女友中有阿美阿者，夙識朗蘭氏，願為紹介。朗蘭氏者，……
一日以事偶至巴黎尼寺，加伊茲托遂為之紹介焉」（第五節）。這段文
字雖然纏繞，又經過日語轉譯，發音相距更遠，且並列的人名之間原無
標點，但仔細讀來，文中的意思尚可明白。即如陳壽彭、薛紹徽夫婦所
言，羅蘭夫人於女教會所得之友實為二人。所謂「加伊茲托」，按文義
應是認識羅蘭的阿美阿，兩位朋友的名字也不能點斷為「沙赴伊加」與
「伊茲托」。另一處人名誤會出現在第七回，開頭部分提到羅蘭夫人為
女兒取名「由托拉」。若覆按《朗蘭夫人傳》，文中的說法是，結婚
後，傳主「遂為朗蘭之夫人，又更名為由托拉；產一女，後稱為茲耶姆
撲諾，其血統也」（同上）；則「由托拉」應為羅蘭夫人而非其女之
名。

　　這些尚屬小節，更有一處謬誤與史實有重大出入，也因未細審原文
造成。梁啟超的〈羅蘭夫人傳〉記 1791 年羅蘭夫婦的活動，二人在巴

黎滯留七個月，又同歸里昂：「夫妻歸里昂之月杪，解散國會，而別開所謂立法議會者，以七百四十五名之新議員組織而成。」由於文言寫作常省略主語，此段文字竟被彈詞作者誤解為：

> 一到家中無別事，別開議會集同人。取名立法羅蘭定，會員
> 七百有餘零。

這全國性的議會居然由羅蘭夫婦在里昂一隅私自成立，若稍有關於西方政治制度的常識，也不會犯此錯誤。只因俞天憤誤將羅蘭夫妻當作「解散國會」諸行為的主動者，又未留心上下文，才導致前後敘述乖張。既然作者認定羅蘭夫婦為立法議會的締造者，後面講到「那法國國王政府的大權，卻漸漸在羅蘭夫婦立法議會的手裡了」，卻又說「那會中黨派又三分：錚錚山嶽多奇士，第二平原也有名；其次狄郎的士派，羅蘭夫婦主其盟」（第四回），二人又只不過是立法議會中吉倫特派的領袖。黨派的情形係依照〈羅蘭夫人傳〉鋪排，並無差錯，問題只出在前文。

儘管解讀有誤，上述事例仍屬力求有所根據。但文學家的想像力，總會引誘作者超越史料提供的邊界，在空白處填入自以為情有必至、理有固然的情節，以使敘述更曲折感人。即如羅蘭夫人被捕時的言行，《世界十二女傑》忽略未記，〈羅蘭夫人傳〉也只有「以溫辭慰諭愛女及婢僕」一語；寫到彈詞中，俞天憤不由大加發揮，用第七回的一半篇幅，虛構了一齣母女對話。母親說：

> 我娘只為愛國心兒在，到今日啊、跳不出山嶽黨人一網中。
> ……我娘膽有身來大，至死方休萬不容。一任你、剛刀過頸飛風
> 快，我可也、橫覽河山一笑中。

女兒回答道：

　　　母親為國捐軀日，那受死時光兒願從。也博得萬年標歷史，

望母親許我要相容。

　揆之常情，母女分離時必有一番交待。作者沒有其他閑言語，而編造出
這一段慷慨激昂的抒情，以相互激勵的方式，愈顯出羅蘭夫人一心為
國、無所畏懼的高尚人格。

　　這類由作者揣摩其心思、代為立言的寫法，稍有不慎，即可能謬以
千里。譬如俞天憤以己度人，忽略了吉倫特派政治家的穩健風格，才會
讓羅蘭夫人充滿復仇意識，既叮囑女兒將來「報仇」（第七回），又在
法庭上說出如下出人意表的言詞：

　　　恨則恨、恨當年、胸無主見，不曾將、諸賊黨、飛骨揚塵。
　　　到今朝、施毒計、欺凌同黨，反把我、誣大罪、殺戮君臣。

　（第九回）

　為賢者復仇應該只是後人的願望，而如此描寫羅蘭夫人，不免有違其為
國獻身、留楷模於後世的本意，損害了人物形象。更嚴重的差池，則是
彈詞作者為了強調羅蘭夫人的愛國情操，便無中生有地編派出與之對立
的山嶽黨人賣國的情節，稱其人與普奧諸國聯軍勾結，把殺死路易十六
世的罪名強加在羅蘭身上，「許他捉住來加殺，便合全國人民來效誠」
（第六回）；羅蘭夫人入獄後，他們「一面派人告訴聯軍，一面派人搜
捕羅蘭」（第七回）。如此歪曲歷史，顯然是出於一種簡單化的理解：
正邪不兩立。在這樣二元對立的模式中，羅蘭夫人既為愛國女傑，其政
治對手便只好被派定作賣國奸賊了。

　　好在當時的讀者並不苛求，戲曲、彈詞一類俗文學也原本以寫意而
非工筆見長，因此並不影響《法國女英雄彈詞》的流布功效。無論其中
有多少差錯，此本畢竟以誇讚的筆調，成功地塑造出一位為拯救國家而

流血犧牲的女性典範。作為普及讀物，它不僅使羅蘭夫人的事蹟為更多
國人所知曉，並足以引發女界先進效法外國前賢的意念，從而真正復活
並延續其精神。

意蘊豐富的形象符號

「救亡圖存」既為晚清社會從上到下的共同呼聲，於是，羅蘭夫人
順理成章獲得了普遍的尊敬。尤其因其女性身份，在當時婦女獨立意識
開始萌發的語境中，對女界更具有號召力。而經過不斷的敘說、徵引與
詮釋，「羅蘭夫人」已儼然成為一個形象符號，集聚了豐富的意蘊，可
以在眾多場合作為權威與榜樣出現。在激進的民主主義者眼中，關注的
是其在法國大革命中風雲際會、影響政局的表現，因而稱之為「革命黨
女傑」（如金一）；而主張漸進改良的君主立憲論者，則更能體會羅蘭
夫人從暴力專政下解救祖國的良苦用心，故而突出表揚其愛國熱忱（如
梁啟超）。對於爭取男女平權的女國民來說，羅蘭夫人又昭示著女性的
自立與解放：「天賦之權利，爾當享之；人類之義務，爾當盡之。」[30]
不過，有一點很清楚，在所有讚語中，羅蘭夫人「女傑」身份的得以確
立，都基於其救國業績這一關節點。杜清池吟誦效法羅蘭夫人與批茶女
士的詩句，所要表達的正是「救亡事業無男女，幾輩英雄亦我流」[31] 的
心事。黃藻呼喚中國少年登場，立為模範的除了「英國的克林威爾，意
國的馬志尼，日本國的西鄉隆盛」等「少年隊裡錚錚的鐵漢」，也有
「法國的婦人羅蘭夫人」，推舉其事業、名聲為「完全家國，絕代人
豪」[32]，二者合一，正可謂之「救國英雄（雌）」。

30　〈香山女學校學約〉「明公理」一條云：「男女平等，乃世界之公理，不可不
　　知：同具神經，同負肢體；神明之裔，國民之母。天賦之權利，爾當享之；人
　　類之義務，爾當盡之。爾當勉為世界之女傑，爾毋復作人間之奴隸。羅蘭夫
　　人，若安少女，有為若是，何多讓焉？」（《女子世界》7 期，1904 年 7 月）
31　杜清池〈贈吳、莊、周三女史〉，《女報》（《女學報》）9 期，1902 年 12 月。

　　由於梁啟超在最高的意義上，讚譽羅蘭夫人為十九世紀歐洲大陸一切文明之母，各種對於羅蘭夫人的釋義，便都具備了合理性。其作為啟蒙者的形象，也出入書裡書外，既感化讀者，也啟悟文本中的主人公。這種共謀的方式，無疑強化了其影響力。而小說《黃繡球》正提供了最佳的解讀範例。

　　如同晚清諸多喜歡採用寓言體開篇的小說，1905 年開始刊載的《黃繡球》[33]，也將主人公黃繡球派住在亞洲東半部號稱「自由村」的黃姓人家。「黃」姓代表黃帝子孫，即漢族，是當時通用的說法，小說中亦以之代表黃種人；「自由村」喻指將來獨立自治的中國。黃繡球原是個庸庸碌碌的家庭主婦，忽一日，心靈開竅，發願要從改良自由村做起，「日後地球上各處的地方，都要來學我的錦繡花樣，我就把各式花樣給與他們，繡成一個全地球」，因此廢舊名，改稱「繡球」（第二回）。後來果真做成轟轟烈烈的事業，不但自由村繁榮富強，爭得了主權獨立，而且引得外村也來學樣。而在人物開蒙的過程中，恰是羅蘭夫人扮演了指點迷津的角色。

　　傳統套路「做夢」在這裡又派上了用場。「天將降大任於是人也」，由凡人驟變為英豪，舊小說之類敘事文學給出的契機往往是仙人指路、傳授天書。但仙凡隔絕，最合適的約會場地只好安排在半虛半實的夢境。《水滸傳》中宋江得九天玄女夢授天書，才成就了梁山泊英雄事業。黃繡球也因有「夢中授讀《英雄傳》」（第三回）的奇遇，方能脫凡入聖，成為自由村新國家的實際領袖。而其夢中相會的引路人，正

32　〈少年登場〉，黃帝子孫之一個人（黃藻）編《黃帝魂》305 頁，（上海）東大陸圖書譯印局，1903 年。此劇收入《黃》書時，並未署名，據章士釗〈疏《黃帝魂》〉（《辛亥革命回憶錄》第一集 302 頁，北京：中華書局，1961 年）一文，知為黃藻所作。

33　頤瑣（湯寶榮）《黃繡球》，《新小說》15-24 號，1905 年 4 月—1906 年 1 月，未完；全本由上海新小說社 1907 年刊行；收入阿英編《晚清文學叢鈔》（小說一卷）167-389 頁，（北京）中華書局，1960 年。

是羅蘭夫人。

　　小說寫黃繡球「朦朧間走到不知什麼所在，抬頭看見一所高大牌坊，牌坊頂上站著一位女子，身上穿的衣服，像戲上扮的楊貴妃，一派古裝，卻純是雪雪白的，裙子拖得甚長，臉也不像是本地方人，且又不像是如今世上的人」。羅蘭夫人穿著在法庭慷慨陳詞時的白色衣裙登場，自我介紹說，「名字叫做瑪利儂，姓的是非立般」。黃繡球從未聽說過六七個字的名姓，自是不能理會，於是動問：「你奶奶是從何方來的？」此女子只說是「白家的人」，便從身邊取出幾冊洋文小書併一本漢字書來，送與黃繡球。那小册子是其生前所作，中文書卻是布林特奇《英雄傳》的譯本。羅蘭夫人向黃繡球講解《英雄傳》的一番說詞，以及十歲喜讀此書的自述，都套用了梁啟超〈羅蘭夫人傳〉的文字。至於梁氏未作說明的夫人自撰的法文書，黃繡球雖是「不覺的十分解悟」，「一目十行而下，不多幾刻，便把兩種書中的大概都記著了」，我們仍不知其詳。最要緊的是羅蘭夫人教導黃繡球的這幾句話：

　　　　……歷來的人，都把男子比作雄，女子比作雌，說是女子只可雌伏，男子才可雄飛。這句話我卻不信，人那能比得禽鳥？男人女人，又都一樣的有四肢五官，一樣的是穿衣吃飯，一樣是國家百姓，何處有個偏枯？

經此一夢，黃繡球頓時「開了思路，得著頭緒，真如經過仙佛點化似的，豁然貫通」，講起學問、道理，竟是侃侃而談，淋漓透徹。難怪其丈夫黃通理心生疑惑：「但是大凡的女豪傑、女志士，總讀過書，有點實在學問，遊歷些文明之地，才能做得到。如今他卻像是別有天授的，便這般開通發達，真令人莫測。」

　　至於為何由羅蘭夫人擔任啟悟者的角色，黃通理到底比黃繡球多讀過一些西學書，推詳緣由也說得明白：

　　但是這羅蘭夫人，生平最愛講平等、自由的道理，故此遊行
到我們自由村，恰遇著你一時發的理想，感動他的愛情，遂將他
生平的宗旨、學問，在夢中指授了你。（第三回）

此語也有梁啟超〈羅蘭夫人傳〉作過鋪墊，其述羅蘭夫人因讀《英雄傳》，「而心醉希臘、羅馬之共和政治，又竊睨大西洋彼岸模仿英國憲法新造之美國，而驚其發達進步之速，於是愛平等、愛自由、愛正義、愛簡易之一念，漸如然如沸」；又具愛心，傳中多次提及「其多情其慈愛」，因同赴刑場一男子戰慄恐懼，面無人色，遂發憐憫心，要求顛倒先女後男的行刑次序：「請君先就義，勿見余流血之狀以苦君。」具此「愛人義俠」[34] 的心腸，對「黃種的微弱女子」自當施以援手。

　　黃繡球也果然不負所望，在功成名就之後，再作一夢，仿佛又在舞臺上見到羅蘭夫人。戲臺兩邊的對聯也氣概非凡：「男豪女傑，上了這座大舞臺，都要有聲有色；古往今來，演出幾場活慘劇，無非可泣可歌。」只是黃繡球早已今非昔比，這位被小說家塑造為中國女界先覺、用來開啟民智的主人公，倒要叫當年的啟蒙人當一回觀眾：

　　我黃繡球如今是已經上了舞臺，腳色又極其齊備，一定打一
出好戲，請羅蘭夫人看呢。將來好把羅蘭夫人給我的那本《英雄
傳》上，附上一筆，叫二十世紀的女豪傑黃繡球在某年某日出現
了。（第三十回）

　　表演與觀看可用來指涉覺人與被覺，由羅蘭夫人發蒙的黃繡球，竟然把夫人從舞臺上請到觀眾席，還要在其心愛的啟蒙讀物《英雄傳》中充當一個角色。如此天翻地覆的變化，自然象徵著羅蘭夫人啟悟者使命

34　中國之新民〈（近世第一女傑）羅蘭夫人傳〉，《新民叢報》17-18 號，1902年 10 月。

的完成與中國女性的獨立成熟。那雖然只是晚清小說家美好的想像，但也表現出先覺者脫離附庸地位、超越西方女性的心願。

化出羅蘭劫後身

黃繡球雖然表演出色，畢竟只是小說虛構的人物，若論及羅蘭夫人的現實影響，終覺隔了一層。而經過多人反覆的言說，不僅豐富了羅蘭夫人形象的含義，而且將其人其事深印在受眾的腦海裡，切實激起效法的強烈衝動。這種追摹的欲望，又由於對典範的多重釋義而可高成低就，一如黃繡球的「不必處那羅蘭夫人的境地，不必學那夫人的激烈」，而照樣成績「非同小可」（《黃繡球》第三回）。

有救國心，抱革命志，做女界先導，具慈愛心腸，這些雖也不易辦到，究竟平常人亦可努力。但人生只有一死，能夠為理想、信念從容赴死，甚至死於如斷頭臺一類殘忍的方式而面無懼色，便非盡人可為，而須要超常的勇氣。黃通理所說「不必處那羅蘭夫人的境地」，未必不包含其死法，則黃繡球或許也自覺做不到羅蘭夫人的視死如歸。勇於流血犧牲，因此成為仿效的最高境界，以其難於達致而更受尊崇。一首詠贊羅蘭夫人的詩，也在這一點上做文章：

> 巴黎獅吼女羅蘭，卷地風潮竇袂寒。
> 我愛英雄尤愛色，紅顏要帶血光看。[35]

女子而能為國家拋頭顱、灑鮮血，比其呼喚、掀動革命風潮尤為難能可貴。晚清女性雖已有爭取平權、憂心國事甚至嚮往革命者，真正一死相搏的卻很少見。因而，追蹤羅蘭夫人在近代中國的精神傳人，秋瑾便以其自我期許與處死手法，成為最合格的人選。

---

[35] 么鳳〈詠史八首〉其七，《中國新女界雜誌》3 期，1907 年 4 月。

羅蘭夫人既是晚清志士衆口爭說的西方女傑，秋瑾往來南北、東游日本，自然會熟諳其事蹟，生心取法，也在意料中。1904 年 2 月即與秋瑾在北京結拜為姊妹的吳芝瑛，應最知其心事。其撰於秋瑾被難後不久的〈秋女士傳〉[36] 已明言：

> 甚或舉俄之蘇菲亞、法之羅蘭夫人以相擬，女士亦漫應之，
> 自號曰鑒湖女俠云。

此語給人印象深刻，既有小說《六月霜》[37] 將其錄入，又得《誰之罪戲曲》捏合三人，假蘇菲亞之口，約秋瑾同赴羅蘭夫人之邀：

> 昨日羅蘭夫人有書到來，他在法國巴黎，開一個平權大會，
> 凡在世界女仙，宗旨相同，概行招請。貴國古今上下，恰只有賢
> 妹一人，囑愚姐代為勸駕，我們還是前去走一遭。[38]

安排秋瑾死後，仍能與其敬慕的先賢相會，以了其心願，作者思慮周密，用心可嘉。而吳芝瑛的記述與戲劇家的想像並非毫無來由，秋瑾身後遺留的彈詞《精衛石》，其〈序〉中恰有可資佐證的作者自白：

> 我日頂香拜祝女子之脫離奴隸之範圍，作自由舞臺之女傑、
> 女英雄、女豪傑，其速繼羅蘭、馬尼他、蘇菲亞、批荼、如安而
> 興起焉。[39]

---

36 《時報》，1907 年 7 月 21 日。原未署名。

37 靜觀子《六月霜》，（上海）改良小說社，1911 年。

38 悲秋《誰之罪戲曲》，《江西》2、3 號合刊本，1908 年 12 月。

39 漢俠女兒〈《精衛石》序〉，中華書局上海編輯所編《秋瑾史蹟》157 頁，（北京）中華書局，1958 年。

秋瑾女俠遺容及就義圖

光緒三十三年六月初五日早三時就義於紹興城內之軒亭口大街

〈秋瑾女俠遺容及就義圖〉（1929年版《秋瑾女俠遺集》）

在包括法、意、俄、美諸國的女傑系列中，羅蘭夫人引人注目地排在首位。綜合各種渠道信息而列出的秋瑾心目中堪為典範的人物，自當經過精心挑選。當年沒有機會看到此作的吳芝瑛等人，偏能分毫不差地摹寫其心思，必有所依據。

　　吳芝瑛尚可直接聽到秋瑾的表白，然而，無論相識與不識者，在秋瑾遇難後，竟異口同聲以羅蘭夫人比擬秋瑾，最關鍵的出典還應在秋瑾被殺的慘烈方式。按照本地人的説法：清代紹興有兩個刑場，水澄巷小教場專處決女犯，用絞刑；軒亭口則是殺江洋大盜的所在，執行的是斬刑。女子犯罪而在處死男犯的法場被殺頭，秋瑾之死可謂史無前例 [40]。而在清廷宣佈開始預備立憲不久，就以這樣殘酷的方法殺死一位新學界知名的女性，報刊言論反應之強烈自為前此所無。在一片悲憤、譴責、抗議的呼聲中，以合法手段抗爭的輿論界也聚焦於秋瑾的慘死，痛罵官吏的殘忍，使秋瑾作為一名無辜冤死的女子形象，迅速博得社會各界的巨大同情：

　　　　君之死，天下冤之，莫不切齒痛心於官吏之殘暴也。

　　　　嗚呼！女士何罪而遭此奇冤奇慘之獄耶？彼蒼者天，又何故施與女士如是暴虐酷毒耶？

　　　　中國黨禍多矣，官場拘捕似是而非之革命黨亦多矣，然未有慘酷悖謬，假公報私，如近日紹興冤獄之甚者也。[41]

　　這類隨處可見的激憤言詞，表明對秋瑾施以慘刑，是輿論最不能容忍的一端。於是，從詩文中屢加指斥的「女郎也上斷頭臺，時事如斯大可哀」[42] 一轉手，單憑與羅蘭夫人死法相似，為秋瑾抱不平者即可由此及彼，將二人勾連：

40　見王鶴照述、周帝棠記〈「秋小姐」〉，《秋瑾史料》，（長沙）湖南人民出版社，1981 年。

41　吳芝瑛〈祭秋女士瑾文〉，《申報》，1907 年 8 月 11 日；寄塵（徐自華）〈祭秋女士文〉（並序），《神州女報》1 卷 1 號，1907 年 12 月；陳〈論紹興冤獄〉，《申報》，1907 年 7 月 23 日。

42　楚北一鶴《痛秋女士》其二，畢志杜編《徐錫麟》223 頁，（上海）新小說社，1907 年。

　　斷頭臺，猛憶羅蘭前史。[43]

　　而無論是痛惜流血還是討伐元兇，「慘流一點腥紅血，化出羅蘭劫後身」，「一刀梅特（按：即梅特涅）為戎首，千古羅蘭此替身」[44]，詩人們都不約而同地把秋瑾比作羅蘭夫人的後世化身。兩部創作於秋瑾遇難當年、演繹其事蹟的傳奇，更利用敘事文學的特長，將此意想坐實到具體情節：《六月霜傳奇》直呼秋瑾為「東亞羅蘭，支那瑪麗」（〈前提〉），《軒亭冤傳奇》則於開場戲編纂出秋瑾愛賞以羅蘭夫人命名的瑪利儂自由花（第一齣〈賞花〉），又在第七齣〈喋血〉安排秋瑾被殺前歎息「枉有那羅蘭奇氣」[45]，從他人的比擬直轉為秋瑾的自許，羅蘭夫人與秋瑾已完全合為一體。

　　以此前對於羅蘭夫人的介紹而言，大多記其死事為冤殺。譯本《法國革命戰史》還大發感慨：「噫！以無罪之身，受殺頭之苦，白刃紅顏，黃塵玉骨，可勝慨哉！」[46]〈羅蘭夫人傳〉則尚欲在悲劇的場面中揭示英傑本色，故用「如電之刀一揮，斷送四十一年壯快義烈之生涯」[47]描狀羅蘭夫人之死，但前文既稱法庭審判時，「法官以種種之偽證，欲

43　〈哭秋瑾詞〉（調寄滿江紅），《徐錫麟》230 頁。

44　闕名〈挽秋女士四絕用「秋雨秋風愁煞人」句作轆轤體〉其一、南徐遁園〈挽秋女士七律二首〉其一，分見《神州女報》1 卷 1 號、《徐錫麟》226 頁。

45　古越嬴宗季女《六月霜傳奇》，（上海）改良小說會社，1907 年；蕭山湘靈子（韓茂棠）《軒亭冤傳奇》，《國魂報》，1908 年。二書均引自阿英編《晚清文學叢鈔》（傳奇雜劇卷）上冊 150、110-111、136 頁，（北京）中華書局，1962 年。

46　第五編〈立法議會〉第一章〈芝命多黨內閣〉，澀江保著、中國國民叢書社譯《法國革命戰史》58 頁，（上海）商務印書館，1903 年。

47　中國之新民〈（近世第一女傑）羅蘭夫人傳〉，《新民叢報》18 號，1902 年10 月。
　　羅蘭夫人生於 1754 年，死於 1793 年，實齡 39 歲。梁啟超按中國舊式演算法，所說「四十一年」為虛歲。

誣陷夫人」，是已明指其定罪為冤案。《軒亭冤傳奇》據此發揮，劇中人才有如下評述：

> 我想瑪利儂一纖弱女子，做此驚天動地之事，名震全球，芳流後世，那是不容易的。後來政府逮捕下獄，法官以種種偽證誣陷夫人，而夫人含冤不白，卒至斷頭臺上斷送四十一年壯快義烈之生涯。（第一齣〈賞花〉）[48]

除年齡須加修正，作者在此實為一語雙關，借評説羅蘭夫人而帶出其意中的秋瑾行狀。

秋瑾雖也為一纖弱女子[49]，然熟人述其性格，無不冠以「慷慨」、「豪縱」。其一腔激情亦集注於救國心事，每假詩文盡情吐露之。諸如「存亡家國總關情」、「我欲隻手援祖國」、「救時無計愧偷生」、「此身拼為同胞死」[50]一類詩句，在秋瑾後期詩中觸目皆是，愛國感情之激切，犧牲決心之堅定，在女性詩歌中一時無兩。報章評介其人，亦許為「痛心國難，每於新報新書中，見外侮浸迫則橫涕不可仰，大有『四十萬人齊解甲，並無一個是男兒』之感」[51]。為極表其情，自撰詩詞中，「熱血」與「頭顱」這兩個觸目驚心的意象於是絡繹不絕：「拼將十萬頭顱血，須把乾坤力挽回」，「赤鐵主義當今日，百萬頭顱等一毛」[52]。而在眾多流血者中，秋瑾自是當仁不讓，殉國前五日寄給女弟

48　《晚清文學叢鈔》（傳奇雜劇卷）上冊 111 頁。

49　秋瑾對吳芝瑛言：「吾以弱女子，隻身走萬里求學。」（吳芝瑛〈紀秋女士遺事〉，《新聞報》，1907 年 7 月 24 日）。

50　〈東某君詩〉其二、〈寶刀歌〉、〈感憤〉、〈贈徐小淑〉其二，分見《徐錫麟》183 頁、《秋瑾集》82 頁（上海古籍出版社，1979 年）、《中國女報》2 年 1 號（1907 年 3 月）、《小說林》5 期（1907 年 8 月）。

51　〈秋瑾之演說〉編者按，《申報》，1907 年 7 月 22 日。

52　〈題江山萬里圖應日人之索〉，《小說林》5 期，1907 年 8 月；〈寶刀歌〉，《秋瑾集》82 頁。

子徐小淑的絕命詞，實為其獻身精神的集中寫照：

> 雖死猶生，犧牲盡我責任；即此永別，風潮取彼頭顱。[53]

有此言行，已足可比美愛國女傑羅蘭夫人。摯友徐自華的概括因而十分得體：

> 其愛國愛同胞之熱忱，溢於言表。雖俄之蘇菲亞，法之瑪利儂，有過之無不及。[54]

以政治革命而論，秋瑾重複參加「同盟會」、「光復會」等激進組織，期望用激烈手段推翻專制政體，歌頌刺殺秦王的荊軻「殿前一擊雖不中，已奪專制魔王魄」[55]，意在象徵自己的革命志向，也合乎金一、柳亞子推羅蘭夫人為「革命黨女傑」的別樣解讀。若數及女權革命，秋瑾更是急先鋒。嘗作歌曲《勉女權》[56]，激勵女子爭取獨立與自由：

> 我輩愛自由，勉勵自由一杯酒。男女平權天賦就，豈甘居牛後？……

其〈敬告中國二萬萬女同胞〉、〈中國女報發刊辭〉、〈敬告姊妹們〉、彈詞《精衛石》，一再向身處沉沉黑獄中的女同胞披肝瀝膽，大聲呼號：

---

53 〈致徐小淑絕命詞〉（原題〈秋俠遺詩〉，列入「補遺」），王燦芝編《秋瑾女俠遺集》，（上海）中華書局，1929 年。

54 徐寄塵〈秋女士歷史〉，《小說林》6 期，1907 年 11 月。

55 〈寶刀歌〉。

56 《中國女報》2 年 1 號，1907 年 3 月。

速振！速振！！女界其速振！！！

期望中國婦女借「驀地馳來」之「歐風美雨返精魂」，在羅蘭夫人、加里波的夫人馬尼他、蘇菲亞等西方女傑的招引下，「脫範圍奮然自拔，都成女傑雌英」[57]。即使小而言之，其時流行的傳記，對羅蘭夫人的「學識雄辯」[58]均有記載，梁啟超的〈羅蘭夫人傳〉更多處引用其精彩動人的演說詞，令人記憶尤深。秋瑾也具此風采，「雄辯高談，聽之忘倦，登壇演說，舌燦蓮花」[59]。生前發表的少數文章，演說體竟占了一多半，足見其熱心此道。難怪《軒亭冤傳奇》要專設《演說》一齣（第二齣），讓秋瑾現場說法。作者意猶未盡，又寫詩讚曰：

登壇演說涕沾胸，仿佛歐洲瑪利儂。

題詩與戲中秋瑾的演詞「要學那女豪傑羅蘭本領」（第五齣〈創會〉）[60]內外呼應，使秋瑾與羅蘭夫人緊密綰合在一起，從細節處表現二人亦多類似。

　　自然，生死關頭是最大的考驗。秋瑾同樣不負眾望，行事舉措一如羅蘭夫人。梁啟超的〈羅蘭夫人傳〉還只以客觀的語調，記「羅蘭聞變脫遁，而夫人遂被逮」，末後又述及：「夫人殉國後數日，由巴黎至盧安之大道旁，有以劍貫胸而死者，則羅蘭其人也。」羅蘭留給讀者的印象仍然美好。其他日人的傳記便沒有這般厚道，無不斥責其人之膽怯。

57　〈《精衛石》序〉、《改造漢宮春》，《精衛石》，《秋瑾史跡》157-158頁。

58　《法國革命戰史》第五編第一章，同書 58 頁。

59　徐寄塵〈秋女士歷史〉，《小說林》6 期。

60　蕭山湘靈子《丁未九月九日〈軒亭冤傳奇〉告成，因題七絕八首於後》其二、第五齣〈創會〉，《軒亭冤傳奇》；錄自《晚清文學叢鈔》（傳奇雜劇卷）上冊 142、124 頁。

輕言者謂之：「及狄郎的士黨敗，將逃去。夫人不屑，止之不得。乃獨
自去巴黎，處爾安。尋聞夫人處死刑，遂自殺。」[61] 態度嚴屬者則徑語
以「朗蘭遂逃，夫人斥其卑怯」。《世界十二女傑》的作者猶以為不
足，專門在序言中張大羅蘭夫人的偉岸，相形之下，愈顯其夫之卑小：

> 朗蘭夫人者，誠一世之女傑也。其夫遁匿之時，熱情壯志，
> 大斥其卑怯，從容就縛，毫無懼容。囹圄之中，其自敘生平，自
> 題為《憫然獄中之狂人》。預想斷頭臺上之情景，奇思異論，溢
> 於紙筆之間，剛情毅膽，劃除世間庸俗之女性。犴陛之中，雖時
> 痛哭，而其心思所在，必非畏死。所謂堅忍不拔之精神，慘憺苦
> 心之結構，天下後世，誰能測其底裡也！[62]

不但痛斥羅蘭，從容被縛，一些傳記更多出如下情節：

> 此時友人竊勸夫人逃走，夫人恐此等舉動，為天下後世笑，
> 決意不去，後遂罹禍。[63]

是羅蘭夫人本有脫逃的機會，而其顧及身後名聲，因而毅然就死。

反觀秋瑾，其不肯避走的情形完全相同。因浙江武義、金華等地的
起義先期失敗，在安慶的徐錫麟提前行動，刺殺安徽巡撫恩銘後就義，
作為浙江方面起義負責人的秋瑾身份已暴露。從 7 月 9 日得知徐錫麟死

61　第五編〈立法議會〉第一章〈狄郎的士黨內閣〉，瀝江保著、人演譯社社員譯
　　《佛國革命戰史》125-126 頁，（上海）人演譯社，1903 年。

62　〈朗蘭夫人傳〉第七節〈夫人囚〉、〈《世界十二女傑》序〉，岩崎徂堂、三
　　上寄鳳著、趙必振譯《世界十二女傑》49 頁、序 1-2 頁，（上海）廣智書局，
　　1903 年。

63　《法國革命戰史》第五編第一章，同書 58 頁。

難，到 7 月 13 日秋瑾本人被捕，其間秋瑾有足夠的時間可以逃走。而就其寫給徐小淑的絕命詞看，秋瑾已作出不成功便成仁的決定。或許出於當時的敘述者為其隱瞞革命動機的不得已，也或許是秋瑾對官府的兇殘估計不足，更大的可能性則是秋瑾決心已定，卻不願同志為其擔憂，因而現有最後接觸秋瑾的人所留下的文字材料，均未明確言及其對犧牲有所考慮。

大通學堂一教員當年在〈秋女士被害始末〉中，曾詳述 7 月 13 日秋瑾被捕前事：午前八時左右，大通學堂音樂教員某先生來報告，紹興知府貴福從杭州調兵兩隊，已於今晨到紹，當至徐錫麟家搜捕，並即來搜查本校。十一時許，學堂廚役自外歸來，告知秋瑾：「刻在茶肆聞說，貴府今欲捕汝，請速避去。」秋瑾答曰：

> 與我何干，真正胡說！況此校雖為徐錫麟所發起，不過舊職員之一分子，而學堂教員何得株連？我一清白女子，無纖毫之過犯，何必走避以啟情虛迴避之口實耶！

該教員正在旁邊，因勸說：「君言誠是；然彼等酷吏，玩法邀功，在所不免。若不避去，恐將有所不利焉。」秋瑾以「天下寧無公理耶」一語反駁，其人答以：「對野蠻之官吏而欲與之講公理，程度未到，未免太過。」秋瑾卻堅持道：

> 雖野蠻，野蠻不至此。予無罪，何必走！君若恐怖，避之可也。

該教員因「見其志決，即置勿論」。午飯後，又有人來，「告以兵來搜槍，且有捕人之意」，道路傳言相同，建議「職員與學生，均早避為佳」。秋瑾仍不應，謂之：

> 此間之槍，系前熊太守批准照辦，且亦為貴守所見慣，何待
> 搜查？如彼過慮，聽彼索還可也，何捕人之有！

時已至午後兩點。不久，秋瑾彈琴，其人外出。歸途即聞秋被逮[64]。脫身更晚的革命同志王金發，也是起義的領導者之一，此時恰自嵊縣來紹興，與秋瑾商量軍機。據友人謝震為其所撰行述：

> 紹興郡守貴福，以浙省兵來圍捕大通，又分一支襲嵊公局，
> 蓋恐金發或在此也。時金發適在校，欲謀抵敵，秋俠以己繫女人，
> 毫無證據，即被捕亦無妨，而催金發速行，與竺（引者按：指竺
> 紹康，亦為起義領導）等為後圖，金發不從，促之再四，聲色俱
> 厲，金發不得已，逾牆遠遁。[65]

無論秋瑾所述理由本人相信與否，其拒絕出逃已是肯定無疑。我們自然無法猜測秋瑾此時是否有意取法羅蘭夫人，但平日既熟知其事蹟，人物形象早已深印腦際，又嘗要人學法，一旦處於相同情境，不必自覺，行事即可與羅蘭夫人一般無二。而參讀羅蘭夫人傳記中的有關記述，秋瑾遇難前的心跡亦可得發明。

秋瑾與羅蘭夫人一樣，均被斬刑處死，雖屬偶合，但其志節的承傳多有相同點，終究令人難忘。在她被殺三月後完成的《軒亭冤傳奇》，作者韓茂棠特意於劇名前冠以「中華第一女傑」之稱，心目中自是以梁啟超的〈羅蘭夫人傳〉題目標舉「近世第一女傑」為樣板。卷首〈敘事〉簡述秋瑾生平，並自陳編劇緣由，不但點破秋瑾「嘗以法國女豪瑪

64　佛奴〈秋女士被害始末〉，《神州女報》1 卷 1 號，1907 年 12 月；錄自郭延禮編《秋瑾研究資料》73-74 頁，（濟南）山東教育出版社，1987 年。

65　謝震〈王君季高行述〉，1916 年刊本；錄自《辛亥革命浙江史料選輯》469頁，（杭州）浙江人民出版社，1981 年。

利儂自比」的大關節，而且在開端處模仿梁氏「羅蘭夫人何人也」那段
著名的筆法與語意，徑直曰：

> 秋瑾何為而生哉？彼生於自由也。秋瑾何為而死哉？彼死於
> 自由也。自由為彼而生，彼為自由而死。秋瑾手，秋瑾手，中國
> 規復女權第一女豪傑！[66]

雖然有淺之乎說秋瑾的不足，因其犧牲的意義並非全在爭取女權，但推
重秋瑾為近世中國「第一女傑」的意思卻甚好。更有人能於悼念「英
雌」，讚頌其「獻身甘作蘇菲亞，愛國群推瑪利儂」之際，準確體貼先
驅者心事，大膽預言秋瑾捨生取義的價值：

> 深山有虎稱專制，天國無花不自由。
> 千百羅蘭相繼起，利刀能斷幾人頭。[67]

得同志如此知心，秋瑾可瞑目而死、無所遺憾了。

　　而羅蘭夫人能有秋瑾這樣一位異國後學，將其精神發揮到極致，也
可稱榮耀已極，幸運之至。

　　以上對羅蘭夫人接受史的考察，意在展示晚清社會思想的豐富內
涵。不過，隨著民國建立，時過境遷，羅蘭夫人在晚清所具有的特殊魅
力也漸漸消失，從而真正沉入歷史，退出中國的現實舞臺。

（原刊 1998 年 3 月《學人》第 13 輯）

66　蕭山湘靈子〈敘事〉，《（中華第一女傑）軒亭冤傳奇》；錄自《晚清文學叢
　　鈔》（傳奇雜劇卷）上冊 108 頁。

67　李鐸〈哭秋女士〉其三、其六，《時報》，1907 年 8 月 19 日。

《世界古今名婦鑒》與晚清外國女傑傳

　　明治時期的日本對近代中國的強大影響，在學界早已成為眾所周知的事實。不過，具體到女性史，因相關研究起步較晚，仍有許多課題未及深入。本文擬加討論的《世界古今名婦鑒》，便是這樣一部尚未受到應有重視的文本。考察晚清婦女思想變遷史時，該書本為不可踰越的文獻。而其在翻譯與流傳過程中的選擇性接受，也成為筆者關注的重心。

德富蘆花與《世界古今名婦鑒》

　　《世界古今名婦鑒》為日本近代著名作家德富蘆花（本名健次郎，1868-1927）所編，明治三十一年即 1898 年 4 月由東京的民友社出版。按照編者撰寫的〈例言〉可知，其所收各文多半采自《家庭雜誌》與《國民之友》。因而，此處有必要先從德富蘆花之兄德富蘇峰（本名豬一郎，1863-1957）説起。

　　明治二十（1887）年 2 月，由於所撰《將來之日本》印行而名聲大噪的德富蘇峰，趁熱打鐵，迅速創辦了民友社，同時發刊了《國民之友》。這份雜誌的創刊號居然銷售了數萬份，使德富蘇峰大受鼓舞。於是，三年後的 2 月 1 日，日報《國民新聞》也開始發行。再經過兩年，1892 年 9 月，《家

《世界古今名婦鑑》初版（1898年）封面

庭雜誌》接續面世 [1]。如此密集的出版動作，足以顯示德富蘇峰在此一時期日本輿論界如日中天的號召力。

與報刊相輔佐，民友社出版的各種圖書也受到讀者的追捧。1881年出生於日本的馮自由曾憶述，當時「各書店所刊各類小叢書以民友社為最風行」[2]。而且，不只在日本讀書界、尤其是青年學生中廣有好評，其出版物在居留日本的中國知識者中同樣有口皆碑。《新民叢報》的說法可為代表：「民友社著譯之書，其論斷常有特識，其文體為日本文界之革命軍。」[3]顯然，由德富蘇峰開創的這一文壇新風氣，已作為民友社的整體風格，為世人看好。

身為蘇峰之弟的德富蘆花，此時也追隨兄長，為《國民之友》等報刊大量撰稿。據其自述，收錄22題的《世界古今名婦鑑》，除五、六題有署名者外，「多從餘數年來刊載於《家庭雜誌》及《國民之友》之文章中集來」[4]。當年，德富蘆花尚為二十多歲的文學青年，其激情與文

1　參見並木仙太郎、田中幸二郎編〈年譜〉，「現代日本文學全集」第四編《德富蘇峰集》570-571頁，（東京）改造社，1930年。另見[日]近代日本思想史研究會著、李民等譯《近代日本思想史》第二卷10頁，（北京）商務印書館，1991年。

2　馮自由〈日人德富蘇峰與梁啟超〉，《革命逸史》第四集252頁，（北京）中華書局，1981年。

3　〈紹介新著‧十九世紀外交史〉，《新民叢報》18號，1902年10月。

采也浸透於筆下文字。因而，這些外國女性傳儘管多有所本，蘆花的工作卻並非簡單的翻譯，而更應該名之為「改寫」。當其去世後，德富蘇峰評述乃弟的傳記寫作時，也正表達了這層意思：

> 蘆花弟弟在東京的工作，是以翻譯為主的。說是翻譯，他的翻譯工作並不僅僅是把原文原封不動的變為日語，為了讓讀者在頭腦中可以很好的接受，都經過了消化，差不多徹底用日本文化抹去了翻譯的痕跡。
>
> 當時的材料都是我所選擇的，我親自作為指導者，給了他很多建議。這樣，經他的手成篇的，就有了〈布賴特（Bright）傳〉、〈科布登（Cobden）傳〉、還有接下來的〈格萊斯頓（Gladstone）傳〉等幾篇。5

由於文中列舉的傳記僅限於有單行本者，故未包括《世界古今名婦鑒》中的散篇，但其同出一源，且均為民友社刊行，在文風與格調上便十分接近。

毋庸諱言，編寫《世界古今名婦鑒》時，德富蘆花的思想也深受其兄的影響。而當時德富蘇峰宣導的「平民主義」，按照研究者的概括，

4　〈例言〉，蘆花生編《世界古今名婦鑑》，（東京）民友社，1898 年。德富蘆花在〈例言〉中稱：「篇中〈奧爾良少女〉、〈科學之婦人〉、〈友姊友妹〉為宮崎湖處子君之筆。〈北美教育家〉為三宅天水君之筆。〈賢母〉中之〈衛斯理之母〉為岡田紫櫻君之筆。在此明記以詳其責。」實則〈畫家〉一篇署名「黃花女史」，也應不是德富蘆花的作品。又，本文引用的日文資料翻譯得到了陳愛陽與邵迎建的幫助，特此致謝。

5　德富蘇峰《弟德富蘆花》，100 頁，（東京）中央公論社，1997 年。松尾洋二也認為：「果如德富蘇峰所說這樣的話，那麼可以說德富蘆花的史傳已超越了今天的『翻譯』的狹窄意義，可說得上是一種著述。」（〈梁啟超與史傳──東亞近代精神史的奔流〉，狹間直樹編《梁啟超・明治日本・西方》273 頁，（北京）社會科學文獻出版社，2001 年）。

乃是「從一般人民的立場出發，使歐化主義在內心裡貫徹到底，以謀求日本社會近代化的東西」[6]；簡言之，這是一種針對上層貴族的歐化主張而標舉的平民的歐化主義。顯然，其與梁啟超等中國維新人士所提倡的「開通民智」意涵接近。

　　而以西方文化作為啟蒙之道，此一思路在《世界古今名婦鑒》也有清晰體現。德富蘆花撰寫的〈例言〉篇幅雖短，對此卻有不厭其煩的申說，當然，話題更集注在西方婦女的楷模意義上：

> 　　世界日漸狹小，人與人相涉之範圍則日廣。方當今日，漸趨多事，非但男子，即我日本之婦人，亦毋庸置疑尚需更進一層之進步與活動，此誠為人所皆知。其理雖然，不啟不發；如其不知，則不能有所望。一求可以振興婦人諸君志氣之道，一為增加開闊諸君見聞之路，其為今日之急務歟！尋古代婦人於歷史上發光之舊跡，並今之婦人在世界四方正在進行之事業，如介紹此等人物，或可成其一助。余輯此一編，誠懷斯念。
>
> 　　里尚仁，友擇高。觀感所及，實有大者。此篇所載，每每不盡中庸之行，其實為發揮婦人之光輝者。薔薇一瓣，猶不減其芳。此篇中所舉婦人之事歷固過簡略，如有幸及於姊妹諸賢之目，聊成慰藉，或得有所感奮，則於編者實為望外之喜。

其中雖未道出「西方」，但編者心目中所謂「世界」，對照內文即可知，實在並不包括日本在內。也即是說，無論「古代婦人」還是「今之婦人」，「世界古今名婦」之可取為借鑑的尚友對象，足以「振興婦人諸君志氣」者，在德富蘆花看來，非西方女傑莫屬。這與早十年出版的西村茂樹編《婦女鑒》[7]之內外兼收、中西並列，恰好形成了鮮明對比。

6　[日]近代日本思想史研究會著、李民等譯《近代日本思想史》第二卷15頁。

　　應該說明，並非德富蘆花對本國婦女的缺席毫無意識，〈例言〉第三則即以致歉的口吻提及：「泰西之名婦人，而為本編遺漏者固甚多，各種方面各種事業之代表人物，遺漏者亦復不少。況和漢婦人界當傳之人亦不暇屈指。他日若有機緣，切望有為其作傳之時。」而其預告終未踐諾，相信在蘆花眼中，發掘日本與中國傑出女性的典範價值實非當務之急。

　　為下文比較的方便，有必要先將《世界古今名婦鑒》各篇的目次開列出來；並且，考慮到晚清人名譯音的歧異，故所錄為日文原題：

　　　　佛國革命の花（ローラン夫人の傳）

　　　　老女皇

　　　　トルストイ家の家庭教育

　　　　修羅場裡の天使

　　　　政治家の妻

　　　　　ビスマアク夫人

　　　　　グラツドストーン夫人[8]

　　　　社會改良運動の母

　　　　　ウイルラード夫人

　　　　　ブース夫人

　　　　英雄の妻（ガリバルヂー夫人）

　　　　賢母

　　　　　ユーゴの母

　　　　　ウエスレーの母　　　　　　　　　　　　岡田紫櫻

　　　　つれなき生命

　　　　一枝の筆（スタウ夫人）

7　西村茂樹編纂《婦女鑑》，（東京）宮內省藏版，明治二十（1887）年。

8　題目誤作〈グラツドスンート夫人〉，據正文改。

9　人名誤作「マリア、ミツチエル」，據正文改。

奈翁の勁敵（マダム・ド・スタアル）

友姉友妹

　ラム家の連珠

　ヲルヅヲルスの詩神　　　　　　　　　　　　讃美生

金冠の婦人

　日爾曼皇后

　伊太利王后

　露西亞皇太后

　羅馬尼亞後

　西班牙太后

　和蘭女王

　墺地利皇后

　　有趣的是，迄今為止，《世界古今名婦鑒》並沒有完整的譯本，不過，書中敘述的三十餘位女性的事蹟，又確實經由反覆的譯介，多半在晚清知識女性中耳熟能詳。即便就譯筆而言，德富蘆花激情洋溢、抒情色彩濃郁的寫作風格，也成為獨特的標記，使之區別於其他來源的譯文，為晚清西方女傑傳的書寫增添了浪漫、壯快的別樣情懷。

　　儘管筆者認為，在已往的研究中，《世界古今名婦鑒》的重要性並未得到充分的闡述，但這不等於說，對該書與近代中國的關聯無人察知。實際上，需要強調指出的是，日本學者松尾洋二已最先在此用力。其〈梁啟超與史傳〉一文，便揭破了梁氏傳誦一時的名文〈羅蘭夫人傳〉（羅蘭夫人，Jean-Marie Roland，1754-1793），實出自《名婦鑒》中的〈法國革命之花（羅蘭夫人傳）〉[10]。松尾所發之覆雖只一端，筆

10　見松尾洋二〈梁啟超と史伝──東アジアにおける近代精神史の奔流〉，狹間直樹編《梁啟超：西洋近代思想受容と明治日本》273-278 頁，（東京）みすず書房，1999 年。

者跟蹤追擊，從晚清女性史切入，卻是收穫良多。德富蘆花所謂「其理雖然，不啟不發」，用在此間，也很恰當。

女性語境中的〈羅蘭夫人傳〉

晚清西方女傑傳記的譯介，自然並非始於《世界古今名婦鑒》。起碼在其成書前一年，由西方傳教士創辦於上海的《萬國公報》，便已連續刊載過王文思翻譯的四篇西婦傳，內含女科學家、畫家、慈善家等[11]。其中人物也有與《名婦鑒》重合者，但王氏既明言其「爰就英文女史報中譯登《公報》」[12]，故二者之趨同處也只能謂為來源一致，均取材於西方，而非互相襲用。不過，這樣的尋根究底，仍然無礙於《名婦鑒》之為晚清最重要的西方女傑資源庫的地位與事實。

由於松尾洋二的探究，現在我們已可以知曉，最早將《世界古今名婦鑒》引進中國並產生廣泛影響的，乃是梁啟超以「中國之新民」筆名發表的〈（近世第一女傑）羅蘭夫人傳〉。梁文初刊於橫濱出版的《新民叢報》第 17 至 18 號，時間為 1902 年 10 月。其時距《名婦鑒》的刊行只有四年，身在日本的梁啟超自然不難看到其書。

依據松尾洋二比勘的結果，收入梁啟超《飲冰室合集·專集》的〈羅蘭夫人傳〉，「除了開頭五行和結論部分的『新史氏曰』，以及在正文中稍有改動以外」，基本上是德富蘆花〈法國革命之花〉的翻譯。而出於論題的需要，松尾文的中心也圍繞此傳在梁啟超思想演進中的意義展開，結論是：「德富蘆花的〈羅蘭夫人傳〉在近代中國最著名的『改良與革命』的大論戰中佔據了一個中心位置，又通過梁啟超使其成為東亞精神史上一部極其重要的著作。」[13] 論者因此又鉤稽出梁氏〈羅

11　王文思譯〈天文女史漢嘉祿林傳〉、〈法國女畫史濮橳氏小傳〉、〈丹國許美門女伯小傳〉、〈翕爾燈善女創立代養嬰孩院記〉，《萬國公報》101、104、107、109 冊，1897 年 6、9、12 月，1898 年 2 月。

12　王文思譯〈天文女史漢嘉祿林傳〉。

蘭夫人傳〉流傳到朝鮮的情況。

而如果將〈羅蘭夫人傳〉的譯述仍然歸位於《世界古今名婦鑒》系列，揭示其在樹立女性楷模上的作用，則梁啟超的添加與刪改，甚至就是其中文譯文本身，也自成典範，別具魔力。朝鮮譯本的採自梁文而非德富蘆花原作，已可為證明。

在這樣的背景下閱讀〈羅蘭夫人傳〉，梁啟超於開篇增寫的兩段文字便不但作為著名的警策妙語被不斷記憶，同時也釋放出新的意義。其言曰：

> 「嗚呼！自由自由，天下古今幾多之罪惡，假汝之名以行。」此法國第一女傑羅蘭夫人臨終之言也。
>
> 羅蘭夫人何人也？彼生於自由，死於自由。羅蘭夫人何人也？自由由彼而生，彼由自由而死。羅蘭夫人何人也？彼拿破崙之母也，彼梅特涅之母也，彼瑪志尼、噶蘇士、俾士麥、加富爾之母也。質而言之，則十九世紀歐洲大陸一切之人物，不可不母羅蘭夫人；十九世紀歐洲大陸一切之文明，不可不母羅蘭夫人。何以故？法國大革命，為歐洲十九世紀之母故；羅蘭夫人，為法國大革命之母故。

羅蘭夫人的臨終遺言，在後文仍有表述。將其提前揭出，從梁啟超的思想脈絡考量，顯然是為了突出對於暴力革命危害性的警告。而這一有特定政治內涵的話語，由於出現在標注為「近世第一女傑」的範本中，也成為普適於女性群體的格言而得到稱述。《女子世界》嘗輯錄女性警句佳話成〈新女誡〉，梁氏〈羅蘭夫人傳〉中重複出現的此言便也脫離了

---

13 松尾洋二〈梁啟超與史傳——東亞近代精神史的奔流〉，狹間直樹編《梁啟超·明治日本·西方》265、273 頁。

原有的政治語境，而為編者摘錄其中[14]。

不止此也，秋瑾遇難後，有意將其事蹟與同樣死於斬刑的羅蘭夫人縋結一起的〈軒亭冤傳奇〉，編劇者在自述寫作緣起時，亦仿照「羅蘭夫人何人也」諸句式而聲言：「秋瑾何為而生哉？彼生於自由也。秋瑾何為而死哉？彼死於自由也。自由為彼而生，彼為自由而死。秋瑾乎！秋瑾乎！中國規復女權第一女豪傑。」據此定義，在標題上，〈軒亭冤〉也一如〈羅蘭夫人傳〉的冠以「近世第一女傑」，而有「神州第一女傑」之命名[15]。而秋瑾為羅蘭夫人精神傳人一層意思，也在語句的摹寫中呈現出來。

更有意味的是晚清流行一時的「國民之母」說，也與梁文不無關係。梁啟超關於羅蘭夫人為「拿破崙之母」、「梅特涅之母」、「瑪志尼、噶蘇士、俾士麥、加富爾之母也」的譬喻，不但製造出了一段「拿破崙與梅特涅，一母所生，而一則為民權之先導，一則為民權之蟊賊」的「考試新笑話」[16]，其肯定羅蘭夫人為「十九世紀歐洲大陸一切之人物」、「一切之文明」的精神母體，也因推許奇高，加以造語新穎，而使人過目不忘。將這一與女性的生育能力相繫連的偉人之母、文明之母的思路推廣開去，導源於日本的稱譽女子為「國民之母」的論說，也因得到羅蘭夫人的生動佐證，而在晚清思想界迅速鋪開。

就筆者目前掌握的資料而言，晚清直接使用「女子者，國民之母也」說法的，首見於金一（天翮）1903 年閏五月（約當 7 月）完稿的《女界鐘》[17]。稍早，則留日女學生何香凝撰寫的〈敬告我同胞姊妹〉

14　見尚聲〈新女誡〉，《女子世界》3 期，1904 年 3 月。

15　蕭山湘靈子（韓茂棠）〈（神州第一女傑）軒亭冤傳奇〉，初刊 1908 年《國魂報》，亦載《女報》臨時增刊〈越恨〉（1 卷 5 號），1909 年 9 月。關於羅蘭夫人對秋瑾的影響，筆者在《晚清女性與近代中國》（北京大學出版社，2004 年）第七章第五節有專門論述，可參看。

16　〈考試新笑話‧拿破崙與梅特涅同母〉，《新小說》1 號，1902 年 11 月。

也有類似的表述：

> 且西諺曰：「女子者，生產文明者也。」又曰：「女子者，
> 社會之母也。」故女子為社會中最要之人，亦責任至重之人也。

耐人尋味的是，二人的論述中不約而同都出現了羅蘭夫人的名字：或呼籲「我同胞，其勿仍以玩物自待，急宜破女子數千年之黑暗地獄，共謀社會之幸福，以光復我古國聲名」，一如「當日羅蘭夫人、美世兒、蘇太流夫人者」[18]；或引述羅蘭夫人（瑪利儂）「吾等今日已不能救身，雖然，一息尚存，終不可以不救國」之言，而要求「善女子」以這些中西女傑為導師[19]。凡此，梁氏〈羅蘭夫人傳〉的印記分明可見。

當然，梁啟超的比擬也並非橫空出世，即在《世界古今名婦鑑》中，便已有「社會改良運動之母」的標題可供取法。不過，經由梁氏的盡情渲染，並以「近世第一女傑」置換掉原有的正題「法國革命之花」，再加上面向女性讀者的上海《女報》（後更名《女學報》）的及時轉載[20]，回歸女性語境的羅蘭夫人也作為愛國女傑的崇高典範，深植於晚清女界，而與德富蘆花筆下那位一度激進的女革命家多少拉開了距離。

〈新女誡〉的編撰可為範例。篇中摘取羅蘭夫人的警言總共四條，數量之多，僅擁有「聖女貞德」稱號的法國奇女子若安（St. Joan of Arc，1412-1431）堪與比肩。而除前文已提及的關於「自由」的告誡以

17　愛自由者金一《女界鐘》第一節「緒論」，13 頁，光緒二十九年（1903）八月初版，光緒三十年（1904）年五月再版。其中柳人權（柳亞子）的〈後敘〉作於癸卯閏五月，應為《女界鐘》剛剛完稿時。

18　何香凝〈敬告我同胞姊妹〉，《江蘇》4 期，1903 年 6 月。

19　愛自由者金一《女界鐘》第一節「緒論」、第九節「結論」，14、93 頁。

20　見《女報》8、9 期，1902 年 11、12 月。轉載時未署名，亦未刊完。

及《女界鐘》引錄的「救國」誓詞，羅蘭夫人尚有下述二則壯語：

> 在法廷審判時昌言曰：凡真正之大人物，常去私情私欲，以
> 身獻諸人類同胞，而其報酬則待諸千載以後。
>
> 在獄中遺其愛女書曰：汝宜思所以不辱其親者。汝之兩親，
> 留模範於汝躬。汝若學此模範而有得焉，其亦可以不虛生於天地
> 矣。

其實，〈新女誡〉的寫法並非班昭經典之作的翻版，其篇後用於補白的
題句「東鱗西爪入我錦囊，暮鼓曉鐘醒君大夢」[21]，概括最為準確。所
取集錦與剪影的方式，將編者認為精華的片段展現出來，不見全人，卻
精神畢露。當然，摘錄者的眼光也會對讀者造成遮蔽，起碼，四則語錄
均出自羅蘭夫人政治立場轉向反對暴民政治之後，便難免以偏概全之
嫌。然而，我們卻可以透過這樣的剪輯，瞭解晚清人眼中的羅蘭夫人的
共相——用梁傳中「新史氏曰」的說法，即是「志芳行潔、憂國忘
身」，高尚的愛國女傑形象於此定格。

　　為理解梁啟超譯述的〈羅蘭夫人傳〉的感召力，還應該補充的一點
提示是，在〈新女誡〉發表前一年出版的同樣譯自日文的《世界十二女
傑》中，也有一篇專記羅蘭夫人。但此「朗蘭夫人」並未能從書中走
出，甚至其譯名也不敵梁氏的傳之久遠。〈新女誡〉的不予採錄因此並
非特例。畢竟，以德富蘆花之作為主幹的梁氏傳記，合二人之才情筆力
於一手，其能感動一世人心，自不待言。

《世界十女傑》的秘藏原本

　　晚清出版的單行本西方女傑傳，以同為譯作的《世界十二女傑》與

21　尚聲〈新女誡〉、初我〈新女誡〉，《女子世界》3、4期，1904年3、4月。

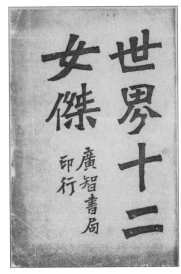

《世界十女傑》初版（1903 年）封面　　《世界十二女傑》初版（1903 年）封面

《世界十女傑》二書為最先，均於 1903 年面世。其中前書為 2 月發行，比後作大致提早了 3 個月[22]。至於兩書的來源，《世界十二女傑》很清楚，其同名原本由東京廣文堂書店明治三十五（1902）年 7 月 5 日發行，作者署名岩崎徂堂與三上寄風[23]；而《世界十女傑》的出處則頗為含混，有深入探究的必要。

　　按照編者在〈例言〉第一條中的說明：「是書以《世界十二女傑》為藍本。」已然承認《世界十女傑》有取自日文本《世界十二女傑》之處，不過，後者顯然不是該書唯一的源頭。因此，儘管「近見廣告中，知《世界十二女傑》一書已出」，這一中譯本的刊行卻並未使《世界十

22　日本岩崎徂堂、三上寄鳳合著、趙必振譯《世界十二女傑》，（上海）廣智書局，1903 年 2 月；《世界十女傑》，未署作者姓名及出版資訊，根據 1903 年 5 月 31 日《蘇報》廣告〈《世界十女傑》出版〉，推知其大約同年 5 月出版於上海。有關晚清中外女傑傳的情況，參見筆者〈晚清女性典範的多元景觀──從中外女傑傳到女報傳記欄〉（《中國現代文學研究叢刊》2006 年 3 期）。

23　廣智書局 1903 年出版的《世界十二女傑》譯本中，三上寄風誤署為「三上寄鳳」。

女傑》的作者放棄其已「於去年十月中譯竣」的著作。而其「所以不辭重疊者」，自我解釋是「以此書原系自著」。當然，晚清人對於「著」與「編」的界定遠沒有今日嚴格，故此間所謂「自著」，在〈例言〉中具體表述為：

是書內容，所記事實皆詳搜博采，求之別書者十之七；而其文辭則悉出自己意以組織之。雖曰譯編，實近於撰著矣。[24]

此話起碼告訴我們，在《世界十二女傑》之外，作者還曾從其他著作中取材；並且，這樣的素材占到了全書的一多半。因為是廣采博收，再加上文辭自出，作者便有理由自許其書更「近於撰著」而非純粹的「譯編」了。

比較《世界十女傑》與《世界十二女傑》的人選，可以明顯看出二書的差異。《世界十二女傑》列傳的人物依次為：沙魯土‧格兒坙娘、加釐波兒地夫人（又譯「馬尼他」）、蘇泰流夫人、路易‧美世兒女史、如安‧打克娘、朗蘭夫人、俄國女帝伽陀釐、縷志‧發珍遜女史、女王伊紗百兒、克路崎美蘇女王（即依里瑣比斯女王）、扶蘭志斯娘、普國王後流易設；《世界十女傑》敘錄的人物依次為：路易‧美世兒、沙魯土‧格兒坙、獨羅瑟女士、蘇泰流夫人、絡維恪扶夫人、傅蕚紗德夫人、馬尼他、奈經慨盧、美利‧萊恩、女帝伽陀釐[25]。也即是說，十人之中，只有路易‧美世兒、沙魯土‧格兒坙、蘇泰流夫人、馬尼他及女帝伽陀厘與《世界十二女傑》相同，其他五人實已溢出《世界十女傑》明示的「藍本」之外。

若依照作者的說法，獨羅瑟女士、絡維恪扶夫人、傅蕚紗德夫人、

24　編者〈例言〉，《世界十女傑》序 1-2 頁，1903 年。其中「譯竣」原誤作「譯竦」。

25　所有人名均保留原書題目中稱謂。

奈經慨盧、美利‧萊恩這五位西方女性，應屬於其「詳搜博采，求之別
書者」。既為「博采」，「別書」當然不止一種。但筆者發現，《世界
十二女傑》中失收的五人，實無一例外，均出自《世界古今名婦鑒》。
其對應篇目如下：

> 詩界革命軍：獨羅瑟女士
>
> 　　ヲルヅヲルスの詩神
>
> 外交家：絡維恪扶夫人
>
> 　　無官の露國全權大使（ノヴイコフ夫人）
>
> 英吉利提倡女權之勇將：傅蕁紗德夫人
>
> 　　英國女權論の勇將（フオセツト夫人）
>
> 普救主：奈經慨盧
>
> 　　修羅場裡の天使
>
> 北米大教育家：美利‧萊恩
>
> 　　北米の教育家（メーリー、ライオン女史）

如此，儘管《世界十女傑》的編譯者也可能參考了其他日本明治時期的
出版物，而《世界古今名婦鑒》仍毫無疑問是其中最重要的原文本。

　　甚至更進一步，我們還可以發現，除卻沙魯土‧格兒垤與女帝伽陀
釐，《世界十女傑》書中的其他八位人物，竟均與《世界古今名婦鑒》
重合：上列五人外，尚有《無政府黨女將軍：路易‧美世兒》之與《夜
叉面の女菩薩（ルイ、ミセール）》，《那破侖之勁敵：蘇泰流夫人》
之與《奈翁の勁敵（マダム、ド、スタアル）》，《紅粉俠：馬尼他》
之與《英雄の妻（ガリバルヂー夫人）》。編者所謂「求之別書者十之
七」，以此看來，確實所言不虛。只是這裡的「別書」，已從原文中的
複數向單一品種《世界古今名婦鑒》傾斜。

　　實際上，由於日文本《世界十二女傑》出版在《世界古今名婦鑒》

之後四年，岩崎徂堂與三上寄風在撰寫時，極可能參考了德富蘆花編輯的譯作。而更值得關注的是，《世界十女傑》編者的執意出版己作，原亦出於對《世界十二女傑》人物選擇的不滿。〈例言〉第一條即已尖銳指責，「其間又有無謂之人物，乃更刪而補增之」。而其刪去七人（其中因「〈羅蘭夫人傳〉已見於《新民叢報》中，茲特刪之」[26]，屬於特例），補增五人，一出一進，調整的數目均高達一半，可見在擇錄標準上，《世界十女傑》之近於《名婦鑒》而遠於《十二女傑》。

　　而無論是《世界十女傑》，還是其有意隱藏的最重要底本《世界古今名婦鑒》，二書的編者在各自撰寫的〈例言〉中，卻無一例外，對選錄原則全未作明確說明。《世界十女傑》另有一序，一則強調本書樹立楷模的價值，認為女子教育應「立標本以為眾目之趨」，並引用「時人」之論，「少年讀傳記書，為最有益，以其攝古人之影於腦，而能熔化其氣質」，故決意將此書貢獻給「欲於二十世紀歷史上留一點遺蹟」之「我同胞青年姊妹」；一則批評中國史書記載的女子，「有殉夫者，殉姑者，有殉父母者，其下有殉其所歡者」，「要之犧牲於一人，而非犧牲於全國」。此言如從背面理解，固然也可將「為國犧牲」認作《十女傑》的取錄準則，但這明顯只是其中之一，無法涵蓋全體。倒是編者以不容置疑的語氣斬釘截鐵說出的「縱繙盡列女、閨秀諸傳，無以易我言也」[27]，可以讓人明白，其所以棄中取外，乃是因為在他眼中，以二十世紀新時代的要求衡量，中國歷史上的女性無一合格充當榜樣。

　　至於《世界十女傑》認為合乎標準的外國女傑，以經由《世界古今名婦鑒》補進的五人為例，可略窺究竟。其中的獨羅瑟（Dorothy Wordsworth，今譯「多蘿西」，1771-1885），乃是英國著名湖畔詩人華茲華斯（William Wordsworth）的妹妹。與原為〈友姊友妹〉之一則的〈華

26　編者〈例言〉，《世界十女傑》序 1 頁。

27　編者〈序〉，《世界十女傑》序 1 頁。

茲華斯之詩神〉相比，原本主要表彰獨羅瑟激發其兄靈感、成就其文學輝煌的輔助之功，而《世界十女傑》另擬「詩界革命軍」的標題，盡力凸顯了獨羅瑟自身創作的價值與獨立性。絡維恪扶夫人（Olga Novikoff，今譯「諾維科夫夫人」，1840-1925）被德富蘆花稱為「無官職之俄國全權大使」，傳記專寫其以個人魅力與交際手腕，在俄土戰爭中，為促成英俄停戰而奔走斡旋，《十女傑》因此盛讚其以一人之力而「保全其民族」[28]。被中日編者一致推許為「英國女權論之勇將」的傅蕚紗德夫人（Millicent G. Fawcett，今譯「福西特夫人」，1847-1929），其所言所行對於晚清女性的典範意義不言而喻。柰經慨盧即中外聞名的現代護理專業與護士職業的開創者南丁格爾（Florence Nightingale，1820-1910），《十女傑》的編譯者以「普救主」置換掉更具文學色彩的「修羅場裡之天使」的正題，顯然是為了直截明快地倡導仁愛精神，表達「吾將以此仁慈之事業告同胞」、「吾將以此仁慈之職任責同胞」[29]的熱望。美國女教育家美利・萊恩（Mary Lyon，今譯「瑪麗・萊昂」，1797-1849），一生致力於教育，尤以創立女子大學垂範久遠。《十女傑》為充分體現對萊恩的崇敬之情，亦逕自改動墓碑文字，尊其為「全米（按：即「全美」）國民之母」[30]。

由上舉各文可見，《世界十女傑》一如《世界古今名婦鑒》，都努力在為之立傳的女傑事蹟中，發掘出於今日女性思想、品格的再造有所助益的成分。並且，其示範物件也具有相當的廣泛性。在〈北米大教育家：美利・萊恩〉近結尾處，作者有一段直接面向讀者的呼籲：

> 嚇！聽者：吾草斯傳，有革命家，有外交家，有政治家，有文學家，其聲則哄哄矣，其事則偉大矣。或憑其位，或憑其家世，

28 〈外交家：絡維恪扶夫人〉，《世界十女傑》29 頁。

29 〈普救主：柰經慨盧〉，《世界十女傑》47 頁。

30 〈北米大教育家：美利・萊恩〉，《世界十女傑》57 頁。

或憑其才，皆足以蘄然見角於世界。至若一無所憑，而停辛佇苦，
獨能造偉大無疆之盛業，如萊恩者，嗚呼，其亦可以起矣！其亦
可以起矣！[31]

因此，《世界十女傑》之薈萃各類女性傑出人物，也意在為晚清女界提
供多種多樣的取法典則。

不過，在記述這些足為中國女性表率的西方女傑生平事業時，作者
強烈的教誨意識，也常常誘導其離開原文，按照中國的現實情景加以發
揮、直至創造。上述篡改美利‧萊恩的碑文，即為一例。而通過《詩界
革命軍：獨羅瑟女士》的改編，亦可以窺見作者如何將革命思想融貫於
全書。

本來，敏感、愛好大自然的多蘿西對政治並無興趣，〈華茲華斯之
詩神〉也未在此用力。傳記的命名來自文中的如下描述：「彼（按：指
多蘿西）自信乃一詩神，亦信其兄應為詩人。彼欲知以其呼吸吹入華茲
華斯之笛時，可發出何等聲音。」[32]《世界十女傑》的編譯者顯然覺得
這樣的直譯衝擊力不夠，因而不只把「革命」二字搬上了題目，並且也
將原作所記以優美的散文見長的女作家，逕自改造成為以詩歌鼓動革命
的女詩人。

傳中寫獨羅瑟獲知法國大革命爆發，「乃呆立若木雞，移時欷噓
曰：『我英吉利登天竟讓人先，雖然，成佛豈肯居人後哉！』」於是毅
然撕碎其剛剛獲得的大學畢業證書，對其兄言：「妹不願持此片紙，在
不平等世界中為一乞食兒！願兄扶我纖弱之質，同投身於革命火中。此
妹至死不易之目的，舍茲無他希望矣。」如對照原文，可知從大學畢
業，受到法國大革命激情感染的乃是其兄威廉‧華茲華斯，而非多蘿

31　〈北米大教育家：美利‧萊恩〉，《世界十女傑》57 頁。

32　讚美生〈友姊友妹〉之二〈ヲルヅヲルスの詩神〉，《世界古今名婦鑑》426
　　頁。

西；即使如此，威廉也並無扯碎文憑的舉動。《十女傑》的移花接木，更有添加，顯然是考慮到其讀者對象本設定在「我同胞青年姊妹」。接下來的情節則完全是無中生有：

> 獨羅瑟被界外之風潮一衝擊，而其愛平等、愛自由之血益熾。然無所發洩，遂托於詩以嘲以吹。嗚呼！芰衣湘水，而英吉利之現象蓋因之一大變。
>
> ……獨羅瑟復以己之目的，徧[編]為極清淺之俚歌，口授村兒童唱之，復作詩歌和以鐵笛，聞者莫不且奮且慚。嗚呼！蓋天之木，其發生之原子，僅在一纖芥耳。獨羅瑟乎，其為國民請命乎，吾知其功不在威靈格兒下也。

為強調獨羅瑟的詩歌對於英國歷史具有重大影響，竟不惜以在滑鐵盧打敗拿破崙、改變歐洲歷史的威靈頓公爵（Duke of Wellington）相比擬，如此生花妙筆，實在令人訝異。而對於這樣超脫歷史的改寫，作者似也略感不安，故最終又假借獨羅瑟的焚稿，解釋其詩作「物以稀為貴」的原因。但即便如此，在擬寫焚稿前的自歎時，獨羅瑟所言也完全落在了中國語境中：

> 今日諸君竟以革命為口頭禪矣，據此即我英吉利人死不可變之奴隸性根也。予自齧其舌，從今再不為虛空界上大言闊論 [33]

這些專門為中國讀者量身打造的情節與言語，就作者一面考慮，自然是為了在一種異文化的情境中，拉近傳主與讀者之間的距離，將編譯者的革命情懷直接傳達給讀者，以期引起強烈的共鳴。於是，一篇文學家的

33　〈詩界革命軍：獨羅瑟女士〉，《世界十女傑》18-19 頁。

傳記就這樣被改造成為革命思想的載體。

獨羅瑟傳記的改編儘管足以體現譯者的政治理念，卻不能算成功，因為那些虛構的部分距離史實太遠。相比而言，〈英吉利提倡女權之勇將：傅蕘紗德夫人〉的編譯處理則較為高明。並且，若論及《世界十女傑》對於晚清思想界的獨特貢獻，此篇應首屈一指。實際上，福西特傳在《世界古今名婦鑒》一書中並不顯眼，總共 484 頁的正文，該傳僅占 4 頁，不過是〈歐洲政界三女傑〉之一。但其人入選《世界十女傑》後，地位與聲望無疑已大為提高。

傅蕘紗德夫人傳仍保持了編譯者奪他人之筆、抒一己之情的「撰著」特色。不過，一些嚴重的事實錯誤，也暴露出其人的日文水平實不見佳。《世界古今名婦鑒》明明記福西特夫人結婚之日，丈夫已為盲人，故傳文稱，夫人是這位經濟學教授、英國國會議員「多事一生之光與杖」[34]。《世界十女傑》述傅蕘紗德先生目盲，卻是發生在結婚以後、選舉之時，因其「有當選之資格，反對黨大恐，乃買凶兒於路傍眯其目」[35]。此處或許尚可以「其間所搜，嘗有與原書互錯處，見聞弇陋，不能得確實考據」[36]的編者告白含糊過去；但其敘傅蕘紗德夫人的結局，乃是陪丈夫「乘快馬赴會爭選，中途以墮馬逝」[37]，則是無論如何不能原諒的誤譯。實則原文與福西特夫人於競選中「落馬絕息」事，句首本冠以「曾て」（曾經）[38]，故所謂「絕息」也只是一時暈厥，並非逝去，意思還是相當明了。何況，其人直到 1929 年方才謝世，當《十女傑》出版之日原自健在。應該說，此類誤讀在晚清其實並不罕見。為滿足國

34　〈歐洲政界の三女傑〉之三〈英國女權論の勇將（フオセツト夫人）〉，《世界古今名婦鑑》359 頁。

35　〈英吉利提倡女權之勇將：傅蕘紗德夫人〉，《世界十女傑》34 頁。

36　編者〈例言〉，《世界十女傑》序 1-2 頁。

37　〈英吉利提倡女權之勇將：傅蕘紗德夫人〉，《世界十女傑》35 頁。

38　〈英國女權論の勇將（フオセツト夫人）〉，《世界古今名婦鑑》360 頁。

人迅速、大量輸入西方思想文化的渴求，粗率的「豪傑譯」作品也應運
而生。

　　儘管在一些基本事實上出現失誤，《世界十女傑》卻仍有不可取代
的價值。尤其是作者對傅蕘紗德夫人女權思想的闡發，實為篇中最值得
珍視的筆墨。德富蘆花雖然也稱譽福西特夫人為「英國女權論之勇
將」，但除傳記開篇概括其「以婦人參政之主張者、文筆暢達之論說
家、明快簡潔之經濟書著者知名」[39] 外，對其女權論說並未作任何描
述，真正落在女權運動上的文字也十分有限，倒是將主要篇幅留給了對
盲人丈夫的幫助、擅長演說以及廣泛的興趣愛好的敘寫上。《十女傑》
作者於是當仁不讓，大力馳騁想像，使傅蕘紗德夫人作為「提倡女權之
勇將」變得名副其實。她結婚之前已具獨立自尊意識：

　　　夫人不好修邊幅，遇傅粉薰香事，乃大聲詆斥之曰：「吾生
也有至尊無二與世界平等之權，何持此狐鬼之具，將以媚人乎？
抑以自媚乎？媚人者奴隸，自媚，我即為我之奴隸，抑何自居于
卑賤乃爾！」

定情之夕，亦告其夫君曰：「妾以仰望於君者，惟君為奴隸界外之人
耳。」婚後，傅蕘紗德夫人更以絕大精力從事女權運動，不但「絞其汗
血，組織一『婦女議政社』」，發表演講，「大聲疾呼，以為英吉利女
人皆禽獸牛馬不若」；而且在社團被迫解散後，又「著《女權論》」，
「三年始脫稿」。按照《十女傑》的介紹，此書應為英國女權史上的經
典之作：「先是英吉利曾未有提及女權問題者，及其書行於世，而全國
之氣象乃一大變。經八月，其書再版者百五十餘次。」[40] 諸如此類的言

39　〈英國女權論の勇將（フオセツト夫人）〉，《世界古今名婦鑑》358 頁。

40　〈英吉利提倡女權之勇將：傅蕘紗德夫人〉，《世界十女傑》33-34 頁。

行，均不見於德富蘆花的原作，卻又屬於規定情境中的應有之事，故尚屬合情合理。

尤其令人記憶深刻、過目難忘的，還是〈英吉利提倡女權之勇將：傅蕘紗德夫人〉仿照梁啟超譯述〈（近世第一女傑）羅蘭夫人傳〉之法，在正傳開始前揭出的一段警句：

> 夫人之言曰：「女子者，文明之母也。凡處女子於萬重壓制之下，養成其奴隸根性既深，則全國民皆奴隸之分子而已。大抵女權不昌之國，其鄰於亡也近矣。」[41]

這一很可能是編譯者製造出的格言，日後在晚清女權論述中卻被不斷徵引。與《世界十女傑》同年出版的金天翮著《女界鐘》，已在書中稱引此言，並以英國女界之進步，激勵中國女性奮力掙脫奴隸地位：「然則十八世紀英國女子之奴隸根性，不弱於中國，其有今日，夫人之賜也。」因此誇讚「夫人其女界之明星，奴界之救世主」。金氏不僅表示自己要效法傅蕘紗德夫人，「熱心銳志，欲救中國女子於奴隸世界，下放奴之令」；而且呼喚「善女子」「誓為傅蕘紗德夫人」，明白「汝之身，天賦人權完全高尚神聖不可侵犯之身也；汝之價值，千金之價值也；汝之地位，國民之母之地位也」。可見傅蕘紗德夫人已經立竿見影地進入中國「女子之師」[42] 的行列。隨後，晚清激進的女權論者柳亞子，也在《黎里不纏足會緣起》與〈哀女界〉[43] 中一再引述同一段話，

41　〈英吉利提倡女權之勇將：傅蕘紗德夫人〉，《世界十女傑》32 頁。

42　愛自由者金一《女界鐘》第五節「女子教育之方法」、第九節「結論」，45、93-94 頁。

43　倪壽芝〈黎里不纏足會緣起〉、亞盧〈哀女界〉，《女子世界》3、9 期，1904年 3、9 月。前文實為柳亞子代筆之作。另亞特〈論鑄造國民母〉（《女子世界》7 期，1904 年 7 月）中亦嘗引此言。

使其言作為激發晚清女性爭取自由獨立與男女平權的警鐘與號角，產生了極大的現實效應。

　　倘若以忠實於原著衡量、要求，《世界十女傑》無疑屬於不及格的失敗之作，單是獨羅瑟與傅蕚紗德夫人二傳，其中脫離原文的「自著」便都在百分之六、七十以上；可恰恰是這些添加、編造的成分，在晚清「女界革命」的論述中獲得了最多的回聲[44]。就此而言，其在可信度上的缺失，卻因提升了思想的高度，切合了當時中國的國情，反而造就了其超乎一般的社會影響力。這些假西方女傑之口道出的革命箴言、假西方女傑之手作出的偉大功業，儼然已成為中國女性解放所汲取的精神源泉與行動榜樣[45]。由此推測《世界十女傑》編者之所以不肯透露該書與《世界古今名婦鑒》之間存在的譯介關係，也應該是因為其已移步換形，本意實在「借他人之酒杯，澆自己胸中之塊壘」。而在將來自日本的西方女傑傳，改造成為適合晚清女子的思想啟蒙讀物這個目的上，可以說，它已經是大獲成功。

女報傳記欄的隱身作者

　　自 1898 年 7 月 24 日《女學報》在上海創刊，為中國婦女報刊史揭幕，繼之而起的眾多女報以其精彩紛呈，已然構成晚清女性生活中的亮點。從創辦伊始，演述中外女傑事蹟、「以作巾幗師範之資」[46]便成為

44　柳亞子在〈哀女界〉中亦曾援引由《世界十女傑》編者創造出的「萬物並育而不相害，何事罪孽，而乃組織不平等之世界」（〈詩界革命軍：獨羅瑟女士〉，《世界十女傑》17 頁）之言。

45　署名「潛諸」的江蘇同里明華女學校學生孫濟扶，曾在《女子世界》第 10 期（1905 年 2 月）發表《讀〈世界十女傑〉》一文，充分表達了仰慕、追步西方女傑的心聲：「嗚呼！女傑女傑，讀君建偉業、立大勳之傳，記誦君臨危難、當劇敵之遺囑，使吾心碎神馳，夢遊十九世之歐陸，如聞其聲，如見其人，可不謂壯哉！……我姊妹所處之境，視彼女傑，同病相憐。夫盍不振袂而起，以步諸女傑之後塵，逐群胡，雪國恥，為我漢族競勝於二十世紀之大舞臺？」

46　〈本館告白〉，《女學報》1 期，1898 年 7 月 24 日。

晚清多數女報的自覺選擇，為此設立的「傳記」或「史傳」欄，集中向中國女界介紹了大批傑出女性的偉業豪言[47]。而追溯其中西方女性傳記的文本來路，《世界古今名婦鑒》仍不容迴避。

不過，與《世界十女傑》的尚承認有「藍本」、為「譯編」不同，晚清女報中發表的外國女傑傳，除極少數篇目外，均已各自標明作者，完全抹去了與原作之間的關聯。並且，隨著來源的增多，一篇用中文寫成的傳記已可以參考多種文獻，早期那種一對一的移譯越來越少見。因此，為其時女報「傳記」欄出現的西方女傑尋找敘事原文本，也變得相當困難。出於慎重，下文將只討論以《世界古今名婦鑒》為主要依據的傳文，僅有個別段落借用者不在考慮之列。

述及《世界古今名婦鑒》於晚清女報的首次亮相，最先被提到的刊物應是陳擷芬 1902 年 5 月在上海續出的《女報》（《女學報》）。儘管由於稿源不足，該刊尚未設置固定的傳記欄目，但從已經出版的十三期雜誌看，陳氏有意識地組織此類稿件的編輯意圖還是清晰可見。由其執筆、改作白話體的《世界十女傑演義》已開始連載[48]，此外，以正規傳記體裁介紹的西方女傑則有美國的批茶女士（Harriet Beecher Stowe，今譯「斯托夫人」，1811-1896）、法國的羅蘭夫人、德國的俾士麥克夫人（Johanna von Puttkamer，今譯「俾斯麥夫人」，1824-1894）與英國的涅幾柯兒（即「南丁格爾」）。其中，〈批茶女士傳〉錄自《選報》[49]，〈羅蘭夫人傳〉原出《新民叢報》，〈俾士麥克夫人傳〉初刊《大陸報》[50]，真正屬於首發的只有〈英國女傑涅幾柯兒傳〉[51]。後二作已明

---

47 關於晚清女報傳記欄的情況，可參考筆者〈晚清女性典範的多元景觀——從中外女傑傳到女報傳記欄〉一文。

48 楚南女子〈世界十女傑演義〉，《女學報》2 年 4 期，1903 年 11 月。因雜誌停刊，此連載僅見一期。

49 〈批茶女士傳〉，《女報》3 期，1902 年 7 月；原署「友人譯寄、觀雲（按：蔣智由）潤稿」，刊 1902 年 6 月《選報》18 期。

確歸於「譯件」欄，前二傳雖一入「論說」、一入「附件」欄，卻均為譯文，由此可以看出早期西方女傑傳以翻譯為主的大趨勢。

除去前文已經提及的梁啟超著名的〈羅蘭夫人傳〉與德富蘆花〈法國革命之花〉的淵源關係，《女報》（《女學報》）所載與《世界古今名婦鑑》相關的尚有〈俾士麥克夫人傳〉。這篇在《大陸報》「史傳」欄刊出時即無任何署名的傳記，實譯自該書《政治家之妻》中的第一則《俾斯麥夫人》。與原本對照，晚清譯文中常見的刪節、移動與添加無一不有，不過，放在當日，此傳已可算是盡力貼近原文的譯作了。

該篇對俾士麥克夫人的描畫，本來也涉及女性獨立的話題，如記其致英國某女士書中言：「妾每以不與姊同國為憾。何則？蓋吾國無婦人自由運動之餘地故也。」如果換成《世界十女傑》的編者，可以想像，一定會有許多情節就此發生。而儘管接下來原本與譯文之間出現分歧，原作清楚地表達出，造成俾斯麥夫人遺憾的主因乃在丈夫：「夫人實有其榮譽心。然正如其時日爾曼帝所稱：『日爾曼婦女均需效仿皇后修三事：教會、孩子、料理家政。』以如此之日爾曼，尤以如忌諱蛇蠍般忌諱皇太后參與政治之俾斯麥掌管之家中，夫人顯無滿足此榮譽心之機會。夫人知命安命。」[52] 譯文卻在日爾曼帝之言後，改寫為：「後皇太后以三者俱有關係於政治，沮止之，夫人聞之殊不介意。」抱怨的對象已轉向皇太后。但無論如何，女權運動顯然不是作者與譯者關注的重心。因而，傳記以最多篇幅敘寫的仍是俾士麥克夫人幸福的家庭生活。

不過，所謂「幸福」，當然還是落實在妻子對於政治家丈夫的扶助上。從出嫁前的父母「知其無賴狀」拒婚，而俾士麥克夫人偏能慧眼識

---

50 〈俾士麥克夫人傳〉，《女學報》2 年 3 期，1903 年 5 月；初刊《大陸報》3 期，1903 年 2 月。引文取自《女學報》。

51 乾慧譯述、智度筆受〈英國女傑涅幾柯兒傳〉，《女學報》2 年 4 期，1903 年 11 月。

52 〈政治家の妻〉之一〈ビスマアク夫人〉，《世界古今名婦鑑》114-115 頁。

英雄,「獨慕其為人,固請於父母」,婚姻始諧;一直到晚年,夫人始終陪伴在有「鐵血宰相」之稱的夫君身旁,「備嘗危懼憂疑之苦」,實為俾斯麥在政界大展宏圖的堅強後盾。傳記由此展開的抒寫,在作者是完全不惜筆墨,在譯者也絲毫不嫌辭費。或稱:「公出則登焰騰騰之發言台,而肆其舌戰;歸則入平和家庭,以享平和幸福。忽而浴身戰場,忽而畫眉繡閣。其驚天動地之事業,腥風血雨之生涯,每擘畫於喁喁私語之時,亦奇矣。」或稱:「公於戶外之設施,不厭譎詐,獨於家庭則溫溫君子,示人以最佳之模範。夫婦相處者四十七年,相愛如一日。」甚至為盡力渲染其愛情濃深,原文中「公斷無不思日爾曼之日,於夫人亦同」,亦被改譯作:「蓋公有不思日爾曼之日,而斷無不思其夫人之日也。」私情已不可想像地被俾斯麥置於國家之上。而最具畫龍點睛意味的則是如下之言:

> 公爵一生遭際,其間大波瀾屢起不一,而有靜波瀾之一港者,則公爵之家庭是也。然為公揮香汗,竭姣[嬌]喘,停辛貯苦,以築成此港者誰?夫人也。公爵一生之大運動,大策略,大雄圖,大演說,其原動力固有在,初非公一人能演此種種離奇光怪之活劇也。原動力者何?夫人也。

儘管這些抒情性的描寫很少史實成分,卻構成了全篇的基調,反覆詠歎,並經由譯者附加的香艷陳詞極力渲染,令人記憶尤為深刻。

由此,〈俾士麥克夫人傳〉要告訴讀者的是,女性並不一定需要直接從政,只要像俾士麥克夫人那樣,「以家為國,以家政為國政,能以其心電,成就公一生事業」,便可謂之「政治的夫人」(原文作「政治的婦人」),人生價值也因此可以得到提升與彰顯。為了強調這一點,譯者甚至改變了原作以俾斯麥夫人與英國首相格萊斯頓(William E. Gladstone)夫人相提並論、許為「雙美聯璧」[53]的結尾,而逕稱前者為「近

世婦女界之唯一英雄」，評價之高無以復加。回頭來看，被《女學報》編者刪去的原譯文開篇一段記述俾斯麥夫人去世之時的巨大哀榮，歐洲各國元首的唁電紛馳與報界的一致悼惜，倒是不該省略的前奏，起碼可以讓中國讀者瞭解傳主確切的卒年。

陳擷芬主編的《女報》（《女學報》）發刊之時，中國社會化的女子教育剛剛興起。即使開風氣之先的上海，到 1902 年底，國人自辦的女學堂也不過先後出現了三所[54]。因而，《女報》自覺以宣導女學為主導，贊同培養賢母良妻的教育宗旨，原很順情合理。其選錄、轉載〈俾士麥克夫人傳〉即見此意。至 1904 年 1 月《女子世界》在滬上發行，「女界革命」思想已風雲初現。前一年以《女界鐘》行世因而獲得女學界敬重的金天翮，在〈《女子世界》發刊詞〉中，於是及時地提出了「振興女學，提倡女權」[55] 的口號。在此背景下，首先於女報開設「傳記」欄的《女子世界》，也有了與《女報》（《女學報》）不同的側重點。

以主編丁祖蔭（號初我）而言，其在「傳記」（後改稱「史傳」）欄的三次出場，推出了四位西方女傑。而列於〈婦人界之雙璧〉中的扶蘭斯德（Frances Willard，今譯「威拉德」，1839-1898）傳，毫無疑問是取材於《世界古今名婦鑑》的改編之作，其原本為〈社會改良運動之母〉中的〈威拉德夫人〉。雖說是「改編」，如與《世界十女傑》相比，這篇題為〈黑夜之明星〉[56] 的傳記改動的幅度其實不大。減省之外，基本事實的敘述仍然遵依原作，只是文辭確自己出，故少有翻譯的痕跡。

---

53 〈政治家の妻〉之一〈ビスマアク夫人〉，《世界古今名婦鑑》114、117 頁。
54 此三所女學堂為中國女學堂（又名中國女學會書塾，1898 年起）、務本女學堂與愛國女學校（均為 1902 年起）。其中中國女學堂至 1900 年停辦。
55 金一〈《女子世界》發刊詞〉，《女子世界》1 期，1904 年 1 月。
56 初我〈婦人界之雙璧·黑夜之明星〉，《女子世界》12 期，1905 年 5 月。

　　省略的辦法是擷取精華。關於扶蘭斯德 20 歲以前的經歷，《世界古今名婦鑒》用了將近 6 頁的篇幅，〈黑夜之明星〉卻濃縮為 11 行。原文中諸如威拉德生來美麗、體弱，少年時受到母親鼓勵的好提問，搬家後之親近自然、任意嬉戲，兄妹五人夭折其二，凡此，到了丁祖蔭筆下，僅剩下「扶娘處和樂之家庭，受母君完善自由之教育」兩句話。而扶蘭斯德早年生涯中被認作「預播他日成功之種子」、能夠顯示其「生有組織的性質」的兩項遊戲，辦家庭報紙與造成一「庶務畢舉」的「縮影之小都市」，倒無一遺漏，全部保留，且構成此節敘述的主體。如此分配筆墨，扶蘭斯德畢生從事的婦女禁酒運動才能夠成為傳記的中心事件，得到充分張揚。

　　雖然作為世界基督教婦女禁酒聯盟（晚清譯為「萬國婦人矯風會」）的創辦人與第一任主席，威拉德的主要業績在使得戒酒有益經過強力推廣，逐漸達成社會共識。不過，其於此之外的貢獻也還多多。《世界十二女傑》已概括為：「而其所執之事業，不但組織禁酒會而已；普及監獄改良，小學校之完成，婦人風俗一般之改良，醜業婦之撲滅，萬國平和運動等，於社會上有企圖百般改良之勢。」[57] 許之以「社會改良運動之母」，正是名副其實。如此豐功偉業已足夠令人驚歎，可丁祖蔭仍以為不足，他顯然更欣賞德富蘆花的別有會心。因此在取材時，丁氏也捨近求遠，放棄了更方便利用的譯本《世界十二女傑》中的〈扶蘭志斯娘〉，而遠取《世界古今名婦鑒》作為藍本。

　　比對兩個文本，不難發現，其間最大的差別在於，〈黑夜之明星〉一如德富蘆花的原作，在表彰禁酒活動的同時，也特別看重扶蘭斯德宣導女權之功。傳文追述其投身禁酒運動的初期，對此已有明確意識：

　　　　扶娘起任書記時，大發展其活動之新手腕，熟思運動禁酒之

57　岩崎徂堂、三上寄鳳合著、趙必振譯〈扶蘭志斯娘〉，《世界十二女傑》91頁。

前途，必以婦人得選舉權為結果。一意欲達此目的，出而提議於
大會之席上；而會長及全體會員，俱一意反對之。扶娘固確然自
信，屹不為動，特不欲以此妨害禁酒之事業，致啟其騷動。

為此，受到挫折的扶蘭斯德自1878年起，十年間，「奔走風塵」，「凡
聯邦諸州中，自一萬以上人口之都府，至五千人口之市村，遊說殆
遍」。甚至某一年中，即「遍訪星章旗下四十四州、五處之直轄地」。
而所有這些奔走遊說，都關乎女權：

　　扶娘之演說也，每以禁酒事業，與婦人選舉權並舉，蓋以主
張女權之論，最易為世俗所風靡者。扶娘一生之目的，一經發佈，
世界之潮流，即隨之而暗漲。自扶娘遊說歸來，而會中全體已大
易其傾向，至今遂為二十世紀之一問題。

如此描述雖未必確切，但「女權」確為其時《女子世界》關注的一個中
心話題（另一為「女學」）。實際上，上述關於女權論最易聳動聽聞及
以下諸言，除「會中全體已大易其傾向」一句有文本依據[58]，其他均為
丁祖蔭出以己意的補充理解。而女權「為二十世紀之一問題」的發明，
正可與丁氏在同一雜誌上稱「二十世紀，為女權革命世界」[59]的說法相
呼應。

　　比較而言，1907年2月創刊於東京的《中國新女界雜誌》，從主編
燕斌到其他撰稿人，多半為留學日本的女學生，其取用、移譯日本的出
版物，自然更為便易。不同於《女子世界》之外國女傑與祖國古代女界
偉人交相輝映，《中國新女界雜誌》的「史傳」（「傳記」）欄所選人

58　見〈社會改良運動の母〉之一〈ウイルラード夫人〉，《世界古今名婦鑑》137
　　頁。原文意為「大會對婦女選舉權之反對亦漸次消失」。

59　初我〈女子家庭革命說〉，《女子世界》4期，1904年4月。

物，原本與日本明治年間的「世界女傑」或「世界名婦」的概念一致，
即均以排除本國的西方為「世界」。只是因為刊物出版到第 5 期時，燕
斌要將其為「最親最近」、「友愛之情，有逾骨肉」的閨友羅瑛所作傳
文放入 60，方才打破了西方女傑的一統天下，但這仍然不能沖淡明治女
性讀物在此欄目中的濃重投影。

　　按照〈社章錄要〉標舉的「本雜誌主義五條」，《中國新女界雜
誌》乃首重「發明關於女界最新學說」與「輸入各國女界新文明」61。
據此，介紹西方女傑事蹟實為題中應有之意。而受到其時正在日本流行
的國家主義學說影響，燕斌辦刊的終極目標實集中於造就「女國民之精
神」62，故自表：

> 　　本社最崇拜的就是「女子國民」四個大字。本社創辦雜誌的
> 宗旨，雖有五條，其實也只是這四個大字。本社《新女界雜誌》
> 從第一期以後，無論出多少期，辦多少年，做多少文字，也只是
> 翻覆解說這四個大字。63

這一既定立場使該刊在人物選介上也自成一格。

　　與《世界古今名婦鑒》相關的篇目，為雜誌最後一期所載之〈俄國
女外交家（無官之全權大使）那俾可甫夫人〉與〈法國新聞界之女王亞
丹夫人〉64。二文作者均署名「振幗」，實則與丁祖蔭相比，其人可算

60　煉石〈羅瑛女士傳〉，《中國新女界雜誌》5 期，1907 年 6 月（實際大約 8 月
　　出版）。

61　〈社章錄要〉，《中國新女界雜誌》2 期，1907 年 3 月。

62　煉石〈發刊詞〉，《中國新女界雜誌》1 期，1907 年 2 月。

63　煉石〈本報對於女子國民捐之演說〉，《中國新女界雜誌》1 期，1907 年 2 月。

64　振幗〈俄國女外交家（無官之全權大使）那俾可甫夫人〉、〈法國新聞界之女
　　王亞丹夫人〉，《中國新女界雜誌》6 期，1907 年 7 月（實則出版於 8 月以
　　後）。

是更忠實的譯者，甚至晚清譯作中常見的大段刪略，在其筆下也很少出現。兩篇傳記中，「那俾可甫夫人」即《世界十女傑》所稱之「絡維恪扶夫人」，與亞丹夫人（Juliette Adam，今譯「茱麗葉·亞當夫人」，1836-1936）一起，同屬於德富蘆花眼中的「歐洲政界三女傑」行列。所謂「無官之（俄國）全權大使」以及「法國新聞界之女王」，正是《名婦鑒》二傳正題的直譯。《中國新女界雜誌》於〈歐洲政界三女傑〉中，偏偏舍去為《世界十女傑》看重的福西特夫人，而補入亞當夫人，適可見其別有會心。

無可否認，諾維科夫夫人與亞當夫人確有許多共同處：二人均擅長交際，有文學才華。前者「嘗者[著]有〈俄羅斯及英國〉一篇，公之於英國新聞」，大獲讚賞，並有「托爾斯泰短篇小說之英譯」以及「關於時事問題寄書、論文數十篇」，被作者及譯者許為，「以一纖纖女子，身兼數役，忽而為外交家，忽而為文學家，忽而又為一種之新聞記者」，實足令男子愧死[65]。後者更「善屬[著]小說，而大小說家喬治孫（按：即喬治桑，George Sand）女史之高弟也」。其政論影響尤大，所主持之《近事評論雜誌》，被稱為「法國新聞雜誌中之最有勢力者」，難怪作者與譯者一致讚賞：「彼為新聞記者，固可為後世女子之模範；而彼為政論家，亦大可為世界婦人之表率矣。」[66]

不過，二人受到譯者振幗特別之青睞的緣故，還在其能以個人才幹，為國效力。那俾可甫夫人於俄土戰爭爆發、其弟殉國後，始「發憤誓欲以一身紓國難」，而其生涯亦「自優閑之時代，乃一轉而入於愛國

---

[65] 引文用振幗〈俄國女外交家（無官之全權大使）那俾可甫夫人〉。原文見〈無官の露國全權大使（ノヴイコフ夫人）〉，《世界古今名婦鑑》351頁。譯文直譯應為：「觀夫人十八年之事業，以一身兼外交家、文人、小冊子作者以及一種之新聞記者，實令男子亦愧死。」

[66] 引文用振幗〈法國新聞界之女王亞丹夫人〉。原文見〈佛國新聞開の女王（アダム夫人）〉，《世界古今名婦鑑》355-356頁。譯文直譯應為：「彼女實為法國模範的女性新聞記者，以及婦人政論家之最雄強者也。」

者多忙之時代」：「自茲以往，自始迄終，凡歷十八星霜，那俾可甫夫人，由俄往英，由英反俄，不知其幾何次。英俄間每一問題起，夫人必親詣倫敦，呫筆張舌，所陳述、所發揮，無往而非盡力於祖國也。」以致「有評之者曰：『當英俄之爭，夫人一身之力，殆優於精兵十萬。』」作者亦推崇「其於國家有長城之功」。而亞丹夫人對法國之重要性一如那俾可甫夫人：

> ……彼以一枝之筆縱談時事，議論風生，而卒翻甘必大（按：即 Léon Gambetta）之餘波，鼓舞民心，激揚報復之情，主張強硬之外交政策，而常刺戟當時之政府。俄法同盟之成，彼與有力焉。

在作者看來，亞當夫人「立於歐洲輿論之旋渦裡，而儼若為法國辨護士之一人」，其功亦偉。雖然在現實政治中，二人一主英俄聯盟、以存俄國，一主俄法同盟、對付德國，政見不免歧異，但其出發點均在衛護國家利益，卻是毫無二致。

應該承認，拋開正義、道德，只講國家至上，在國際關係中實帶有極大危害性，乃是強權國家為動員國民、對外擴張一再祭起的法寶。而國家主義在晚清的盛行，其心理基因則主要出自國人對老大帝國起衰為強、抵抗外侮的殷切期盼。在此意義上，德富蘆花一段總結性的話語，才會被譯者稍加改動，用作結穴：

> 嗚呼！時至近代，歐美幾千萬[67]婦人中，能間關出入於堂堂之政治（家）之間，而真有裨於社會、有益於國家者，二人而已：其一俄之那俾可甫夫人，其二法之亞丹夫人。[68]

67　此下原有一「家」字，應自後文「政治」後逸出。

68　振幗〈法國新聞界之女王亞丹夫人〉。

值得注意的是其改易處，即以「有裨於社會、有益於國家」，取代了強調個人才能的「不落人後之左議右論、前辯後説」[69]，可見譯者念茲在茲的中心大意，實在此不在彼。而福西特夫人之所以被召喚「女國民」的《中國新女界雜誌》譯者除外，自然也是因其僅為提倡「女權論之勇將」，與有益國家尚有一間之隔。

　　假如不考慮文本關係，單從人物選擇考量，上述三種女報刊載的西方女傑傳，以《女報》（《女學報》）與《世界古今名婦鑒》的重合度最高，所錄四人全在轂中。其次則要數及最貼近日語環境的《中國新女界雜誌》，六期刊物發表的九篇傳記中，有奈挺格爾（即「南丁格爾」）、梨痕（即「瑪麗・萊昂」）、若安、那俾可甫夫人與亞丹夫人五人在其內[70]。而以重新發現與闡釋中國古代女傑事蹟為主的《女子世界》，總共出刊 18 期，只有七篇的傳主為泰西女性，其中的南的揚爾（即「南丁格爾」）、海麗愛德・斐曲士（即「斯托夫人」）與扶蘭斯德三位，卻也為《名婦鑒》中人[71]。再加上《世界十女傑》的十中有八，《世界古今名婦鑒》所錄西方女傑為晚清國人所介紹者，至少已達

69　〈佛國新聞開の女王（アダム夫人）〉，《世界古今名婦鑑》357 頁。

70　〈中國新女界雜誌〉所刊西方女傑傳篇次如下：〈創設萬國紅十字看護婦隊者奈挺格爾夫人傳〉（巾俠，1-2 期），〈美國大新聞家阿索裡女士傳〉（靈希，1 期），〈美國大教育家梨痕女士傳〉（靈希，2 期），〈法國救亡女傑若安傳〉（梅鑄，3 期），〈大演說家黎佛瑪女史傳〉（灼華，4 期），〈英國小說家愛裡阿脫女士傳〉（槃旃，4 期），〈博愛主義實行家墨德女士傳〉（5 期），〈俄國女外交家（無官之全權大使）那俾可甫夫人〉與〈法國新聞界之女王亞丹夫人〉（振幗，6 期）。

71　《女子世界》所刊西方女傑傳篇次如下：〈軍陣看護婦南的揚爾傳〉（舮庵，5 期），〈英國大慈善家美利・加阿賓他傳〉（覺我，6、8 期），〈記俄女恰勒吞事〉（初我，10 期），〈婦人界之雙璧〉（含《刑場之白堇》[記英國孟加列・羅巴]與〈黑夜之明星〉，初我，12 期），〈女文豪海麗愛德・斐曲士傳〉（初我，13 期），〈女刺客沙魯土・格兒埕傳〉（大俠，14 期），〈革命婦人〉（大我，15 期）。

14 人。這些人物包括：政治家羅蘭夫人，革命家路易‧美世兒，政治家之妻俾士麥克夫人，救國女傑、軍事家若安，社會改良運動領袖扶蘭斯德，英雄之妻馬尼他，護士南丁格爾，教育家美利‧萊恩（梨痕），文學家批茶（海麗愛德‧斐曲士）女士與獨羅瑟，政治活動家蘇泰流夫人，外交家絡維恪扶（那俾可甫）夫人，輿論家亞丹夫人，女權運動領袖傅蓴紗德夫人。與原書目錄對照，還可以發現，諸如賢母、藝術家、科學家、皇后，則很少進入中國譯者的視野，這當然不會是無意的疏漏。而在此取捨之間，也正映現出晚清女界典範的需求指向。

如上所述，出版於 1898 年的《世界古今名婦鑒》進入近代中國的方式確乎不同尋常，起碼自 1902 至 1907 年，此書的中文翻譯一直在陸續進行；然而，所有的譯文都不約而同地隱瞞了脫胎於原作的事實，使之真正成為一個在場的隱身人。而該書之所以會被晚清譯者看中，很大程度上與其使用了中國人易於閱讀的日本「漢文調」文言體[72]有關。充盈書中的浪漫的文學氣息亦極富感染力，恰好能夠激發與應和其時先進知識者的心律與脈動。而其匯錄西方女傑人數之多，在日本同類傳記作品中也是一時無雙，為移譯與取用提供了最大便利。尤為重要的是，德富蘆花選錄人物的眼光，與晚清女界的現實需求具有相當大的一致性。這樣，在不出名的情況下，來自日本的《世界古今名婦鑒》，反而以其「百變身」融入中國語境，直接參與了晚清女性尋求獨立解放的思想歷程。

（原刊《北京大學學報》2009 年第 2 期）

72　周作人曾將德富蘇峰等明治初期一些作者所用的文體稱為「漢文調」（〈和文漢讀法〉，《苦竹雜記》180 頁，長沙：嶽麓書社，1987 年）。

吳孟班：
過早謝世的女權先驅

　　晚清無疑是一個風雲激盪、人才競出的時代。若要為這個時代意氣飛揚的人物[1]傳神寫照，最恰切的概括恐怕還是個中人梁啟超自我命名的「少年中國之少年」[2]。不獨男子，晚清的女子中也頗多此類英豪。就中，吳孟班應該屬於名列前茅的人物。

　　不過，在今人的記憶中，知道秋瑾的大有人在，甚至被報學史創始人戈公振稱為「我國報界女子第一人」的裘毓芳[3]，也還不時被研究者提起。惟獨吳孟班，竟久已淡出人們的視界，其生平、志業，幾乎已為人遺忘乾淨。而吳氏生前，已有人以「孟班奇女子，不幸生支那」[4]的詩句相贈；其去世，

1　此處所謂「人物」，乃採用梁啟超的界定：「必其生平言論行事，皆影響於全社會，一舉一動，一筆一舌，而全國之人皆注目焉，甚者全世界之人皆注目焉；其人未出現以前，與既出現以後，而社會之面目為之一變：若是者庶可謂之人物也已。」（任公〈南海康先生傳〉，《清議報》100 冊，1901 年 12 月）

2　任公〈少年中國說〉末後有言：「自今以往，棄『哀時客』之名，更自名曰『少年中國之少年』。」（《清議報》35 冊，1900 年 2 月）

3　戈公振的原話為：「我國報界之有女子，當以裘女士為第一人矣。」（《中國報學史》130 頁，北京：三聯書店，1955 年）

4　紫髯客〈贈吳孟班女士〉，《清議報》86 冊，1901 年 7 月。

「吳孟班像」

也有人預言:「他日文明興女學,買絲先為繡嬋媛。」[5] 以至今中國近代婦女史上吳氏的缺席而言,其不幸似乎從生前延續到了現在。從歷史的荒蕪中鉤沉吳孟班一生事略,便成為最先應該做的工作。

吳孟班,名長姬,以字知名於世,浙江湖州歸安(今湖州)人[6]。根據 1902 年 5 月出版的《女報》報導,其去世之日為光緒二十七年十一月二十五日[7],即西曆 1902 年 1 月 4 日。卒年一說為十八歲,如梁啟超在日本橫濱編印的《新民叢報》,即言其「以去臘染時疫死去,年僅十八」,此說當出自孟班之夫邱震[8];一說為十九歲,如「孟班以兄事之」的吳保初(字彥複,號君遂),所作悼詩中有「身世艱虞十九年」[9]之句。以二人與吳孟班關係之密切,其說都應可信。大約《新民叢報》所記為周歲,吳保初則仍沿舊例、用虛年。如此上推,可知吳孟班當生於光緒九年,即 1883 年。而奪去其生命的「時疫」,據國內各報的一致記述,為其時正在東南盛行的「喉

5　囚龕(吳保初)〈哭吳孟班女士〉其二,《選報》9 期,1902 年 3 月。

6　其〈擬上海女學會說〉(《中外日報》,1901 年 4 月 7 日)自稱「歸安吳長姬」。

7　〈嗜學墮妊〉,《女報》(後更名《女學報》)1 期,1902 年 5 月。筆者所用《女報》影本,系由錢南秀博士贈送,特此致謝。

8　〈道聽塗說〉,《新民叢報》3 號,1902 年 3 月。《女報》4 期(1902 年 8 月)〈覆真中國之新民函〉認為,此則消息「似系邱君所口述」,因邱震其時正在日本留學。邱與梁啟超關係密切,梁之《飲冰室詩話》(《新民叢報》12 號,1902 年 7 月)即言其「以病退校,歸養滬上,餘親送登舟」。

9　〈嗜學墮妊〉;囚龕〈哭吳孟班女士〉其二。

症」[10]。此次疫病為害之烈，由在日本的章太炎得到的消息可見出：「頃聞滬上喉症猶多」，「罹疾死者，先後至萬餘人」[11]。

關於吳孟班的生平，《遊戲報》稱其為「巾幗中一豪傑，於中西語言文字無所不通，曩在中西學堂為女教習」[12]。前半所述不錯，末句卻不準確。同學的說法是：「吳孟班女士精通中學，思想高尚，肄西文於本埠三馬路之中西女塾，亦已有年。」[13]因知吳氏乃為美國傳教士在上海開辦的中西女塾學生，故「嫻文學，通西語」；其病逝後，也才會有「教會中西婦開一追悼會」[14]。並且，吳孟班不僅學兼中西，長於文學，又據吳保初詩「姓名應入《疇人傳》」，則其人在理科方面亦有才能。具體情況目前雖不知曉，但時人既以「學問湛深」許之，其學自必有過人處。而孟班最出色者，尤在吳保初所謂「文字深研哲學家」、「女權新史事堪嘉」[15]，其中含藏的創立女學會、提倡女權一段史實，因關乎吳氏的思想與事業，還是留待下文細表。

說到吳孟班，自然不能不提及其夫君邱震。邱氏一名宗華，字公恪，為江蘇元和（今蘇州）人。做過上海《時報》編輯的陳詩記邱父「曾為神戶領事」[16]，實則公恪父邱瑞麟（字玉符）早年供職於江南製造總局，後由駐日使館隨員，於 1893 至 1894 年短期代理過駐橫濱領

10　〈追悼志士〉，《大公報》，1902 年 7 月 2 日；〈嗜學墮妊〉更引吳保初詩自注，言吳孟班「一日以書抵予，謂因喉痛輟學歸。餘未及報，遽爾病夭」。

11　章太炎〈致吳君遂書六〉（1902 年 5 月 16 日），湯志鈞《章太炎年譜長編》上冊 137 頁，（北京）中華書局，1979 年。

12　〈志追悼會〉，《遊戲報》，1902 年 6 月 26 日。

13　〈嗜學墮妊〉。據《女報》4 期（1902 年 8 月）〈覆真中國之新民函〉稱，此則通訊「執筆者與之（按：指吳孟班）同學」。

14　「道聽塗說」。

15　囚龕〈哭吳孟班女士〉其一；〈追悼志士〉。

16　吳保初〈哭吳孟班女士〉之陳詩注，《北山樓集》61 頁，（合肥）黃山書社，1990 年。

事[17]。因此《遊戲報》稱述:「維新志士邱公恪,幼在東洋高等學堂肄業,回華後,年甫弱冠,即深識中外政化大小強弱之原,日與諸同志切實講求,有力挽時艱之志。」[18] 而其再度赴日遊學的經歷,在梁啟超1902 年 7 月刊出的《飲冰室詩話》中敘述最詳:

> 邱公恪,名宗華,當代青年中一有望之人物也。去冬遊學日本,入成城學校,習陸軍。以病退校,歸養滬上,餘親送登舟。
> 乃歸未及一月,竟溘然長逝,年僅逾弱冠耳。[19]

而國內各報在記述邱氏病歿時,無不與其夫人吳孟班的先逝相繫連,稱「邱聞訃痛悼」,「悲慟咯血,今春歸國,又於四月初一日病亡」,其時年僅二十四歲[20]。正是一段「亦俠亦情兒女英雄齊下淚」[21]的動人故事。

邱震之重返日本,固然有學習軍事、挽救國家的大志,但其 1901 年的去國,實帶有避難性質。據宋恕 1901 年 6 月 28 日信中說,「滬上近日又興黨獄」,湖廣總督張之洞「查康(按:指康有為)黨甚嚴」,而吳保初、章炳麟、邱震等五人被指名捉拿,「必欲得而甘心」。雖然宋恕當時聽說「邱入西學堂」[22],不過,其後邱震又遠走東瀛。難怪伉儷情深的吳孟班會有異樣的悲愁:「去冬邱赴日本遊學,女史送登舟,還

17　參見《克虜伯炮准心法》(江南製造總局鏤板、邱瑞麟校字)、《十竹齋書畫譜》(1879 年邱瑞麟重刊本)及《清季中外使領年表》76 頁(北京:中華書局,1985 年)。

18　〈志追悼會〉。

19　飲冰子《飲冰室詩話》,《新民叢報》12 號,1902 年 7 月。

20　〈志追悼會〉、〈追悼志士〉。

21　王慕陶挽聯,〈上海邱公恪吳孟班夫婦追悼會挽聯選錄〉,《大公報》,1902 年 7 月 4 日。

22　宋恕〈致孫季穆書〉,《宋恕集》下冊 706 頁,(北京)中華書局,1993 年。

塾談笑如故，而辭色隱舍[含]愁歎，案頭置邱肖像。」不久，吳即「遽
以病喉歿」[23]，應該也與邱之亡命有關。

這一對不幸於 1902 年相繼病逝的年輕夫妻，其百年前的風采，幸
好有小說家包天笑的一枝生花妙筆將其淋漓盡致傳達出來。此段文字寫
得動情，十分難得，故整段徵引如下：

> 當時金粟齋常來遊玩的賓客中，有一對青年夫婦，邱公恪與
> 吳孟班。公恪名宗華，為吾鄉邱玉符先生之子，夫人吳孟班，亦
> 吳人，他們年齡都比我小，而才氣橫溢，雄辯驚座，不似我之訥
> 訥然的。尤其是孟班，放言高論，真不像是個吳娃。我們以同鄉
> 的關係，時相過從，孟班常說我太拘謹無丈夫氣。一天，在朋友
> 筆宴會中，宣言於眾，說我像一位小姐，於是這個小姐之名，不
> 翼而飛，傳播於朋儕間，如蔣觀雲先生（智由）見我即呼我小姐。
> 三十歲以後，本已無人知我有此雅號，一日，與南社諸子吃花酒，
> 諸真長（宗元）忽宣洩我這個隱名，於是又飛傳於北里間，花界
> 姊妹，亦以小姐相呼，真使我啼笑皆非，甚至老年時，陳陶遺還
> 以此相謔呢。
>
> 再說邱公恪與吳孟班這對夫婦吧，我離金粟齋後越一年，聞
> 孟班即以病逝世，或云難產。公恪到日本，習陸軍，入成城學校。
> 但日本的那種軍官學校，課務嚴厲，他雖意氣飛揚，但體魄不能
> 強固如北方健兒，又以他們這對青年伉儷，情好素篤，夫人逝世
> 後，不數月他亦以病退校，友朋們送之回上海，未及一月，亦即
> 長逝。兩人年均未屆三十也。葉浩吾挽以聯曰：「中國少年死，
> 知己一人亡。」蔣觀雲挽吳孟班詩句雲：「女權撒手心猶熱，一
> 樣銷魂是國殤。」我今白髮盈顛，回憶五十年前，多情俊侶，再

23　〈嗜學墮妊〉。

無復有呼我老小姐的，思之不禁有餘哀也。[24]

此文雖寫於包天笑七十多歲時，距邱、吳夫婦謝世幾有半個世紀，而二人的音容笑貌猶歷歷在目，足見其個性鮮明，令人難忘。

至於包天笑回憶中提到的葉瀚（字浩吾）挽聯，乃是出自1902年6月24日上海同人為邱公恪與吳孟班舉行的追悼會。報載，「海上同人以邱夫婦為中國傑出之人材，而皆不永其年，齎志以沒，爰仿西禮，特假閘北平江公所，釀貲為設追悼會」。「是日與斯會者凡一百四十五人，而外處寄到之挽語哀辭尤不可勝數云。」[25] 送挽聯者除葉瀚外，尚有蔡元培、章太炎、吳保初、蔣智由等。聯語往往夫婦並舉，如汪德淵、吳保初、章太炎合撰的一聯是：

孟班不生公恪又死世所同哭；
武昌有鬼日本無仙吾誰與歸？

所云「武昌有鬼」，即指張之洞追拿黨人事。而挽聯中出現頻率最高的則屬「少年」一詞。葉瀚所制最稱簡括，亦最知名，除包天笑外，梁啟超在《飲冰室詩話》中也曾徵引，當時報紙輯錄挽聯，葉作亦列居第一[26]。其他如孫毓筠、蔣智由、蒯籌樞、王季同四人聯：「造物其不仁，翩翩中國兩少年胡為乎死；壯懷應未已，浩浩風濤廿世紀何處求君？」吳保初聯：「五老峰頭又弱一個；六少年界只存四人。」[27] 這一出自眾手的

---

24 包天笑〈金粟齋時代的朋友〉，《釧影樓回憶錄》231頁，（香港）大華出版社，1971年。

25 〈志追悼會〉、〈追悼志士〉。後則報導將追悼會時間誤寫為「十七日」（即22日），而1902年6月23日《中外日報》刊載之〈邱公恪追悼會廣告〉，明言「准於本月十九日在平江公所」「設立追悼會」。

26 見梁啟超《飲冰室詩話》（《新民叢報》12號，1902年7月）及〈上海邱公恪吳孟班夫婦追悼會挽聯選錄〉。

不約而同的選擇，證明「中國少年」實為最切合於邱、吳夫妻的稱號。何況，「追念少年之方來，應矢悼逝之深哀」[28]，正是上海同人祭悼二人的主題。

與梁啟超由少年而步入中年、最後接近老年的人生之旅不同，邱公恪與吳孟班的生命形態確確實實地定格在「少年」。這使他們有充足的資格成為晚清「少年中國之少年」的代表。

嗜學墮妊

雖然今人已鮮有知曉吳孟班者，但在晚清江浙一帶的新學人士中，其人留下的印記之深，仍可說是歷久不磨。包天笑的憶述即為一證。而柳亞子 1923 年的重提吳孟班，則關乎吳氏另一椿在當年流傳頗廣的逸聞。

柳亞子的話頭是因參加朋友毛嘯岑與沈華昇的結婚儀式而起。當時在場的有七人演說，因為口吃向來極少講演的柳氏卻不過面子，事後作了一篇〈對於嘯岑、華昇結婚時茶話會上各人演說的批評〉，算是補寫的演說辭。逐一評點過其他七位的講辭後，柳文後半也發表了作者本人對於新婚夫婦的希望。第三件說的是「節制生育」，引為典範的正是吳孟班：

> 二十年前，浙江湖州有個有名的女志士，叫做吳孟班，她的丈夫，叫做丘公恪，也是一個有志的青年。伉儷很相得的，有一次孟班懷了孕。他[她]把來打掉了。公恪驚駭起來，問她甚麼緣故？她說：「我生了兒女，要教育二十年，才能夠成就一個人才，而我自己不免要重大的犧牲。現在我奮志求學，只要五年，就可以成就一個人才了。為了五年後的人才，犧牲二十年後的人才，

27　〈上海邱公恪吳孟班夫婦追悼會挽聯選錄〉。

28　〈邱公恪追悼會廣告〉，《中外日報》，1902 年 6 月 23 日。

在中國朝不保暮的時候，不比較的得計嗎？」這句話我是很贊成的。29

吳孟班此話將少女救國的一腔激情吐露無遺，儘管過去了二十年，柳亞子的記憶仍然清晰準確，可見其感人之深。

當然，最準確的記載還是出自在日本橫濱編印的《新民叢報》，嗣後所有的傳說、爭議均發端於此：

> 聞孟班嘗有身自墮之，公恪大駭。孟班曰：「養此子須二十年後乃成一人才，若我則五年後可以成一人才。君何厚於二十年外之人才，而薄於五年內之人才？且君與我皆非能盡父母之責任者，不如已也。」公恪語塞。30

據此，吳孟班的想法不只是墮胎，更是絕育。這在當時無疑屬於驚世駭俗之舉。也正因為其太過前衛，因此，後來的傳言便都略過絕育一節不提，「主張無後主義」31 的柳亞子才會只記得前事。

而將吳孟班的故事從日本返還國內，使其廣為人知，則應歸功於一份晚清的婦女雜誌。1902 年 5 月 8 日，陳擷芬主編的《女報》（後更名《女學報》）在上海問世。創刊號的「新聞」欄中，即有〈嗜學墮妊〉一則。該文以「吳孟班女士精通中學，思想高尚」開篇，主體部分記述了吳之學業、婚姻到去世各情，大抵已見前引，繼而全錄吳保初《哭吳孟班女士》詩三首並自注，最後才有如下數言：

29　柳亞子〈對於嘯岑、華昇結婚時茶話會上各人演說的批評〉，原刊《新黎里》，1923 年 12 月 1 日；錄自《磨劍室文錄》（上）748 頁，上海人民出版社，1993 年。

30　〈道聽塗說〉，《新民叢報》3 號，1902 年 3 月。

31　柳亞子〈對於嘯岑、華昇結婚時茶話會上各人演說的批評〉，《磨劍室文錄》（上）749 頁。

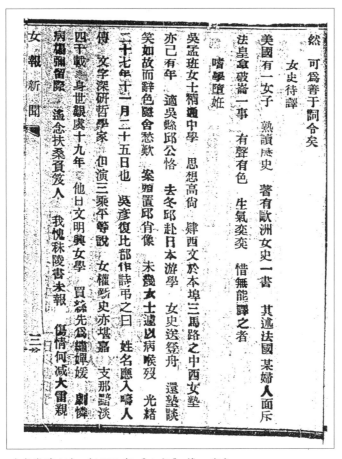

〈嗜學墮妊〉（1902 年《女報》第一期）

　　孟班秉賦厚，精力兼人，讀書連日夜不知倦。去年秋冬忽常病。或言孟班有妊，恐廢學，以藥墮之，因以致此。然孟班於儕輩間絕不承認。嗚呼，其志可悲矣！

這樣一篇表彰女界先進、敘寫吳氏生平的通訊，應該是出於追求新聞效應的考慮，才故意以篇末綴述的傳聞名題。由此亦可見，為求學而墮胎，在當年確是動人聽聞的情節。

　　以這樣醒目的標題做出的報導，果然也引起了很大反響。其中一篇

署名「真中國之新民」的讀者來信，其反應更是出乎《女報》編者意料
之外。此位讀者閱報的感受並非一般人所有的感激奮發，反而是「不覺
狂笑」。並非對死者不敬，其人實乃另有見解。他激烈地質疑：「夫孟
班既恐因懷妊廢學，因而下之，則何不當初不嫁公恪？既嫁矣，何不勿
與其夫同寢？乃必使有妊以後，用猛烈手段殺未生之國民，其罪大
矣！」既已認定不合情理，以「真中國之新民」自許的投書者因而斷言
其情節全屬虛構：「此事想孟班決不出此，諸志士欲揚孟班，故作此志
耳，其實誣孟班實甚。」他於是要求「將鄙函登入《女報》，以示是非
之公」32。顯然，這位「新民」乃以墮胎為非。

　　應該承認，上述對於墮胎的看法確實體現了晚清社會的普遍認知。
而且，直到 1942 年，任卓編《女子尚友錄》，對吳孟班之墮胎仍斥為
「殘賊無人理，不惟公駱[恪]大駭，餘亦駭之」。他的看法是：「惟教
育子女，俾成人才，方為盡父母之責。」33 於此便不難理解，為何當時
《女報》編者在答書中會就這一問題花費如許筆墨，且語氣和緩。復信
先是說明墮胎一節為同學間的猜測之詞：「孟班墮妊，在本報系因執筆
者與之同學，駭以堅強之體質，忽然憔悴，忽然殞落，故聞同學中人有
此私議，不能無疑。」同時也重複了初次報導中未經本人證實之意：
「然固嘗詢之孟班，孟班則並不承認也。」接下來又分析《新民叢報》
的消息來源應為「適在東瀛」的「孟班之夫邱君公恪」，「其伉儷私
語」，「故紀述較本報尤為詳實」，以此反駁「真中國之新民」「墮妊
之事為不確」的推斷。

　　不過，「真中國之新民」的來信畢竟用詞尖刻，傷害了《女報》同
人敬愛女傑的感情，覆函中因此也針鋒相對地回答：

　　　　若謂孟班不應為此，且責以何必嫁，何必孕，則未免措辭過

32　真中國之新民〈原函〉，《女報》4 期，1902 年 8 月。
33　任卓〈吳孟班〉，《女子尚友錄再稿》（稿本）卷二，1942 年。

當矣。夫孟班此舉，原不過取其好學之篤耳，姑[故]本報表其題曰
「嗜學墮妊」。若必責以絕情窒欲，是以聖人責孟班也。

編者更感慨的是：「方今女學萌芽，嗜學篤志者少。孟班死矣，其尚有
肯嗜學墮妊者乎？」[34] 在樹立楷模之際，《女報》編者也清楚地意識
到，在巨大的社會阻力面前，此舉很可能會成為絕響。如吳孟班這樣絕
世獨立的女子，確乎不易再得。

　　其實，如果仔細查看，可以發現，關於吳孟班「嗜學墮妊」之說，
在不斷地重述中也在暗中變形。最早出的《新民叢報》是將其「有身自
墜之」與「染時疫死去」分置兩條消息敘說，《女報》也明確記其死因
為「病喉」。到了「真中國之新民」的質問信中，其讀報的印象卻變成
了「吳孟班女史因自下其孕以致不永其年」，吳之去世已被直接歸因為
墮胎。由此再一轉手，就有了留在包天笑記憶中的或言孟班死於「難
產」的異詞。

　　只是如此，問題還不大。更重要的是，這一則顯露愛國女兒豪壯情
懷的報導，在《新民叢報》本出以〈道聽塗說〉題下，《女報》又明言
其為同學的揣測，本人已極口否認，似乎此事未可深信。儘管《女報》
推想其源自邱震不為無據，且墮胎既為個人隱私，在其時又極易招致非
議，兩報的含糊其詞，很可能原因在此；不過，筆者的興趣尤在流傳過
程中所反映出的時人心態。其實，《新民叢報》與《女報》的編者更關
心的是，借助傳揚此一若有若無的故事，大力表彰女子全心向學、早成
救國人才的奮發有為精神，以期塑造晚清女性新的人格理想與風貌。試
想，還有什麼樣的故事比「嗜學墮妊」更能凸顯此一精義？寧信其有便
成為編者與讀者共同的需要。因此，責難者指其「欲揚孟班，故作此
志」，也並非毫無道理。

34　〈覆真中國之新民函〉，《女報》4 期，1902 年 8 月。

創立女學會

如果只有「嗜學墮妊」一則逸聞，雖能見出吳孟班之為「奇女子」，但還不足以坐實其人之為「女中傑」[35]。而吳氏「創立女學會，慨然以提唱女子教育為己任」[36] 的一番作為，在近代中國女子社團史上，倒確乎是不該遺漏的一節。

1901 年 4 月 11 日，吳孟班以「長姬」的本名，給《中外日報》主持人汪康年寫過一信[37]。而此前 4 天，其剛剛在該報刊載了〈擬上海女學會說〉[38]。吳之一文一函，均專為創辦女學會事而發，立會緣由在信中也說得極其明白：

> 長姬悼女學之式微，悲女權之放失，思有以匡救之。

至於「女學」與「女權」二者的關係，在〈擬上海女學會說〉中有更充分的展開。吳自言，「抱此耿耿之苦心，三數年於斯矣」，說明其對於女學會運思已久，並非一時興起。雖明知力量綿薄，且學力未充，但當有人責以「曷弗學中卒業，然後為之，便可令其事增大」時，吳氏卻毅然不顧。充溢其中的是一種時不我待的焦慮，而無世俗人所猜忌的「盜名字於流輩，馳聲華於儕類」[39] 之想。

35　〈道聽塗說〉，《新民叢報》3 號，1902 年 3 月。

36　〈追悼志士〉，《大公報》，1902 年 7 月 2 日。

37　吳長姬〈致汪康年書〉，上海圖書館編《汪康年師友書劄》（一）333-334 頁，上海古籍出版社，1986 年。此信開端記為「二月二十三日歸安吳長姬白穰卿先生足下」，寫作年代據吳之〈擬上海女學會說〉一文考定。

38　吳長姬〈擬上海女學會說〉，《中外日報》，1901 年 4 月 7 日。該文末署「光緒辛醜二月十六日稿」，因知其作於 1901 年 4 月 4 日。

39　吳長姬〈致汪康年書〉。以下本節引文除容易混淆處，其他出自此函者，不再注。

吳孟班的焦慮來自內外兩面。就時事而言，她以為，「震旦積困，強敵外壓，生靈有倒懸之厄，種族抱淪亡之痛」[40]。而這種時局發展到庚子以後，又與甲午中日戰爭時的情形不同：「乃者庚子之役，十倍甲午，積困積弱，至此為極。」[41] 這是因為 1895 年中國雖然戰敗，但戰區尚在沿海一帶；庚子事變則不同，作為國都的北京竟然被八國聯軍佔領，慈禧太后與光緒皇帝一路西逃，流離失所。這一深刻的恥辱記憶，也強化了知識界普遍的危機感。吳孟班的「失今不圖，噬臍莫及，徒增後日之悔耳」的意識即由此而來。

個人一面的原因，則是古人已有的「人生苦短」的感歎：

> 人生百年，有如朝露；而女子弱質，壽命更促。往者公恪之先姊鳳抱此志，云須待時；一旦溘逝，化為異物，志氣莫遂，齎恨九京。長姬有鑒於此，豈可復令重蹈其咎耶？

此言真也不是多慮，晚清志士受內外煎迫，憂傷損年，英年早逝者不乏其人。特別是遇到疫病流行，人的生命更顯得格外脆弱。蔣智由為吳孟班作悼詩，感傷的也是：「年來歷歷英才盡，人虐天饕兩若何。」[42] 吳氏的亟思有為，因此相當明智。

而將救國之心與有為之身合為一體，吳孟班立志創立的事業便是女學會：「今長姬所以不復自揣，褎然為群首而倡行之者，譬猶救焚濟溺，雖濡手足、焦毛髮，不顧而為之。」其實，若論女學會，在中國最早亮出字號的應為 1898 年出現的中國女學會。不過，此會雖辦有學校，即「中國女學堂」（後改名為「中國女學會書塾」），並出版了《女學報》，當時已有所謂「女學會是個根本，女學堂是個果子，女學報是個

40　吳長姬〈致汪康年書〉。

41　吳長姬〈擬上海女學會說〉。

42　觀雲〈吊吳孟班女學士〉其一，《新民叢報》3 號，1902 年 3 月。

葉、是朵花」[43]的說法；但由於至今為止，尚未發現其成立宣言一類的文告，故中國女學會很可能是依託於籌備在先的女學堂，由參與其事的女性構成的一種鬆散組合。這也是吳孟班自許首創的原因：

> 今女學會之設，實為中國四千年以來開闢之舉，可謂任重道遠非常之舉矣。

而上海女學會真正開辦之際，先前操辦中國女學堂的骨幹，如創辦人經元善、提調沈瑛在致賀追述歷史[44]時，也只提到學堂，卻未及學會，可見吳氏的自豪確非誇飾。

依據 4 月 11 日吳孟班致汪康年函可知，吳本撰有《上海女學會章程》一卷，曾送汪。這應該是中國近代第一份女子團體的大綱細目，可惜此檔未見報載，不知尚存人間否。目前只能從吳氏的〈擬上海女學會說〉中一窺其宗旨：

> 歸安吳長姬等，睹中國之積弱由於女權之放失，女權之放失由（於）女學之式微，思之思之，痛之恥之！不揣固陋，擬開（？）一學會，以增進婦女之學識為事業，以發達婦女之權力為宗旨。

如此明確的增進女學、發達女權的宗旨，不只使這個擬議中的上海女學會起點甚高，而且，其在晚清思想界也造成了「登高一呼，應者雲集」

43　潘璿〈上海《女學報》緣起〉，《女學報》2 期，1898 年 8 月 3 日。關於中國女學會的情況，參見筆者《晚清文人婦女觀》44-46 頁，（北京）作家出版社，1995 年。

44　參見〈第一次女學會演說〉中之剡溪犖叟（經元善）演說詞及〈附沈和卿女史來稿〉，《女報》2 期，1902 年 6 月。

的場面。金一（天翮）之「吾今日為中國計，舍振興女學、提倡女權之外，其何以哉」的言說，陳以益（字志群）主辦的《神州女報》與《女報》之以「提倡中國女學，扶植東亞女權」[45] 相號召，均是其深長的回聲。

　　而這個籌畫中的上海女學會的靈魂人物，又非吳孟班莫屬。按照〈擬上海女學會說〉的記述，吳氏將創會緣由「以告同學諸女」，得到了諸人的贊同：

> 僉謂吾等同處此二萬里區域之內，同為四萬萬人民之一例，有改革之責，發言之權。及此顛沛，寧能坐視？故不辭嫠婦恤緯之愚，用申漆室悲吟之志，發為公言，以風中國。

在國家危亡之際，勇於挺身而出，組織團體，發出聲音，有此覺悟的女性，在當年實不易求。因此，吳孟班不免有事多人少的感慨：「惟今之際，實為發難，凡百事端，擢指[發]難數，皆須一一經始之。而同心廁名於發起會員者，不過同學諸女七八人而已。」[46] 雖然女學會擬辦的具體事項現不得而知，但「凡百事端」一說，已透露出吳孟班的志向決非只限於創立學會，按照晚清女子社團的普遍做法，起碼興辦女學堂必在題旨之內。

　　辦事之難又不僅是缺少同志之人，外界的阻力也實際存在。吳孟班對此已早有心理準備，所謂「出類拔群之舉，頗能驚俗，偶一舉足，謠諑紛來，茲事大難，夫人知之」。而吳氏「敢為天下先」的勇氣與毅力更令人嘆服，其自誓：「惟持積蚊成雷之義，堅忍不拔之志，不敢過自

45　金一〈《女子世界》發刊詞〉，《女子世界》1 期，1904 年 1 月；見謝俊美《神州女報》、劉巨才《女報》引錄，丁守和主編《辛亥革命時期期刊介紹》第三集 402、501 頁，（北京）人民出版社，1983 年。

46　吳長姬〈致汪康年書〉。

菲薄耳。」也是做大事業人的聲口，出自一位十九歲的少年女子，尤為
難得。

在「事艱力微」的情勢下，吳孟班也想到向《中外日報》投稿，刊
發〈擬上海女學會說〉，希望借助這份維新人士喜歡閱讀的報紙，讓其
創會宗旨傳播廣遠，以徵求更多同道。但吳氏的種種籌畫，終於湮沒在
庚子善後引人關注的時局變遷中。在此，除了歎息時勢比人力更強大之
外，也再次證明了吳孟班的先知先覺。雖然其有意以女性的奮發自強，
從根本上改變國民精神，提升國家實力，可此中深意，即使在晚清志士
中也很少能獲得理解。夏曾佑所謂「開女學會之舉，時候太早，必有笑
話」[47]，堪為代表說法。因而其情狀一如吳保初日後所追述：

> 於是吾宗有女中豪傑孟班者，……思創學會，為吾國倡。草
> 議章程，應者蓋寡，久而未遂。力疾勵學，齎志天殂。[48]

在吳孟班，女學會事業未成，謂之「出師未捷身先死」，確非過言。

不過，在其精神的感召下，吳孟班的生前未了願，於其身後，終竟
有同志之人繼興代起。1902 年 5 月 18 日，上海女學會在蔡元培家中召
開第一次會議。按照經元善與吳保初的說法，此會發起人為蔡元培夫人
黃世振、《女報》主編陳擷芬、林萬里之妹林宗素等。當日出席會議的
中國女士共二十位（另有一名英國婦女），除上述發起者外，尚有原屬
中國女學堂的內董事與教習沈瑛、章蘭、蔣蘭與丁明玉諸人，以及薛錦
琴、吳弱男、吳亞男等。在會上發表演說的依次為原中國女學堂經辦人
經元善，《選報》主編蔣智由，吳弱男與吳亞男之父吳保初，《杭州白
話報》主筆林萬里，中國教育會會長蔡元培，《蘇報》主人、陳擷芬之

---

47 夏曾佑〈致汪康年書〉（1901 年 4 月 23 日），上海圖書館編《汪康年師友書
    劄》（二）1379 頁，上海古籍出版社，1986 年。

48 吳彥復主政〈第一次女學會演說〉，《女學報》2 期，1902 年 6 月。

父陳范。此次集會，「各女史則因為時已晚，未及演說」[49]，但該會的成立無疑為年底愛國女學校的開辦奠定了基礎。至此也可以說，吳孟班創立女學會、興辦女學堂的遺志，已一一實現。

吳保初在上海女學會第一次會議演講時，即適時道及吳孟班的首倡之功，並預言：「近日海上諸志士」已為邱公恪開追悼會，「他日諸女士應仿諸志士之吊公恪者，以悼孟班，又不卜可知矣」[50]。由此可知，6月24日以「同人公具」名義設立的「邱公恪追悼會」，因廣告中明言是為「邱君公恪、吳夫人孟班夫婦，少年齎志，殊堪悲悼」[51]而起，因此，「同人」中之理應包含上海女學會成員，也在情理中。送挽聯者有蔡元培與黃世振夫婦、吳保初、蔣智由等人，正見出此意。

女權撒手心猶熱

將吳孟班創立女學會的目的簡括為「提唱女子教育」，其實不夠準確。吳氏在當時最為人知曉的功績，實在提振女權。孟班生前，已有識者贈詩，極讚其為「女中見盧梭」；去世後，蔡元培、黃世振夫婦合作挽聯，也專一表揚其於「支那奴隸之國，創聞男女平權」[52]。從同時代人的一致推許中可見，在中國女權思想流布史上，或更具體的說，即從戊戌變法時期稱說的「男女平等」，到二十世紀初開始流行的「男女平權」[53]，吳孟班無疑是其間的一位關鍵人物。

儘管1900年6月出版的《清議報》上，已譯載日本石川半山（本名安次郎，1872-1925）的〈論女權之漸盛〉，令國人知曉了「女權」一

49　〈女學會題名錄〉，《女報》2期，1902年6月。

50　吳彥復主政〈第一次女學會演說〉。

51　〈邱公恪追悼會廣告〉，《中外日報》，1902年6月23日。

52　紫髯客〈贈吳孟班女士〉，《清議報》86冊，1901年7月；〈上海邱公恪吳孟班夫婦追悼會挽聯選錄〉，《大公報》，1902年7月4日。

53　參見筆者〈從男女平等到女權意識〉，《北京大學學報》1995年4期。

詞，但其畢竟屬於「外論」，仍有待本土化。吳孟班的應時而起，便負起了這一責任。其為創設女學會專門撰寫的〈擬上海女學會說〉一文，在中國近代婦女史上，本應是一篇極其重要的文獻。筆者對於吳孟班之為「關鍵人物」的認定，也是因為有此一文存在。而其長期被埋沒，則使思想史的鏈條中缺失了一環。

對於接受西方教育的人來說，1901 年是進入新世紀的第二年，一種「世紀初」的新鮮與興奮，尚滯留未去。石川半山既已斷言：「男女之競爭，創於十九週年；……實為二十週年一大關鍵也。」[54]〈擬上海女學會說〉的開篇於是也首先對十九世紀作了回顧。在吳孟班這位中國先進女性的眼中，上世紀的精神成果更有意義的部分，即體現在女權的增長上：

> 嗚呼！十九世紀之文明進化者，果何在乎？此最近世之第一
> 大問題，不可不知者也。蓋十九世紀之文明進化者，女權增進之
> 世界也。女權何以能增進？由婦女學識之有進步也。

文章後半，吳氏又預言：「吾知春雷一動，萬蟄皆蘇，進步之例，愈進愈驟，女權女學，必應時而起矣。安知二十世紀之老大帝國，不大衝突於世界乎？」[55]就目前所知，這大概是晚清國人最早談及「女權世紀」話題的文章。1903 年，金一（天翮）作《女界鐘》，進一步指認：「十八、十九世紀之世界，為君權革命之時代；二十世紀之世界，為女權革命之時代。」[56]隨後丁初我、柳亞子等人的說法，雖在重複金一之言[57]，

54　石川半山〈論女權之漸盛〉，《清議報》48 冊，1900 年 6 月。

55　吳長姬〈擬上海女學會說〉，《中外日報》，1901 年 4 月 7 日。以下凡出自此文者，不再注。

56　愛自由者金一《女界鐘》56 頁，1903 年初版、1904 年再版。

57　柳亞子用的是徵引式：「西哲有言：十九世紀民權時代，二十世紀其女權時代乎？」（〈黎里不纏足會緣起〉）《女子世界》主編丁初我（名祖蔭）的原話

但實際上所有諸說，包括金一在內，均是吳孟班此論的回音。

就女權與女學的關係而言，吳孟班認為：「夫人有學識，斯有權力；有權力斯可抵制外侮。」並以之為「強權學者發明之公理，萬不可犯者也」。將強權論者向外的擴張、侵略性，轉化為自強以制外敵，確能見出吳氏運用外來學說的自主立場。而女權既以女學為根基，言及中國的衰弱之原與女權的喪失，吳孟班也必追究到女學的式微：

> 吾中國二千年女權之過塞久矣。推原其故，豈非婦女不學之故哉！夫惟不學，權利盡失，於是男子遂得非理加之，奴隸、玩物，皆不免焉。積而久之，婦女亦自甘於奴隸、玩物，習焉不覺矣。此人群之所以不昌也。

此說表面看來，與梁啟超 1897 年在《變法通議・論女學》中講「婦學實天下存亡強弱之大原也」[58] 相似，但從女學到強國之間，吳氏已明確添加上「女權」一節。也即是說，女子教育不再單純以國家富強為惟一目標，女性自身的權益已在考慮之內。此乃吳孟班在二十世紀初宣導女權學說的最大意義。

女子失學、女權喪失固然是由於男子的壓迫，但在吳孟班眼中，更可怕的還是女性的自我奴役所導致的永世沉淪：

> 於此二千年昏黑世界中，有一人焉，不自甘於奴隸、玩物，起而抗之，則舉世之人，莫不戮之辱之摧之梏之。非獨男子然也，

是：「歐洲十八九世紀，為君權革命世界；二十世紀，為女權革命世界。」（〈女子家庭革命說〉）二文分刊 1904 年 3、4 月《女子世界》3、4 期。柳文系為倪壽芝的代筆之作。

58　梁啟超〈論學校六・女學〉（《變法通議》三之六），《時務報》23 冊，1897 年 4 月。

> 女子亦目之為怪物，相戒而不敢從。馴至屏息低首，宛轉依附，
> 以受壓勒抑制為公理，以柔順服從為義務。深閨幼閉，永不見天
> 日，鞭撻詈罵，甘受不辭。人生之酷烈，至斯極矣，豈不痛哉！
> 豈不痛哉！

由吳孟班發端的對於女性自身的深刻反省，日後也繁衍成為晚清婦女論述的一大主題。這種來自女性的批判，甚至比男性的聲音更加激越。如胡彬夏以〈論中國之衰弱女子不得辭其罪〉[59] 為題撰文，便直言：「吾中國積弱之故，彼二萬萬之男子，固不得辭其責，然吾所尤痛心者，乃二萬萬之女子也。」對其「尤痛心」的中國婦女狀況，胡氏使用了極為嚴厲的詞語加以斥責：「識見卑陋，眼光如豆」，「自私自利」，「妄尊妄大」，「自居於玩物而不辭」，諸如此類尚屬輕言；而謂之「蠢如鹿豕，呆如木石，安怪人之呼為下等動物也」，則已跡近辱罵。是又將吳孟班的女性自省推至極端。

　　相比而言，首先發言的吳孟班所作批評因貼近歷史情境，分寸把握亦最適當。她雖然也痛恨女子的自甘束縛，但還是對中國女性的覺醒抱有很大期望：

> 中國民智不開，民氣不振。男子既甘伏於專制政體之下，而
> 女子亦受縛於男子權界之內。禍根不拔，謬種斯傳，遂以國政非
> 民人所干預，公論非婦女之所發，至使文明諸邦，目我有野蠻之
> 行，無愛國之心者也。嗚呼！吾中國其果有野蠻之行乎？吾中國
> 人果無愛國之心乎？是大不然。蓋體積龐大，則感覺必遲；壓制
> 既久，則抵抗斯難。故非受大創則不醒，非生大力則不敵也。

59　《江蘇》3 期，1903 年 6 月。文章署名「胡彬」。

而這一「大創」，先有甲午之戰，後有庚子之變。其所「生大力」，則於甲午以後國民精神的覺醒，女學堂與不纏足會的相繼興辦上開始有所表現。庚子之役的創巨痛深既十倍於甲午，「物窮必反，理之固然」，吳孟班因此對二十世紀中國女性生存狀態與精神面貌的改變信心十足。

不過，上述女性自覺意識的發生以及對中國「女權女學，必應時而起」的期待，無論在吳孟班還是胡彬夏，無一例外，都是以歐美、日本為參照與取法對象。胡為留日學生，此節不必說；吳之出身教會女校，英文亦佳，對西方女性生活及女權運動的狀況，顯然也深有瞭解。其稱說：

> 方今之世，文運漸進，風氣大開。人類同等、男女平權之說，遍唱於歐美、日本諸邦。於是有矯良婦女風俗之會，有婦女參與政權之議。嗚呼！此真文明發達之所由來矣。

結合吳氏對於傳統社會「國政非民人所干預，公論非婦女之所發」的抗議，可以看出，其設立女學會，最直接的目的雖在「提唱女子教育」，但由仿效歐美的增進女權，進而要求婦女參政權，也已盡在念中。孟班謝世後，時人一致推崇其「志趣遠大」[60]，而只有在這一層面上理解，方可算是窮盡其義。

最能確鑿證實吳孟班對後來者思想影響的，還是黃鈞（字菱舫）1903 年所作〈《女界鐘》序〉[61]對〈擬上海女學會說〉的大面積複述。這些以黃女士口吻寫出的文字，經核對，實際大多出自吳文。如果說，女性異端遭受來自內部的群體圍攻可能是由於先覺者面對著共同的歷史處境，因此黃序中也使用了幾乎與吳孟班完全相同的詞語：

---

60 〈追悼志士〉，《大公報》，1902 年 7 月 2 日。

61 黃鈞〈黃菱舫女士序〉，《女界鐘》5-6 頁。

> 屏息低首，宛轉依附，深閉幽錮，二千年矣。縱有不甘於奴
> 隸、玩物，大聲疾呼，起而抗之，則舉世之人，莫不戮之辱之摧
> 之梏之。非獨男子然也，女子亦目為怪物。悍者肆口詆毀，弱者
> 腹誹遠走，相戒不敢信。

而黃文在另一處所說：「嗟夫！人有學識，斯有權力；有權力斯可抵禦
外侮。此固強權學者發明之公理，近士夫所謂物競主義，上九天，下九
淵，前千年，後萬祀，神聖豪強、顓蒙衰弱所莫或犯、莫或異者也。」
很明顯，這不過是在前引吳言「夫人有學識，斯有權力；有權力斯可抵
制外侮。此強權學者發明之公理，萬不可犯者也」之中，加進了一些無
關緊要的修飾語。

黃菱舫對於吳孟班思想的複製，最重要的是下列引言：

> 凡世界人群智識學業之進步，其事萬端，而其元素有二：曰
> 社會，曰教育。言社會則婦女為丈夫之願[顧]問；言教育則婦女尤
> 為幼稚之導師。是以全國之民智民氣，婦女可以轉移之。

這段黃序中的精妙之論，亦本於〈擬上海女學會說〉，且吳孟班的論述
更突出了其時作者獨有的女權意識：

> 凡人種智識術業之增進，具[其]事萬端，而大要有二：一則由
> 於社會之改良，一則由於教育之得緒。從社會上言之，婦女者，
> 固丈夫之顧問也；從教育上言之，婦女者，又幼稚之導師也。是
> 故女學者，全國文明之母；女權者，萬權之元素也。

此言明顯為後來流行一時的「女子者國民之母也」[62]的雛形，晚清諸多

62　參見筆者《晚清文人婦女觀》91-98頁，（北京）作家出版社，1995年。

關於女性與社會以及女性自我改造的命題，均由此生發出來。而其將婦女輔佐丈夫、教育子女的家庭功能放大到社會與教育的範疇，也為女性由傳統向現代的角色轉變提供了有效的理論支援。據此，女學與女權的重要性被提高到「文明之母」與「萬權之元素」的頂點，這在吳孟班的論述脈絡中，既很順理成章，卻又是對「男尊女卑」舊秩序的巨大顛覆。

實際上，黃菱舫儘管在〈《女界鐘》序〉中大量抄錄了吳孟班的言論，然而，其對吳氏以女權為立論基點的思路仍然少有體貼。統觀〈擬上海女學會說〉全篇，吳孟班與當時宣導「女學」的男性論者如梁啟超、金一等人最大的不同在於，她更看重的其實是「女權」。當然，吳氏也會把「歐美諸國」的「人群昌熾」、「勢力充分」歸因為女學與女權的進步，但由於她始終堅持女性立場，因此，「女權」對她而言，便成為毋庸置疑的第一義。「增進婦女之學識」的目的固然是為了「發達婦女之權力」，而經由女學會的設立，吳孟班期待「他日」能夠「發明」的，也是「女子於世界中為男子對待之半之義，女子有言論思想獨立自主之行之理」。甚至直到文章結尾，吳氏的呼喚仍集注在女性的自由與幸福：

> 嗚呼！吾二萬萬之女子，其將永遠為奴隸、為玩物，以終此天長地久之世界乎？抑將奮然興起，並力競進，以享文明之幸福耶？世有抱扶衰起微之志者，必投梭而起，以從吾遊矣。

這就是說，救國自然為女子不容推卸的責任；但女性先要自救，先要享有充分的權利，才能夠擔負起救亡的使命。

從女子解放必須成為女性自覺的意識出發，吳孟班也站在新世紀的門檻，對此前中國的女性啟蒙歷史進行了反思：

　　　往者甲午之役，大夢始覺，國民精神，於斯喚起。識時諸子
　　既大聲以告海內，而女學堂、不纏足會相繼而起，女學之說，此
　　為權輿。然發難者，類皆士夫，而女子闟茸，不能自競。

對女性依靠男性啟蒙、解放的狀況深致不滿，吳孟班於是將女子的自我
覺醒、自立自強看得格外尊貴。而在倡立上海女學會的過程中，吳氏的
女權獨立品格也得到了充分的展現。

　　儘管為尋求道義聲援，吳孟班曾投稿《中外日報》，發表〈擬上海
女學會說〉。而一旦感覺汪康年有「悲其志，憫其弱，起而宣導之、贊
助之」的意向，吳氏的表態也堪稱經典。她一方面表示「其所以仰望大
力」，乃是因為「發軔之始，必由群力；先河之導，端賴前哲」，因
此，女學會的各項事業也需要男子的幫助；但最引人注目之處，還是吳
致汪函中明白表達出的堅定的女性自主立場。其言曰：

　　　然男女有限，責任攸別。夫女學會者以婦女而辦，婦女之事
　　乃婦女之責任，與男子無與也。

若以為這仍不過是基於「男女有別」的傳統禮教，那麼，其接下來對於
「今者效將伯之呼於公前，無乃自放棄其自由歟」的回答「是不然」，
已表明吳孟班並未把爭取女性自由的主動權交予男子。因而，其不放棄
「群力」、「前哲」協助的努力，也絕不容許他人誤讀為「女子闟冗不
能自立，終須男子輔持其旁也」[63]。鑒於吳致汪函本屬私人信件，其所
表露的強烈的女性自尊心，應視為吳孟班最本真的心態。

　　無可否認，晚清的男性在女性自我意識覺醒的初始階段，確乎充當

63　吳長姬〈致汪康年書〉，上海圖書館編《汪康年師友書劄》（一）334 頁，上
　　海古籍出版社，1986 年。

了啟蒙者的角色。但覺察到這種來自男子單方面的解放呼聲與權利贈與，仍然無法使女子獲得真正的自由獨立——「權也者，乃奪得也，非讓與也」；「夫既有待於贈，則女子已全失自由民之資格，而長戴此提倡女權者為恩人，其身家則仍屬於男子。」[64]——晚清的女界先進很快也以純粹女權主義者的思路與姿態，表明了其把握自己命運的意志與信心。而吳孟班恰是其中最早的覺悟者。在創立女學會一事上，拒絕男子的越俎代庖，便是其女權思想最集中的體現。

正因為吳孟班宣導女權予人印象深刻，其去世後，各家悼詩也無一例外，均在此大做文章。未曾謀面的菡初作詩，起首即聲言：「沉沉女界，平權孰伸？偉歟邦媛，篤志革新。」[65]痛惜其「郊駒不肯留，尺波猶電謝」[66]的吳保初，也以「同宗同志」的兄長身份，表彰吳孟班「解演三乘平等說，女權新史事堪嘉」[67]。而被梁啟超在《飲冰室詩話》中引錄的蔣智由詩句「女權撒手心猶熱，一樣銷魂是國殤」[68]，更因切合吳氏生平、心事，堪稱蓋棺論定。

並且，熱心女權作為吳孟班的個人標記，也在其時的文學創作中映現出來。邱公恪與吳孟班夫婦雙雙離世不久，一位在東京的留日學生撰寫了〈愛國女兒傳奇〉，在《新民叢報》刊出。該劇現僅見第一出「宴花」，其中上場五人，旦扮謝錦琴，影射因在上海張園拒俄集會上發表演說、聲譽正隆的十六歲少女薛錦琴，淨扮胡彥復即吳保初，生扮張枚叔即章太炎（字枚叔），小生扮鄒公恪即邱公恪，小旦扮于孟班即吳孟

64　林宗素〈侯官林女士敘〉，《女界鐘》2 頁；龔圓常〈男女平權說〉，《江蘇》4 期，1903 年 6 月。另參見筆者《晚清文人婦女觀》77-79 頁。

65　菡初〈吊吳孟班女史辭〉，《女報》6 期，1902 年 10 月。

66　囚庵〈再哭吳孟班女士〉其二，《選報》9 期，1902 年 3 月。

67　〈嗜學墮姙〉，《女報》1 期，1902 年 5 月；囚庵〈哭吳孟班女士〉其一，《選報》9 期，1902 年 3 月。

68　觀雲〈吊吳孟班女學士〉其二，《新民叢報》3 號，1902 年 3 月。飲冰子《飲冰室詩話》（《新民叢報》12 號，1902 年 7 月）中曾引錄。

班。無獨有偶,戲中于孟班的上場詩,恰是一句「巾幗蕭條缺女權」。而此出結尾時,眾人準備合影留念,胡彥復又提議將此照「即名為中國四少年圖」[69],正對應著吳保初祭悼邱、吳夫婦的挽聯「六少年界只存四人」[70]。

曾幾何時,一度深深印刻在時人記憶中的女權先驅吳孟班,已長久為世人所遺忘。而一百年後,重讀吳氏的遺文,其思想的銳利與深刻,仍令人欽佩不已。窺一斑而知全豹,晚清先進女性精神狀態的自由與豐盛,也昭示出那是一個讓人活得精彩的時代。

(原刊《文史哲》2007 年第 2 期)

69　東學界之一軍國民〈愛國女兒傳奇〉,《新民叢報》14 號,1902 年 8 月。實則場上共有五人。此劇本《女報》6 期(1902 年 10 月)亦嘗轉載,編者稱其「雖屬遊戲之作,然詞句新麗,意趣激昂,極可感發人心,故錄之以供同好」。

70　〈上海邱公恪吳孟班夫婦追悼會挽聯選錄〉,《大公報》,1902 年 7 月 4 日。

三、清末報刊

晚清報紙的魅力

對每日發生的國家大事不甚了然，卻嗜讀晚清的舊報紙，只能說是無可救藥的歷史癖。不過，舊事與今情往往並不隔絕，當年因各種原因造成的「衆聲喧嘩」也引人興味，這一切附加在其時新生的媒體上，使得晚清的報紙格外好看。

在只有邸報的年代，懷疑官方記載的人們只能如魯迅先生所說，到野史雜說中探求真相（《華蓋集·這個與那個》）。而晚清近代化報刊的出現改變了這一傳統格局。處於同樣的輿論空間，窮追不捨的新聞記者令成為熱點的各類官私隱情無所遁逃，於是，日日面世的民營報紙便升格為補正史之闕、正官書之誤的最佳底本。且因其非出一家，報導求實，不似筆記的易於挾恩怨，有訛傳，二者比較，我自然更信賴前說。

史料價值高的根源在於保留了社會情狀的原生態，這也是我最看重的晚清報紙的品格。那本是一個新舊紛呈、光怪陸離的時代，其可一不再的不可複製，已足令人神往。而無論是由於清廷的失去控制能力，抑或緣於報界的敢言無忌，總之，晚清社會的基本資訊確實完好地保存在當年的報紙中。要想穿越時間隧道，擁有「回到現場」的準確感覺與裁斷，讀報紙顯然是上選。對於晚清而言，尤其如此。

學近代史，只知道徐錫麟的刺殺恩銘與秋瑾的臨危不懼，

對其壯烈犧牲心懷崇敬。由此想像，在那個血雨腥風的年代，專制的淫威如何橫行無阻，輿論界必定萬馬齊喑。而略微翻檢 1907 年事發之後的報紙，舉目所見，竟是從南到北一致的斥責。革命派的報館不必說，即使是政治上與之對立的立憲派，其宣傳重鎮《時報》的言論，大膽程度也超乎今人的猜度。

徐錫麟 7 月 6 日遇難，10 日，《時報》即發短評，抨擊其被「剖心致祭」於恩銘靈前，為「野蠻不仁之至」：「夫國家方除凌遲之慘刑，而乃刳腹剔肝，幾同綠林山寨之所為，嗚呼！無乃太過歟？」秋瑾 7 月 15 日被殺，19 日的「時評」中，包天笑便假借指教秋瑾，激憤地譏諷殺人者的兇殘：「汝不聞徐錫麟之刳腹剖心乎？汝何不薰香閑坐，於庸庸脂粉中求生活乎？否則汝亦當勉為賢母，他日為八座太夫人者，可以從容觀兒輩操刃以恣戮民間女子，不猶愈於今日上此斷頭臺耶？」這才是一人好殺，眾口難封。

不僅此也，殺害秋瑾、為大清王朝撲滅星星之火的功臣張曾敭，非但出人意料地未能加官進爵，反而無法在浙江巡撫的現職安身；改任江蘇，也被當地紳民拒斥。遷就民意的清廷萬般無奈，只好再發上諭，將張氏轉調山西。雖級別不變，上任者的心情已自不同。何況，其離杭「起程時，自知民間結怨已深，恐有風潮，故乘火車赴埠。及由八旗會館至清泰門外車站，有軍隊擁護而行。然沿途之人焚燒錠帛、倒糞道中者，均罵聲不絕」（1907 年 10 月 8 日《時報》）。為官一任，得此下場，皆因遽殺秋瑾，激起公憤。報紙所代表的輿論力量可謂大矣。

至於徐錫麟暗殺成功所造成的威懾力，也有報章的記述窮形盡相。江蘇一地既與安徽、浙江接壤，大吏對下屬的防備於是更加嚴密，「非有緊要公事，概不接見；如必須面稟者，亦不得近身接洽」。更有甚者，出見時，必以眾多護衛「各持手槍，四面圍繞，並先期傳諭各員，一切公牘，不得如從前之置於靴統內。如接見時有以手探靴者，則護者不問情由，即當開槍」（1907 年 8 月 6 日《申報》）。這自然是吸取了

徐氏自靴統拔槍射殺恩銘的教訓。

在有主題的追索下，翻閱晚清報紙，便常生出上述如讀引人入勝的連載小說般的快感。雖然旁枝紛出，移步換形，其時社會人群的千情百態已盡現紙上，足以讓人玩味無窮。

倘若有心搜集佚文，報紙更是值得留心的好去處。不比刊物的容易保存，發表在報端的文字更有可能湮沒無聞。作者對應時的報章文字既非一例珍惜，頻年的社會動盪也會造成收藏的流散，使得報紙在輯佚方面大有潛力。偶然看到《時報》上一則吳趼人的來函，相信屬於補闕之列，不妨抄錄一過，以廣流傳。事情起因於國人要求拒絕英國借款、集資自建滬杭甬鐵路的風潮，於應者如雲之際，有何贊臣其人冒吳氏名認股，且數額頗大。趼人先生正在窮困中，因而登報聲明：

> 近閱各報載何贊臣致蘇路函，內開「敝校華文教員我佛山人（即吳君趼人）認七百三十股」云云。僕年來閉門謝客，並未充何學校之教員。對於蘇浙路事，雖未敢自居於涼血之列，然何來此鉅資，認至七百三十股之多？況何贊臣，僕亦素不相識，何以引為共事？原函所云，殊堪駭異，不悉何君誤信謠傳，抑或別有用意。然僕以無因而至，實不敢拜此嘉貺也。用特函懇，請照錄報端，至幸。吳趼人謹啟。

此信 1908 年 1 月 6 日見報，可為吳氏晚年事蹟添一談資。

而且，即使是為報紙開闢財源的廣告，落入識者眼中，也大有看頭。今年在海德堡大學參加晚清上海都市文化的研討會，該校一位德國學者即以「坐在家裡，買遍世界」（Stay Home and Shop the World）為題，主要依據《申報》廣告，洋洋灑灑寫了圖文並茂的一篇長文，讓人嘆服。

我也從瀏覽廣告中屢有收穫。一向被推尊為國人自辦的第一所女子

學校——1898年在上海開辦的中國女學堂，可惜多年來面目不清。而教員幾位、薪金幾何這一類的細節，卻均可於《中外日報》的廣告中發見。擔任西文教學的徐賢梅小姐，月薪開到28元；教授中文及繪畫科目的劉靚、蔣蘭、丁素清三位太太，每人則只得12元。這在第一學期免收學費與膳宿費的情境下，真正算得上慈善辦學，西學人才的難得也可見一斑。更有學者曾從《大公報》的廣告欄發掘出秋瑾北京期間的佚詩一首，受詩者、京師衛生女學的創辦人廖太夫人邱彬忻借秋作以廣招徠，反使烈士遺篇得以倖存。

不過，我雖有讀舊報的偏愛，卻常常難以盡興。晚清距今年代久遠，報紙本不易收藏，有幸傳世者在各圖書館均被珍重什襲，不說是「養在深閨無人識」，也可謂「一入侯門深似海」。原件既無緣得見，已影印出版的也只有《申報》、《大公報》寥寥兩三種，有能力購置全套縮微膠片與閱讀設備者，除北京、上海兩大圖書館外，怕再沒有幾家。以我所供職的一流學府北京大學而言，尚無此便利，其他可想而知。於是，每次出國訪學，查看晚清報紙便成為我的主要功課。到國外去讀中國舊報，說起來心裡總不是滋味。不免遐想，若有出版家肯用電腦掃描手段，將晚清報紙錄製為光碟，必定比縮微成本低，售價廉，圖書館都能買得起，個人愛好者也可購藏，既節省空間，又使用方便，豈不皆大歡喜？不料，這番妙計竟輕易被友人否決，那理由也很簡單：世上與你同好者有幾人？不禁啞然。

（原刊1998年12月30日《中華讀書報》）

晚清女報的性別觀照

——《女子世界》研究

　　自 1898 年 7 月 24 日，中國第一份婦女報刊——《女學報》問世，晚清的女性解放即與艱難奮爭的女報結伴而行。在目前已知的近 30 種清末女報[1]中，除去校刊與日報，歷時最久、冊數最多、內容最豐者，當屬《女子世界》。無論是研究晚清報刊史，還是考察晚清女性的生活與思想，該誌都是不可繞過的文本。本章擬以之為標本，通過討論《女子世界》的辦刊方式及宗旨，大致揭示晚清女報的運作方法、作者構成與議論主題諸層面的問題。

刊物的編輯、出版與發行

　　癸卯臘月朔日，即西元 1904 年 1 月 17 日，一份取名《女子世界》的新雜誌在上海出現。第一期封面右下方印有「每月一回，朔日發行」的提示，可知編輯同人屬意於月刊。刊物售價，每期兩角，全年十二冊為二元，郵費另加。這個價目到第二年第一期（即第 13 期）調整為每期二角五分，全年十三冊為二元五角。不過，買到此期的讀者，可用廣告中附贈的「女子世界特別減價券」，仍照全年實洋二元訂閱。各期頁數不固定，創刊號正文有 68 頁，以後逐漸增加，最多

1　據史和、姚福申、葉翠娣《中國近代報刊名錄》（福州：福建人民出版社，1991 年）統計。

《女子世界》第二年第一期（1904 年 4
月）刊影

時，單期可達 112 頁（第 13
期）。大致説來，前 12 期基本
保持在 80-90 頁，後 5 期則均
超過 100 頁，但第二年四、五
期（即第 16、17 期）合刊是例
外，頁碼只有 124。此外，續
出的最後一期情況特別，容後
再説。

《女子世界》第 1 期的編
輯所注明為「常熟女子世界
社」，而無具體社址。不過，
從該期刊登的〈海虞圖書館新
書出現〉的廣告，也説明該刊
與常熟知識界關係密切。同樣
引人注目的是，這份由常熟人
編輯的雜誌，其通訊處卻與發
行所合一，均為上海棋盤街大

同印書局[2]（第 8 期後，書局遷至四馬路惠福里），這也是海虞圖書館
新書的總發行所。由此可推知，該刊前期的編輯工作實際是在上海完成
的。第 9 期以後，雜誌改由上海小説林發行，編輯所的地址則加注為常
熟「寺前海虞圖書館」。這一變化頗值得關注。而第二年第三期（即第
15 期）以後，編輯所的地址即不再列出。發刊詞的撰寫者為金一，丁初
我的文章題為「頌詞」。而據丁氏撰文之多及他寫給高燮的〈吹萬屢以
女界詩歌相遺賦此誌答〉[3]來看，負責《女子世界》日常編務的，非丁
莫屬。

2　廣告〈女學懸賞徵文〉，《女子世界》1 期，1904 年 1 月。
3　《女子世界》7 期，1904 年 7 月。

　　丁初我，名祖蔭（1871-1930），字芝孫，初我為其別號[4]。江蘇常熟人。丁與徐念慈為同鄉（徐所屬昭文縣，系清初從常熟析出）好友，徐 1908 年去世，丁為之撰〈徐念慈先生行述〉。1897 年，二人受「新學潮流，輸入內地」[5]之感染，在常熟創立中西學社。1903 年，中國教育會常熟支部成立，又由二人主持其事。1904 年 10 月，徐、丁等教育會會員在常熟組建競化女學校，自任教員。同年秋，二人與曾樸（字孟樸）在上海創辦小說林社，註冊登記人署名「孟芝熙」，實即曾孟樸、丁芝孫與徐之化名「朱積熙」的合稱[6]。與此同時，《女子世界》自 1904 年 9 月第 9 期起，改由剛剛成立的小說林社發行。可以想見，創立之初的小說林社需要資金投入，加之原先已有的各代派處拖欠報款問題嚴重，因此，《女子世界》從第 10 期開始出版延誤。而 1906 年 12 月由丁祖蔭發行、薛鳳昌（公俠）編輯的《理學雜誌》的創刊，則是《女子世界》在 16、17 期合刊後停辦的直接原因，丁氏的興趣顯然已轉向科學雜誌。

　　根據內文及廣告，目前可以推測出的《女子世界》刊期如下：

第 10 期　甲辰年十一月至十二月（1904 年 12 月-1905 年 1 月）；

第 11 期　乙巳新年（1905 年 2 月）後；

第 12 期　乙巳年三月（1905 年 4 月）；

第 15 期　乙巳年十月至十二月（1905 年 10 月-1906 年 1 月）；

第 16、17 期合刊　丙午新年（1906 年 1 月）後[7]。

4　見張一麐〈常熟丁府君墓誌銘〉，常熟圖書館藏拓片；時萌〈徐念慈年譜〉，氏著《中國近代文學論稿》247 頁，（上海）上海古籍出版社，1986 年。

5　丁祖蔭〈徐念慈先生行述〉，《小說林》12 期，1908 年 10 月。

6　見〈競化女學校章程〉、「記事」欄〈常熟女學〉（《女子世界》9 期，1904 年 9 月）及時萌〈徐念慈年譜〉（《中國近代文學論稿》250-252、254 頁）。

7　第 11 期〈恭賀新年〉的演說，提到「又是乙巳的新年了」；第 16、17 期合刊「論說」欄〈恭賀新年〉一文，中有「丙午年至」之句；第 10 期「記事」欄〈留學一斑〉，述韋增瑛女士十月下旬（1904 年 11 月 27 日至 12 月 6 日）赴

未列入的第二年第一、二期（即第 13、14 期）的印行時間，應該在 1905 年 5-10 月間。

第 1 期刊物尚在草創期，欄目設置不全。到第 2 期，《女子世界》的面目已大為改觀，原有的圖畫、社說（後改稱「論説」）、演壇、傳記（後改稱「史傳」）、譯林、談藪、小說、女學文叢諸欄目不變，又新增了「專件」欄，「文苑」（後改稱「文藝」）中則於「學校唱歌」之外，增加了「因花集」（後又增「攻玉集」），「記事」在「內國」之後，也添加了「外國」。以後各期基本沿襲這一體例，只是「譯林」一欄完全分化。起因是在第 4 期封底廣告所宣佈的「本誌下期大改良」，編輯因檢討「前四期趨重文學，尚少實業」，故決定從第 5 期開始，「加入科學（自然科學之有裨女子智識學業者）、衛生（注重家庭及育兒保產之方法）、實業（述刺繡、裁縫、手工諸項之裨益生計者）三科」，而且，「立説務求淺易，裨閱者人人能曉解，人人能實行」，目的是「為女子獨立自營之紹介」[8]。「譯林」的內容便由或編或譯的上述三欄以及新增的「教育」欄所取代。以後雖仍有微小調整，卻無礙於以雜誌為女子教育補充教材的基本定位。

《女子世界》雖在上海編輯、出版，但其流通範圍相當可觀。第 1 期刊出的分售處共 33 家，除上海五家、常熟兩家外，尚有蘇州三家，南京、揚州、江西南昌、湖北武昌、湖南長沙各兩家，無錫、常州、松江、杭州、嘉定、寧波、紹興、安徽安慶、四川重慶、成都、廣東廣州、北京、山東濟南各一家。而僅僅過了一個月，第 2 期的分售處已躍增至 43 家，最高峰出現在第 5 期，總共有 48 家銷售此刊。只是好景不長，第 9 期減至 36 家，以後便穩定在此數。根據各期列表，可知《女

德國留學；第 11 期〈警告〉稱，「本誌於三月中出足十二期」；第 15 期「記事」欄〈對付美兵〉，有上海城東女學社於九月二十五日（1905 年 10 月 23 日）開談話會的消息。

8　〈本誌下期大改良〉，《女子世界》4 期，1904 年 4 月。

子世界》的發行區域主要在江浙，而輻射到長江沿岸的安徽、江西、湖北、四川，並及湖南與廣東，北方則只有山東與北京兩處。分售點的增減多半在江南，如第 5 期，江蘇、浙江兩地即占了 32 家；第 9 期，江浙以外還有 14 家，並且，第 1 期已參與其中的 8 個省份無一退出。

關於《女子世界》的發行數字，今日幾乎已不可能確切得知。不過，從該刊催交欠資的佈告中，倒可稍窺一斑。儘管第 1 期的〈購閱略則〉即聲明：「報費、郵資先行付下，然後發報。空函不復，款清停寄。」這一規則應適用於「代派處及閱報者」，但實際操作起來，往往是先送報，後收錢。這樣，《女子世界》也很快陷入晚清民間報刊屢見不鮮的窘境。第 4 期首開其端，第一則廣告便是〈代派諸君鑒〉。開頭先致謝忱：

> 本誌自發行以來，謬蒙海內同志閱者甚盛，本社曷勝慚幸。

接下來轉入要求付款的正題：「茲屆第四期發行，而各代派處尚多未付報資及付而未足者。用特登報奉聞，務祈速寄報資，以便源源續寄；否則，一概停止，仍追前款。」第 5 期仍沿用此文，但題目已改為口氣嚴厲的〈警告代派諸君〉[9]。至第 7 期，大概已是忍無可忍，雜誌社徑直在封底張榜公佈了〈代派處欠繳報資數〉，上榜的有 10 家，今將各處訂報數抄錄如下：

> 長沙國民教育社　30 份
>
> 南昌總派報陶君節先生　20 份
>
> 杭州白話報館　10 份
>
> 杭州蠶學館　10 份

9　〈代派諸君鑒〉、〈警告代派諸君〉，分見《女子世界》4、5 期，1904 年 4、5 月。

山東濟東[南]報館　5 份

同里任味之先生　5 份

武昌青石橋總派報處　15 份

常州新羣書社　10 份

蘇州開智書室　5 份

元和周莊沈子樹先生　5 份

各處相加，總共 115 份。而該期刊出的分售處一覽表有 47 家，上舉 10家約占 21%。以此為基數，可得出《女子世界》的發行數最少在 550 份以上，因為上海、常熟的需求量應較高。而第 9 期的分售處縮減至 36家，則是因該刊聲稱，凡報資未結清者，「茲概停寄」[10]，此後的發行數當更降低。脫期現象也恰好在這之後發生，經濟困難無疑是主要原因。

雖然遇此艱窘，《女子世界》的同人仍勉力維持。即使續出的第二年第六期不計在內，該刊的出版也跨越了 3 年（陰曆則自癸卯至丙午，逾 4 年），發行至 17 期。這在一個民辦報刊旋起旋滅的時代，實屬難得。

作者的聚合

創辦一個刊物，資金之外，最重要的便是擁有基本的作者群。現代報刊需要多樣化的寫作與廣泛的消息來源，不是一人所能包攬。1898 年出刊的《女學報》，第一期即打出 18 位主筆的名單，已是深明此意。《女子世界》又吸收各報的經驗，更上一層，使供稿系統愈加嚴密。

考索丁初我與金一的遇合，雖尚未發現直接的材料，但二人早年的

10　〈代派處欠繳報資數〉、〈警告代派處〉，《女子世界》7、9 期，1904 年 7、9 月。

人生軌跡起碼有兩次重合。金一，名天翮（1874-1947），後改名天羽，字松岑，號鶴望，別署「愛自由者」，江蘇吳江縣同里鎮人。曾入江陰南菁書院（後該稱「南菁高等學堂」）任學長，與丁祖蔭既為先後同學，也算有半師之誼[11]。介入《女子世界》前後，金一在上海出版過《三十三年落花夢》、《女界鐘》與《自由血》。尤其是 1903 年刊行的《女界鐘》一書，倡言女權革命，為金氏贏得了巨大聲譽，金一亦被時人推許為「我中國女界之盧騷也」[12]。同

松岑先生四十歲小影

金天翮四十歲留影

年，因蔡元培、章太炎等在上海組織中國教育會，蔡招金前往，任會計。金因此常常往來兩地，便在家鄉組建了中國教育會同里支部[13]，又與丁初我同為中國教育會會員。而丁氏一旦決意創辦一份女報，也確實需要借重在女界頗有號召力的金氏的聲望。由二人引進的幾位主要撰稿人，很快共同支撐起這份月刊。

論及對《女子世界》的貢獻，兩位發起人應居首功。丁祖蔭刊出的

11　參見金元憲〈伯兄貞獻先生行狀〉（卞孝萱、唐文權編《民國人物碑傳集》699頁，北京：團結出版社，1995 年）及張一麟〈常熟丁府君墓誌銘〉，後文收入氏著《心太平室集》（1947 年刊本）時，題為〈常熟丁芝蓀先生墓誌銘〉。

12　林宗素〈《女界鐘》敘〉，《江蘇》5 期，1903 年 8 月。金一 1905 年刊於《女子世界》15 期的〈祝中國婦女會之前途〉中亦自言，「自三年前撰《女界鐘》四萬言，言滿東南矣」。

13　參見金天羽〈蔡冶民傳〉，《天放樓文言遺集》卷三，1947 年；柳亞子〈五十七年〉，《（柳亞子文集）自傳·年譜·日記》149、151 頁，（上海）上海人民出版社，1986 年。

文章數目，在諸作者中無疑名列前茅，除三期外，「初我」之名每冊必見，遍佈社説、譯林、附錄、教育、實業、談藪、文苑、傳記、社會、記事諸欄目，署名「記者」的評點，不少也出自其手。這裡不排除丁氏另有變換替用的筆名，尤其是雜誌創行初期，作者短缺，為避免面孔單一，也有必要使用「分身術」。

金一以常用名發表在《女子世界》上的作品倒並不多，僅〈《女子世界》發刊詞〉、〈論寫情小説於新社會之關係〉（署「松岑」）、〈祝中國婦女會之前途〉三文，〈女學生入學歌〉、〈讀〈利俾瑟戰血餘腥記〉〉及〈讀〈埃斯蘭情俠傳〉〉三組詩歌。另外，1904 年他在家鄉同里創辦了明華女學校，《女子世界》第 2 期刊載的〈明華女學章程〉自然為其所撰，出現在雜誌上的該校報導、照片以及學生們的習作，應該也與他有關 14。儘管能夠列舉的金文篇數有限，一再刊出的〈愛自由者所著書〉、〈金一所撰書〉、〈金一編撰書〉等專門廣告，卻分明昭示出金氏在該刊享有獨一無二的特別優待，這讓人體味到金一對於《女子世界》實在堪稱靈魂人物。

第 1 期撰稿人除兩位主辦者，目前知道真名的還有徐念慈（署「東海覺我」或「覺我」，1875-1908）。不過，徐因忙於小説林的創建與其後的出版業務，分身乏術，見報的便只有小説《情天債》、傳記〈英國大慈善家美利加阿賓他傳〉及列於「科學」欄的〈説龍〉。另外，第 3 期「社説」欄的撰稿人竹莊，本名蔣維喬（1873-1958），江蘇武進人，與丁祖蔭為南菁高等學堂同學 15，1902 年參加中國教育會，後任愛國學

---

14 〈明華女學章程〉，《女子世界》2 期，1904 年 2 月。又，「記事」欄〈女學消息〉（《女子世界》15 期，1905 年）載：「同里明華女學，為自治學社之校長、教習等合辦，學生二十八人。薛君公俠授國文，金君松岑授史地、博物。學生進步，較自治之初級生為尤速。創辦兩學期，高等者能造十餘句，而圖畫、琴歌，尤為發達。上半年有特班四人，皆外埠學生，國文、史地、英文、體操等程度孟晉。今因就學不便，故裁撤之。」

社與愛國女學校教員。1904 年，蔣已任職商務印書館，「編譯國文、歷史等教科書，並研究教育、心理、論理諸學」[16]。他為《女子世界》寫作的文稿，最重要的是〈論中國女學不興之害〉、〈女權說〉與〈論音樂之關係〉三篇論文，此外尚有一日本女子傳記及編入「教育」欄的譯稿〈育兒法〉，很能體現其「教育救國」的理想。

而第 2 期以「安如」別號登場的柳亞子，則屬於重量級作者。柳亞子（1887-1958），本名慰高，號安如；因受革命思潮影響，改名人權，號亞盧（取義「亞洲的盧梭」）；後又改名棄疾，號亞子，以號行。柳家居江蘇吳江縣黎里鎮，1902 年與金一結識。他為《女子世界》撰稿的 1904-05 年，恰正在金氏創立的同里自治學社讀書[17]，可想而知，他與該刊的關係是通過金一建立的。柳所撰文可分四類：最早發表的戲曲〈松陵新女兒傳奇〉與眾多詩作之外，一為論說，計有〈黎里不纏足會緣起〉（系代同里倪壽芝作，入「專件」欄）、〈哀女界〉（亞盧）與〈論女界之前途〉（安如）三文，均屬晚清重要的婦女論文獻；一為傳記，自第 3 期至第 11 期，陸續刊出〈中國第一女豪傑女軍人家花木蘭傳〉（亞盧）、〈中國女劍俠紅線聶隱娘傳〉（松陵女子潘小璜）、〈中國民族主義女軍人梁紅玉傳〉（同前）、〈女雄談屑〉（亞盧）與〈為民族流血無名之女傑傳〉（潘小璜）五篇，在此欄刊文之多可拔頭籌。

至於高燮、高旭、高增叔侄的加盟《女子世界》，多半出於志同道合者的聲應氣求。三高為江蘇金山縣人，高燮（1879-1958）雖長一輩，卻與高旭（1877-1925）、高增（1881-1943）年齡相近。1903 年 11 月，三人在家鄉創辦了《覺民》月刊。《女子世界》面世時，該誌仍在編

15　蔣維喬〈徐念慈傳〉云：「回憶壬寅之歲（引者按：即 1902 年），余與常熟丁君初我，共學於南菁講舍。」（《教育雜誌》3 年 1 期，1911 年 2 月）

16　蔣維喬〈因是先生自傳〉，卞孝萱、唐文權編《民國人物碑傳集》392 頁，（北京）團結出版社，1995 年。

17　柳亞子〈自撰年譜〉，《（柳亞子文集）自傳・年譜・日記》9-10 頁。

輯。《女子世界》出至第 3 期，高燮即現身（署名「吹萬」），其與高旭（署「天梅」、「劍公」）提供的稿件均為詩歌。因數量多，丁初我還賦詩答謝，稱讚高燮：「慈航普渡苦憐海，椽筆先驅獨立軍。」並要求：「願乞文明新種子，普裁[栽]吳下萬人家。」[18] 高增則於詩章外，尚作有戲曲〈女中華傳奇〉（大雄）與彈詞《獅子吼》（覺佛）[19]。三人與柳亞子其時雖同為《女子世界》撰稿，卻還無緣相識。深交還要等到 1906 年，這才有後來的柳、高（旭）、陳（去病）發起成立近代著名的革命文學團體——南社的後話。

作者中值得關注的還有周作人，他之成為《女子世界》後期的重要撰稿人，更像是源於自動來稿被採用。周當 1904-05 年時，正就讀於南京江南水師學堂。從現存的日記[20]中，可約略知曉其為《女子世界》供稿的情形。他當時以「萍雲女士」、「碧羅女士」與「病雲」的化名，自第 8 期始，先後刊出了譯作《俠女奴》（采自《天方夜譚》的《阿里巴巴與四十大盜》）、《荒磯》（《福爾摩斯偵探案》的作者柯南·道爾著）與《女禍傳》（「抄撮《舊約》裡的夏娃故事」[21]而成），又有創作的短篇小說〈好花枝〉與〈女獵人〉並〈題〈俠女奴〉原本〉詩 10 首。即使署名「索子」、實為魯迅節譯的〈造人術〉，也是由周作人推薦給該刊的，篇末「萍雲」的大段批語即為證明。從周氏日記亦可知，當時的付酬方式是贈送書刊，如乙巳年三月初二日（1905 年 4 月 6 日）記：「下午收到上海女子世界社寄信並《女子世界》十一本，增刊一冊，《雙艷記》、《恩仇血》、《孽海花》各一冊。」[22]說明當年的供

18　初我〈吹萬屢以女界詩歌相遺賦此誌答〉，《女子世界》7 期，1904 年 7 月。

19　「覺佛」為高增的筆名，見高銛、谷文娟〈〈覺民〉月刊整理重排前記〉2 頁（《〈覺民〉月刊整理重排本》，北京：社會科學文獻出版社，1996 年）。

20　《周作人日記》上冊 403-412 頁，（鄭州）大象出版社，1996 年。

21　〈我的筆名〉，《知堂回想錄》（上）167 頁，（石家庄）河北教育出版社，2002 年。

稿人並不借此謀生，而多半是為了理想或出於技癢、好名之心。周作人通過為《女子世界》寫稿，進而成為小說林的作者，在該社出版了《玉蟲緣》與《俠女奴》兩部譯作，則典型地展示了雜誌為後起的出版社集聚人才的作用。

還有一位以「自立」為筆名的作者，從《女子世界》創刊起，便活躍於談藪、社說、演壇、科學、衛生諸欄，最多時，一期可跨越三個欄目。這種每期必見的記錄一直保持到第 13 期，其人也成為在「初我」之外出現頻率最高的撰稿人。只是目前還無法找到可靠的材料確定其真名，誠為憾事。而從雜誌中可以獲知的是，「自立」為男性，通日文，對自然科學很有興趣，與金一為友。

大致說來，《女子世界》依靠親朋關係建立基本的作者隊伍，尚有傳統文人結社的餘風。只是由於各人均以雜誌為聯繫中樞，相互之間倒不一定有私下的交往，這已經有些「近代化」的意味。更進一步如周作人，由投稿者變為固定撰稿人，則應是現代報刊的常態。不過，急於擴充稿源的新報章，實際無法耐心等候無名之輩的投石問路。被動地轉載他報已發表的作品，當然不失為一種應對措施，這在《女子世界》也是司空見慣。注明出處的如第 1 期錄自〈俄事警聞〉的兩篇〈告全國女子〉，未標出初刊處的如劉孟揚的〈勸戒纏足〉出自《大公報》，又如上舉高增的《獅子吼》首發於《覺民》，高燮、高旭的若干詩作先已刊載在《政藝通報》、《警鐘日報》等處[23]。不過，重刊之作畢竟不能成

22　《周作人日記》上冊 411 頁。

23　《女子世界》2 期（1904 年 2 月）劉孟揚文，原題〈請遵諭勸戒纏足〉，載 1904 年 1 月 5-10 日《大公報》；又如《女子世界》6 期（1904 年 6 月）高增（覺佛）的〈獅子吼〉，初刊《覺民》1-5 期合訂本（1903 年 11 月—1904 年 4 月，署「吳魂」）；3 期（1904 年 3 月）高燮（吹萬）的〈女界進步之前導〉，初刊《政藝通報》2 年 5 號（1903 年 4 月，署「慈石」），9 期（1904 年 9 月）〈題〈自由結婚〉第一編十首〉與〈題〈自由結婚〉第二編十首〉，初刊同年 7 月 13-14 日《警鐘日報》（署「黃天」）；5 期（1904 年 5 月）高

為重頭戲，借用的作品太多，也會影響雜誌的形象。於是，主持者還必須主動出擊，辦法不外兩條：一是徵文，二是招聘特約撰稿人。這兩招《女子世界》都用上了。

徵文既可發現新作者，又能吸引讀者，一箭雙雕，自得辦報者的青睞，不足為奇。《女子世界》的特出處在招聘，這就是調查員制度的設立。翻開創刊號，便可看到〈女學懸賞徵文〉與〈女學調查部專約〉兩則廣告。後者將要求與報酬規定得十分詳細：

> 一、海內同志如有願充本社調查員者，請將有關女學文件及
> 女學狀況或論說、詩歌、新聞、規約、學校攝影等件，隨時郵寄
> 本社總發行所，每月以一件為率。
> 一、調查員當酬贈本誌全年，惟零星稿件不在此例。
> 一、調查函稿刊出與否，原稿概不寄還。
> 一、惠寄函件，郵資概歸自給。24

此項徵集到第 4 期雜誌上有了回應，首批刊出的「擔任調查員姓氏」共 3 名，即高燮（時若）、杜清持與趙愛華。第 6 期的名單更增至 7 位，新加入者為汪毓真、俞九思、韓靖盦與劉瑞平25。其中女性占了多半，高、俞、韓則為女界革命的同道。以地域論，江浙仍居主導。不過，杜清持與劉瑞平分別來自廣東的廣州與香山，已足令人振奮。

各調查員一旦聘定，便很快進入角色，履行職責。如俞九思用蘇州土白演述的〈敬告同胞姊妹〉，韓靖盦的多首詩詞，都應歸入專稿特供之列。晚清女報尤為奇缺的女性作者，也借此機緣，得以在《女子世

旭（天梅）的〈吊裘梅侶女士〉，初刊《政藝通報》2 年 2 號（1903 年 2 月，題為〈吊裘女士梅侶三首〉，署「慧雲」）。

24 〈女學調查部專約〉，《女子世界》1 期，1904 年 1 月。

25 〈擔任調查員姓氏〉，《女子世界》4、6 期，1904 年 4、6 月。

界》經常露面，一展長才，打破了首期由男性作者包辦的不合理局面。
並且，經由調查員居間聯絡，通報各處女界資訊，推薦新人，編印於上
海的《女子世界》才能夠突破地區的限隔，及時反映各地近期動態，廣
泛交換先進經驗，在擴大作者隊伍的同時，也切實為興女學、爭女權盡
了力。

「女子世界」的構想

晚清女報雖數量不多，但刊名的重複率頗高，如《女學報》、《女
報》都有三次以上的使用機會。《女子世界》在晚清倒是獨一份（1914
年又有一《女子世界》發行，與此處所論無關），其命名也大有深意。

按照丁初我的界說：「歐洲十八九世紀，為君權革命世界；二十世
紀，為女權革命世界。」而此說本來自西方，柳亞子即稱引「西哲有
言」：「十九世紀民權時代，二十世紀其女權時代乎？」[26] 認定二十世
紀女性將成為歷史的主角，女子的命運將發生天翻地覆的變化，這一信
念使得《女子世界》的編者自覺立身時代前沿，敏銳地提出「女子世
界」的構想。

首先應該指出的是，在諸人的言說中，「女子世界」實與「女權革
命世界」同義。與「女權時代」的開始期相同，丁初我即宣稱，「女子
世界」「自今日始」[27]。金一的〈《女子世界》發刊詞〉更明言：

　　謂二十世紀中國之世界，女子之世界，亦何不可？[28]

26　初我〈女子家庭革命說〉、倪壽芝（實出柳亞子）〈黎里不纏足會緣起〉，
　　《女子世界》4、3 期，1904 年 4、3 月。丁初我之說顯然出自金一的《女界
　　鐘》，該書第六節〈女子之權利〉稱：「十八、十九世紀之世界，為君權革命
　　之時代；二十世紀之世界，為女權革命之時代。」（《女界鐘》56 頁，1904
　　年再版）

27　初我〈女子世界頌詞〉，《女子世界》1 期，1904 年 1 月。

28　金一〈《女子世界》發刊詞〉，《女子世界》1 期，1904 年 1 月。

這就難怪丁氏寫作〈女子世界頌詞〉時，儘管驅遣大量撩人情感的詞語，讚美二十世紀為「壯健」的「軍人世界」、「沉勇」的「遊俠世界」、「美麗」的「文學美術世界」，卻還是把最高的讚頌留給了「女子世界」：

> 吾愛今世界，吾尤愛尤惜今二十世紀如花如錦之女子世界。

在其主編的刊物裡，受到熱烈稱頌的「女子世界」也可與「女中華」置換。金一刊載於《女子世界》第 1 期的〈女學生入學歌〉，因此有「新世界，女中華」之句，編者與作者所期盼的「女子世界」，自是以出現在中華大地為最終歸宿。

而且，為了使這一話題受到重視，深入人心，《女子世界》第 1 期在卷首廣告頁打出的〈女學懸賞徵文〉啟事，也將〈女中華〉一題置於首位，並規定，「不拘論說、白話、傳奇體例」。從「首期初我當社」的說明，可知丁氏所作的〈女子世界頌詞〉，實屬於《女中華》的命題作文系列。

探究「女子世界」之所以令丁初我們神往，則不能不溯源於女子天然具備的生育能力。這樣的表述未免讓人掃興，但確是打破後壁之言。當然，援用其時流行的說法更具積極意義：「女子者，國民之母也。」未來的國民既然要由女子誕育，金一以下的論斷才可以說得如此斬釘截鐵：

> 欲新中國，必新女子；欲強中國，必強女子；欲文明中國，
> 必先文明我女子；欲普救中國，必先普救我女子，無可疑也。

然而，現實社會中，女子卻處於已然身為奴隸的男子之下，即丁初我所謂「世界第二重奴隸」，其境遇之悲慘可知。同樣依據「國民者，國家

之分子；女子者，國民之公母也」的道理，從反面立論，丁氏也可理直氣壯地以男子之奴役女性，為中國亡國滅種的根本原因：

> 長棄其母，胡育其子？吾謂三千年之中國，直亡於女子之一身；非亡於女子之一身，直亡於男子殘賊女子而自召其亡之一手。29

兩種論説一揄揚、一貶抑，均達致極點，看似矛盾，但在強調女性對於國家命運擁有根本的決定權這一點上，並無歧義。中國女子若能生育出文明、強壯的新國民，則中國興；反之，則中國亡。而金一的激情闡述無疑對晚清女子更具感召力。從救國出發必須先拯救女性的事實邏輯，被倒敘為有新女子才有新中國的理想程式，使得兩千年來深受「男尊女卑」觀念壓抑的弱女子，頓時獲得了塑造未來的男性國民以及創造新世界的偉力，怎能不令其大受鼓舞！

　　不過，從現實所處的「三千年來不齒於人類」30 的社會最底層，到理論推導出的掌握國家命脈的「國民之母」，其間的天壤之別，並非一蹴可就。為了增強晚清女性的自信心，使其自覺投入「女界革命」，迅速成長為救國之材，《女子世界》的男作者們可謂煞費苦心。他們不只一般的勸告男子「自今以後，無輕視女子」，勸告女子「自今以後，其無自輕視」31，而且努力發掘女子優勝於男子的長處，甚至不惜故作偏激之論，以使女性在男性面前真正可以揚眉吐氣。

　　丁初我在〈女子世界頌詞〉中已有此説。儘管他將女性的受奴役判定為亡國之因，但隨著論述的展開，我們會驚異的發現，原來任何事情都是利弊共存。丁氏在肯定女性「其天性良於男子者萬倍，其腦力勝於男子者萬倍」之後，更引人注目的是誇獎女子，「其服從之性質，汙賤

29　分見金一〈《女子世界》發刊詞〉、初我〈女子世界頌詞〉。
30　初我〈女子世界頌詞〉。
31　金一〈《女子世界》發刊詞〉。

之惡風，淺薄於男子者且萬億倍」。雖然言之鑿鑿，不過，丁文只下結語，未說根據，不免難以服人。倒是自立所撰《女魂篇》中的一段話，暢言今日中國教育純為「奴隸教育」，可移為丁文的補充。在「奴風相煽，奴根不拔」的濁世中，作者卻發現了未受污染的人群，那正是屬於另類的女性：

> 獨於女子世界，吾猶慶其因壓制之故，而奴隸教育，尚未涵濡而灌溉之。……女子者，固囿於風俗之一方面，未曾囿於教育之又一方面者也。

因此，作者有「欲拯二萬萬之男子，與拯二萬萬之女子，則彼難而此易」之論。一轉手之間，原本為女性痛史的喪失受教育權，反成為「生天既居人先，成佛豈落人後」[32] 的令人歆羨的經歷。女性之儘先覺悟，似乎已指日可待。

運用這一論說模式比較兩性，極而言之，則男子有「做官、考試」這類「頂鄙陋的事兒」掛心，「學問不能長進」；女子之囿居家中，不能與聞國事，又可以其不幸而成其萬幸：

> 女子幸虧沒有這種鄙陋的事，擾累他的心思，正可以認認真真，講求學問。將來能遠過於男子，亦未可知；中國的滅亡，挽救於女子，亦未可知。[33]

即是說，女性不受「學而優則仕」思想的干擾，與舊政權沒有瓜葛，反更容易通過專心治學，完備品格，承擔起救國的責任來。

32　自立〈女魂篇〉第三章〈鑄女魂之方法〉，《女子世界》3 期，1904 年 3 月。
33　夜郎〈勸女子入學堂說〉，《女子世界》10 期，1904 年。

以上乃言其大者。其他如稱道「天下善感人者莫如女子；一切國家觀念，社會思想，民族主義，胥於是萌芽，胥於是胎育焉，可也」[34]，是將時代最先進思想的發生與流播寄託在多情女子身上；推揚「年幼女子之銳敏於學，遠過於男學生；而其感覺之靈捷，愛力之團結，則又非男子之性情渙散、各私其私之可比」[35]，是經過試驗證實，對素質優於男子的女性施行教育，其成效當更高。諸如此類用心良苦的言說，都是將女子的品德置於男子之上，一反「男尊女卑」的舊說，而合力塑造出女性崇高的新形象。

追溯此「女尊男卑」新說在晚清的來源，金一的《女界鐘》應是最主要的文本根據。丁初我作為事實認定、未加詮釋的女子「腦力勝於男子者萬倍」，出處即在金書。《女界鐘》第四節〈女子之能力〉有言：

> 據生理學而驗腦力之優劣，以判人種之貴賤高下，此歐洲至精之學說也。今女子體量之碩大，或者不如男人，至於腦力程度，直無差異，或更有優焉。此世界所公認也。又腦髓之大小，與其身之長短重率有比例：凡身體愈大者，其腦之比例愈絀。……然則女子身量弱小，正其能力決可以發達之證。

依據這一從西方輸入的生物進化論觀點，將其絕對化，金一便得出了「女子者，天所賦使特優於男子者也」的結論。他雖然也承認，男子通過文明教育，可以自擴腦力，「然後得與女子頡頏」；但隨著「女子教育發達，則其腦量又必加增」，因此，女性在整體上仍高於男性，「二十世紀天造之幸運兒，其以女子為之魁矣」[36]，於是變得毫無疑問。

其他各說也多由《女界鐘》發端。如論女子之品性適合於幼稚教

---

34 初我〈說女魔〉，《女子世界》2 期，1904 年 2 月。

35 竹莊（蔣維喬）〈論中國女學不興之害〉，《女子世界》3 期，1904 年 3 月。

36 《女界鐘》34-35 頁，1903 年初版，1904 年再版。

育，諸長之中，金一也特別舉出「無登科中式之謬思想，惡氣味」。論女子之以真情動人，易收鼓動之效，金氏更肯定：「女子於世界，有最大之潛勢力一端，則感人之魔力是也。」發為演說，則「百男子破嗓於萬衆之前，不如一女子囈音於社會之上」[37]。以之傳播文明思想，自可轉移一時風氣。

如此，集諸般美德、天賦於一身的女子，自應受到卑污男子的崇敬，而最具締造新中華的資格。這也是女子世界所以成立的根基。不過，對女性的超常讚譽只是《女子世界》全部論說的一個方面。如同將救國與亡國的根源均歸結於女子，女性品德、資質上的種種缺陷，在另一面的論述中同樣被放大，而成為國民性批判的標的。

繼第 1 期的「頌詞」之後，丁初我發表於《女子世界》第 2 期「社說」欄的打頭文章，恰是題目刺眼的〈說女魔〉。套用「一張一弛，文武之道也」的古語，丁氏的做法可謂為「一正一反，論說之道也」。在此文中，崇高、聖潔的女子，又回到了污濁的現實世界，由丁氏揭發出其患有「情魔」、「病魔」、「神鬼魔」、「金錢魔」諸惡疾。第 6 期刊登的〈哀女種〉也採用同一視角，讓號稱為「文明之祖」、「國民之母」的女性對鏡返觀，落在丁氏眼中的中國女子形象於是變得醜陋不堪。「非愛種」、「非俠種」、「非軍人種」的先天不足，「不知養育之弱種」、「不運動之病種」、「纏足之害種」[38]的後天失調，只令人對女性生出哀憐與痛恨。自立在同一時期發表的〈女魂篇〉，也痛心疾首地追究女性「柔順」、「卑抑」、「愚魯」的惡德。凡此種種病害，又因女性的生育能力，「遺傳薰染於男子」，毒害了全社會。指認「魔力」與「進化」成反比例的丁初我，由此得出「半部分女子，其魔力之大，且遠軼我男子萬萬倍焉」[39]的斷語。並且，為了達到警醒人心的目

37　《女界鐘》39-41 頁。

38　初我〈說女魔〉，《女子世界》2 期，1904 年 2 月；初我〈哀女種〉，《女子世界》6 期，1904 年 6 月。

的，其指證甚至前後矛盾亦在所不惜，如「情魔」與「非愛種」的集於一身。所謂「成也蕭何，敗也蕭何」，接受了至高讚頌的女性，也必得為中國的衰亡負責。

不幸的是，由金一與丁初我抉發的女子之弊病盡在眼前，而女性之優長卻有待認識。這實際意味著，二十世紀初中國社會的女性，並非天然合格的「國民之母」。痛極之言，則謂之：

　　以此今日孱弱汙賤之女子，而欲其生偉大高尚之國民，是將
　化鐵而為金，養鷲而成鳳也，可得乎，不可得乎？[40]

既然以女子現在的德行，尚不具備進入理想的「女子世界」的資格，因此，丁初我大聲疾呼，「苟非招復女魂，改鑄人格」，「女子其終死，國家其終亡」[41]。雖然各人針對不同的疾患，開出不同的藥方：丁初我期望「二萬萬善女子，發大慈悲，施大願力，共抉情根，共扶病體，共破迷心，共捨財產，以救同胞，以救中國，以救一身」；自立則呼喚「魂兮歸來，其悉舉舊社會之惡德，而破壞之；魂兮歸來，其勉成新國民之資格，而建設之」。不過，二人最終的目的完全一致，借用〈說女魔〉的結語，即是：

　　群魔卻走，靈魂獨尊；精氣往來，一飛衝躍。我女子世界，
　乃得出現於自由天，而共睹雲日光輝、萬花璀璨、二萬萬裙釵齊
　祝女中華之一日！[42]

39　自立〈女魂篇〉第二節〈女魂之概念〉、初我〈說女魔〉，《女子世界》2 期，
　　1904 年 2 月。
40　亞特〈論鑄造國民母〉，《女子世界》7 期，1904 年 7 月。
41　初我〈女子世界頌詞〉。
42　初我〈說女魔〉、自立〈女魂篇〉第二節〈女魂之概念〉。

於此亦不難理解，被丁氏盛讚的「二十紀花團錦簇、麗天漫地、無量無
邊、光明萬古之女子世界」，為何須合「軍人世界、游俠世界、學術世
界」而成，原是因為「軍人之體格，實救療脆弱病之方針；游俠之意
氣，實施治恇怯病之良藥；文學美術之發育，實開通暗昧病不二之治
法」。只有經過這一番「去舊質，鑄新魂」的改造，才會有「女子世界
出現，而吾四萬萬國魂乃有昭蘇之一日」[43]。

　　以上的意思，在丁初我「欲再造吾中國，必自改造新世界始；改造
新世界，必自改造女子新世界始」的表述中，已概括得十分清楚。只
是，如何改造，各家的說法讀來痛快，卻仍嫌籠統，不易落實。即使專
門討論改造方法的〈論鑄造國民母〉一文，提出了「斷絕其劣根性，而
後回復其固有性；跳出於舊風氣，而後接近於新風氣；排除其依賴心，
而後養成其獨立心」[44]的綱要，並加以解說，但還是振聾發聵之音多於
超度彼岸之力。相對而言，自立的說法倒更可取，因其立有標準，尚可
把握。

　　不言而喻，女子之為「國民之母」、「文明之母」，首先須為文明
的國民。所謂「欲鑄造國民，必先鑄造國民母始」[45]，講得即是此理。
而國民必須具備的品格說來話長，自立為普通女性說法、用白話演述的
〈讕言〉，頗能擷取精要，納萬有於一芥，堪稱金玉良言：

　　　……一來要沒有倚賴的心腸，便是獨立；二來要肯做公共的
　　事情，便是公德；三來自己勿做傷風敗俗的事，便是自治；四來
　　要合些同志的人，一同辦事，便是合群；五來要不許他人侵犯著
　　我，並我亦不可侵犯他人，便是自由；六來任憑什麼事，苟是自
　　己分內所應得的，不可讓人，便是權利；七來我所應得做的，該

43　初我〈女子世界頌詞〉。
44　初我〈女子世界頌詞〉、亞特〈論鑄造國民母〉。
45　亞特〈論鑄造國民母〉。

> 應盡心著力的做，便是義務。這七件以外，尚有一項最要緊，最
> 不可缺的，叫做參與政權。至於完納租稅，教育子女，都是國民
> 的責任，也不消說了。

以上所列舉的國民責任，均為汲取最新學理組織而成，因為取代「臣
民」的「國民」，本是近代社會的產物。既然「一個國內，要生出許許
多多、純純正正的國民，所可靠的，只有女子」，身負「國民母」之責
的女性，對於上舉國民的諸般品格，當然也就「無一件不當盡的」。因
此，「國民之母」並非只是一頂給女性帶來「最敬重、最尊貴」榮譽的
桂冠，而實在蘊涵著脫胎換骨的改造與重塑國民的使命。自立要求女子
「曉得國民母的責任不輕了」，「曉得國民母更不容易做的了」[46]，用
心在此。

而要使女性洗心革面，具有上述國民覺悟，真正「能盡一分國民母
的責任，占一點國民母的地位」，則培養與實行的途徑亦不可不講究。
《女子世界》中較為系統的論說仍然要推舉自立，其〈女魂篇〉所舉示
的「教育之綱有三：曰德育，曰智育，曰體育」，以此發明新道德，研
究新知識，鍛鍊新體魄，於是，女學不得不講。除確認女子「言論自
由，思想自由，個人之權利，與男子無異」，該文更特別關注女性被剝
奪的權利如何恢復，要求女性獲得「出入自由」權以求學，取得「營業
自由」權以自立，把握「婚姻自由」權以使家庭美滿[47]，因此，女權不
得不講。這與金一在〈《女子世界》發刊詞〉中，將雜誌的宗旨定義為
「振興女學，提倡女權」取向一致。

為「女子世界」的論述做總結，用得上〈論鑄造國民母〉文中的一
段話：

46　自立〈讕言〉（一），《女子世界》2 期，1904 年 2 月。

47　自立〈讕言〉（一）、〈女魂篇〉第三章〈鑄女魂之方法〉、第四章〈光復女
　　子之權利〉，《女子世界》2-4 期，1904 年 2-4 月。

> 夫十九世紀，如彌勒約翰、斯賓塞爾天賦人權、男女平等之
> 學說，既風馳雲湧於歐西，今乃挾其潮流，經太平洋汩汩而來。
> 西方新空氣，行將滲漏於我女子世界，溉灌自由苗，培澤愛之花，
> 則我女子世界發達之一日，即為我國民母發達之一日。

在二十世紀初輸入的西方近代女權思想的啟發下，晚清先進的知識者出於救亡圖存的現實焦慮[48]，及時構建出「女子世界」的理想。基於女性生殖繁衍後代的能力，論者有意誇大了女子對於國家命運的操控權，因而，這一理論上以女性為主導建立的新中國，便被冠以「女子世界」（或曰「女中華」）的美名。為儘快完成從現實到理想的過渡，判定為天資勝於男子的女性，本身亦必須改造人格，增進知識，才能獲得進入「女子世界」的資格，成為合格的「國民之母」。而這只有通過「女界革命」才能實現，興女學、爭女權正是「革命」實現的兩個基本途徑。眾多名副其實的「國民母」一旦構成「女子世界」的主體，則文明、強大的新中國必將誕生。因此，「女子世界」最簡單的定義，也可以指謂女權伸張、女學普及的國家[49]。

據此，由晚清最推崇女性的文人學者所構想的「女子世界」，其根基明顯與西方女權運動不同。歐美婦女的要求平等權，是根據天賦人權理論，為自身利益而抗爭；誕生於中華大地的「女子世界」理想，昭示著中國婦女的自由與獨立，卻只能從屬於救國事業──「女子世界出現於二十世紀最初之年，醫吾中國，庶有瘳焉」[50]。因此，近代中國的婦

48　如天醉生〈敬告一般女子〉云：「鄙人也是個男子，並非巾幗中人，為什麼滅自己的威風，長他人的志氣呢？咳！不知道一國的女子，占國民的半部；女子無權，國力已減去了一半。把這一半拖妻帶女的病夫，去當那四面的楚歌，豈不是『癩蝦蟆想吃天鵝肉』麼？」（《女子世界》1 期，1904 年 1 月）

49　陳志群即是在此意義上，把美國稱為「女子世界」（見志群〈（短篇小說）女子世界〉，《女子世界》14 期，1905 年）。

50　金一〈《女子世界》發刊詞〉。

女解放進程與國家的獨立密不可分。在此基礎上理解晚清的婦女論述，才不致出現隔膜與偏差。

「女權」優先還是「女學」優先

　　研究晚清女性史，不可迴避的一個話題是「女權」與「女學」的關係問題。大致說來，晚清學界對此有明確意識，是在 1904 年以後。「廿紀風塵，盤渦東下」，「『女權！女權！！』之聲，始發現於中國人之耳膜」[51]。較之戊戌變法時期的「男女平等」或「男女平權」，進入二十世紀，「女權」一詞已得到越來越頻繁的使用，由此表現出晚清論者對婦女應得權利的強調以及將理論付諸行動的迫切要求。不過，《女子世界》創辦之初，寫作發刊詞的金一也只籠統地將「振興女學，提倡女權」並列提出，未多加說明，雖然這一排列次序本身已經隱含著引發此後爭論的萌蘗。

　　討論「女權」與「女學」孰應在前，蔣維喬未必為第一人，但《女子世界》上的爭端卻是由他開啟的。其時，蔣氏人雖在商務印書館，但從事教材編譯，自云「直接間接皆不離教育」，「若將終身」[52]，因此對女子教育格外看重。其考察「中國女子，五千年來沉淪於柔脆怯弱、黑暗慘酷之世界」的原因，也「一言蔽之曰：女學不興之害也」。列舉害之大端，則從有害於個人的「戕其肢體」、「錮其智識」、「喪其德性」，一直申說到危害國家的「亡國之源」與「亡種之源」[53]，足見女子無教育，害莫大焉。

　　既然無論女界的現實處境還是國家、種族的興亡均繫於女學，女子教育在晚清的「女界革命」中自應居於首位。這對於蔣維喬來說，本是

51　亞盧〈哀女界〉，《女子世界》9 期，1904 年 9 月。

52　蔣維喬〈因是先生自傳〉，《民國人物碑傳集》392 頁，（北京）團結出版社，1995 年。

53　竹莊〈論中國女學不興之害〉，《女子世界》3 期，1904 年 3 月。

順理成章的推演。不過，〈論中國女學不興之害〉一文只在題目的範圍內正面闡述，就事論事，尚可獲得新學界的普遍贊同。而其發表於《女子世界》第5期的〈女權說〉，在將女學第一之義挑明的同時，又觸及女權的位置這一敏感問題，由此引起激烈的爭議，直至影響到刊物導向的變化，則恐為蔣氏始料所不及。

尤其是蔣維喬置於開篇的一段話，極言危論，給人印象深刻：

> 今世之慷慨俠烈號稱維新之士，孰不張目戟手而言曰：伸張女權也，伸張女權也。吾夙聞其言而韙之；及數年來，考察吾國之狀態，參以閱歷之所得，而知其言之可以實行，蓋將俟諸數十年後也。

蔣氏作此論，多半還屬於見微知著。因「謬託志士」之「奸猾邪慝」男子，假「自由結婚」之名欺騙女學生；而「本非安分」之女子，亦「借遊學之名，以遂其奸利之私」。此種現象的初露端倪，被蔣氏歸結為「妄談女權之弊」，而憂心忡忡。

在蔣維喬看來，倡言女權先須具備必要的資格。他用了一個比喻：「夫執三尺小孩，而語以自由自由，其不紊亂敗壞者幾希。」因而，先之以學，以「養成女子之學識、之道德」，便被其視為爭女權的先決條件。他十分讚賞蔡元培論社會主義之言，特意引錄以為依據：

> 夫惟平昔與人交際，分文不苟者，而後可實行共產主義；夫惟平昔於男女之界，一毫不苟者，而後可實行自由結婚主義，而後可破夫妻之界限。

否則，「誆騙」與「奸盜」便無法區分。將此言加以引申，推及自由與女權，蔣氏即得出如下界說：

　　　　夫惟有自治之學識、之道德之人，而後可以言自由；夫惟有

　　自治之學識、之道德之女子，而後可以言女權。

　　要通過普及教育，使女性普遍獲得足夠的學識與道德，自然須假以時
日。其將女權實行的日期延至幾十年以後，原因在此。

　　不難看出，蔣維喬並非女權的反對者，他只是認為，在條件不具備
的時候空談女權，結果必然是弊大於利。以提倡者而論，蔣氏均肯定其
用心可嘉，指出這些「成材之士」，「夙昔受國粹之學說，舊社會私德
之陶鑄，故可代昔日之私德為公德，領略新學說而無障礙」。但當其將
「目前所創獲者，驟施之未嘗學問之青年男女」，卻忘記了個人素質、
學養之不同，錯誤因此發生，「亦何怪其主張自由，主張女權，有百弊
而無一利也」。在這裡，舊道德可以作為女權論者的根基，因其可轉化
為新道德，而無道德者則應與女權絕緣，因為那意味著權利的濫用。

　　看來，問題並不在於女權本身，那是個好東西，關鍵還在提倡的條
件是否具備、時機是否合適。蔣維喬的擔憂是：「吾所以言之長太息，
而知女權萌芽時代，不可不兢兢，恐欲張之，反以摧之也。」[54] 對女權
的愛惜之心分明可見。只是，其說落在容不得對女性權益有絲毫侵犯的
柳亞子眼中，蔣氏的立場便受到了強烈質疑。

　　柳亞子對現實的判斷是，女性的權利已被剝奪殆盡：「寰宇之中，
法律一致，言論一致，安有一片乾淨土，為女子仰首伸眉之新世界
乎？」即使歐美與日本，「固以女權自號於眾者，自我支那民族之眼光
視之，亦必嘖嘖稱羨，以為彼天堂而我地獄矣」。而實在的情況是，女
子「選舉無權矣，議政無權矣。有靦面目為半部分之國民，而政治上之
價值，乃與黑奴無異」，「所謂『女權』者又安在也」？歐美、日本女
子雖無公權，柳亞子仍肯定其私權完全；並此而一無所有的中國女性，

────────────

54　竹莊〈女權說〉，《女子世界》5 期，1904 年 5 月。

於是成為世界上最可憐的人群。因此，今日中國志士的惄惄提倡女權，即被柳亞子認定為具大同情，乃勢所必至，理有固然。並且，在女性應該擁有的諸種權利中，屬於私權的教育權尚在較低層次，柳氏更看重的無疑還是參政權，所云「欲恢復私權，漸進而開參預政治之幕」[55]，揭示的正是其心目中婦女解放實行的步驟。

　　將獲取完全的女權置於第一位，柳亞子對任何有損於女權的言行便表現得高度敏感。倘若發現這種聲音來自新學界內部，其反應更是加倍激烈。無怪乎有感於蔣維喬之論而寫作的〈哀女界〉，採用了極為嚴厲的口吻：

> 吾惡真野蠻，抑吾尤惡偽文明。吾見今日溫和派之以狡獪手段，侵犯女界者矣。彼之言曰：女權非不可言，而今日中國之女子，則必不能有權；苟實行之，則待諸數十年後。嗚呼！是何其助桀輔桀之甚，設淫辭而助之攻也。

視溫和派為頑固派的幫兇，有失公允；認其「比頑固黨還要可惡」[56]，更有敵我不分之嫌。但這大半仍屬激憤難抑的痛心之言，若論其學理，柳說倒頗多可取之處。

　　柳亞子確不愧「亞盧」之號，稱得上是盧梭「天賦人權」理論徹底的信奉者。他駁斥蔣維喬必須具備資格才能享有女權的論說，即完全運用此理展開。其言曰：「夫『權利』云者，與有生俱來。苟非被人剝奪，即終身無一日之可離。」因而，「女權」即是女性「終身無一日之可離」的應得權利，「必曰如何而後可以有權，如何即無權」，不過是前提不存在的偽問題。進一步申論，則是：「中國女子，即學問不足，

55　亞盧〈哀女界〉，《女子世界》9 期，1904 年 9 月。

56　蘇英〈蘇蘇女校開學演說〉，《女子世界》12 期，1905 年 4 月。

抑豈不可與男子平等？」柳亞子擔心的是，蔣說將阻礙中國女性解放的
進程：

> 昔以女權之亡，而女學遂湮；今日欲復女權，又曰女學不興，
> 不能有權，則女界其終無自由獨立之一日矣。[57]

而柳氏抨擊蔣文措辭之嚴苛，即是源於這一對女性命運深切的憂慮。

應該說，對於「女學」，柳亞子一貫抱著熱忱的態度。只是他更重
視教育的內容，強調「與其以賢母良妻望女界，不如以英雄豪傑望女
界」。而此女英豪，即是接受了民族主義、共和主義、虛無黨主義、軍
國民主義教育的女性[58]；不必說，女權也是女子教育必不可少的部分。
如果只是一般的知識傳授，按照柳亞子的見解：「女權既喪，學焉將安
用之？」甚至為了提升女權的重要性，柳亞子也有過「夫以恢復權利之
著手，固不得不忍氣吞聲，以求學問」之言。這樣的分辯意在表明，教
育只是手段而非目的。在「女權」與「女學」的整體論述中，以下說法
可代表柳亞子的基本觀點：

> 欲光復中國於已亡以後，不能不言女學；而女權不昌，則種
> 種壓制，種種束縛，必不能達其求學之目的。

於是，爭取女權成為「女界革命」的主導。對「革命」成功時間的預
測，柳氏也比蔣維喬大大提前，而宣佈為「十年以後」。那時，中國已
有「女子世界之成立，選舉、代議，一切平等」[59]。這樣美好的前景當
然十分誘人。

57　亞盧〈哀女界〉。
58　安如〈論女界之前途〉，《女子世界》13 期，1905 年。
59　亞盧〈哀女界〉。

　　柳亞子其時不過是一十八歲的少年，思想雖已相當深刻，卻未免有「視事易」的毛病。撰寫〈女魂篇〉的自立則沒有那麼樂觀，論及「女權昌明之世界」出現於中國，時日也推後了一些，而「決其不出二十年也」。不過，與柳亞子相同，自立也把女子參政權的獲得視為女權實現具有決定意義的標誌。

　　至於這一時間表的擬定，倒與女學有關。對於「女權」與「女學」之關係，自立的說法相當明確：「女學者，女權之代價也。」單就此點而言，以推廣女學為實現女權的手段，似乎與柳亞子一致。但在孰先孰後的進行次第上，自立其實與柳氏有不同的安排。手段在先，目的隨後，也是事之常理。因此，他以為，「女學昌明之日，至女權光復之日，所歷階級，所閱時間，殆不可僂指計也」。即使女子教育普及，也並不等於女權真正實行。因為「起居、服食、財產、婚姻，以及社會、國家，皆於女權有密切之關係」[60]。也就是說，女性的獨立、自由並非可單獨獲得；非有整個國家制度、社會狀況的改變，便不可能有完全的女權。這自是鞭辟入裡之論。

　　實際上，在《女子世界》刊行的前期，雜誌的基調一直偏於激昂。主編丁初我的言詞尤為激進。其論「女權」與「民權」之言，指稱二者「為直接之關係」，根據是：「欲造國，先造家；欲生國民，先生女子。」因此，說到「男女革命之重輕」，丁氏也肯定「女子實急於男子萬倍」，「女權革命」便理所當然地成為民權革命的基礎。而國家既建基於家庭，在〈女子家庭革命說〉的結尾，丁初我概論女子「種種天賦完全之權利，得一鼓而光復之」時，也特地指出，「終之以婚姻自由，為吾國最大問題，而必為將來發達女權之所自始」[61]。在此，「婚姻自由」已被明確認定為「女權革命」的第一要務。

60　自立〈女魂篇〉第四章〈光復女子之權利〉，《女子世界》4 期，1904 年 4 月。

61　初我〈女子家庭革命說〉，《女子世界》4 期，1904 年 4 月。

　　問題於是出現。一旦「革命」的亢奮期過去，丁初我突然發現，被自己和《女子世界》同人大力讚頌的新女界，其實已出現諸多如蔣維喬指證的弊端。自覺負有指導責任的丁氏，於是及時調整了筆墨，將批判的物件從舊女子轉向新女性，所用的詞語與憤慨的程度倒與柳亞子有幾分相像，雖然指向全然不同：

> 　　吾惡假守舊，吾尤惡偽文明；吾贊成舊黨之頑夫，吾獨痛斥新黨之蠹賊。自新名詞之出現，而舊社會之道德，乃得有假借便利之一途。……一般粗知字義、略受新學之女流，亦復睥睨人群，昂頭天外，抱國民母之資格，負女英雄之徽號，竊竊然摹志士之行徑而仿傚之，窺志士之手段而利用之。志士亦得借運動女界之美名，互相倚重，互相狼狽，又復互相標榜，互相傾軋，交為奸、交為惡之惡風，漸且瀰漫於文明區域。家庭革命之未實行，而背倫蔑理之禍作；自由結婚之無資格，而桑間濮上之風行；男女平權之未睹一效果，而姑婦勃谿、伉儷離絕之事起。

而所謂「國民母」、「家庭革命」、「自由結婚」、「男女平權」，恰都是丁初我此前鼎力宣說的話題。不過，在上述的場合中，丁氏已把「女子者，文明之母」的稱號改變為「文明之蠹賊」[62]，其痛心疾首可謂溢於言表。

　　如同蔣維喬的回到舊道德，在新學失衡的狀態下，丁初我也把舊學視為最終可以堅守的底線：「是則新學之不昌，尚有舊之足守；至舊道德蕩然，而新學乃不可問矣。」仿照蔣維喬的斷案，丁氏在〈女界之怪現象〉中也下一「經驗語」：

62　初我〈女界之怪現象〉，《女子世界》10 期，1904 年（？）。

女子苟無舊道德，女子斷不容有新文明。

這在隨後發表於《女子世界》第 11 期的〈新年之感〉亦有體現。丁氏界定女子「新道德之理論」，列於第一條的正是「女子法律的，非放任的」。其說辭為：「假自由平等之名以恣縱，毋寧守其舊道德。」[63]

歸根結底，丁初我的畏懼也與蔣維喬相同，當然，其表達方式仍有偏於極端的傾向。他擔心「偽文明」敗壞了女權的名聲，「向之香花祝、神明奉者，一旦群起以為大詬病」，便激烈地宣佈：

今且祝文明、自由之速去吾國，毋再予新黨以便利，遺舊黨以口實，使數十百年後，國民結口不敢談新學，群以吾女子為文明之罪人，亡國之媒介也。[64]

其用心正和蔣維喬的暫不談女權一樣，都是希望為新思想保留一線生機，而並非真的與文明、自由斷絕關係。

此種現象在新學界本不罕見。早年主張政治維新的吳趼人，晚年即轉而堅守舊道德。只是，不同於吳氏將「輸入新文明」與「恢復舊道德」視為「格格不相入」[65]，在丁初我們的意識中，前者反應以後者為出發點。在道德觀念上，《女子世界》的編者其實更接近梁啟超的思路，即中國國民最需要採補者屬於傳統所欠缺的公德，至於私德，古聖賢的教誨已完全夠用。而依照「修身齊家」方能「治國平天下」的道理，公德又是建立在私德的基礎上，梁氏因此斷言：「是故欲鑄國民，

63　初我〈新年之感〉，《女子世界》11 期，1905 年 2 月。

64　初我〈女界之怪現象〉。

65　參見吳沃堯〈政治維新要言〉，《我佛山人文集》第八卷，（廣州）花城出版社，1989 年；知新室主人（周桂笙）〈自由結婚〉之吳趼人評語，《月月小說》14 號，1908 年 3 月。

必以培養個人之私德為第一義；欲從事於鑄國民者，必以自培養其個人之私德為第一義。」開篇強調「公德」的〈新民說〉，一年後仍回到倡言「私德之必要」的舊套路，並以「新學之青年」為責難對象 [66]，凡此，均與《女子世界》若合符節。

可以這樣認為，丁初我的〈女界之怪現象〉代表了《女子世界》雜誌的轉向，即由前期的注重「提倡女權」，變為後期的偏向「振興女學」；由以激勵為主，改為以批評為務。作為該文的直接回應，意在公佈「女權」學說傳入「近四年來女學界所造之新罪業」的一篇長文，更發掘出七大罪案，即「受虛榮」、「耽逸樂」、「觀望不前」、「沾染氣焰」、「虛擲」、「被吸」與「無成立」[67]，將這一對「新女子」的批判推向頂峰。

在此背景下閱讀金一的〈論寫情小說於新社會之關係〉，對其中所言「對今之新社會而懼」的說法才可有所領悟。金氏自白：「吾欲吾同胞速出所厭惡之舊社會，而入所歆羨之新社會也。」但由今日之寫情小說所塑造之「新社會」，不過是「使男子而狎妓，則曰我亞猛著彭（按：《巴黎茶花女遺事》中男主人公）也，而父命可以或梗矣」；「女子而懷春，則曰我迦因赫斯德（按：《迦因小傳》中女主人公）也，而貞操可以立破矣」，這都是「少年學生，粗識自由平等之名詞」種下的禍根。處此新舊交替之過渡期，社會失範，金一以為更應強調道德自律，因此，在嚴厲斥責寫情小說的同時，他對禮教大防也頗多恕詞：

　　　　至男女交際之遏抑，雖非公道，今當開化之會，亦宜稍留餘地，使道德、法律，得持其強弩之末以繩人，又安可設淫詞而助

66　參見中國之新民（梁啟超）〈新民說〉之〈論公德〉與〈論私德〉，《新民叢報》3、38-48，1902 年 3 月、1903 年 10 月—1904 年 2 月。

67　〈新罪業〉（亞陸女學界七大罪案），《女子世界》11 期，1905 年 2 月。

之攻也？

說到痛極處，金氏竟出決絕語，表示「吾寧更遵顓頊（顓頊之教，婦人不避男子於路者，拂之於四達之衢。）祖龍（始皇厲行男女之大防，詳見會稽石刻。）之遺教，厲行專制，起重黎而使絕地天之通也」。但這並不表示金一是傳統社會的衛道士，因緊隨上文而來的文章結語「嗚呼，豈得已哉」[68]，說明作者實在是太渴望減少阻力，使舊社會能順利過渡到真正的新社會。

在這場爭論中，《女子世界》的男性撰稿人，只有柳亞子一如既往地站在女性一邊，挺身而出，主持公道，力辯：

> 夫以數千年壓制之暴狀，一旦欲衝決其羅網，則反動力之進行，必過於正軌。此自然之公理，抑洗盡此奄奄一息之惡道德、惡風俗，固不得不走於極端之破壞也。

針對丁初我等人對新女學界的抨擊，柳氏認為其效果適得其反：「論者不察，從而議之，含沙射影，變本加厲，而女界之名譽，乃不可問矣。」令柳亞子尤為痛心的是：「乃悠悠之談，不出之於賤儒元惡，而出之於號稱提倡女權、主持清議之志士。」他認為，這種「煮豆燃萁[其]」的自相殘害，只會有損於共同事業。傷痛之極，他甚至「危言聳聽」地表示：「吾一念及此，而知漢種之滅亡，將不及十稔也。」為保護女權初生的萌芽，為完成救國救種之大業，柳氏因而急切呼籲「言論家」手下留情：「與其以擠排詬詈待女界，不如以歡迎讚美待女界。」[69]不過，雖有柳亞子堅持異議，但由《女子世界》主持人發起的改向已

---

68   松岑〈論寫情小說於新社會之關係〉，《女子世界》14 期，1905 年。

69   安如〈論女界之前途〉，《女子世界》13 期，1905 年。

無法逆轉。

刊載於第 15 期的〈論復女權必以教育為預備〉，可以說為這場論爭打上了句號，也代表了《女子世界》雜誌社的最終認識。作者丹忱在以「善哉」的讚賞口吻引述了蔣維喬〈女權說〉中「夫惟有自治之學識、之道德之女子，而後可以言女權」之說後，表達的基本觀點是：

> 欲女子之有學識與道德，舍教育其奚從？蓋教育者，女權之
> 復之預備也。

文章從六個方面分析了教育與女權的關係：

> （一）先興教育，而後女子之能力強。
> （二）先興教育，而後女子之見解深。
> （三）先興教育，而後女子善於交際。
> （四）先興教育，而後女子富於公德。
> （五）先興教育，而後女子明於大義。
> （六）先興教育，而後女子善於抉擇。

作者肯定說，只有「具此六德，擅此六長」，「而後可以母國民，而後可以參國是」。結論是：「中國女子，不患無權，患無馭權之資格；不患無馭權之資格，患無馭權之預備。」[70] 於是，女子教育自然成為當務之急。無獨有偶，同期發表的金一〈祝中國婦女會之前途〉，也將拒美華工禁約運動中醞釀成立的中國婦女會內涵定義為，以「對外」為前提，「而其歸納則在學問與道德」。刊出二文的《女子世界》在丁初我的手中，也已接近尾聲。

70　丹忱〈論復女權必以教育為預備〉，《女子世界》15 期，1905 年。

在「女權」與「女學」何者優先的問題上，表現了晚清新學界的困惑，也顯示了問題的複雜性。雖然，由於其時女子從私權到公權尚一無所有，實現女權事實上只能、並且必須以女學為入手處，但確定目標，堅持理想，在任何時候都絕對必要。因而，柳亞子理論上的固守女權優先，與蔣維喬、丁初我、金一等人實踐上的女學優先，也以其張力互相依存，互相輔助，合力推進了中國女性的解放進程，同樣功不可沒。

體育為女子教育第一義

晚清的女報，大約一半以上是由男性主編。即便如此，各報既以女性、尤其是女校師生為擬想讀者，在報刊的編排上，自然仍要為之留下言說的空間。反映於《女子世界》的欄目，即為「因花集」與「女學文叢」的設立。前者與「攻玉集」相對應，將男、女作者的詩詞作品分別繫屬，加上「唱歌集」，同歸入「文苑」欄；後者乃是在幾乎由男子包攬的「社說」（後改稱「論說」）之外，開闢的刊登女作者論說文的專欄[71]。不過，由於晚清女報的男性撰稿人常常託名女子，使得兩個欄目作者的性別並不純粹；尤其是「女學文叢」，明確出自男子之手而不便刊登在「論說」欄的文字也偶爾廁身其間。此外，專刊白話文的「演壇」、發表文告類的「專件」等，也有女性的身影。至於該刊最重要的欄目「論說」，只有一篇標明為「務本女塾學生」張昭漢抵制美約的演說稿〈爭約勸告辭〉，可以確定作者的女性身份，這當然不是無意識的缺失。

應該說，《女子世界》「論說」欄作者的性別比例，既顯示了雜誌的男性編者自覺負有「開通女智」責任的先知先覺心態，也是晚清女性

71　大慈〈恭賀新年〉中向「看我們《女子世界》的姊妹們」專門說道：「況且我們報裡頭，本有『女學文叢』的一門，倘有新議論，新理想，便請寄到報館裡來。果然是絕妙的，簇新的，我們定然佩服，代為登報啊。」（《女子世界》11 期，1905 年 2 月）可見「女學文叢」是以女性為擬想作者。

大抵未脫被男性啟蒙的角色這一真實情況的映現。因而，關於婦女解放的思路，多半是由男子傳遞給女子。在男性主持的《女子世界》中，除第 1 期的女性整體缺席外，更多地表現為諸多話題、思考的一致性。不過，雖然可能只是重複與放大，但由於性別因素的介入與視角的轉換，這些女作者的論說便仍具有獨特的價值與意義。

以前述女學與女權孰應優先的爭論為例，閱讀該刊的新女性自然也給予了關注。或者更不妨説，刊載於第 2 期「女學文叢」中的張肩任〈欲倡平等先興女學論〉，實在是最先提出了此問題。張氏時為廣東女學堂學生，當年十六歲，題目已大致反映出她的意見。所謂「女學不興，則女權不振」結論的得出，根據有二：一是「吾輩之學界淺陋，腦力未優，一切知識皆不男子若」，故無能力及品格與男子平權；一是女子「能謀生、能自立者」沒有幾人，生計「莫不仰仗於男子」，亦無法實行平等。其論旨儘管與日後蔣維喬、丁初我、丹忱等男性作者接近，卻因其女性身份，而並未引起爭議。

這裡的關鍵在於，就張肩任文章的基調而言，表達的是先進女性的自覺反省。她批評「現世之女子，猶不知自振，徒怨男子壓制，不能平等」；期望通過教育達到對女性能力與品格的培養，也以「拔倚賴之性質，振獨立之精神」為要。具體説來，即是：

> 盡個人義務也，與男子等；謀家室生計也，與男子共；享一切天賦之權利也，無不與男子偕。如此即不爭而自爭，不平而自平。[72]

強調女子在爭取平權平等過程中的自主性，而不坐等男子的解放，可謂流貫全篇的精神氣韻。而其重在自責的取向，與同期所刊比她更小兩歲

72　張肩任〈欲倡平等先興女學論〉，《女子世界》2 期，1904 年 2 月。

的同學彭維省之文如出一轍。彭文〈論侵人自由與放棄自由之罪〉的中心論點為：

> 蓋人者，生而有自由之權，即生而有保守自由之責任。人各
> 盡其責任，則其自由斷非人所能侵。而放棄自由者，於己之責任
> 既不能盡，則人侵其自由也，又何足怪？故論二者之罪，當以放
> 棄自由為首，而侵人自由乃其次也。

這本是當時剛剛流行的新觀念，原出於梁啟超《飲冰室自由書》中〈放棄自由之罪〉[73]，顯然已被及時吸納到廣東女學堂的教學中。張、彭二文的思想本可互相闡發，女性的自由、平等與平權，因此要靠自己來實現。

其時，在女學界裡，對男性的態度也迥乎不同。有女士崇高男子，仿照古語「婦孺皆知」的用法，自貶身份，以為諸般道理「女子既明，男子斷無不明」[74]，男子的覺悟終究在女子之上；也有女性鄙視男子，痛罵其「不識羞，不識恥，狗彘不食，萬國順民」，因而號召女子「坐在桃花馬上，張著革命旗號，合我二百兆女同胞的無量熱血，濺殺此一般畜類」[75]，以此來反抗男權的壓迫，拯救被男子出賣的祖國。但多數更清醒的論者，其想法則與廣東女學堂諸人接近。於是，「物必先腐也，而後蟲生之」、「人必自侮也，而後人侮之」[76]一類警句，便時常

73　任公〈放棄自由之罪〉：「西儒之言曰：天下第一大罪惡，莫甚於侵人自由；而放棄己之自由者，罪亦如之。余謂兩者比較，則放棄其自由者為罪首，而侵人自由者，乃其次也。何以言之？蓋苟天下無放棄自由之人，則必無侵人自由之人。此之所侵者，即彼之所放棄者，非有二物也。」（《清議報》30 冊，1899 年 10 月）

74　阮蕭容〈砭俗論〉，《女子世界》2 期，1904 年 2 月。

75　湯雪珍〈女界革命〉，《女子世界》4 期，1904 年 4 月。

76　分見劉瑞平〈敬告二萬萬同胞姊妹〉與馮寶珍、馮寶瑛〈雜說二〉，《女子世界》7、15 期，1904 年 7 月、1905 年。

出現在女性作者的筆下。

　　將此議論發揮到極致的，可推自願擔任《女子世界》調查員的廣東香山女士劉瑞平。其〈敬告二萬萬同胞姊妹〉打動讀者之處，正在不是一般性的指責女性的不覺悟，而是將自身納入批判的對象，率先承擔責任：

> 吾不暇責專制之君主，吾不暇責貪酷之官吏，吾不暇責數千年偽儒之學說，吾惟痛哭流涕，而責我有責任、有義務之國民。吾亦不暇責乞憐異族、甘心暴棄一般之男子，吾惟責我種此惡因、產此賤種之二萬萬同胞姊妹。吾今敢為一言以告我諸姊妹曰：今日國亡種奴之故，非他人之罪，而實我與諸君之罪也。

其理論根據儘管還是前述男性論者反覆提及的「女子為國民之母」，但既有了這份自我懺悔的勇氣，發之於劉氏的「吾勸諸君，毋徒責人但自責焉可矣」[77]，便比丁初我等人的批評「女魔」顯得更具道德力量，且帶有身體力行的指向。

　　而在女權與女學的爭執中，也有接近於柳亞子一方的女性發言人。與激烈抨擊蔣維喬之說的柳氏〈哀女界〉一文同時，《女子世界》「演壇」欄也刊出了廣東女學堂教習杜清持的白話文〈文明的奴隸〉。雖然在此前發表的〈男女都是一樣〉中，杜曾表達過「以提倡女學為第一問題」[78]的意思，但蔣維喬〈女權說〉中的議論無疑仍使她感到擔心，所說「我見所謂志士的，看見那種受壓制暴威的女子，……未嘗不惻然動容的說：唉，可憐可憐！我何不同他平權呢？我何不同他平等呢？但是我怕他孱弱到這個樣子，愚蠢到這個樣子，就是把權還他，也怕他沒有

77　劉瑞平〈敬告二萬萬同胞姊妹〉，《女子世界》7 期，1904 年 7 月。
78　杜清持〈男女都是一樣〉，《女子世界》6 期，1904 年 6 月。

行權的資格；同他平等，也怕他未得平等的才能」，即很有指涉蔣氏的跡象。接下來那句「沒得法，只可由他就罷了」，若用來概括蔣「俟諸數十年後」的理由其實並不準確；而在杜清持，挑明「這一句話，豈知就是平權平等的阻力」，才是她最用心之處。她對「女權」與「男女平等」的體認和柳亞子基本相同：

> ……權是天付他的，女子自己有的；等是天定他的，女子自己生成的，並不是隨人付給他。

不過，比柳氏思慮更細緻的是，杜清持又在「人格」中分出「天然」與「後起」兩種，肯定前者「男女必定相差不遠；若講到後起的人格，就是一個絕大問題」[79]。因此，女學在這裡仍有用武之地，爭取平等平權還是離不開教育。就此而言，杜清持與其學生張肩任也可以溝通：「今欲倡平等，烏可不講求女學？女學不興，則平等永無能行之一日。」[80]

　　比起男性論者，《女子世界》中的女性論述雖居於邊緣，但對於身體的特別關注，仍然令人印象深刻。放足即為典型的一例。儘管晚清的不纏足運動發端於外國傳教士與中國的維新人士，但由男性主導的輿論轉為女性的實踐，其間的甘苦，只有身歷其境的女子體會最真切。因為，放足過程中的血液流通所帶來的腫脹之痛（所以須講究循序漸進），天足女子可能遭遇的婚姻麻煩（傳統社會中，不纏足女子難以匹配上等人家），最終都要由女性來承當；而放腳後的身體自由，以及由此產生的精神愉悅，也並非崇高的救國呼號所能涵蓋。只是，在一個國家危亡的時代，女性身體解放的私人性一面往往被忽略，而其與國家利益相關的公共性一面則被凸顯出來和刻意強調。不過，被掩蓋的女性體

79　杜清持〈文明的奴隸〉，《女子世界》9 期，1904 年 9 月。
80　張肩任〈欲倡平等先興女學論〉。

驗並非蕩然無存。因而，當男性論者更多地申述民族自強、國家獨立對於女性的要求時，《女子世界》中的女性群體倒更執著於關切己身的纏足話題。

差不多所有的女作者在向女界發言時，都把放足列為不可或缺的一椿大事。上海愛國女學校學生張羅蘭在演說中「奉勸諸位姊妹三件事情」：第一件是「讀書」，第二件就是「不要裹腳」[81]。奉化女學堂學生孫漢英作〈女子四勿歌〉，第二條也是講「切勿去裹足」[82]。比這些接受了新式教育的女子更有典型意義的，是一名「舊學頗深，未嘗入學堂」的女性願花，其〈論纏足之害〉只說：

> 豈知女子初生，其四肢五官，亦與男子無異。而必纏小雙足，供人玩弄，因此而傷生害疾者，不可枚舉。夫平昔安閒，空嗟坐食；一旦有事，則牽兒攜女，寸步難移。

為此，她懇切「寄語女同胞，其勿再蹈前轍也」[83]。文中沒有晚清男女論者常見的救國思路，單從女性的切身利害出發，平實道來，倒更容易入耳動心。

當然，在現實政治危機的刺激與男性啟蒙話語的誘導下，晚清女性之談論纏足，多半仍以民族國家利益為最高原則。衡陽女士何承徽寫過一首五古長詩〈天足會〉。從「懸禁思國初，戒會多持久。（宜各省咸立戒纏足會，以力挽澆風也。）重典懲奇袟，匡扶望我後」的詩句看，作者並未感染其時最先進的「民族革命」思想，其對纏足的批判，便與宣導社會改良的維新派一般無二：

81　張羅蘭〈圖書館演說〉，《女子世界》3 期，1904 年 3 月。

82　孫漢英〈女子四勿歌〉其二，《女子世界》8 期，1904 年 8 月。

83　願花〈論纏足之害〉，《女子世界》16、17 期，1906 年。

人生受諸天，身受諸父母。男女等所同，戕賊孰歸咎？纏足
始何人，作俑必無後。歐羅誇細腰，非洲石壓首。舊俗成三刑，
支那甚矣醜。婦女伊何辜，廢疾如械杻。氣衰精血枯，生子安能
壽。一旦盜賊驚，兵刃相坐受。戕生開殺機，誨淫益含垢。玩好
花鳥飾，服役牛馬走。抑陰極不平，荼毒皆怨耦。女學曠不聞，
母儀世安有？人種難繁昌，由此魔習狃。[84]

其關於纏足危害的揭示，極像是黃遵憲所謂「廢天理」、「傷人倫」、
「削人權」、「害家事」、「損生命」、「敗風俗」、「戕種族」[85]七
大罪的韻語表述。如果與民族意識濃厚的劉瑞平相比，劉氏將女性的纏
足提高到「亡國奴種之罪首」，指出其不只「關於女人之品格」，更重
要的是，「此實中國國權之大關係，而我黃帝子孫、神明漢裔之大恥辱
也」[86]，我們在雙方政治立場歧異的背後，仍不難發現以救亡圖存為終
極目標的殊途同歸。

女子纏足不只有「使國權沉失，種族蒙羞」的罪愆，其在人種遺傳
上的「普通大罪狀」，其實更令如劉瑞平一般的女性論者焦慮不安。以
下出自女性的自我譴責，往往比男性所言更聲色俱厲：

諸君既賦生為女人，女人以生產國民、教育國民為獨一無二
之義務。乃諸君不獨不能盡義務，而反為國民種禍根，產劣種。
自己不求衛生，纏足以害其體，長坐以柔其筋，又復婀娜娉婷，
工愁善病，相率為玉樹臨風、傷離歎別之醜態。所生子女，愈傳

84　何承徽〈天足會〉，《女子世界》15 期，1905 年。

85　黃遵憲〈皋憲告示〉，《湘報》55 號，1898 年 5 月 9 日。此文為黃氏 1898 年
　　代理湖南按察使時所發佈，並云：「本署司早歲隨槎環遊四國，先往東海，後
　　至西方，或作文身，或束細腰，雖屬異形，尚無大害。若非洲之壓首使扁，印
　　度之雕題飾觀，雖有耳聞，並未目睹。惟華人纏足，則萬國同譏。」

86　劉瑞平〈敬告二萬萬同胞姊妹〉。

愈弱。……種既劣弱，加以無教。……浸浸淫淫，遂養成一種無

公德、無法律、無獨立性、無愛國心之支那人種。[87]

如此，「女子者，強國之元素，文明之母，自由之母，國民之母」[88]，才不致被視為十三齡女童的學舌套語，而真正體現了女性自覺對於國家、民族負有重大責任的磊落胸懷。

　　由上述討論延伸出來的話題是，女性「生產國民」與「教育國民」責任的合一，前者對應著放足，後者則關涉到女學。這在松江女士莫虎飛的預言──「他日以纖纖之手，整頓中華者，捨放足讀書之女士，其誰與歸」[89]，已有集中的表述。諸人之談論女子當務之急，必將二者相提並論，原因是身體的恢復只是女性解放（更不消說是國家自強）的初步，心智的健全尤所必需。杜清持感歎：「今天我們中國的女權，也算沉淪到十二分了；中國的女學，也算昏昧到暗無天日了。」在她看來，要改變此狀況，「有兩件事，是最要先做的，也是我一生最大的一個願頭」。這就是：

　　　　講復女權，就一定先講不裹腳；講興女學，就一定先講讀書。

這種對「女權」的理解，明顯區別於男性的宏大敘事，而帶有女性「務實」的特點[90]。因此，即便反對「女權」的擁有須具備先決條件，她們

87　劉瑞平〈敬告二萬萬同胞姊妹〉。

88　曾競雄〈女權為強國之元素〉，《女子世界》3 期，1904 年 3 月。文章發表時，注明曾為「常熟十三齡女子」。

89　莫虎飛〈女中華〉，《女子世界》5 期，1904 年 5 月。

90　杜清持〈男女都是一樣〉。其中講到「不裹腳」與「復女權」的關係說：「殊不知女人不裹腳，第一件是複回他天賦的權利，因為天生出他來，原是想他不裹腳的，不是一生出來，就帶他一雙小腳來的呀！第二件的好處，是保全他的衛生，不裹腳，周身的血氣，才能夠運動，身體自然由此強壯，就是壽命也會

卻一致認定，「女學」在「女權」的實現中絕對必要。

　　就德育與智育的教育目的而言，晚清女學堂並不滿足於僅僅教授識字與演算，而有更高的追求。用杜清持的話說，就是：

> 　　一定要讀些有用的新書，靠讀書來明白人間的公理。見得男
> 女都是一樣，就當盡國民的義務，各人都出來辦事，各人都出來
> 謀生，彼此創出一番新世界來。[91]

很明顯，只有通過教育，培養女性的國民意識與職業技能，「復女權」才不致流為口號，並因建基於女子人格與能力合一的基礎上，而獲得切實保障。

　　上述主張在辦女學者心中，無分男女，已成一時公論，故無庸多言。更值得認真剖析的倒是《女子世界》中發端於女性的對於體育的格外推崇。該刊第 1 期〈女學懸賞徵文〉曾列出兩題，一為〈女中華〉，另一即是〈急救甲辰年女子之方法〉。思想極為活躍的廣東女學堂學生張肩任以第二題應徵，儘管只得了乙等獎，但在我看來，其論說的別具一格，實在遠遠超出了被評為甲等的莫虎飛撰寫的〈女中華〉，更無論高增之〈女中華傳奇〉。

　　無可否認，張肩任的理路同樣來自「女子者，文明之祖也，國民之母也」這一假說，由此生發出的關於民族國家強弱的討論，也不能逾出「人種決定論」的窠臼——「故女子之體魄一弱，關乎全國人種之問題。試觀我國人種皆短小，西國人種皆奇偉。不待一朝決戰，而其氣概已大勝人矣。人種與國家之關係，誠有如斯之密切。」——不過，在以今日之眼光足以輕易洞見的種種明顯破綻之外，張文中女性意識與國家

　　長些。第三件，遇著水火刀兵的事，走也走得快些。第四件，可以隨意出外遊
　　歷，自然那見識就會一天多比一天。」
91　杜清池〈男女都是一樣〉。

思想的交融，仍是最可注意之處。

　　接過金一、丁初我對女性的讚美之說，張肩任將其與女子教育勾連，進而突出了體育在女學中的首要地位。其論證過程為：「夫德育、智育、體育三者，皆不能或缺；且德育為重，智育次，體育又次矣。」這是教育的一般原則。然而，常規教育如果遇到特殊的時勢，也須隨時調整，而不能守常不變。在張氏眼中，當下的中國就是處在「競爭角逐之世界，累卵危亡之國家」的大變局中，教育的輕重次序因此必得與常態截然相反。理由是：

> 　　我國之女子，不出閨門一步，外界習俗，無從而薰染之，其道德心固未盡缺乏也。其心思較細，詩歌、美術之風，且不輸歐美，故其智識亦足以上人也。惟一觀其體魄，則病夫耳，死屍耳。纏足之毒，中之終身，害及全國。軀體之不完，遑言學問？纖微之不舉，奚論戈矛？

問題於是集中在是否有健全的身體上，否則，救亡熱情與尚武精神均無所附著，亦無從發揮。這就是張文所說：「即使今日女子，具有斯巴達女子之尚武精神，其奈無斯巴達女子之尚武體魄何？」

　　張肩任最初落筆本是從自救開始。她將「吾華之女俗」與「歐美之女風」相對照，發現中國女子雖人數眾多，「佈滿於大地」，但「幼受天刑，長為囚虜，至死無教育」，從而造成「普國女子，其體魄無一完全者」。如此「弱不禁風、奄奄一息之餘生」，在她看來，已不能「成為世界之人類」；而且，「即使倖存於古來之人類，尚得容足於今日之鐵血世界、競爭戰場乎」？結論既是否定的，弊病又集中於體魄，其提出的自救方案因此恰如水到渠成：

> 吾以為急救目前女子之方法，斷自體育始，斷自本年本日始。92

這一節文字當然也染有其時流行的「物競天擇，適者生存」的社會達爾文主義色彩，而從中華女子群體的生死存亡展開討論，在當年也許還顯得境界不夠高，不過，對自我命運的憂慮顯然是更切近女性自身的覺悟。時為上海務本女學堂學生、後來做了高旭之妻的何昭（亞希），所撰短文〈求學問何用〉也將女學問題徑直表述為：

> 當責任，須求學問；求學問，必先保身。若有學問，而身不強，必不能作事。93

「保身」既為一切行事的前提，「強身」自然必須放在第一位。

晚清興起的新式教育，德育與智育固然有賴於汲取西方的思想學說與科學知識，可中學畢竟仍佔有相當的份量；而體育對於女性來說，則具有全新的意義。因此，走出國門、留學異域的中國女子，如長沙的留日女學生鄭家佩，赴日後，寫信給湖南第一女學堂的監督與教習們，彙報日本女學情形，最引起其關注的正是體育。所云：「其教法則以德育、智育、體育三者並重。德、智二者，固不待言。今就佩所目擊體育之善美處而縷陳之。」從親眼目睹的東京華族女學校春季運動會的各項競技中，鄭氏看到的是日本女學生「無不矯健嫻習，運掉自如，別有一種精神」，不由得「欣羨不置」94。

以「保身」、自救肇始的女子體育，落在晚清衰微的國勢情景中，最終必然要整合到保種、救國的大思路上，亦是理所當然。何昭的話說

92　張肩任〈急救甲辰年女子之方法〉，《女子世界》6 期，1904 年 6 月。

93　何亞希〈求學問何用〉，《女子世界》8 期，1904 年 8 月。

94　鄭家佩〈致湖南民立第一女學堂監督教習書〉，《女子世界》12 期，1905 年 4 月。

得樸實，但道理明白：「故求學問，強身體，用以捍患，用以保國，其用為極大矣。」[95] 張肩任談論「體育之法則奈何」，更是立意遠大：

> 練其膽識，練其身體，練其冒險耐苦之精神志氣，使人人有軍人之資格。鼓吹以古來之任俠風，貫輸以國家思想，一呼而起，一躍而走。病夫既蘇，國家可理。[96]

而張氏對於「體育之法」過於寬泛的闡釋，則由十四歲的香山女學校學生劉瑞莪做了彌補。劉氏將女子體育集注在體操一科，論述的次第同樣是由近而遠、先身後國：

> 體操誠急務矣，可以活筋骨，可以怡性情，可以強種族。……故體操者，學堂必不可缺者也。雖然，吾謂女學之體操為尤要。蓋女子者，國民之母也。一國之中，其女子之體魄強者，則男子之體魄亦必強。我國人種之不及歐美者，亦以女子之體魄弱耳。

由此斷言，女學堂添設體操課，「將來造成新國民，養成優民族，皆此輩女子之責矣」[97]。

顯然是受到女性作者強調體育重要性論說的啟發，《女子世界》主編丁初我隨後也在雜誌上肯定：「今日女子之教育，斷以體育為第一義。」只是，這一貌似相同的說法，在理路的展開上仍有差別，保種救國已完全取代了保身自救，關於「體育為第一義」的理據也隨之偏向男性視角：「不特養成今日有數之女國民，且以養成將來無數之男國民。」以下的兩段闡論：

95　何亞希〈求學問何用〉。
96　張肩任〈急救甲辰年女子之方法〉。
97　劉瑞莪〈記女學體操〉，《女子世界》7期，1904年7月。

　　吾中國男子弱矣，惟女子之弱實致是。矯正身體，厥惟體育。

吾女子其急注意！吾辦女學者其急注意！

　　今日辦學之宗旨，非以養成幾輩文學士也。吾中國女子固能

文者。文，弱之因也。恐女子愈多文，而國民愈多弱。98

凡此，無不是從追究女性造成中國國民、尤其是男性國民的衰弱上著
眼。道理在當年也不能算錯，卻終究因為不自覺地流露出男子中心的立
場，而讓人醒悟，這些啟蒙者的發言並不足以包容晚清被啟蒙女性的思
考，儘管他們還是婦女解放的同路人。

　　仔細辨析以體育為女子教育第一義的諸家論説，從性別的角度，我
們已經揭示出其中存在著「保身→保國」與「保國→保身」兩條相逆的
思路。著眼於歷史合理性，後來者很容易因其終極目標救亡圖存的一
致，而以男性的呼號作為時代的最強音，使女性話語淹没在歷史記憶的
深處。本文則更在意歷史現場中女子的親身感受，力圖重現女性的身體
從個人私密變為公共話題的過程中，晚清女性所經驗的心路歷程。

雜誌的續出

　　以上所討論的《女子世界》，實際截止於 16、17 期合刊以前，此
為丁祖蔭編輯時期。而一般有關近代報刊的資料，又將封面上標明「續
辦」的第二年第六期刊物與前者視為一體99。這也不能説全無道理，起
碼刊名的沿用與期號的順接，即使二者有撇不清的關係。但此處分開論
述，亦有説辭。

　　主編的更換是一個原因。根據第二年第六期卷末附錄的廣告，其中

98　初我〈女學生亦能軍操歟〉，《女子世界》13 期，1905 年。

99　如上海圖書館編《中國近代期刊篇目匯錄》第二卷中冊（上海：上海人民出版
　　社，1981 年），以及丁守和主編《辛亥革命時期期刊介紹》第一集（北京：人
　　民出版社，1982 年），其中關於《女子世界》的部分。

明言：「本志現由陳如瑾女士（名勤）編輯。」同期的〈女報界新調查〉，也將《女子世界》（續辦）的編輯人署為「南潯陳勤」[100]。而此名假如不是實際編輯人陳志群為與秋瑾合作編造的共用化名，則其性別便是假託。因為從《女子世界》16、17期合刊可看出，陳志群已開始參與編輯工作。該期「論說」欄刊出的四篇文章，署名「志群」者占了一半；並且，原應由主編撰寫的首篇〈恭賀新年〉，也出自其手。因此，由陳氏接任續刊編者，自是順理成章。何況，民國初年，陳志群為秋瑾作傳，已明確承認其「曾設《新女子世界》報」[101]，這正是《女子世界》易主後的擬用名。於是，在第二年第六期《女子世界》中，「論說」欄三文倒有兩篇即〈女子教育〉[102]與〈爭約之警告四〉均署名「志群」，本不足為怪。另外兩則作者署為「如瑾」的文章〈女界二大雜誌出現〉與〈中國愛國女子請看〉，根據筆意，也應是陳志群所寫。

　　分別論說更重要的理由是，續出的《女子世界》開卷有一〈本誌緊要告白〉，其第一條即鄭重聲明：

　　　　本誌系新女子世界社續出，一切與前此女子世界社無涉。

這在編輯與發行的地點上也有表現。「新女子世界社」的編輯所設在「上海新閘路泰德里一千一百四十二號」，發行所則是位於「上海北四川路厚德里九十一號」的「中國女報館」，並且，〈本誌緊要告白〉還特別說明：「各處惠稿、惠函、惠書，均乞寄發行所轉交。」顯然，該刊對外是以「中國女報館」為聯絡中心。眾所周知，《中國女報》乃由秋瑾於1907年2月創辦。而此期續刊卷首特別登載了秋瑾手書的「女

100　〈本社廣告〉、〈女報界新調查〉，《女子世界》2年6期，1907年7月。

101　陳志群〈秋瑾〉，薑泣群編《民國野史》第二編，光華編輯社，1914年初版，1918年4版。

102　此文初刊秋瑾主編的《中國女報》2號（1907年3月），署名「鈍夫」。

秋瑾手書「女子世界」

子世界」四字，也證明新生之雜誌與秋瑾關係密切。此期雜誌因此亦被人稱為《新女子世界》[103]。

陳志群（1889-1962）[104] 為江蘇無錫人，名以益。早年入上海留學高等預備學校，後赴日求學。在晚清女報界，陳貢獻最大，除續編《女子世界》外，又創辦過《神州女報》與《女報》[105]。據其自述，他與秋瑾結識始於 1906 年秋 [106]。而最末期《女子世界》與秋瑾的關聯，從現存秋瑾〈致《女子世界》記者書〉中可清晰看出。此「《女子世界》記者」即陳志群，信共 11 封；《秋瑾集》中又另錄一未記年之〈致陳志群書〉[107]。按照書信順序，應是陳志群先將《女子教育》等稿件寄給秋瑾，以供《中國女報》第 2 號登載，秋於 1907 年 2 月 5 日復信表示「不勝感謝」。接著，已立志續辦《女子世界》的陳氏致秋瑾信中，便夾寄了「《女子世界》招股章一紙」，並正式提出兩個刊物的「合辦」問題。

103 如戈公振《中國報學史》（北京：三聯書店，1986 年）便提及「陳以益所創辦之《新女子世界》」，並謂：「秋女士就義後，《新女子世界》與《中國女報》合而為一，易名《神州女報》。」（130 頁）

104 據郭長海、李亞彬〈秋瑾和陳志群〉，氏著《秋瑾事蹟研究》249 頁，（長春）東北師範大學出版社，1987 年。

105 參見陳以益〈朱君仲侯小傳〉與〈讀報隨筆〉，氏著《爪窪鴻爪》113、105 頁，（北京）外交部印刷局，1924 年。

106 陳志群〈秋瑾〉：「丙午秋回國居滬，設光復會機關部於北四川路，造炸彈、創女報，余於此時識之。」

107 〈致陳志群書〉、〈致《女子世界》記者書〉，《秋瑾集》47-52 頁，（上海）上海古籍出版社，1979 年。

秋瑾回信，雖稱其建議為「美舉」，但還是表示「其中大有苦情」。所顧慮處在於，「近日女界之報，已寥寥如晨星」，「前惟貴報（引者按：指《女子世界》）稱巨擘耳」，「後忽停止，而鄙人以《中國女報》繼起」。但秋瑾因從事革命工作，兼以主持紹興大通學堂校務，再加出版於上海的《中國女報》編輯，已覺「奔走不暇，恐綿力不勝重任，有負女報界之責任」，故回答陳志群，兩刊「不如分辦，則長有君等之一師團，為女同胞決最後之勝負」。而在陳氏的一再堅持與邀約下，秋瑾5月5日復函中再次申明，不欲合辦的原因，主要是擔心由於《中國女報》的經濟困難與秋氏本人的政治活動而牽連新刊，「萬一之間，二報或同時消滅」，是「以一人而失二報，瑾之罪大矣」。不過，秋瑾顯然已被陳志群的誠心打動，所以在回信中，口氣有鬆動：「如君實意欲合辦，尚祈三思而後之決定，則瑾亦祇可惟命是從，勉力而為之耳。」陳接信，應是大喜過望。秋瑾5月15日再致函，仍勸其謹慎從事：「如以為然，請來紹一敘，面陳一切；如不以為然，各行其是，分道而馳可也。」並強調：「去就請酌行；來則當犧牲一切也。」

此後數信，或指示來紹興路程，或請介紹教員來大通學堂任教，或請代為聯繫購買儀器，皆因陳志群決意赴紹，與秋瑾面談《女子世界》與《中國女報》合辦事。而且，從秋瑾信中亦可得知，辦刊之外，陳氏已決心協助秋瑾辦學，出任大通學堂教員。秋瑾致陳志群的最後一信寫於7月6日，催其「速來勿遲，因有要事也」，可見已認陳為同志。而一週後，即7月13日，秋瑾便因策劃起義失敗，在大通學堂被捕，兩天後遇難，時為陰曆六月六日。出版於丁未六月的《女子世界》續刊，應是陳志群打算動身之前已編就，才可能在內封刊出秋瑾的題字及秋〈致志群書〉之節錄[108]，並對秋瑾的被害無一語道及[109]。其實，也正

108　此即《秋瑾集》收入的〈致陳志群書〉，所錄為全文，而將贈詩刪去。

109　陳志群當時的行蹤，在《民國野史》第二編〈秋瑾〉中亦有記述：「丁未三月（秋瑾）來滬訪余於學校，時余方讀書滬上也。自是余頻往中國女報社，與秋

是因為秋瑾之死，合辦的《新女子世界》受波及，才僅出一期便夭折。

聲明與舊《女子世界》無涉的續刊，在編輯方針上實際已向原來的激進派傾斜。從股東構成即可看出，新刊《女子世界》的第一位認股者乃是柳亞子[110]，所認 25 股，與主編陳志群相同，屬最多，而其他 9 位股東總共才占 14 股。更實在的表現，是其凸顯了柳亞子等人「女權革命」與「種族革命」並舉的思路，使雜誌的民族意識大為增強。〈本社招股廣告〉已明白宣告：

> 民愚則國亡。我國既愚其二萬萬男子，俾為間接之奴隸於異
> 種；更以最親愛、最文弱之二萬萬女子，為奴隸之直接奴隸。

《女子世界》的續出，因此有更宏大的目的：

> 故欲振今日中國之危亡，必先解脫女子之羈勒，而聰其聽焉，
> 明其視焉，鼓吹其精神，而感刺其腦筋焉。是不可無物以司其運
> 動之機，此本誌續辦之目的也。

自覺地以刊物作為婦女解放運動的領導機關，在啟發女性自立意識覺醒的同時，也為民族獨立精神埋下種子，這確是新刊的追求。

於是，在重新發表的《女子教育》修訂稿中，陳志群強調「女子體育」的重要性時，即以「漢種之弱，已臻極點，考其原因，全在母體」

有所謀，並晤陳君伯平。陳君伯平赴紹，旋秋君將返紹謀回應，余與朱君仲侯為購軍用器械。秋君回紹，就大通組織暑假體操會，預備起義。適皖中事敗，徐錫麟、陳伯平、馬宗漢死之。秋君仍主急進，日事操演，如臨大敵。浙省大吏早有所聞。時余已返江陰，秋君疊函來招。余收拾行裝，正擬就道，而秋君被害之惡耗，忽現於滬上之報紙。」

110 「以認股先後為序」的〈本社股友題名〉，列在第一位的「柳安如君」即柳亞子。

開頭，而謂女子若能經由體育訓練，身體強健，「則生子自佳，漢種自強矣」。顯然是將此篇論説的讀者對象鎖定為漢族女性，「民族復興」的口號已呼之欲出。

更明顯的表示在「史傳」欄。由丁祖蔭主持的最後一期《女子世界》，即 16、17 期合刊，曾發表石門文明女塾教員呂筠青（逸初）女士的〈女魂〉。其中〈李素貞〉、〈秦小羅〉兩則的傳主，均係與太平天國為敵：一親身上陣，多有斬殺，後殞於沙場；一因南京城破被掠，謀毒斃東王楊秀清，未成遇害。「大我」（疑為陳志群的化名）在篇末以讀者的身份加按語，雖稱二人「於種族思想，似有遺憾」，不過，落腳點卻在「然激於愛國，則不暇辨」。他批評中國女子「皆祇有一身，不知有一家，祇有一家，不知有一國；女格由是卑，國家由是弱」，因此，講到他「之所以節取李、秦諸事者」的動機，便只在「將以愧婦女之反對國家思想者矣」。到續刊出版，刊物的民族主義導向已更鮮明，「大我」因自覺前論不妥，不僅主動在〈女魂〉總題下續寫了記述明清鼎革之際寧死不肯降從清兵的趙雪華與宋蕙湘，以及贊助反清事業、後歸洪秀全的徐□□三位女性的事蹟，而且在文末附言自表補正之意：

> 前期記載李、秦諸事，均於種族思想，似有遺憾。茲特節取趙、宋諸事揭之，俾世人知民族主義。而前期所載咸、同間李、秦諸人，謂激於愛國思想，不暇辨種族者，吾知李、秦地下有知，當感余前期猶寬論古人，而不汝疵瑕者矣。

其實，被置評的李素貞、秦小羅倒未必需要感謝論者的寬恕，反而是選擇不同的古代女傑作為今人的典範，更能顯示作者思想的歧異。

有別於《女子世界》初創時的一枝獨秀，續刊出現時，女報界已頗呈興盛景象。除去在清朝統治中心出現的《北京女報》、《中國婦人會小雜誌》及已停刊者，其他列名於〈女報界新調查〉中的出版於上海與

東京的婦女雜誌，都與《新女子世界》有關聯。陳志群（如瑾）撰寫的〈女界二大雜誌出現〉，評論的刊物即為同年 1、2 月創刊的《中國女報》與《中國新女界雜誌》。此期卷末，也登載了兩刊的廣告。兩位刊物主持人秋瑾與燕斌雖均有留日經歷，思想卻有激進與溫和之不同。陳志群的立場更接近秋瑾，故「以內容論」，便肯定秋刊勝於燕刊。雜誌間的呼應不只反映出女報界的已成聲勢，更重要的是，省察與誰結盟，可幫助判定刊物的性質。就密切程度而言，《女子世界》（續辦）更親密的「盟友」無疑是《中國女報》與《天義報》，另外，由柳亞子、高旭等編刊的《復報》也應計算在內。

《中國女報》的情況已見前述。在〈致志群書〉之外，續辦的《女子世界》又刊發了秋瑾的〈黃海舟中感賦〉與〈長崎曉發口占〉，原詩先載於《中國女報》1 期。

《天義報》則由劉師培之妻何震主編，在東京出版，為「女子復權會」的機關報，屬於當時最激進的無政府主義雜誌，1907 年 6 月，即革新後的《女子世界》發行前不久剛剛問世。陳志群（如瑾）的〈女界二大雜誌出現〉一文末尾，已捎帶提到《天義報》，「係東京新出，尤為完善」，評價還在《中國女報》之上。而他主編的新刊卷首，也全文登載了由何震等署名的〈《天義報》啟〉。關於該刊的「宗旨及命名」，所附簡章有如下說明：「以破壞固有之社會、實行人類之平等為宗旨。於提倡女界革命外，兼提倡種族、政治、經濟諸革命，故名曰《天義報》。」《天義報》鮮明的政治傾向與強烈的理論色彩，註定其只能成為少數激進知識者的園地。而陳志群的高度讚賞，則表明了他對該刊宗旨的認同與引為同調。

東京印刷卻在國內編輯的《復報》，於鼓吹革命上態度同樣激烈。編者曾自述辦刊目的為：「發揮民族主義，傳播革命思潮；為國民之霜鐘，作魔王之露檄。」[111] 而在該刊協助同盟會機關報《民報》與主張君主立憲的《新民叢報》論戰中，陳志群亦發表過〈駁梁啟超書〉與〈難

梁啟超書〉[112]，實早與《復報》同人為同志。因此，續出的《女子世界》轉錄原刊於 1906 年 11 月《復報》6 號上的〈紀楊壽梅女士事〉，本不足怪。倒是其將同期《復報》出自柳亞子之手的《革命與女權》及〈燕獄〉二文，剪裁合併為一篇，題旨反更顯豁。指俄國虛無黨女傑的成功暗殺為「女權時代之開幕」的標誌，引出中國女學生亦有因參與革命活動流血犧牲者，從而激勵：「我女同胞乎，缺彼菜市之刀，而再接再厲，重疊藁街之首，而亦步亦趨，毋使蘧伯玉獨為君子也。」[113] 不言而喻，中國女權復興的希望，便寄託在中國女性為民族革命前仆後繼的奮爭中。

此外，于右任 1907 年 4 月 2 日在上海創辦的《神州日報》，也因其革命傾向而受到陳志群的關注。續刊《女子世界》中〈記露女俠暗殺事〉便採自該報，直接記述了俄國虛無黨女俠暗殺典獄官總長的經過，與《革命與女權》中的議論正可前後呼應。

由此可見，新生的《女子世界》確已自覺地將「女權革命」匯入「民族革命」的大潮中，從前此更多地要求女子具有愛國、救國思想，進而目標集中於現政府，把推翻滿清政權作為中國女性獲得徹底解放的前提。這實際上意味著，女性的獨立與民族的復興密不可分，中國婦女的解放運動因此與孫中山所領導的反清革命大方向一致。而柳亞子、陳志群等激進男子所期望的婦女運動成為革命的一翼，在實踐中也得到了證明。《新女子世界》雖一期而亡，但薪盡火傳，陳志群於 1907 年 12 月接力發刊的《神州女報》及其 1909 年續辦的《女報》，仍延續了這一精神。這也是晚清女報多半具有革命色彩的真正原因。

（原刊貴州教育出版社 2003 年版《〈好世界〉文選》卷首）

111　〈社告〉，《復報》4 號，1906 年 9 月。

112　見《復報》4、10 號，1906 年 9 月、1907 年 6 月，二文均署「志群」。

113　陳〈革命與女權〉，《女子世界》2 年 6 期，1907 年 7 月。又，同期轉載〈紀楊壽梅女士〉，與《復報》題目微有不同。

作為書面語的晚清報刊
白話文

　　作為現代白話文的前身，晚清白話文的重要性不容忽視。但長期以來，為「五四」劃時代的光芒所遮掩，晚清白話文黯然失色，很少受到學界關注。這與其時白話書寫史無前例的繁盛極不相稱。

　　所謂「繁盛」，就文本載體而言，晚清白話文主要存在於報刊。雖然 1876 年 3 月 30 日申報館最早發行的第一份白話報紙《民報》很快夭折，但總數達到兩百多種的白話報刊[1]，在晚清啟蒙思潮中，仍然成為引領風尚、對社會大眾最具影響力的白話讀物。加以文言為主的報刊亦不乏開闢白話文欄目者，到 20 世紀初，報刊中的白話書寫已堪稱聲勢浩大。而以通俗為準則，方言寫作的分量也日益加重。由此構成的官話與非官話區方言的交錯，構成了晚清報刊白話文的豐富圖景。

「手」與「口」的關係

　　晚清關於白話文學最有名的一句話出自廣東嘉應州（今梅州）人黃遵憲。1868 年，時年二十一歲的黃遵憲作〈雜

1　參見胡全章《清末民初白話報刊研究》，20 頁，中國社會科學院
　　博士後研究工作報告，2010 年。

感〉詩，中有「我手寫我口，古豈能拘牽」[2]之句，經過胡適的引述、發揮[3]，此語幾成為對於白話文學最精準的概括。

《無錫白話報》第一期（1989年5月）刊影

1898年5月11日，無錫人裘廷梁聯合同志，創辦了《無錫白話報》（自6月19日第5、6期合刊起，改名《中國官音白話報》）。8月27日出刊的19、20期合刊上，刊登了裘氏的名文〈論白話為維新之本〉，赫然提出「崇白話而廢文言」的主張，指責文言使「一人之身，而手口異國，實為二千年來文字一大厄」，結語為：「文言興而後實學廢，白話行而後實學興；實學不興，是謂無民。」此文先是作為1901年裘廷梁編輯的《白話叢書》第一集代序印出，後又於1903年收入梁啟超在日本橫濱出版的《清議報全編》之《群報擷華》卷，因而產生了相當廣泛的影響。

以上兩例早已是學界常識。不過，在裘廷梁之論見報前，1898年7月24日，創刊於上海的《女學報》第一期上，卻尚有未經研究者道及的〈上海《女學報》緣起〉。作者上海女士潘璿乃是這份中國最早的女報主筆之一，其文第一節「論用官話」，已經在辨析「這文字是手裡的話，言語是嘴裡的話，雖是兩件事情，卻是一樣功用」。她的結論是：「古話除考古外，沒有別用。不如用白話的易讀易曉，可以省卻那些無限的工夫，好去揣摩這些有用的實學。」由於裘廷梁辦《無錫白話報》

2 　黃遵憲〈雜感〉其二，黃遵憲著、錢仲聯箋注《人境廬詩草箋注》上冊，42頁，上海古籍出版社，1981年；另參見錢仲聯撰〈黃公度先生年譜〉，同書下冊，1173頁。

3 　參見胡適《五十年來之中國文學》，34-38頁，（上海）申報館，1924年。

所倚重的從侄女裴毓芳亦在《女學報》第一批公佈的主筆名單上，因此，裴廷梁的白話論極有可能受到了潘璿的啟發。

有意思的是，三人關於文言與白話關係的早期思考，都不約而同地提到了「手」與「口」的分離與合一。「手口異國」的文言書寫既被視作大害，手口如一自然也就成為白話寫作的最大好處與特徵。而就其言說與立場的堅定來看，論者顯然並不以為「手」「口」統一有何難處。以此推想，無論是 1905 年病逝的黃遵憲，還是 1943 年方才謝世的裴廷梁，都應有白話文傳世。尤其是後者，以其提倡之早、鼓吹之力，白話著述更應數量可觀。不過，翻檢各家文集，結果殊出意外。

在目前收錄最全的《黃遵憲全集》[4]中，除了被胡適稱讚的輯錄當地民歌而成的〈山歌〉等作品外，並沒有一篇白話文。最接近的是 1898年 2 月 21、28 日，黃氏任湖南代理按察使時，在長沙南學會的兩次演講稿[5]。此稿於《湘報》發表時，稱為「講義」。起始雖也使用了「諸君，諸君」這樣開講的套語，但通篇所用文體仍屬淺近文言。如第一段：

> 諸君，諸君！何以謂之人？人飛不如禽，走不如獸，而世界以人為貴，則以禽獸不能群，而人能合人之力以為力，以制伏禽獸也，故人必能群，而後能為人。何以謂之國？分之為一省一郡，又分之為一邑一鄉，而世界之國只以數十計，則以郡邑不足以集事，必合眾郡邑以為國，故國以合而後能為國。

不過，比較其他演講者，如陳寶箴、譚嗣同、皮錫瑞等，黃遵憲的講稿已算是最具現場感。除了開篇與另外兩段開頭使用的「諸君，諸君！」

4　陳錚編《黃遵憲全集》，（北京）中華書局，2005 年。
5　參見〈開講盛儀〉，《湘報》1 號，1898 年 3 月 7 日。

外，文中也隨處提到「諸君」，並有「嗟夫！嗟夫！」的感歎，最後則以「諸君，諸君！聽者，聽者！」[6] 結尾。總之，通過保留或添加此類呼喚與感歎，黃遵憲確實是在有意製造或復原同聽眾交流的臨場氛圍。只是，其講義與白話文仍有間隔。

裘廷梁的情況比較複雜。可以認定的是，在主持《無錫白話報》（《中國官音白話報》）期間，裘氏唯一以本名發表的文章即是〈論白話為維新之本〉，而此文乃出以文言。當然，這並不排除他可能用筆名進行白話寫作，而且，起碼一些未署名的文字確實出自裘廷梁之手[7]。不過，1901 年出版的《白話叢書》第一集中所收六種白話著作[8]，全部記為裘毓芳「撰」或「演」。裘廷梁八十七歲去世前編定的《可桴文存》，也以文言著述為主；特別列出的「白話文」一類，僅得 13 篇，且目前排在首位的〈致梁任公信〉，寫作時間已遲至 1922 年[9]。尤其值得注意的是，裘氏 1936 年 2 月刊出的《國粹論》，是其晚年十分看重的論文。按照裘廷梁自陳，此篇「初意欲作白話文，不果」，後由其從侄孫裘維裕譯成白話，並不避重複，特別作為《可桴文存》的「白話文」附錄印出[10]。

6　〈黃公度廉訪南學會第一、二次講義〉，《湘報》5 號，1898 年 3 月 11 日。

7　如第 1 期「無錫新聞」中〈亞洲廢物〉一則，用「本館主人」自述的口氣，作者明顯為裘廷梁。本文所用《無錫白話報》（《中國官音白話報》）影本由沈國威教授提供，特此致謝。

8　包括〈《女誡》注釋〉、〈農學新法〉、〈俄皇彼得事略〉、〈日本志略〉、〈印度記〉與〈海外拾遺〉。

9　信中提及「聽見你擔任東南大學講席，並且常往南京各校演講」（《可桴文存》，96 頁，無錫：裘翼經堂，1946 年），與梁啟超 1922 年 10 月下旬起在南京東南大學講學事合（見丁文江、趙豐田編《梁啟超年譜長編》，967 頁，上海人民出版社，1983 年）。《可桴文存》複印本由胡曉真研究員提供，特此致謝。

10　裘可桴〈《可桴文存》自序〉，《可桴文存》卷首。《國粹論》的刊載時間見〈致吳觀蠡〉（《可桴文存》，113 頁）。

　　由上述敘述透露出的資訊是，白話書寫對於黃遵憲和裘廷梁也並非輕而易舉，特別是裘氏自認相當重要的文章，仍要假手他人、而非自撰成白話文，其間必有為難處。激烈主張「手」「口」合一的人，自己卻無法踐行其說，所以致此的原因何在？

　　首先可以想到的自然是書寫習慣。文言作為統一的書面語，早已成為讀書人自我表達與文字交流的通用媒介。假如沒有經過一定的訓練，寫作白話文並不一定比撰寫文言文更便捷。甚至可能費時更多。1902年，梁啟超翻譯法國小說家焦士·威爾奴（Jules Gabriel Verne，今譯「儒勒·凡爾納」）的《十五小豪傑》一例堪稱經典。梁氏當時自道甘苦：「本書原擬依《水滸》、《紅樓》等書體裁，純用俗話，但翻譯之時，甚為困難；參用文言，勞半功倍。」這顯示出，對於熟習文言寫作的人，驟然調換筆墨，情形很有些「欲速則不達」的尷尬。而其「每點鐘僅能譯千字」的白話書寫，若與以文言翻譯小說出名的林紓相比，則林氏「日區四小時，得文字六千言」的高速率，實足令人驚歎；即使自我比較，在改用文白夾雜體後，梁啟超更將每小時譯出的字數提高到「二千五百字」[11]。可見，寫作習慣同樣應是黃遵憲與裘廷梁自由使用白話的一大障礙。

　　另外一個也許是更重要的原因，則是各人的方言背景。本來「我手寫我口」，只能指向方言寫作。但在黃遵憲、裘廷梁、梁啟超等人當年看來，採用白話文原本就是要達到通行全國、啟蒙大眾的目的，如果只限於方言區一隅，便折損了寫作的意義。因此，官話成為必然的選擇。潘璿為《女學報》所作序中，已經把這層意思說得十分清楚：

　　　　我中國通行的，有這官話。「官」字是公共的字，「官話」

11　少年中國之少年（梁啟超）《十五小豪傑》第四回批語，《新民叢報》6 號，1902 年 4 月；林紓〈《孝女耐兒傳》序〉（1907 年），阿英編《晚清文學叢鈔》（小說戲曲研究卷），251-252 頁，（北京）中華書局，1960 年。

就是公共的話了。我們如今立報，應當先用官話，次用土話。為
什麼呢？因為土話只能行在一鄉一村的，不能通到一縣一州；行
在一縣一州的，不能通到一省一國。本報章定用官話，乃是公共
天下的意思。12

這也是《無錫白話報》改名《中國官音白話報》的緣由：「以報首標明
『無錫』二字，恐閱者或疑專為無錫而設，尚慮不足以號召宇內。」13
當然，隨著白話啟蒙運動的深入，日後對於以官話統一人心、增強國力
一類政治層面的意涵有更多的論述。

在以官話為標準的白話文書寫理念引導下，生活在北方話之外的方
言區作者的情況便值得格外關注。如黃遵憲為客家人，所用日常口語為
粵東客家話；裘廷梁籍貫無錫，屬於吳語方言區；梁啟超則為廣東新會
人，正處於粵語區內。自然，出於科考、仕宦等緣由，必須奔走在外的
士人也一定要學說官話。但對於非北方話地區出身的讀書人來說，先入
為主的方言總是會成為日後斷續習得的官話的羈絆，與北方話音韻、辭
彙差別越大的地區，官話越難寫得順暢。據說梁啟超戊戌變法中被光緒
皇帝召見，本擬加以重用，但後來「僅賜六品頂戴」，「仍以報館主筆
為本位」，箇中原因是，「傳聞因梁氏不習京語，召對時口音差池，彼
此不能達意，景皇（按：即光緒帝）不快而罷」14。而例舉其音，則梁
讀「孝」字為「好」，讀「高」字為「古」，讓說著道地北京話的光緒
帝如何明白。雖然梁啟超晚年往來密切的弟子楊鴻烈記述，「後來，因
梁氏常與外省人周旋接觸，新會鄉音便逐漸改變」，但還是認為，「事
實上，全國大多數聽眾都以不能完全明瞭他的西南官話為憾」。並舉例

12　潘璿〈上海《女學報》緣起〉，《女學報》1 期，1898 年 7 月 24 日。

13　〈本館告白〉，《無錫白話報》4 期，1898 年 5 月 25 日。

14　王照〈復江翊雲兼謝丁文江書〉（1929 年），夏曉虹編《追憶梁啟超》，183
　　頁，（北京）中國廣播電視出版社，1997 年。

説，「尤其在華北方面，如一生最崇敬他的前北京高等師範學校教務主任兼史學教授王桐齡氏，凡有梁氏的講演，幾乎風雨無阻，每次必到，但總是乘興而往，怏怏而歸。問其所以，總是自認對於講詞的某段某節，竟完全聽不明白」[15]。由此我們也可以知道，梁啟超儘管日後學會了西南官話，在交流上仍存在困難。特別是時當晚清，其濃重的鄉音，必然會影響到他的官話白話文書寫。

因此，下文擬從晚清報刊中選取若干文本，通過仔細比對，考察處在文言與其他方言夾縫中的官話白話文與各方的糾葛，以呈現晚清白話文的多種面貌，並探測其成因及演化趨勢。

文言與白話的同出一手

如上所述，晚清的現實情境是，文言與白話的壁壘，使得大部分未經訓練的讀書人很難在兩者之間自由轉換。因翻譯《十五小豪傑》時，「明知體例不符」，但為「貪省時日，只得文俗並用」，梁啟超不由發出了「語言、文字分離，為中國文學最不便之一端，而文界革命非易言也」[16] 的慨歎。梁氏的粵語背景，固然也制約了其純熟寫作官話的能力。但即便是北方官話區的作者，初次試筆白話文，也仍然可能文白摻雜，寫得四不像。例如，1905 年 12 月，一位天津的讀者向英斂之主編的白話報〈敝帚千金〉投稿，其中說到自己勉力執筆的情況：「我今天把幾年的愚志宣一宣，奈白話的文理雖淺，狠難説得有味。愚素日既未學過，如今又無人指教，不得不任筆寫來，不免遺笑方家。」[17] 雖則為了勸導大眾的愛國思想，積極回應國民捐的號召，作者也調整了文筆，努力寫作白話文，但其中隨處可見的文言字眼，特別是把口語中常見的「説一説」或古白話中常用的「表一表」，十分彆扭地寫成了「宣一

15　楊鴻烈〈回憶梁啟超先生〉，夏曉虹編《追憶梁啟超》，287 頁。

16　少年中國之少年（梁啟超）《十五小豪傑》第四回批語。

17　津門張鴻鈞〈勸上國民捐〉，《敝帚千金》9 冊，1905 年 12 月 29 日。

宣」，讀來的確引人發笑，倒也因此可見晚清白話文作者的啟蒙熱情之高。

《安徽俗話》第二期（1904年4月）刊影

而在清末眾多的白話報刊中，若與五四文學相繫聯，陳獨秀1904年3月31日在安徽蕪湖創刊的《安徽俗話報》於是具有了特別的意義。陳獨秀為安徽懷寧（今屬安慶）人。關於該刊所用的語言，第一期揭示宗旨的〈開辦《安徽俗話報》的緣故〉已作了說明，「做報的都是安徽人，所說的話，大家可以懂得」。也就是說，主筆陳獨秀所寫的白話文，乃是「下江官話」（江淮官話），屬於晚清官話的體系內。

應該承認，陳獨秀對語言、文字有特殊的敏感與興趣，他在《安徽俗話報》上發表過《國語教育》一文，很早就提出了「國語」的概念。他認為，國語教育意義重大，其中一個理由便是可以統一語言——「全國地方大得很，若一處人說一處的話，本國人見面不懂本國人的話，便和見了外國人一樣，那裡還有同國親愛的意思呢」。其中也講到安徽內部的方言情況：「就說我們安徽省，安慶、廬州、鳳陽、潁州、池州、太平這六府的話，雖說不同，還差不到十二分。惟有徽州、寧國二府的話，別處人一個字也聽不懂。就是這二府十二縣，這一縣又不懂得那一縣的話。」所以，陳獨秀勸告「徽、寧二府的人，要是新開學堂，總要加國語教育一科」，起碼「要請一位懂得官話的先生，每天教一點鐘的官話」。顯然，隸屬安慶府的陳獨秀，在語言上已先天地佔有會講官話的優勢。陳氏更希望的是，「用各處通行的官話，編成課本，行銷各處」[18]。由此看來，他在《安徽俗話報》的白

18　三愛〈國語教育〉，《安徽俗話報》3期，1904年5月15日。

話寫作，也應以此為目標。

　　當然，除了語言，其時給予陳獨秀官話書寫以深刻影響的還有文本。由於陳氏留下的早年生活自述資料很少，我們現在無法準確還原其閱讀經驗。不過，至少可以知道的是，近則有其「都看見過」的《中國白話報》、《杭州白話報》、《紹興白話報》、《寧波白話報》、《潮州白話報》、《蘇州白話報》[19]，陳氏曾參與編輯的《警鐘日報》也發表過白話論說；遠則有其喜歡的白話小說，如斷言文學史價值遠在歸有光、姚鼐古文之上的《水滸傳》與《紅樓夢》，認為「文章清健自然」遠超《紅樓夢》而更為其看好的《金瓶梅》，以及「文筆視聊齋自然得多」而最得其喜愛的「箚記小說」《今古奇觀》[20]。凡此，都有可能在陳獨秀寫作白話文之際，成為其經驗世界中先在的樣本。而這種白話文學的修養，也使陳氏在《安徽俗話報》上刊載的白話文，較之同時代其他作者多了一份自然。

　　恰好，陳獨秀留下了一文一白兩篇同樣題為〈論戲曲〉的文章，可以供我們觀察其如何出入兩種文體。其中，白話本發表在1904年的《安徽俗話報》[21]上，文言本見於1905年的《新小說》[22]。《新小說》由梁啟超1902年11月在日本橫濱創辦，此時，雜誌已改由上海廣智書局發行，撰稿的主力也以上海作家為主。

　　很容易看出，白話本〈論戲曲〉比文言本多出了一些內容。主要是最後一段對於上海熱心戲曲改良的演員汪笑儂的推許：「聽說現在上海丹桂、春仙兩個戲園，都排了些時事新戲。春仙茶園裡有個出名戲子，名叫汪笑濃[儂]的，新排的《桃花扇》和《瓜種蘭因》兩本戲曲，看戲

19　三愛〈開辦《安徽俗話報》的緣故〉，《安徽俗話報》1期，1904年3月31日。

20　見胡適〈文學改良芻議〉文末之獨秀識語、「通信」欄中獨秀〈答胡適之〉，《新青年》2卷5號、3卷4號，1917年1月1日、6月1日。

21　三愛〈論戲曲〉，《安徽俗話報》11期，1904年9月10日。

22　三愛〈論戲曲〉，《新小說》2年2號，1905年3月。

的人被他感動的不少。」因此提出：「我很盼望內地各處的戲館，也排些開通民智的新戲唱起來。看戲的人都受他的感化，變成了有血性、有知識的好人，方不愧為我所說的世界上第一大教育家哩！」這一段基於陳獨秀在上海的觀劇體驗，對於內地的白話讀者會感覺言之親切，而放在通篇採用宏闊視野的文言論述中，則顯得氣魄不足，煞不住尾。這也是白話與文言一更近乎日常、一更講究文章作法的不同追求所造成。

同黃遵憲一樣，陳獨秀在白話本的〈論戲曲〉中，也不斷與讀者打招呼；而且受到其時已經盛行的演說風氣的薰染，這些原本寫在紙面上的文字，也在極力類比演講的口吻。文章是這樣開頭的：

> 列位呀！有一件事，世界上人沒有一個不喜歡，無論男男女女老老少少，個個都誠心悅意，受他的教訓，他可算得是世界上第一大教育家。卻是說出來，列位有些不相信，你道是一件什麼事呢？就是唱戲的事啊！列位看《俗話報》的，各人自己想想看，有一個不喜歡看戲的嗎？我看列位到戲園裡去看戲，比到學堂裡去讀書心裡喜歡多了，腳下也走的快多了，所以沒有一個人看戲不大大的被戲感動的。

如果以語意為單位，上引文字中，幾乎每一語意句中，都有一個「列位」在。如此一再被呼喚的「列位」讀者，自然也很容易親近作者，迅速融入論說的情境。而且，大量使用提問句，也是晚清白話文寫作的一個訣竅。特別是在模擬演說的白話論說文中，提問句的插入，也有助於建構一種虛擬的作者與讀者之間的互動關係。當然，晚清許多白話報的編寫者，已經有意識地提倡一報兩用，打通耳目，兼供閱讀與宣講[23]。

23　參見李孝悌《清末的下層社會啟蒙運動：1900-1911》，（石家庄）河北教育出版社，2001年。陳獨秀本人也很看重演說，就在〈論戲曲〉中，他還要求「戲中夾些演說」（《安徽俗話報》11期）。

因而，這些紙面上的文字，也確有可能以聲音的方式抵達聽眾的耳中。

而對於白話文非常重要的拉近作者與讀者關係的言說方式，在文言文中顯然並不那麼必要。〈論戲曲〉改為文言後，與之相對應的文句已相當簡括：「戲曲者，普天下人類所最樂睹、最樂聞者也，易入人之腦蒂，易觸人之感情。故不入戲園則已耳，苟其入之，則人之思想權未有不握於演戲曲者之手矣。」文中不但摻入了「思想」這樣源自日本的新名詞，而且也以人類共同的經驗取代了白話文中有意喚起的個體感受。當然，文言本也並非只有對白話本的縮寫，偶爾也會出現添加。如緊接前引文字有如下數言：「使人觀之，不能自主，忽而樂，忽而哀，忽而喜，忽而悲，忽而手舞足蹈，忽而涕泗滂沱，雖些少之時間，而其思想之千變萬化有不可思議者也。」這些文句其實都是從「没有一個人看戲不大大的被戲感動的」生發出來。而鋪陳感動的情狀，則是文言的拿手好戲。四字詞的紛至遝來與排比句的使用，合力構成了文章的鏗鏘氣勢。

更能見出陳獨秀在文白之間熟練遊走的例句，還是那些字句基本對應的古文今譯。不過，這裡的工作程式也許剛好反過來，即先有了白話文，再改寫成文言文。如下列文句：

> 依我說起來，戲館子是眾人的大學堂，戲子是眾人大教師，世上人都是他們教訓出來的。
>
> 由是觀之，戲園者實普天下人之大學堂也；優伶者實普天下人之大教師也。
>
> 現在國勢危急，內地風氣，還是不開。各處維新的志士設出多少開通風氣的法子，像那開辦學堂雖好，可惜教人甚少、見效太緩；做小說，開報館，容易開人智慧，但是認不得字的人，還是得不著益處。我看惟有戲曲改良，多唱些暗對時事、開通風氣的新戲，無論高下三等人，看看都可以感動，便是聾子也看得見，

瞎子也聽得見，這不是開通風氣第一方便的法門嗎？

　　現今國勢危急，內地風氣不開，慨時之士，遂創學校，然教
人少而功緩。編小說，開報館，然不能開通不識字人，益亦罕矣。
惟戲曲改良，則可感動全社會，雖聾得見，雖盲可聞，誠改良社
會之不二法門也。

文言文中照樣使用了新名詞，進入白話文則進行了適當的「翻譯」或改
寫，如「學校」之統一為「學堂」，「全社會」之改為「無論高下三等
人」，另一處的「改良社會」則意譯為「開通風氣」，既不失其新意，
兩邊的文字又都顯得相當妥帖。

　　考證歷史、引用典故本來也是文言文的常見作法，同時也是文人習
氣的表徵。陳獨秀面對的讀者儘管包括了「沒有多讀書的人」[24]，但他
寫起白話文來，仍免不了追源溯流、引經據典。〈論戲曲〉中也有這類
文字。其中考察戲曲淵源的一段最為重要：

　　即考我國戲曲之起點，亦非賤業。古代聖賢，均習音律，如
〈雲門〉、〈咸池〉、〈韶護[濩]〉、〈大武〉等之各種音樂，上
自郊廟，下至里巷，皆奉為圭臬。及周朝遂為雅頌，劉漢以後變
為樂府，唐宋變為詞曲，元又變為昆曲，迄至近二百年來，始變
為戲曲。故戲曲原與古樂相通者也。……孔子曰：「移風易俗，
莫善乎樂。」孟子曰：「今之樂猶古之樂也。」戲曲即今樂也。

這一段考論有意改變當時國人鄙視戲曲的觀念，故將今日戲曲的源頭上
溯到三代古樂，且引古代聖賢增重之，以此提高戲曲的地位，最終的目
的則在借助戲曲改良社會。這樣重要的論述思路，在白話文中自然也應

24　三愛〈開辦《安徽俗話報》的緣故〉。

予保留，其言如下：

> 就是考起中國戲曲的來由，也不是賤業。古代聖賢，都是親
> 自學習音律，像那〈雲門〉、〈咸池〉、〈韶護[濩]〉、〈大武〉各
> 種的樂，上自郊廟，下至里巷，都是看得很重的。到了周朝就變
> 為雅頌（就是我們念的《詩經》），漢朝以後變為樂府，唐宋變
> 為填詞，元朝變為昆曲，近兩百年，才變為戲曲。可見當今的戲
> 曲，原和古樂是一脈相傳的。……孔子常道：「移風易俗，莫善
> 乎樂。」孟子也說過：「今之樂猶古之樂也。」戲曲也算是今樂。

像〈雲門〉之類上古樂舞，逐一解釋，既費篇幅，也不容易說清，索性
列出名目，含糊過去，也無礙瞭解大意。至於尚在眾人聞見範圍內、卻
未必都能準確理會的典故，如「雅頌」與《詩經》的關係，則不妨給出
說明（雖然其中少了「風」，使二者並不對等），因《詩經》雖未必讀
過，「四書五經」總該是知道的。至於出自孔孟聖賢的經典文字，便只
是照抄，不做通俗化處理，還是無意中透露出陳獨秀其時對儒學還是持
有相當的尊重。可以想像，這樣的引文進入演說場中，依然需要再解
說。

　　憑藉個人的閱讀積累，依託官話區的方言優勢，陳獨秀實現了在文
白之間的從容轉換，以一人之手，而使文言與白話書寫各臻其妙。而其
文言文也已非傳統古文所能範圍，其中夾雜的諸多外來詞，標記出陳文
與大量使用新名詞的梁啟超「新文體」[25] 之間的關聯。而他的白話文又
能夠完美地傳達出其新體古文的所有成分，由此提前驗證了陳本人 1917
年的論斷：「吾輩有口，不必專與上流社會談話。人類語言，亦非上流

25　參見梁啟超《清代學術概論》，142 頁，（上海）中華書局，1921 年初版、
　　1925 年 6 版。

社會可以代表。優婉明潔之情智，更非上流社會之專有物。」[26] 白話在陳獨秀手下，正有可供馳騁的無限廣闊天地。

官話與非官話區方言的歧出

為了敘述的方便，依照晚清作者書寫的差異，大致可將其時的白話文分為官話與非官話區方言兩類。而無論哪一區域的作者，真要做到「我手寫我口」，只能使用純粹的方言（包括官話）。極端的例子，比如吳稚暉 1896 年發明了「豆芽字母」，「以拼音字母，拼寫鄉音俗語，以代字母，使文盲可以據以代語」；「並教家人試學『豆芽字母』，以為通訊工具」[27]。吳夫人袁氏是文盲，但學會了這套字母，在吳稚暉去法國時，「夫妻之間就用這種『豆芽字』作為通信工具，積累起來的信紙有半寸厚」[28]。就「達意」而言，不識字的人也可以借助拼音溝通，這樣的寫作也算得上是手口如一了。

而正如前文所指出，晚清白話文的提倡者，並不僅滿足於「辭達而已」，更抱了一種通行全國的宏願，以求最大限度地發揮文字的啟蒙功效。因此，裘廷梁辦在無錫的白話報，也放棄了更為方便的吳語，而致力於官話寫作。操著無錫口音的人如何撰寫官話文章，或者說，無錫話是怎樣被改造成了官話，於是值得關注。吳芙的《女誡》俚語本中的一段文字，與裘毓芳的《〈女誡〉注釋》吳芙序，恰好提供了相映成趣的

26　獨秀〈答陳丹崖〉（新文學），《新青年》2 卷 6 號，1917 年 2 月 1 日。

27　楊愷齡《民國吳稚暉先生敬恒年譜》，19 頁，（臺北）臺灣商務印書館，1981年。吳稚暉則自稱於乙未年（1895）「依了《康熙字典》的等韻，做成一副豆芽字母」。（吳敬恒〈三十五年來之音符運動〉，莊俞編《最近三十五年之中國教育》，卷下 30 頁，上海：商務印書館，1931 年。）

28　蔣緯〈吳稚暉和他的一家〉，《盧灣史話》第四輯，34 頁，政協上海市盧灣區委員會文史資料委員會編印，1994 年。據蔣文記述，這些信「回國後一直保存在環龍路志豐裡 10 號寓所。到了文化大革命時，被『紅衛兵』抄家搜查出來，說它是秘密檔，有的說是『妖書』，一起撕毀燒掉」。

兩個文本。

　　裴毓芳（1871-1902）字梅侶，為裴廷梁的從姪女。在《無錫白話報》創辦前，為預作準備，曾遵叔父之命，「以白話演《格致啟蒙》」[29]。迨雜誌創刊，又擔任編務。裴毓芳亦為《無錫白話報》最重要的撰稿人，每期雜誌上必載其文，少則一種，多則四種。除《〈女誡〉注釋》外，裴氏還在該刊發表了《孟子年譜》、《海國妙喻》、《海國叢談》、《海外拾遺》、《俄皇彼得變法記》、《日本變法記》、《化學啟蒙》、《印度記》等。因此，《白話叢書》第一集除刊印於卷首的裴廷梁〈論白話為維新之本〉，其他著作均出其手。1902 年 6 月 21 日，裴毓芳因傳染時疫去世[30]，年僅三十二歲。

　　裴毓芳所作《〈女誡〉注釋》自 1898 年 5 月 20 日起，在《無錫白話報》第 3 期連載，吳芙的〈班昭《女誡》注釋・序〉即在此期刊出。而吳芙（1889-1873）其人實為吳稚暉之女[31]，《無錫白話報》刊行時，她剛剛虛齡十歲。所留下的《女誡》俚語本乃是清抄稿本，封面左側有大字「女誡」，下接小字「吳芙俚語本」，右側下方又有「無錫白話報館置」的題記，說明此本應為《無錫白話報》的存稿[32]。而所謂「俚語」，即是無錫方言。根據其父創造豆芽字母、教會家人的傳奇經驗，十歲的吳芙也可以儘早提筆為文，且其《女誡》俚語本中，亦不乏將「寫弗出個字」用「等韻簡馬[碼]」、即家傳的豆芽字母填寫之處。因為這些字母排印上的麻煩，更重要的原因應該是無錫方言書寫與《無錫白話報》提倡官話寫作的立場相左，所以，此本並未在該刊登載，吳芙

29　裴廷梁〈《無錫白話報》序〉，《時務報》61 冊，1898 年 5 月 20 日。

30　見〈女史逝世〉，《中外日報》，1902 年 6 月 30 日。

31　關於吳芙的生平考證見筆者〈經典闡釋中的文體、性別與時代——晚明與晚清的〈女誡〉白話注解〉，《中國文學學報》1 期，香港中文大學出版社，2010 年 12 月。

32　此稿本現藏上海圖書館。

也只完成了〈《女誡》序〉的注解與翻譯。

　　與《無錫白話報》之吳芙序相對應的一段文字，出自《女誡》俚語本第一段「吳芙說道」，屬於注釋者在文字疏解與白話譯文之外，獨立發表意見的空間，體現了晚清女性在經典注解中的主體意識。而這篇文字由於五四以後周作人的引用，在學界頗為人知曉。周氏所持為一種批評的態度，他認為，晚清的白話文和現代白話文「話怎樣說便怎樣寫」不同，「卻是由八股繙白話」，舉證的例子即包括了吳芙為裘毓芳《〈女誡〉注釋》所作序的開篇部分：

　　　　梅侶做成了《女誡》的注釋，請吳芙做序，吳芙就提起筆來
　　寫道：從古以來女人，有名氣的極多，要算曹大家第一。……

周作人因此斷言：「這仍然是古文裡的格調，可見那時的白話，是作者用古文想出之後，又翻作白話寫出來的。」[33] 不過，吳芙俚語本的發現，讓我們可以還原真相。

　　「吳芙說道」其實是這樣開始的：

　　　　從古以來個女人，有名氣個極多，要算曹大家第一。曹大家
　　是女（人）當中底孔夫子，《女誡》是女人最要緊念底書，真真
　　一字值千金，要一句句想想，個個字味味。依了《女誡》底說話，
　　方才成個女人。

所以，見於《無錫白話報》那幾句被周作人專門摘引的穿靴戴帽的話，吳芙的俚語本中原來並不存在。添加的人應該是該刊編輯，很可能即為裘毓芳。

33　周作人《中國新文學的源流》，98-99頁，（北平）人文書店，1934年。

　　《無錫白話報》的文本乃是將吳芙的無錫話全部改寫成合乎報社要求的官話。像上述第二句中的「個」改為「的」，便是常例。兩相對照，多數文字沒有大改動，如：

　　　　況且曹大家會做皇太后个（的）先生，會替哥哥做書。就要想著我是女人，他也是女人，他（就）萬古留名，賢慧到如此；我就依依嫋嫋，眼孔小到像綠豆：做小姐單**曉得**（知道）衣裳首飾，爭多嫌少；做媳婦單**曉得**（知道）**吃老官**（靠著丈夫吃），**著老官**（靠著丈夫著）；也**弗**（不）**曉得**（知道）天東地西，也**弗**（不）**曉得**（知道）古往今來。

上述引文中，以黑體標出者已經官話本改動，括弧裡的字即為改寫或添加的部分。報社方面所做的主要工作是方言詞的調整，如「曉得」易為「知道」、「弗」易為「不」、「老官」易為「丈夫」等。

　　當然，最重要的改寫應屬於把吳語方言區以外的人無法理解的詞句修整為通行的官話。如俚語本中批評那些沒有見識的女人，「空閒下來，尋尋煩惱，說阿婆，罵媳婦，惹姑娘，講阿嫂，**搭伯姆雞搭子百腳，拿丈夫蘿蔔弗當小菜**」；稱讚那些賢慧女子「空閒下來，寫字看書，自自在在，規規矩矩，講講故事，教教男女，終日弗聽見一句高聲，**無人弗搭他客氣**」。而這些以黑體標出的地方，官話本都作了「翻譯」。後句不是直譯成「沒有人不同他客氣」，而是意譯為「沒有人不敬重他」，很得體。前句中，兩個「搭」（含「搭子」）還是「同」或「和」的意思，「伯姆」即「姒娌」；「雞搭子百腳」中「百腳」指「蜈蚣」，按照《明清吳語詞典》對於「雞搭百腳」的解釋：「雞和蜈蚣，比喻老是爭鬥不休的兩方。」[34] 如果單獨使用，後面往往還會跟上

────────────

34　石汝傑、（日）宮田一郎主編《明清吳語詞典》，287 頁，上海辭書出版社，2005 年。

「冤家結煞」[35] 一句。官話中沒有直接對應的表達,所以改寫成「妯娌
像冤家」。「蘿蔔弗當小菜」也是一句吳地俗話,用來「比喻對人隨
便,不尊重」[36],官話本中因此譯為「丈夫當奴僕」,正可與「妯娌像
冤家」成為對句。顯然,對那些最具有地方特色的俗語,官話完全沒有
辦法直接照搬,多半只能採取意譯的辦法。

而經過這樣的改譯,意思倒是都明白了,但在文學情趣上卻有很大
損失。從下面一段無錫方言與官話的對比中,可以看得更清楚。承接上
文「無人弗搭他客氣」,吳芙的俚語本接著寫道(均用加黑體字表示相
異的部分):

> 住到一處,個個稱讚,**做個村中底好嫂嫂,弄到滿巷姑娘齊**
> **行要好。死子著大著小**,個個眼淚**索索拋**。隔**子**三十、廿年,還
> 說著他底好處。念書人聽見**子**,記到書上去,**搭他揚名,就搭曹**
> **大家**一樣。隔開一千六、七百年,還個個**曉得他。閉籠子**眼睛一
> 想,想他少年時候,就一個**個**端端正正,秀秀氣氣一個賢慧小姐,
> 活龍活現,到眼睛前頭來了;想到他年紀大**個**時候,**就一個弗火**
> **冒,也弗多話**,一個板方老太太,活龍活現,到眼睛前頭來了。

改寫過的官話本作:

> 住到一處,個個稱讚,**把他做個好榜樣**。死了沒大沒小,個
> 個眼淚汪汪,不住的哭。隔了二、三十年,還說著他底好處。念
> 書人聽見了,記到書上去,**替他揚名,就與曹大家**一樣。隔開一

---

35 蘇州市民間文學集成編委會編《中國民間文學集成‧蘇州歌謠諺語(諺語
　　卷)》,25頁,(北京)中國民間文藝出版社,1989年。其中錄「雞搭百腳」
　　為「雞和百腳」。
36 石汝傑、(日)宮田一郎主編《明清吳語詞典》,414頁。

千六、七百年，還個個知道他。閉著眼睛一想，想他少年時候，
就一個端端正正、秀秀氣氣的賢慧小姐，活龍活現，到眼睛前頭
來了；想到他年紀大的時候，就是一個慈眉善眼、循規蹈矩的老
太太，活龍活現，到眼睛前頭來了。

不難看出，那些生動鮮活的方言口語，替換成規規矩矩、通行全國的官
話後，減少了細節描述，已經變得相對平板，失去了原有的新鮮水分。

如果回到周作人的批評，應該說，吳芙以無錫方言寫出的文字，倒
更接近周氏及其五四同人所標舉的「話怎樣說便怎樣寫」的現代白話文
理想，而且其貼合程度，遠高於周作人。反而是模擬官話寫作的《無錫
白話報》編輯，雖然擺脫了文言「手口異國」的弊端，卻也並未能進入
其所期望的手口合一境界。特別是那些自我強制的官話書寫，會令人遺
憾地減損或流失文學的趣味，不能不說是走進了「興一利必有一弊」的
怪圈。

官話與模擬官話的差異

儘管晚清白話報刊的興起是從南方發端，但北方官話區的作者顯然
享有更多的心理優越感。1906 年，白話報的湧現已漸趨高潮之際，先後
在北京創辦了《啟蒙畫報》與《京話日報》的彭翼仲發表觀感，認為只
有《大公報》主人英斂之以及另外兩位京城作者「演說的白話，是很乾
乾淨淨的」[37]，而其列舉的三人都是旗人。

其實，作為京城出現的第一份白話報，1901 年 9 月 27 日發刊的《京
話報》已具有普及官話當仁不讓的氣魄。由黃中慧主編[38]的這份「專為

37　〈語言合文字不同的病根〉，《京話日報》221 號，1905 年 4 月 2 日。原文未
　　署名。

38　參見黃河編著《北京報刊史話》，16 頁，（北京）文化藝術出版社，1992 年。

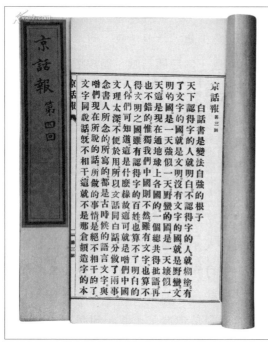

《京話報》第三、四回（1901年）刊影

開民智、消隱患起見」[39]的刊物，第一回開宗明義，便發表了〈論看這《京話報》的好處〉，高屋建瓴地暢談了一番推廣官話的意義以及《京話報》在其間所起的作用。文章明確講到，「中國所以不能自強，受人欺負的緣故，不過兩端：一是民智不開，一是人心不齊」。而「這個人心不齊的緣故，大半可就在言語不通的上頭」。其論述的思路是：

外洋各國，也是有多少種語言，本不能一律，但是一國之中，所說的話，不差什麼，總是一樣的。所以他們通國的人心，沒有不齊的。我們中國則不然。南邊的人，不能懂北邊的話，這一省的人，不能懂那一省的話，甚至於同省同府的人，尚有言語不通的地方，你說怪不怪？這不是一國之中，變成了許多的國了麼？所以要望中國自強，必先齊人心；要想齊人心，必先通言語。

以語言凝聚人心、強盛國家，這一思想相當深刻，且更早於陳獨秀的論述。此種中外對比認知的得出，應與作者曾經「在西班牙的京城，住過

39　〈創辦《京話報》章程〉，《京話報》1回，1901年9月27日。

一年半」[40]的實地感受有關。既然溝通語言如此重要，統一語言便成為唯一的選擇。作者由此得出「現在要想大家都說一樣的話，這一定是京城的官話無疑了」的結論。而「我們這個《京話報》，是全用北京的官話，寫出來」，自然，「要學官話，這個報就是個頂好的一位先生」。所以，不僅北方的人應該看這份報，「就是南方的上中下三等人，皆也不可不看這報」。這就是全國人民都應該讀《京話報》的堅實理由。

更值得重視的是《京話報》明確表達出的對於建立標準國語的自覺意識。雖然在〈創辦《京話報》章程〉第一條，該刊已將其書寫語言規定為「只用京中尋常白話」，但實際上，同處於北方官話區的各地方言之間也還存在著差異。《京話報》同人對此也有清醒認識：

> 本報既名「京話」，須知京話亦有數種，各不相同。譬如南城與北城，漢人與旗人，文士與平民，所說之話，聲調字眼，皆大有區別。此間斟酌去取，頗不易易。本報館特聘有旗員，及南北城各友，互相審定，不敢憚煩，務取其京中通行，而雅俗共賞者，始為定稿。[41]

可知其酌定文詞時，已經考慮到地區、民族、階層的差異，而以「京中通行」、「雅俗共賞」為採擇標準，態度相當慎重。既然在開通民智之外，《京話報》也力求承擔起統一語言的責任，於是，制定標準官話也就成為報社同人責無旁貸的工作。

本著以標準官話見報的書寫要求，《京話報》對轉載的「他處白話各報」上的文字，也勢必要經過「略加改正」[42]的工序。因當時所有現

40　〈中外新聞・要辦發財票〉，《京話報》1 回。

41　〈創辦《京話報》章程〉。

42　〈創辦《京話報》章程〉。

存或已停的白話報均出現在南方，其中模擬官話寫作[43]所帶來的不合標準之處所在多有，使得改稿也成為《京話報》的日常編務與一大特色。1901 年 6 月 20 日在杭州新創的《杭州白話報》，因此有了現身《京話報》的最多機緣。而每一次的轉錄，都已經過改寫。

如創刊號在「論説」欄借用了《杭州白話報》上林萬里（筆名「宣樊子」）作為發刊詞撰寫的〈論看報的好處〉，以代替《京話報》自己的申説，也要特別注明：「宣樊子做的本是南方口音，我們略改了數字。」有些改動與《無錫白話報》處理吳芙的文稿相同，如「曉得」改為「知道」，而這類詞語的出入，很多屬於各地官話的本地風光。此外，一些表述方式也會有調整。如講到看報對於士農工商的益處，有這樣的說法（以《杭州白話報》為主，其中加黑體字表示《京話報》改動或刪去之處，相應的變動見括弧中）：

> 古人說的（好）：「秀才不出門，能知天下事。」想不到（誰想到）這兩句**說話**（話），到如今才**應哩**（了）。就是那農工商三等的人，能多看報，都有好處。譬如**務農的**（種地的莊家人），新**買**（制[置]）了幾畝的**園地**（園子），不**曉得**（知道）種那樣東西，將來好多**趁銅錢**（賺錢）；有了報看，就**曉得**（知道）廣東新會縣的橙子，近來銷路最多，種法又容易，**工本**（本兒）又輕，**便**（就）好把這**園地**（園子）種起橙子來。這種的話，報裡頭時時說的。譬如（這）釘書、印書兩種（的事情），**我**中國向來是用人工的；有了報看，便**曉得**（知道）近來**新法**（新出的法子是）用機器的，**好省許多工夫，何等便快**（又快又好，何等的爽快），能夠照樣做起來，這工藝的生意，就**暢旺**（興旺）的了不得。

43　參見杜新豔〈白話與模擬口語寫作──《大公報》附張〈敝帚千金〉語言研究〉，夏曉虹、王風等《文學語言與文章體式──從晚清到「五四」》，（合肥）安徽教育出版社，2006 年。

　　若說做**生意**（買賣）的人，**全靠**（更是要）消息靈通，沒有報看，
那**裡**能都曉得呢？

　　就此看來，改動的地方很不少，大抵是把《杭州白話報》中比較文言的
說法，如「務農」、「園地」、「工本」、「新法」、「便快」等，改
得更接近口語。不過，按照改稿規則來檢查，也會發現其中偶有遺漏。
如「便曉得近來新法」中的「便」，按例應寫作「就」，最後一句中的
「曉得」，照理也應替換成「知道」。

　　看來，以道地官話的水準來打量，福建侯官（今為福州）人林萬里
的模擬官話其實並不純粹，雖然他自己的感覺已經是「呱呱叫的官話」[44]。
而被裘廷梁稱為「白話高手，視近人以白話譯成之西書，比〈盤庚〉
〈湯誥〉尤為難讀，判若天淵矣」[45]的裘毓芳，其官話書寫落在《京話
報》同人眼中，也還需要斟酌。比較《無錫白話報》原刊之《海國妙
喻》一則與《京話報》改本之異同，即見分曉。此則寓言原題為〈老鼠
獻計結響鈴〉，《京話報》易為〈耗子獻計拴鈴鐺〉，已然大不同（文
字以《無錫白話報》為主）：

　　　　老鼠（耗子）受貓的害已經長久（不知多少日子）了。有一
日（天）一群老鼠（耗子）聚在一堆（塊）議論道：「我們**實在**
伶俐乖巧想得周到的。日裡（白天）躲攏（著）夜頭（黑間）出
來，也（就）算知趣（乖巧）的了，怎麼總（還是）不免受貓的
害？總要想個好法子，保住永遠不受貓的害，才可以放心**托膽安**
安頓頓的過日子。」（於是這）一群老鼠（耗子）都要想獻出
（個）好計策來，你（有）說這樣（麼樣的），我（有）說那樣

44　白話道人〈《中國白話報》發刊辭〉，《中國白話報》1 期，1903 年 12 月 19
　　日。

45　裘可桴〈與從侄孫維裕書〉，《可桴文存》，28 頁。

（麼樣的），卻都是有（些）關礙做不到的。又有一隻老鼠（耗子）說道：「只要在貓頸裡（脖子上）結（拴）一個響鈴（鈴鐺），貓一動，我們就聽見響聲，就可以**逃開避攏**（逃避）了。這條計策，豈不好麼？」一**大群老鼠**（大傢伙兒聽說），都拍手拍腳的叫道：「好極好極，真正是（個）好法子！」大家高興已**極**（得很），都覺著（得）有好法子了。（誰知）這一群裡（單）有一個（老）**老鼠**（耗子），**不聲不響**（不言不語）**不開口**（也不說好，也不說不好）。大家（都）問他□（道）：「你不開口（張嘴），難道這個法子（還）不好麼？」□□（這個）（老）**老鼠**（耗子）答道：「法子好是好的，但不知**道，把這響鈴結在貓頸裡，那一個肯去**（那一個肯去，把這鈴鐺拴在貓脖上呢）？請你們**快些**（趕快）**定見**（拿主意）。」那一群老鼠（耗子）竟你看我，我看你，一句話也說不出（來）。唉！這種說空話的老鼠（耗子），世界上最多。說話是好聽的，但（是）說得出，做不到，就叫這獻計的**老鼠**（耗子）自己去做，他也一定要想法逃走的。這種說空話的**老鼠**（耗子），豈不可恨可憐麼？[46]

這則出自《伊索寓言》的故事，乃是根據張赤山編輯的文言本《海國妙喻》中〈鼠防貓〉一則改寫而成[47]。裘毓芳的白話本經過《京話

46　梅侶女史演〈海國妙喻·老鼠獻計結響鈴〉，《無錫白話報》1 期，1898 年 5 月 11 日；〈海國妙喻·耗子獻計拴鈴鐺〉，《京話報》1 回，1901 年 9 月 27 日。其中□為原刊缺損之字。

47　參見郭延禮〈中國近代伊索寓言的翻譯〉，《中國近代翻譯文學概論》，205-207 頁，（武漢）湖北教育出版社，1998 年。〈鼠防貓〉原文如下：「鼠受害於貓久矣，一日群貓聚議曰：『吾輩足智多能，深謀遠慮，日藏夜出，亦可謂知機者矣，無如終難免貓之害。必須設一善法，永得保全，庶可逸然安生矣。』於是紛紛獻策，皆格礙難行。乃後一鼠獻曰：『必須用響鈴繫於貓頸，彼若來時，吾等聞聲，盡可奔避，豈不善哉！』眾鼠拍手叫絕曰：『真善策

報》的修改，讀起來確實更為流暢。不過，以後見之明來看，並非所有詞語的調換都是可取的。例如全篇出現最多的「耗子」，畢竟只是北方方言中的辭彙，在南方並不通行。所以，時至今日，書面語中，一般還是寫作「老鼠」而不是「耗子」。這也顯示出作為書面語的白話文並不完全是口語的摹寫，通行的詞語還應該折中南北。當然，就此一文本而言，「耗子」的使用仍有其特殊便利處：在「耗子」前冠以「老」，應是《伊索寓言》的原意，年長者顯然慮事更周全；而若直接寫作「老老鼠」，讀起來便相當拗口，必得如現在通行本之譯為「年長的老鼠」[48]才合適。因此，《京話報》的添改顯然更準確。

　　總而言之，既然方言在流通上具有局限性，希望以官話統一全國白話文的努力於是成為晚清白話文的主流。不過，官話本身仍有缺失，它更接近日常口語，無法容納新名詞；同時，官話也仍然是一種方言，其中一些地域性的辭彙也不具備流通全國的質素；模擬官話的寫作更可能減損了文學生動、鮮活的情趣。因此，現代白話文還需要從夾雜大量新名詞的梁啟超的「新文體」中有所借鑒，而從晚清的官話到日後的普通話書寫，也需要經過辭彙的選擇和提煉，文學性的養成亦自不待言。

（原刊《天津社會科學》2011 年第 6 期）

也。』於是莫不欣然，各以為得計。其中有緘默不言者，眾問之曰：『汝不言，寧謂此法不善乎？』曰：『善則善矣，但不知持鈴以繫其頸者，誰也？請速定之。』由是眾鼠面面相覷，竟無言可答，徒喚奈何。噫！坐而言者，不能起而行，誠可恨而亦可憐。」（赤山畸士編《海國妙喻》，天津時報館，1888 年）

48　呂志士譯注，張造勳、林易校訂《伊索寓言》，147 頁，（北京）外語教學與研究出版社，1985 年。

晚清上海賽馬軼話

　　賽馬雖然是世界性的體育運動，但最鍾情此道者，仍然非英國人莫屬。電影、電視中常見的英國紳士漂亮瀟灑的縱馬跨欄鏡頭不必說，單是被英國統治百餘年的香港，在回歸之前，也曾由中國改革開放的總設計師鄧小平鄭重宣佈，「馬照跑，舞照跳」，便不難窺見港人浸染此風，已癡迷到何種程度。

　　有一則玩笑話，說香港人最喜歡孫中山先生的「博愛」二字題詞，製成徽章，廣受歡迎。原因是「博愛」從另一側讀，便成「愛博」，正合了港人酷愛賽馬的特殊嗜好。我有幸在 1997 年以前去過幾次香港，倒沒見識過這枚有趣的胸章。不過，週六下午上課時，學生常會遲到。問起原因，竟也與馬場開賽、道路擁擠有關。

　　說來慚愧，我自己至今未進過賽馬場。只是當年每每路過北角那所「英皇御准香港賽馬會」場外投注站，見到川流不息的男女老少，邊聽實況轉播，邊買馬票，總不免好奇。也時常猜想，那些蹲在牆根的「窮人」（其實我並不知道他們的身份），一定是沒錢入場而又做著發財夢，才到這裡碰運氣。這應該是賽馬能成為香港「全民運動」的主因。不過，問過香港朋友，他們的說法倒是兩樣：「『馬迷』們未必因為無錢進場才去投注站。大概不是每個打工的人都花得起時

間到賽馬場，再者他們也未必願意，因為一些人只想玩玩。婦女們投注後可能還要去街市，方便反而是最重要的。」

場外的小打小鬧也許還比較容易自我控制，入場者受周圍氣氛的裹挾，則很可能無法自拔。夫君曾經親臨其境，對「修女也瘋狂」的場景深有感觸。起先雄心勃勃，打算為我賺一只車輪回來（那時曾戲言買車），最終是把贏來的一小筆錢，連同帶進場的賭本全部輸掉了事，好在他原是「小本生意」。帶他入場的一位叔叔卻不同，那是位道地的「馬迷」，裝備了現代化的計算器，錢是直接從鍵盤上劃走，輸了也毫無感覺。現在他已破產，據說主要是因為炒匯，但我總以為那和賽馬有關。

說起來，英國人不只把賽馬的風氣帶到香港，晚清上海租界裡的賽事更是熱鬧非凡，在中國可拔頭籌。久居滬上的袁枚之孫袁祖志曾有一說：「向稱天下繁華有四大鎮：曰朱仙，曰佛山，曰漢口，曰景德。自香港興，而四鎮遜焉；自上海興，而香港又遜焉。」（〈《滬游雜記》序〉）移之賽馬亦然。晚清上海租界雖有英、法、美之分，最有實力的「老大」卻是英國。跑馬盛極一時，自然源於英人根深蒂固的癖好。

今天的讀者肯定難以想像，假如問你，當年上海最有影響的《申報》刊登的第一則新聞是什麼內容，只怕你窮思極想，也不會猜到，那竟然是關於賽馬的消息。「奇文共欣賞」，還是先從 1872 年 4 月 30 日《申報》創刊號登載的〈馳馬角勝〉中節抄一段，以作標本：

> 西人於廿二至念四日，連日馳馬角勝負。定於十二鐘馳三次，停一點鐘，稍為休息再馳，至夜方散。當其馳馬之際，西人則異樣結束，務求精彩。或二三騎，或三四騎，連轡而行，風馳電疾，石走沙飛，各向前驅，不為後殿。倘行次齊整，無有參差，則勝負均焉。若一騎稍有前後，則高下立判。勝者揚揚自得，負者退然氣沮。而旁觀則私相賭賽，以馬之優絀，判我之輸贏。如甲謂

馬之赤色者勝，乙謂馬之白色者勝。倘赤者稍前，則甲勝矣；白者稍前，則乙勝矣。其勝負以朱提數萬計。中國之六博、蹋鞠、鬥雞、走狗諸戲，雖極喧闐，無此盛舉也。

報紙流佈遠近，或恐外地讀者未嘗親至賽場，艱於想像，記者於是對賭馬規則詳加說明。身處開放前沿，滬人自也多了一份比較眼光，不免將跑馬與中國傳統的博賽遊戲相比，後者於是相形見絀，成了「小兒科」，以其場面、聲勢皆欠宏大也。

無獨有偶，《申報》登載的第一篇純粹的文藝作品，署名「南湖蘅夢庵主」（哈佛大學的韓南[Patrick Hanan]教授認為此人即《申報》早期主編之一蔣其章）寫作的七古長詩，竟也是〈觀西人鬥馳馬歌〉（1872年5月2日《申報》第二號）。作為掌故，一併錄下：

春郊暖裊楊絲風，玉鞭揮霍來花驄。西人結束競新異，錦韉繡襖紛青紅。廣場高颭旗竿動，圜圍數里沙堤控。短闌界出馳道斜，神駿牽來氣都竦。二人並轡絲韁柔，二人稍後飛黃虯。更有兩騎同時發，追風逐電驚雙眸。無何一騎爭先駛，參差馬首誰相避。後者翻前前者驕，奔騰直挾狂飆勢。草頭一點疾若飛，黃鬃黑鬣何紛披。五花眩映不及瞬，據鞍顧視猶嫌遲。四蹄快奪流星捷，尾毛豎作胡繩直。須臾雙騎瞥已回，紅旗影下屹然立。名駒血汗神氣閒，從容緩轡齊騰騫。後者偃蹇足不前，橋根盤辟斜陽天。是時觀者夾道望，眼光盡注雕鞍上。肩摩轂擊喝彩高，揚鞭意得誇雄豪。健兒身手本趫健，況得驥足騰驤便。蘭筋竹耳助武功，黃金市駿真英雄。胡以遲疾決勝負，利途一啟群趨風。孫陽伯樂不可得，誰能賞識超凡庸？遍看驃騎盡神品，安得選備天閑中，與人一心成大功！

比之前述的新聞報導，詩作的鋪敘更覺詳盡且生動形象。而且，與記者的客觀陳述不同，詩人顯然有自己的價值判斷，即只讚賞賽馬，而斥責與之共生的賭博。結尾的議論尤透出中國文人的虛矯與迂執。已經花了大量篇幅仔細描繪跑馬爭先的場景，足見作者之傾倒，卻又惟恐招來「玩物喪志」的責難，故在最後兜回一筆，設想將這些駿馬選錄到皇帝的馬廄（天閑）中，以為國效力。此乃所謂「化無用為有用」的妙法，卻未免功利心太盛，倒人胃口。

如果考慮到《申報》的老闆乃是英國人美查（Ernest Major），則該報之特重賽馬便也不能算十分離奇。並且，此後《申報》對於馬事的關心也始終不變，每逢開賽，均毫不厭煩地一再稱說。

也應該承認，每年的賽馬活動確為申江盛事。寫作〈馳馬角勝〉的記者便曾施展中國文人拿手的四六濫調，極力鋪陳中西遊客蜂擁而至的盛況：

> 西人咸往觀馬，為之罷市數日。至於遊人來往，士女如雲，則大有溱洧間風景。或籃輿筍轎得得遠來，或油壁小車轔轔乍過；或徙倚於樓上，或隱約於簾中：莫不注目凝神，觀茲奇景。而踥踥街頭者，上自士夫，下及負販，男女雜遝，踵接肩摩，更不知其凡幾矣。昔人所謂「前有墜珥，後有遺簪」，方此之際，殆又甚焉。誠海內之巨觀，古今所僅有者也。

類似的文字描述，在以後《申報》關於西人節慶活動的報導中屢見不鮮。雖是陳詞，但其所揭示的不分階層、無論男女，均可到場參觀的情狀，對於遠方的讀者必有強大的誘惑力。

晚清上海租界的大面積存在與畸形繁榮，使之成為展示西方文明的最佳視窗。國人不須遠渡重洋，即可領略異域風光，於是到上海觀「西洋景」頓成坦途，十里洋場在眾多官紳士商的心目中更榮升為遊樂首選

地。以致時人會發出這樣的驚歎:「遂令居於他處者,以上海為天堂,而欣然深羨。或買棹而來遊,或移家而寄居。噫!人果何幸,而得處於上海耶?」(〈記上海古今盛衰沿革之不同〉,1898 年 7 月 3 日《新聞報》)而每年舉行的跑馬賽事,正是構成此「西洋景」不可或缺的重要部分。

葛元煦於 1876 年編成的第一部近代上海導遊書《滬游雜記》,卷一部分便專有〈賽跑馬〉一條,言簡意賅,後屢被各書抄襲。文曰:

> 大馬路西,西人鬮馳馬之場,周以短欄,所以防奔軼也。春秋佳日,各賽跑馬一次,每次三日,午起酉止。或三四騎,或六七騎,衣則有黃紅紫綠之異,馬則有驪黃騮駱之別,並轡齊驅,風馳電掣。場西設二廠,備校閱,以馬至先後分勝負。第三日,增以跳牆、跳溝、跳欄等技。是日觀者,上自士夫,下及負販,肩摩踵接,後至者幾無置足處。至於油碧香車、侍兒嬌倚者,則皆南朝金粉、北里胭脂也,鬢影衣香,令人真個銷魂矣。

這節文字介紹了賽馬在上海每年分春、秋兩季舉行,順便說一下,春賽在 4、5 月間,秋賽則多見於 11 月中。競賽三日,以最後一天技巧難度最大,故觀衆最多。1896 年出版的《(新增)申江時下勝景圖說》(上海江左書林版)中〈賽跑馬〉條,在大體沿襲葛文之外,又稍作補充。既指明此跑馬場之具體位置,實在「大馬路泥城橋之西」,按之今日的上海地圖,大致在人民公園、人民廣場一帶;又指出競賽的危險性與投賭的操作法:

> 或有跌於馬下者,或有被馬踏傷者,時或有之,西人不足為異。跑馬場之圍外,設小房一所,專購彩票,不論洋人、華人,均可購買。待跑馬一次過後,當時即行開彩。跑一次則開一次,

「華人乘馬車腳踏車」（1884 年版《申江勝景圖》）

著則不過數元或數十元不等，較之呂宋票易得數倍也。

至此，有關跑馬場的知識已可稱完備。

不過，早期的描述仍囿於文字而無法直觀，不僅辭費，而且也令人難以精確復原。此一缺憾直到 1884 年 5 月由美查創辦的《點石齋畫報》問世，才得到彌補。《畫報》第二號即刊出〈賽馬志盛〉一圖，淋漓盡致地描畫出賽場與觀眾兩方面的情景。與最外圈的平坦不同，跑馬場第二圈中有溝、牆、土堆等障礙物，應該是第三日比賽的主要場地。畫面下方，對中國看客作了集中摹畫：有人站觀，有人坐看，也有乘轎乘車者。單是車的種類，便可說是將當日上海街市上見得到的車型薈萃於尺幅之間。老式的如獨輪小車，新式的有從日本引進的人力車，從西方學來的馬車。馬車又有多樣，按照池志澂（海天煙瘴曼恨生）大約撰於1893 年的《滬遊夢影記錄》（《滬游雜記‧淞南夢影錄‧滬游夢影》，上海古籍出版社 1989 年版）所述：

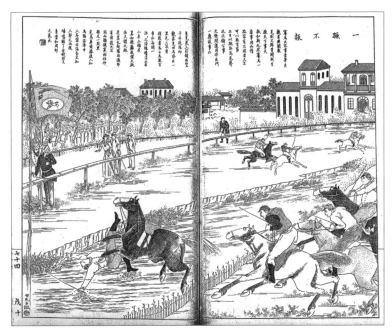

〈一蹶不振〉（1885《點石齋畫報》第五十八號）

　　西人馬車有雙輪、四輪之別，一馬、兩馬之分，以馬之雙單為車之大小。其通行最盛者為皮篷車，而復有轎車、船車，以其形似轎似船也，輪皆用四。近更有鋼絲馬車，輪以鋼不以木，輪外圈以橡皮，取其輕而無聲，諸姬爭效坐之。有兩輪而高座者，更名曰亨生特。（按：又有作「亨特每」與「亨生每」者，未知孰是。）亨生特者，猶華言其物之佳也。

　　凡此數種馬車，圖中多半已繪出。只是《申報》記者 12 年前因「華人觀者過眾，幾於無處容身」而提出的建議：「倘有人能於隙地，編以蓬茨，成一平臺，俾觀者居其上，而少取其值，則既可以從中獲利，而亦無擁擠之患矣，豈不甚善？」看來並未獲得回應。道理也不難明白，此處雖在上海，卻屬租界，中國人並不受到照顧。

　　而從圖畫上方的文字則可知曉，被中國畫家推到遠處的西人，卻占

〈賽馬誌盛〉（188 年《點石齋畫報》第二號）

盡了地利。此段說明寫得相當精彩，與精描細繪的圖像相得益彰。文不
長，為節省讀者目力，一併抄出：

> 西人於春秋佳日，例行賽馬三天，設重金以為孤注，捷足者
> 奪標焉。其地設圍闌三匝，開跑時，人則錦衣，馬則金勒。入闌
> 而後，相約並轡。洎乎紅旗一颭，真有所謂「風入四蹄輕」者。
> 圍角有樓，西人登之以瞭望。一人獲雋，夾道歡呼。個中人固極
> 平生快意事也，而環而觀者如堵牆，無勝負之攖心，較之個中人，
> 尤覺興高采烈云。

已經懂得運用透視法的畫家，其筆墨既著重於競賽場上及中國觀眾一
側，自無法以同等比例兼顧置於對面場外的西人。配圖的文字正可補
闕，將縮小的影像「放大」，以濟畫筆之不足。而撰文者顯然是取一般

未下注人的視角，故可超越於勝負之外，得到最大快樂。

　　從駿馬方面立說，「南湖蘅夢庵主」的引申失之於牽強；若就人而論，《申報》主筆黃協壎的概括倒還算貼切，所謂「西人於遊戲之中，仍寓振作之意」（《淞南夢影錄》卷二）。以此為觀察點，便可從1898年發表的〈上海春賽竹枝詞〉（見陳無我編《老上海三十年見聞錄》，上海大東書局1928年版；發表時間據詩意推算）中，讀出暗藏的嘲諷。作者足足用了一半篇幅，細寫「真個令人銷魂矣」的「南朝金粉、北里胭脂」：

　　　　馬身綵彩也爭光，皮葉新車意氣昂。
　　　　扮得馬夫如簇錦，就中最是四金剛。

　　　　柳邊小憩略從容，高坐車中暫駐蹤。
　　　　強似登臺賃板凳，涼篷扯起樹陰濃。

　　　　……

　　　　奇園樓峻吃茶時，鬢影衣香雜坐宜。
　　　　要學時髦看仔細，金絲眼鏡鼻樑騎。

　　　　黛玉、蘭芬豔譽誇，今朝昨日不同車。
　　　　為嫌皮葉多風日，轎式玻璃四面遮。

　　　　馬龍車水騁平原，並坐鵜鵜笑語喧。
　　　　略看驊騮跑幾次，振鞭且去到張園。

　　　　圈子兜來已夕陽，馬車轆轆載紅妝。

　　　　觀跑猶有餘波在，爭似西人賽一場。

號稱「海上四大金剛」的林黛玉、陸蘭芬、金小寶、張書玉，恰如張岱〈西湖七月半〉中所寫的「名妓閑僧」一流人，「亦看月，而欲人看其看月者」。因而，其來賽馬場，自我感覺也如同進入交際場，在服飾與車騎上必得爭奇鬥艷，不輸於人。在西人的場內競技之外，這班名妓又開闢出第二賽場，卻是比豪奢、鬥馬車，難免不讓人齒冷。

　　只是當年前往觀賽的人們，卻不似我輩有著如許多的憂患負擔。相反，「金剛」們的臨場恰可激起興奮，鬥寶更足令人大飽眼福。無怪乎每言賽事，作者們均對「鬢影衣香」、「溱洧風景」津津樂道，念念不忘，只因其已然構成跑馬場外一道不可少的「風景」。

　　最後需要補充的是，「南湖蘅夢庵主」的〈觀西人鬥馳馬歌〉並非最早見報的賽馬題材詩作，1869 年 4 月的《教會新報》1 卷 33 號上，先已刊登過一位姚姓中國文人撰寫的〈看西人跑馬歌〉。此作並非本人投稿，乃是其友宋書卿讀而愛之，主動向該刊舉薦。宋為此專門寫信給主編、美國傳教士林樂知（Young John Allen），稱「斯歌是言西人之善騎，描摹畢肖焉」。因此請求「閣下務希鐫入《新報》，達諸遠方，庶令未覿西人之跑馬於申者，觀此亦可想像而得之矣」。

　　而自創刊後，《教會新報》只刊發過少量詩歌作品，且都與傳教相涉。突然登載姚君無關宏旨之作，必定讓林樂知頗覺為難。為此，他特意寫了一則〈本書院主人專請正詩〉，主題是正面解釋為何不多刊載「教友送來請刻《新報》之送行贈別詩序」、「讚美聖父、聖子、聖靈三位一體之詩」以及「勸戒鴉片之詞調」，原因是中國已譯出之讚美歌有「重複」、「拗口」、「不接不連」、「不貫不通」等諸多毛病。林樂知的說法是，投稿教友既「抱負詩才」，「何不照已翻就之歌，平仄長短，細細檢點；所翻讚美詩歌，有不妥之處，重新翻譯」，以求達到「十全十美，一可在堂讚美之時同聲唱和，二可免外教人見讚美詩有瑕

疵也」。

如此推擋之後，對發表與「有益於聖教」題旨更遠的〈看西人跑馬歌〉，林主編自然也應該作出交代，於是有了上文的附錄〈附論〈跑馬歌〉〉。開頭先承認：「至於今次所刊〈跑馬歌〉，本不應入《教會新報》。緣跑馬一事，昔時外國乃操練人馬之氣力，近來上海似乎賭博，故不當刊在《教會新報》。」但隨後的處理措施也只有「是特附此」一句，即是說，寫一段文字以正視聽，便自以為能夠起到「消毒」作用。當然，下面還有一番「義正詞嚴」的批判：「再之，詩本借故借典，難免虛情假意，恐教友則不宜也。倘正大光明，真正出於正經書籍抑或聖書之典，亦無不可矣。」只是這些話說得前後矛盾，讓人無所適從。寫詩既被判定為「虛情假意」，教友不宜；真正引據「聖書之典」的作品又被勸告不必著，因更有打磨讚美歌的急務在。而害得林樂知落入這般尷尬境地的，其實還是賽馬那「擋不住的誘惑」。

儘管這般小心設防，讀者的反應卻仍然相當激烈。四個月後，林樂知又接到寧波教友朱杏舟要求刊登的來稿。因《廣州新報》轉載姚氏〈看西人跑馬歌〉，有人著論抨擊，朱杏舟摘錄其說，並加按語，以表不滿。指責集中在該詩描寫西人馳馬狀的「短衣穩坐獼猴精」、「宛如樹上跳（鼠+星）鼯」數語，朱等人以為「實大悖乎聖書」，對西人西教「甚有貌視之意」。因「彼云，西人之貌宛如猩猩，亦目其道與《西遊記》相仿」。這對於諸人「六合之間，惟一天父；四海之內，皆屬兄弟」的信仰，無疑是極大的傷害，所謂「兄弟豈可視其若禽獸」。忠誠的信徒們於是憤不可遏，斥為「如此糊言，褻瀆救主」。最溫和的表示，也屬於改邪歸正的規勸：「吾願諸公細究真道，信倚救主耶穌之功，始有贖罪之法，庶沉淪永免，同登天域，則萬國竟如一家矣。」

面對這樣嚴厲的批評，發表姚作的林樂知自覺當負連帶之責，故再次挺身答辯。他先是解釋當初已知該詩「不合《教會新報》所印，姑因送歌做歌者皆非教中人，勉為刊印」；既而反守為攻，舉出眾多詩句為

例，説明文學創作必有潤飾，不可死扣字眼，因為那反會誤解詩意：
「余思凡做詩者，措詞借典，中外國人往往有之，不便與其辯也。」更
推進一步，即「以其人之道還治其人之身」，竟謂之：「而聖書中多有
此類為譬喻，倘照此議，則聖書亦當生議論也。」可見林氏態度相當開
明。因此，在他眼中，〈看西人跑馬歌〉非但毫無貶譏之意，反倒是
「皆誇西人靈活有膽，意餘無他故耳」。不過，林樂知畢竟為教會中
人，此次雖然辯過，但還是不願授人以柄。為減少麻煩起見，他在篇末
也不得不提醒投稿者：「但本書院望送詩者亦當留意，做者去其虛浮典
故，若聖道詩章，更亦去囮談之事為要。」（俱見〈寧波寄來摘錄《廣
州新報》內西人跨馬歌論〉，1869 年 8 月《教會新報》1 卷 49 號）當
然，留在最後的還是上引聖書設譬的話頭，以示駁論到底。

下面抄錄的就是為《教會新報》招來非議的〈看西人跑馬歌〉：

> 西人跨馬馬路行，削木為垣泥築城。天公為放三日晴，驅馬
> 出城馬陣成。馬群千百縱復橫，黃驃紫騮非一名。馬車壓陣轆轆
> 鳴，六轡在手塵不驚。一騎突出霜蹄輕，十騎百騎紛逐爭。以人
> 習馬馬骨平，馬慣騎人眼不生。短衣穩坐獼猴精，長鬣濃垂氣峥
> 嵘。一鞭頃刻十里程，風馳雨驟送且迎。宛如樹上跳（鼠+星）
> 鼯，又如煙外流黃鶯。忽若電閃激火星，忽若水面行雷霆。長竿
> 一指駿足停，馬立四野皆無聲。徐行緩彎細柳營，伯樂於此窺全
> 形。我朝尚文久息兵，西人安分不變更。回思天驥下神京，共樂
> 承平四海清。

（原刊《尋根》2001 年第 5 期）

四、晚清文學與文化

社會百象存真影

──說近代竹枝詞

　　唐代詩人劉禹錫入蜀，聽「里中兒聯歌〈竹枝〉」，以其「雖倫儜不可分，而含思宛轉，有淇濮之艷」，便決意效法屈原的作〈九歌〉改造鄉地民間鄙陋的迎神詞，「亦作〈竹枝詞〉九篇」，使「後之聆巴歈，知變風之自焉」（〈竹枝詞·序〉）。劉禹錫攀比屈原的自信是有道理的，後代詩人果然不負所望，此歌遂傳唱不絕。可以肯定地說，在中國文學史上，還沒有哪種民歌形式像〈竹枝詞〉那樣曾經擁有過如此之多的作者和作品。劉禹錫也有為言中之處，他的新作一唱開，「竹枝詞」便不再囿限於四川一地，不再僅屬於「巴歈」，而是風行南北，傳遍全國。各地都出現了具有本地特色的「竹枝詞」。遠的不必說，單只清代的北京、上海、天津，便都有大規模的「竹枝詞」創作。現已結集出版的《清代北京竹枝詞》、《上海掌故叢書》、《梓里聯珠集》等雖蒐羅未備，卻都借「竹枝詞」形式淋漓盡致地展現了這些大都市的生活風貌。

　　〈竹枝詞〉以其短小靈便與濃郁的地方色彩，也獲得了近代詩家的青睞。久居其地、摯愛故土的人，有「竹枝詞」之作；乍履他鄉、觀感一新的人，也有「竹枝詞」之吟。邱逢甲的〈台灣竹枝詞〉四十首即屬於前者，梁啟超的〈台灣竹枝詞〉十首則屬於後者。大變動時代產生的文人大流動，

使近代知識份子（非指一般讀書人）不必也不可能再皓首窮經、終老一鄉。無論是旅行區域之廣，還是出遊次數之多，古代文人都瞠乎其後，無法與之比肩。見聞既多，詩作亦多。幸運的詩人也把好運帶給了「竹枝詞」。儘管未能作精確的統計，但肯定晚清「竹枝詞」的數量超軼前代、一時稱盛，總不會有錯。

晚清「開通民智」的啟蒙意識深入人心，劉禹錫採集土風、仿製新詞的作法也甚為流行。詩人們更自覺地把目光轉向民間，從歌詠當地風物及男女愛情中，得到極大的樂趣。你說這是以俗為雅也好，是翻舊為新也好，不過總得承認，他們與前代文人的觀點不同。認識到「文學之進化有一大關鍵，即由古語之文學變為俗語之文學是也」（梁啟超《小說叢話》）的晚清文人，不再企圖把俗文學拔高到雅文學的地位，而已能從俗文學本身發現其價值所在。這樣來讀梁啟超「為遺黎寫哀」的〈台灣竹枝詞〉，才不致錯會其意。

台灣自甲午戰敗割給日本，到梁啟超1911年遊台，已淪為殖民地十六年。深重的遺民哀感使其地流傳的民歌，儘管仍不脫男女相思之詞，卻是歡愉之音少，而「惻惻然若不勝〈谷風〉、〈小盤〉之怨者」（梁啟超〈台灣竹枝詞‧序〉）滿耳皆是。梁啟超親聆其音，感慨良多，因而寫下〈台灣竹枝詞〉一組。其中不少詩句直接借用原歌詞，第八首更是「全首皆用原文，點竄數字」而成。詩云：

> 教郎早來郎恰晚，教郎大步郎寬寬。
> 滿擬待郎十年好，五年未滿愁心肝。

這種哀怨已極，痛徹心脾的相思，出現在客居日本的梁啟超筆下，未始沒有思念故國之意。

此類「竹枝詞」的近代氣息要靠詩人的提示及歷史背景的映襯才可感覺到，用梁啟超的詩來說，就是「箇中甘苦郎細嘗」（〈台灣竹枝

詞〉其六）。品不出，錯當成傳統情歌來讀，也情有可原。因為近代「竹枝詞」的特色不在此，而表現在那些與世推移、另出新意的作品上。新「竹枝詞」以反映近代社會特有的種種奇形怪狀見長，資本主義生活方式與封建主義頑習的矛盾及奇異混合，在這些詩中真切、敏銳地展現出來。

丘逢甲像

邱逢甲寫〈台灣竹枝詞〉時，雖然才十四歲，但從詩語到思考都已相當成熟。關於這組詩還有一段逸聞：當年，邱逢甲應童子試，獲全台第一。因其「年最幼，送卷最早，丁中丞（即福建巡撫丁日昌）特命作〈全台竹枝詞〉百首。日未晚，已成，驚為才子，甚期許，贈『東寧才子』印一方」（丘琮〈倉海先生丘公逢甲年譜〉）。遺憾的是，這組〈台灣竹枝詞〉因戰亂散失，現僅存四十首。即便如此，殘留諸篇所描述的一些社會問題，在近代仍具有普遍性。如：

> 門欄慘綠蜃樓新，道左耶穌最誘民。
> 七十七堂宣跪拜，癡頑齊禮泰西人。

寫的是基督教傳教士在台灣建教堂、廣收教徒的情況。教會在晚清社會生活中是一股極為特殊的勢力。除傳教外，洋教士們還在國出版書刊，

開辦學校，宣傳西學，與中國近代政治、文化的變遷關係極為密切。而對於下層人民來說，入教最實際的好處和最大的吸引力是，可以借洋人的力量對抗官府的壓迫，保護自己。於是產生了所謂「吃洋教」的教民。丘逢甲詩中所說的「癡頑」，顯然指一般百姓，教會對下層社會的影響之大，在這首詩中也得到證明。

鴉片烟是晚清社會又一個久不癒合的瘡口。劃分古代中國與近代中國之界的鴉片戰爭，最直接的起因便是英國的維護鴉片貿易與清政府的禁烟國策尖銳衝突。第二次鴉片戰爭以後，鴉片進口合法化，烟害遂流毒全國。丘逢甲在〈台灣竹枝詞〉中也痛心地寫到：

> 罌粟花開別樣鮮，阿芙蓉毒滿台天。
>
> 可憐駔伶皆詩格，聳起一雙山字肩。

在毒煙滿天的霧瘴與大烟鬼的可憐形象中，詩人令人怵目驚心地揭示出鴉片烟弱國弱民的危害之深。正是出於這個原因，近代有識之士才不斷用各種方式疾呼禁烟、戒烟，斥之為「至毒之藥」，視之為中華民族的大敵。

鴉片烟的不能禁絕，實際是外國資本主義勢力深入中國的一種表現。而以治外法權的喪失為題材，則有狄葆賢的〈滬濱感事詩〉六章。狄氏自述作詩緣起云：「滬上租界繁盛，為海內冠；然國權不張，外人持柄，亦莫此為甚。」因「仿巴渝『竹枝』之謳」，「綜其故實，言皆可徵，少寫於懷焉爾」（《平等閣詩話》）。像鴉片一樣，租界也是近代中國社會的病態產物。中國人對作亡國奴的意識，在此地感受格外痛切。狄葆賢久居上海，言之鑿鑿，語雖委婉，心實憤慨。所寫外灘公園，可稱為最典型的一例：

> 路別仙凡逝不回，更誰花外一徘徊。

　　　　　銀河杳渺風帆渡，哪許蕭郎入夢來！

　　注云：「上海黃浦灘旁有公園，嚴禁華人入內遊覽。」其他如黃浦灘邊草地原為中國官地，亦禁華人涉足，租界中華人馬車不得越過西人之前，泥城橋外各國人競馬賽球的跑馬場，也不准華人入內，在狄葆賢的詩中都留下紀錄。狄葆賢與改良派政治家康有為、梁啟超等有深交，論詩也受其影響，以為「起衰振俗，要賴乎是」（《平等閣詩話》）。他的詩中有相當明確的政治意識，正十分自然。

　　包天笑則不同。同居上海，包氏到底是通俗小說作家，出於職業習慣，他對上海的人情物態更為留意。1916年出版的《南社叢刻》第十九集，收有包天笑的〈上海竹枝詞〉四首，專寫上海女子服飾、嗜好的最新潮流。如第二首：

　　　　　半臂輕裁蟬翼紗，襟兒一字畫盤花；
　　　　　如何密作同心扣，扣住儂心不懷家？

　　詩後也有注：「一字襟坎肩，向唯男子服之，京朝士夫，行之以久，今則流行於女界中。蟬翼紗古有是名，為黑色尚焉。爾來又新翻花樣，各色均有。」本來女子服裝就多變、速變，其變化不單反映了「女為悅己者容」及自我欣賞的求新欲望，而且顯示出社會風氣的變動趨向。大抵女子而普遍喜著男裝，這個社會總是處在禁錮放鬆、相對自由的氛圍中。否則，在研究「夫為妻綱」的傳統中國，「易服色」豈不亂了綱目？這就像當代女子的競穿牛仔褲，並不能簡單理解為一次時裝革命，而更是一場思想革命。

　　上海在近代中國的地位相當特殊，風氣開通居全國之首，故足以領導各地風氣。漢代已有民謠說：

> 城中好高髻，四方高一尺；
>
> 城中好廣眉，四方且半額；
>
> 城中好大袖，四方全匹帛。

這「城中」，在近代倒是可以確指為上海。上海女子的時髦裝束流行開來，自稱為「守舊」、「述舊」之「舊人」的林紓，在京中也不幸親眼目睹此況，不禁痛心疾首，大加抨擊：

> 辛亥之前，自南而北，男女之禮防已撤，其服飾梳掠，漸漸怪異。女子不裙而褲，褲尤附股，急如束濕。忽而高髻，忽而捲髮，忽而結辮，忽而作解散髻，忽而為拋家髻，忽而為古妝，終極至於斷髮而止。（《鬢云》）

儘管林紓的語調不能令我們滿意，但此話還是搔到了癢處。這股從上海傳到北京的女子服飾革新，正是封建禮教觀念開始崩潰的表現。潮流總不可阻擋，林紓大動肝火也是徒然。而且，焉知辛亥革命的原動力不就孕育在這衝決封建禮防的大潮中？還是包天笑心平氣和的記述作法明智些。

談到近代社會的種種「奇觀」，自然不能遺漏掉商品經濟的畸形繁榮，何況千家萬戶的生計，都與之有大關聯。1910年，從偏僻的山城樂山初到成都就學的郭沫若，即受其刺激，寫下了〈商業場竹枝詞〉三首，用四川本鄉本土的傳統民歌形式，描畫成都商業場內外使人眼光撩亂的繁華景象。第一首詩詠商業場中花枝招展的遊女如雲：

> 蟬鬢疏鬆刻意修，商業場中結隊遊。
>
> 無怪蜂狂蝶更浪，牡丹開到美人頭。

第二首詩詠商業場樓前馬路上車水馬龍，交通繁忙：

> 樓前梭線路難通，龍馬高車走不窮。
>
> 鐵笛一聲飛過了，大家睜看電燈紅。

在輕鬆風趣的筆調中，仍透露出詩人對都市新的經濟生活那種又驚又喜的心情。

　　近代「竹枝詞」在狀寫近代中國的種種奇特現象上頗為成功，其價值不限於文學，更受重視的反倒是它們提供了生動可信的史料、掌故。說詩人們「無心栽柳柳成蔭」也罷，說他們本來有心補史闕也罷，研究晚清文學史、風俗史的後人，總不能忽略了這批「竹枝詞」的存在。

　　　　　　　　　　　　　　　（原刊《讀者》1989 年第 10 期）

吟到中華以外天

——近代「海外竹枝詞」

　　描述異國風物的「域外竹枝詞」在晚清異軍突起，為「竹枝詞」的創作別開生面。其作者之多，涉及區域之廣，令人驚嘆。倫敦、巴黎、柏林還好說，即使偏遠到美洲的島國古巴，也有懺庵的《灣城竹枝詞》咏其首都哈瓦納的風光。此種盛況不敢說是「後不見來者」，但確確實實是「前不見古人」。這是晚清文學界的奇觀，也是「竹枝詞」的驕傲。

　　晚清詩人喜用「竹枝詞」咏海外新事，無非是看中了「竹枝詞」的輕巧靈便與亦莊亦諧。對於迫不及待要把所見所聞記述下來而又把握不準的詩人，這確實是最佳選擇。

　　筆者無意跟隨近代詩家雲遊四方，那樣恐怕是疲於奔命而所得不多。恰好「域外竹枝詞」中寫到近鄰日本的為數最多，我便可以專談「日本竹枝詞」了。

　　黃遵憲的《日本雜事詩》最後一首，慨嘆中國人對於一水之隔的日本了解甚少，有句云：

　　　　未曾遍讀《吾妻鏡》，慚付和歌唱「竹枝」。

指的是明清兩代宋濂的《日東曲》、沙起雲的《日本雜詠》與尤侗的《外國竹枝詞》，其咏日本之詩均失之褊狹與荒謬。黃詩顯然有正誤糾偏之意，不過，他仍然借用了古已有之的

黃遵憲《日本雜事詩》1880年香港版書影

「竹枝詞」形式，這就是王韜所讚揚的「殊方異俗，咸入風謠」（《日本雜事詩・序》）。以後又有人學黃遵憲的《日本雜事詩》體，如「濯足扶桑客」的《東洋詩史》，初稿原名《日本竹枝詞》；姚鵬圖的《扶桑百八吟》，自述「曉夢淒迷唱『竹枝』」，便是明顯的例證。以「竹枝詞」歌體咏唱外國之事雖非黃遵憲的創造，卻是經由他而發揚光大、蔚為大觀的。《日東曲》僅十首，《日本雜咏》也只十六首，與《日本雜事詩》的二百首、《東洋詩史》的一百五十一首及《扶桑百八吟》的一百零八首相比，真是小巫見大巫了。

三本參看，作者的注意點還是略有不同。黃遵憲為外交官員，對日本國情的評介便相當慎重。而《日本雜事詩》又是寫作《日本國志》的副產品，詩注中已言明：

今從大使後，擇其大要，草《日本志》成四十卷。復舉雜事，以國勢、天文、地理、政治、文學、風俗、服飾、技藝、物產為次，衍為小注，弗之以詩。

因《日本國志》本是「網羅舊聞，參考新政」（《日本雜事詩·自序》）的補闕之作，《日本雜事詩》便從「立國扶桑近日邊」開始敘起，而穿插以對明治新政、新事的介紹。《東洋詩史》的記事類別倒與《日本雜事詩》大致相近，「唯隨時隨意之作，詳略非一，難免賦海遺鹽」（《東洋詩史·例言》）。作者是留學日本十年的軍校學生，久歷其境，博聞強記，故重在講述日本史事、傳聞，讀著卻也有趣。但與黃遵憲的注重典章文物的沿革及全篇整體的綱目清晰不同，《東洋詩史》顯得隨意性較大，多有繁簡不當、時序錯雜之處，不免予人散亂之感。著《扶桑百八吟》的姚鵬圖，則是 1903 年由山東省派往日本參加在大阪舉辦的第五屆國內博覽會的下層官員，「偶就見聞」，「略述近事」。雖只逗留日本四個月，然而，憑藉著他做知縣對中國社會的實際了解，言多中肯，且往往能在對日本新政、新風的記述之中，包孕深刻的反省意識。不過，認真追究起來，上述諸作除了還保留著以七絕形式咏地方風土人情之外，「竹枝詞」的民歌味道已流失很多，與劉禹錫「東邊日出西邊雨，道是無情卻有情」的輕快天真、大膽表露男女戀情相去甚遠。詩人的「詩史」意識，總使這些「日本竹枝詞」顯得莊重、沉著。其中尤以《東洋詩史》為最。即使寫到婚宴，詩篇也並非是代男女雙方擬辭的情歌，而是一種完全客觀的民俗記錄，每句都有來歷，讀來字字窒礙：

> 十三衣色燦雲霞，姊妹催妝入智（日文「婿」字）家。
> 一幅鯉旗親手贈，快依產殿築生衙。

詩後還跟著一大篇注，解釋：「贅婿曰『入婿』」；新娘「于歸之日，著吉衣，凡十三色，先白，最後黑。衣畢，乃登輿，姊妹兄弟皆送之」；「親朋制旗，如鯉魚形，高插門楣，以祝多子之意」；「生子之前，每別築產舍，曰「生衙」，亦仿古時覆鶉羽作產殿之遺事耳」。如

此非讀注不能明瞭詩意，「竹枝詞」通俗易懂的特點也消失殆盡。

用這種辦法寫「竹枝詞」，固然適應了晚清輸入西學、了解世界的需要，卻不免使「竹枝詞」走了味。因此，就實用性來評價，《日本雜事詩》一類帶有紀事詩性質的「竹枝詞」更值得肯定；而就藝術性做判斷，砝碼卻要移到那些不加注或極少注的「域外竹枝詞」一邊。道理非常簡單，依賴注解的詩歌，本身的可讀性、完整性便很可懷疑。

融「竹枝詞」形式與域外題材為一體，近代還留下了為數不少、風味更醇的「日本竹枝詞」。其中，最可記述的是單士釐夫人的《日本竹枝詞》十六首。其詩可傳，也因其人可傳。單士釐以一女子，而足歷亞、歐、非三大洲，不僅在近代，而且在中國歷史上也是第一人。其夫錢恂謂其「得中國婦女所未曾有」（單士釐《癸卯旅行記‧題記》），確非過譽。

1899 年，錢恂任湖北留日學生監督，單士釐率子女隨後赴日。四、五年間，每歲「或一航，或再航，往復既頻，寄居又久，視東國如鄉井」（單士釐《癸卯旅行記‧自敘》），並能操日語，可充翻譯。她對日本的民風土俗既十分熟悉，詩作寫來也親切有味：

> 乙女衣裝燦燦新，共拋羽子約親鄰；無端桃頰呈雅點，廣袖
> 頻遮半面春。
> 大書檐額「喜多床」，理髮師諳各國長；
> 華式歐風皆上手，只嫌坊主喚羌羌。

詩中雖也用了幾個日文詞，如「乙女」即「少女」，「羽子」即「羽毛毽子」，「喜多床」即「喜多理髮店」，不過，與濯足扶桑客不同，單士釐本無意發表，所以沒有怕人不解的忌諱，而通讀全篇，詩意還是相當明瞭。在和諧、優美的意境中，個別日文詞語的點綴，恰到好處地帶出一縷雋永的日本風味。在詩人清新的筆調中，日本的舊俗新風歷歷如

繪。

　　南社詩人郁曼陀及其弟、現代著名小說家郁達夫先後遊學日本，又恰巧都寫有「日本竹枝詞」，也是一段佳話。郭沫若以「郁郁乎文哉」評郁達夫詩詞，實於兩兄弟都很合適。

　　郁曼陀的《東京竹枝詞》四十七首曾刊《南社叢刻》第三集，為其七十三首《東京雜事詩》之一部分。郁曼陀先後肄業於日本早稻田大學及法政大學，「在日多年，深入社會各階層，所咏自皇室至民間，自政治至習俗，無不觀感親切，詩語溫馨，雅近晚唐」（陳聲聰《兼于閣詩話》），故《東京竹枝詞》流傳一時。他咏日本仕女春季賞櫻一篇頗能代表其詩風格。

> 樹底迷樓畫裡人，金釵沽酒醉餘春。
> 鞭絲車影匆匆去，十里櫻花十里塵。

晚清凡到過日本的詩人，幾乎無不寫過日本的櫻花勝景。嚴復弟子侯毅更因傳統的「《柳枝》、《柘枝》、《竹枝》諸詞，托情里巷，體近風騷」（《日本櫻枝詞·序》），而有《日本櫻枝詞》之作。首篇也寫仕女遊賞櫻花的盛況：

> 櫻花三月滿蓬瀛，雪綴雲裝炤眼明。
> 千鶯萬鶯繞花囀，千人萬人看花情。

費詞四句，其實只說得郁曼陀「十里櫻花十里塵」一句的意思。侯詩也有佳作，如咏櫻糕一首：

> 菱樣櫻糕撲鼻香，賣糕人著紫羅裳。
> 纖纖撿個蓮花餡，蜜味要郎仔細嘗。

詩寫得很別緻，頗具民歌情調，與郁曼陀的「小窗梅雨賣櫻糕」（《東京雜事詩》）另是一種味道。

郁家兄弟大約性情相近，或許都深得日本文化的神韻，作詩俱偏好清幽之境。1913年，郁達夫隨其兄東渡日本求學，次年即作成《日本竹枝詞》十二首。咏「荒川夜櫻」一詩正好可以拿來和郁曼陀之作比較：

> 黃昏好放看花船，櫻滿長堤月滿川。
> 遠岸微風歌宛轉，誰家篷底弄三弦。

一寫白日，一寫夜晚，同樣一種淡淡的惆悵沁人心脾。

在日本聽過日本音樂的中國人，大多喜歡三弦。黃遵憲有詩曰：

> 剖破焦桐別製琴，三弦揩擊有餘音。
> 一聲彈指推衣起，明月中天鶴在林。

並詳加描述：「有三弦琴，不用彈撥，以左指按之，右指冠決捺而成音，清穆殊有意。」這「清穆」之音，對於一個遠客異國的人，恐怕很能撩亂其思緒的。推想當年郁達夫聽篷底三弦，也會「別有一番滋味在心頭」。

三弦在日本很普及，藝妓也善彈此樂器。郁曼陀以之入詩，更見佳妙：

> 插撥沉吟態更嬌，三弦奏後已魂銷。
> 定知今夜多明月，夢到揚州第幾橋？

注語說明：「新橋、柳橋間，為妓家，每召至，多奏三弦。」實際上，談日本而不提藝妓，正是漏掉了最有特色的一節。

晚清人東遊，少有不招妓侑酒的，故此詩中每見吟味異國煙花風采
之句。因慣例如此而逢場作戲的有之，夾雜著莫名奇妙的得意者也不乏
其人。就中王韜堪稱一絕。他漫遊扶桑時已五十二歲，卻仍然不改「嗜
酒好色」的風流態，並自解為「率性而行，流露天真」的「好色之真豪
傑」（《扶桑遊記》）。真是奇人奇言。詩作亦奇。他在日本曾「作
《柳枝》之新唱」，成《芳原新咏》十二章，專寫東京芳原的青樓風
致，喜的是「十萬名花齊待汝，人生何再覓封侯」，憂的是「黃金安得
高於屋，買盡東京十萬花」。如此老來顛狂，也是靠了日本女子特有的
魅力。

何況郁達夫留日時，恰當性意識覺醒的青春期，每天見到「日本的
女子，一例地是柔和可愛」，「肥白柔美」，因而「感覺得最深切而亦
最難忍受的地方，是在男女兩性，正中了愛神毒箭的一剎那」（《雪
夜》）。作為補償，在這時期寫出的《日本竹枝詞》，便不可能放棄對
日妓生活的描寫，而且第一首就是：

> 燈影星光綠上樓，如龍車馬狹斜遊。
> 兩行紅燭參差過，哄得珠簾盡上鉤。

王韜述芳原之景的文字，正好可移作此詩的注腳：

> 每當重樓向夕，燈火星繁，笙歌雷沸，二分璧月，十里珠簾，
> 遨遊其間者，車如流水，馬若遊龍，轔轔之聲，徹夜不絕，真可
> 謂銷金之窟也。（《芳原新咏·序》）

由此想到，倘若不是到過日本，領略過這十里煙花的獨特風情，郁達夫
或許寫不出《沉淪》這樣一篇名作來。

（原刊《讀書》1988 年第 12 期）

返回歷史現場的通道
——上海旅遊指南溯源

　　以前閱歷短淺，學問疏陋，讀書只重名家、經典，看不起坊間印行的大眾讀物。見到相識的日本學者，出高價買一本二、三十年代出版的老北京導遊書，心中還頗以為不值。又在一著名的日本中國學研究者家中闊大的書庫裡，發現眾多旅行指南一類圖冊，也覺得大為詫異。那時的印象，似乎高深的學術應該與這種低俗的圖書絕不相干，卻沒有在意對方的解釋：「對於外國人來說，遊覽手冊其實是瞭解中國的捷徑。」

　　終於有一天，我在試圖進入晚清上海，期望重構那個遙遠而陌生的社會場景，辨認被時間的塵沙掩蓋的每一細節時，我才真正體驗到，旅遊指南實在是接引我們返回歷史現場的最佳通道。其對於地域史研究的重要性，一如日本學者之憑藉它感受中國。

　　以我所得見的早期上海旅遊指南來說，大致可分為圖、文兩類。當然，即使是「圖書」，也並未完全擯棄文字說明。如最早於 1884 年出現的吳友如繪《申江勝景圖》（上海點石齋印），分為上、下兩卷，共 62 圖，每圖後均繫以詩或詞。好處是，對於未曾身臨其境者，一卷在手，可以想像臥遊，這就是黃逢甲在〈《申江勝景圖》序〉中所稱道的，「撫是圖者雖未至申江，而申江之景其亦可悠然會矣」；而不足處

吳友如繪《申江勝景圖》（1884
年）書影

也很明顯，韻文畢竟牽於格律，語焉不詳。因此，此書後來雖有仿作，如1894年上海寶文書局印行的談寶珊繪《申江時下勝景圖説》，但圖、文的比例已做很大調整。兩卷繪圖僅 30 幅，文字解説倒占了全書一多半篇幅。而這一重文輕圖的出版策略，顯然更符合遊覽者的實際需要：既可對景檢索，也可案頭賞玩。由此可見，文字類的導遊書自有無法替代的獨特價值。

而自 1842 年《中英南京條約》簽訂，清政府被迫開放廣州、福州、廈門、寧波、上海五個口岸城市，上海便以其優越的地理位置獲得了西方人的青睞。1843 年，上海正式開埠，英人率先設立租界。此後，由畸形繁榮的「十里洋場」所指代的各國租界，便成為上海區別於內地其他城市最特殊的景觀。晚清出版的各種滬上旅遊指南，於是無一例外，紛紛以洋場風物作為介紹重點。這在第一部導遊類著作《滬游雜記》中已開其端。

《滬游雜記》的作者名葛元煦，字理齋，號嘯翁、嘯園主人，為仁和（今杭州）人。此書寫成於 1876 年（光緒二年丙子），其時，葛氏移居上海已十五年，且寓廬即在洋場。本書的寫作緣起在〈自序〉中有交代：

> 因思此邦自互市以來，繁華景象日盛一日，停車者踵相接，入市者目幾眩，駸駸乎駕粵東、漢口諸名鎮而上之。來遊之人，中朝則十有八省，外洋則二十有四國。各懷入國問俗、入境問禁之心，而言語或有不通，嗜好或有各異，往往悶損，以目迷足裹

為憾。旅居無事，爰仿《都門紀略》輯成一書，不憚煩瑣，詳細備陳。俾四方文人學士、遠商巨賈，身歷是邦，手一編而翻閱之。欲有所之者，庶不至迷於所往；即偶然莫辨者，亦不必詢之途人，似亦方便之一端。

葛元煦作《滬游雜記》（1877年）書影

則此書之作，意在指點迷津，性質接近於今日所謂「旅遊指南」，已表述得十分清楚。為之撰序的友人袁祖志，即逕以「滬遊指南之針」相許。不過，晚清文人多少還保留著傳統的謙慎習氣，葛氏〈自序〉因此仍不免要在文末遜讓一句：「若謂可作遊滬者之指南針也，則吾豈敢！」

其實，即便以現在的標準來衡量，《滬游雜記》改稱「滬遊指南」，也完全當之無愧。雖然由於欠缺精密的測繪技術，三張法、英、美租界圖只能存其大意，算不上精確，但其力求全面提供最新資訊、以供各色人等取用的設計，還是使此書具備了極高的實用性。對於今人來說，則是為復原歷史場景提供了最大的便利。單舉「美租界圖」上標示的「火輪車路直達吳松[淞]」，以及卷二〈火輪車路〉一則記錄的葛元煦寫作之年剛剛建成通車、一年後即被中國官方廢止的這條上海乃至全國最早的鐵路，該書的及時性與史料價值已可見一斑。

作者明言，此書的編撰以洋場為主，因「上海自通商後，北市繁華，日盛一日，與南市不同。宦商往來，咸喜寄跡於此。故卷內所載，惟租界獨備」，「其城南勝跡」，不過「間及一二」（〈弁言〉）。據此，全書分為四卷：前兩卷用 157 條筆記，逐一記述了上海的風俗人情、名勝特產；卷三輯錄了時人以滬上風物為題材的詩詞歌賦，相當於

如今各地風行的「歷代名人詠××」，只是因租界開闢未久，此類寫作自然也捨古取今；卷四的內容更純粹為旅遊、經商者考慮，詳細開列了諸如駐滬各國領事官銜、人名，書畫名家特長，申江潮汐時刻，中外貨物完稅章程，各碼頭開船時間、路線、里程、票價，電報價目，各會館、同業公所、洋行商號、錢莊、客棧地址，各戲院名角及擅演劇目等。無怪袁祖志讚為「美矣，備矣，蔑以加矣」（〈《滬游雜記》序〉），謂之應有盡有，確非過譽。

卷三匯抄的歌賦之作，除有意選錄的李毓林（默庵）《申江雜詠百首》（選存六十首）系未刊稿，其餘大抵采自《申報》。作者皆為江南文人，各逞才思，筆下生花，對於洋場的描繪可謂五光十色，窮形盡態。相比而言，葛元煦的筆墨倒顯得相當節制。但在平鋪直敘之中，仍見貼切、凝練，恰是難得的「紀略」語言。

不妨抄兩節以作範例。如〈邑廟東西園〉一則，所記雖為「間及一二」的南市勝跡，卻是至今遊人必至的上海城隍廟及豫園一帶：

> 東園即內園，在廟後東偏。回廊曲折，山石嶒峻，結構頗奇幻。歲修為錢業承值。每屆令節或蘭花會，方開園扉，任人遊覽。豫園為前明潘充庵（按：名潘允端）方伯所建，地約四十餘畝，極亭台池沼之勝。後潘姓式微，園亦漸圮。時申浦初通海舶，商賈雲集。潘氏急於求售，眾遂以賤值得之，歸邑廟，為西園。池心建亭，左右翼以石橋，名曰九曲橋。又有香雪堂、三穗堂、萃秀堂、點春園諸名勝，堂上皆懸邑神畫像。園西北隅有巨石，疊作峰巒，磴道盤旋而上，重九登高者甚眾。惜園內競設茗館及各色店鋪，竟成市集。凡山人墨客及江湖雜技，皆托足其中，迥非昔時佈置，未免喧嗔嘈雜耳。（卷一）

其中備述地點、來歷、名勝景區，正是道地的指南寫法。而園內經商，

看來也早有傳統。又如介紹租界刑訟情形的〈外國訟師〉一條：

> 外國人涉訟，兩造均請訟師上堂，彼此爭辯，理屈者則俯首
> 無辭，然後官為斷結。如中外涉訟，華人亦請外國訟師。小事在
> 會審公堂，大事在外國按察司處審理。訟師之名，中國所禁，外
> 國反信而用之，亦可見立法不同矣。（卷二）

在說明律師作用的同時，也順帶提示了中外司法制度之不同，予人以現代知識的啟蒙。這使該書在導遊的功能之外，又兼具了上海洋場「小百科全書」的性質。

編寫《滬游雜記》時，葛元煦雖正從事「書業」（袁祖志〈《重修滬游雜記》序〉），即開辦嘯園書局，故眼光敏銳，自覺迎合大眾需求；但他肯定也未曾料到，此書日後竟會風光無限，經久不衰。這自然與晚清上海變化疾速有關。

還在葛元煦著書之年，1876 年 2 月 7 日的《申報》上，即發表過一篇〈洋場屢變說〉。作者平心居士於道光中「初至上海」，其時正值鴉片戰爭，英國軍艦兵臨城下。作者「出北門而一望，則今之所謂『洋場』者，當日乃北邙也，纍纍荒墳而已」。1849 年，其人再至滬上，荒塚已闢為洋場，且「已建洋房幾所矣」。咸豐中，太平天國起事期間，作者故地重遊，則見「洋房無數矣，繁華極盛矣」。因「各省富貴者皆避地於此，一屋之地數千金，一楹之賃數十金」，於是地皮昂貴，樓房林立。迨至太平軍失敗，上海在富豪離去的短暫消沉後，又再度興盛，用平心居士的話形容，則是——

> 是時風俗繁華，貿易暢盛。其富商任俠尚豪，揮金如土，以
> 商賈而享用過王公焉；其名妓輕珠翠，厭錦繡，乘玻璃大轎如達
> 官，用大字名片如太史，以妓女而僭越過命婦焉。

奢靡至此，已無以復加。何況，留戀舊夢本是文人通病，落在作者眼中的當前的洋場，便不免透出盛極而衰的跡象。不過，即使感歎洋場「外似有餘，中多不足」，平心居士比較了中國各省大城市，卻仍會公正地肯定，其「皆不及上海之繁華也」。

以如此多變之繁華都會，欲為往來遊客隨時指南，《滬游雜記》便必得不斷修訂，才能保證其具備導遊類圖書及時、準確的基本品格。寫作當日，葛元煦對此已有意識，〈弁言〉中曾發願「擬於丁丑（按：即1877年）春起隨時增修」。只是，這一丙子年冬季許下的諾言，實踐起來卻頗多麻煩。結果是一拖十年，還要假手於為其撰序的友人袁祖志，《滬游雜記》方才有重修本面世。

袁祖志（1827—約1900）字翔甫，號倉山舊主，浙江錢塘人，為清代著名文學家袁枚之孫。其越俎代庖的原因，從外界需求看，成書於十年前的舊書《滬游雜記》雖因無可替代，仍然為「四方人士來游茲土者」「索購不已」，但上海「時移物換，小有滄桑」，故「坊友屢以重修為請」。而葛元煦本人，則因「近年捨書業而專醫術」，「百忙中竟無此閒暇」重加修訂，只好囑託比他更早履跡洋場的袁氏「代為刪修」。袁氏也恰當地運用了原作者授予的修改權，刪者有限，功夫多花在「略為增纂」（袁祖志〈《重修滬游雜記》序〉）上。而其改訂本又為更多的後來者所承襲，於是形成了以葛著為祖本、袁氏重修本為藍本的系列出版物，長期佔據了導遊上海的圖書市場。

袁祖志編《重修滬游雜記》
（1888年）書影

如同《滬游雜記》的葛序作於1876年冬至日，實際出書已在1877年；《重

修滬游雜記》刊記所載的「光緒十三年（按：即 1887 年）仲秋之月印」，其實也應以「光緒戊子季夏」撰寫的袁祖志序為準，校正出版時日為 1888 年。

袁祖志刪去的內容，在〈《重修滬游雜記》弁言〉中說得很清楚：

> 初刊時，卷首有英、法、美三國租界地圖及各國通商船旗式樣。現因數見不鮮，刪除不載。

修訂的文字亦隨處可見。如在〈租界〉一則的開頭，加上「洋人價買之地，不稱買而稱租。凡英、法、美三國所租之地，皆謂之租界」數語，作為「租界」的定義。自然，因時移事易而做的改正為數更多。

為了不破壞原書的結構，袁祖志有意將增纂的部分分置於各卷之後。於是，我們可以發現，從卷一的〈張家花園〉、卷二的〈石印書籍〉、卷三的〈滬上竹枝詞〉以下，均為袁氏補入。即使增補最少的卷四，也新添了〈杭綢莊〉、〈南市洋藥行棧〉、〈北市洋藥行棧〉、〈各書場著名女唱書〉等條。新增的條目所介紹的張園（〈張家花園〉）與徐園（〈徐家花園〉），均興起於 1880 年代，再加上 1890 年建成的愚園，是為晚清上海向公眾開放的最著名的三座私家花園。值得注意的是，袁祖志在增修時，不僅注目於風景名勝區，對海上時新的人文景觀也很在意。如法文公書館、格致書院等新式學堂，〈洋鉛聚珍板澆鉛板〉、〈石印書籍〉、〈電氣燈〉、〈自來水〉、〈德律風〉、〈中國電報局〉等條所記述的新技術及其應用，均在著者的視野中佔有重要位置。

而袁祖志身為袁枚之孫，本人也承繼了乃祖的文采風流。其以引領洋場竹枝詞唱和熱潮而聞名的創作經歷，使他對關涉租界的詩文格外留心。而重修本最鮮明的個人色彩，即體現在補錄了多篇時論文章與韻語作品，且其中多數為袁氏手筆。這些增輯並非完全合適，如卷二添加的

〈選錄倉山舊主時事論說新編八則〉，話題涉及機器、博覽會、律師、納妾為妾、盂蘭盆會等，雖也有助於讀者瞭解當下的上海風氣，但已偏離旅遊指南言簡意賅、點到為止的寫法，在該書中便成贅疣。而這剛好顯示出袁祖志根深蒂固的文人習氣，即使在工具類圖書的編寫中，也不忘一展其才識。

當然，也多虧了袁祖志的才情，重修本卷一才可能補輯入〈倉山舊主書申江陋習〉與作為附錄出現的〈滬游記略〉。後文未署作者，但很可能同樣出自袁氏。二文一破一立，相映成趣。

其實，早在葛元煦錄存的吟詠洋場諸作中，已兼具歆羨與警誡兩種態度。《滬游雜記》卷三起首采自《申報》的〈洋涇浜序〉（西泠漱華子）與〈冶游自悔文〉（白堤過來人），一褒一貶，堪稱代表。同樣面對紙醉金迷的十里洋場，前者是戀戀不捨：

> 明知色味馨香，回頭是夢；爭奈鶯花風月，過眼興懷。未免有情，小誌滬濱之韻事；於斯為盛，來添海國之清談。

後者則斬釘截鐵：

> 情禪勘破，管他臨去秋波；色界參開，任爾醒來春夢。理宜自悟，言盡於斯。借抽黃對白之文，卻是裘成集腋；即較綠暈紅之事，敢云棒喝當頭。

著者將這一團「剪不斷，理還亂」的複雜感情，借助他人筆墨，如實呈現給讀者。

延續同一編輯方針的袁祖志的態度，因此也不難理解。〈滬游記略〉將游滬之樂概括為戲園、酒樓、茶館、煙間、書場、馬車、妓院七事，曾經成為一時「經典」。而與之匹配，作為正面立論，袁氏又刊載

了自家撰寫的〈書申江陋習〉，斥責「近日風氣之壞，惟上海為最」，所舉七事，顯然有意破解上述的七大樂。而且，即使津津樂道於游宴諸樂的〈滬游記略〉，也有一段「曲終奏雅」：

> 男子桑弧蓬矢，志在四方，遊者所以廣見聞、證學問，夫豈游目騁懷、陶情適志云爾哉！遊於滬者，當觀於製造局之機器，而知功用之巧拙；觀於招商局之輪船，而知商賈之盈虧。此外，石印書局、電報局、電氣燈、自來火、自來水各公司，皆當一一身歷目睹，以窮其理而致其知，復退而與格致書院諸君講求而考論之，以求其益精而匡其不逮。夫如是，則可謂不負斯遊矣。若僅以游目騁懷、陶情適志如七事者以為滬游之梗概，吾無取焉。

說得也很是義正詞嚴。不過，無論是葛元煦的原著，還是袁祖志的改本，將輯錄諸作合觀，其整體效果正好像漢賦的「勸百諷一」，留在世人記憶中的因此仍是冶游之樂，而非財盡情絕的悔恨不迭。至於袁祖志所期望的滬游歸宿在汲取新知、格物窮理，對於貪看西洋景的匆匆過客，更多半如耳旁風，被牢牢記住的反倒是佔據了〈滬游記略〉主體的「游目騁懷」七件快意事。這其實也正映現出編撰者對於洋場又愛又恨的矛盾心態。

　　《重修滬游雜記》行世後，所謂「後來居上」，很快為嗣後各家改編本所模範。僅舉曾經我寓目者，以略示其統系：

　　1894年上海寶文書局石印本《申江時下勝景圖說》，共兩卷。此書可說是將《滬游雜記》與《申江勝景圖》合於一手。卷上以〈滬游記略〉開篇，下接〈申江陋習〉。這一對《重修滬游雜記》排序的顛倒，也暗含著編者眼中的洋場已由愛恨交雜漸變為愛多於恨。以下文字也盡采自重修本，除葛書已錄的〈冶游自悔文〉等，也兼收了袁祖志的〈論機器〉、〈論博覽會〉、〈論狀師〉、〈論納妓為妾〉四文，其他則是

擇錄原卷四、卷一與卷二各條目，而重新編排次序。末殿以 16 圖。卷下則先刊圖 14 幅，後在〈洋人風氣‧海外奇談〉題目下，附錄袁祖志撰寫的〈西俗雜誌〉（未署名）；又在〈地球圖說‧各國路程〉部分，匯印了〈五洲各國統屬全圖〉與李圭的〈各國里程日記〉。編者的眼光顯然已從上海延伸到海外，意在為洋場追本溯源。此書 1896 年改由上海江左書林略加增補出版，易題為《新增申江時下勝景圖說》，兩卷一律先圖後文。卷上文字照舊，卷下增加了〈中西歷代年表〉、〈上海租界中西旅籍人數〉、〈西法保險章程〉、〈中西尺量權磅合數〉，按照「新增目錄」所示，應當還有「上海城廂租界全圖」，可惜我查閱的現藏於日本東京大學東洋文化研究所的該書，此圖已失落不見。

　　1895 年由上海花雨小築居石印的《新輯海上青樓圖記》，係 1892年印行的《海上青樓圖記》的增補本，共收圖 115 幅。除有兩幅為姐妹二、三人合圖，其他均係一人一圖，附一小傳。「新輯」本除新繪數十幅名妓圖像，又搜集了《海上名花尺牘》與《花間楹聯》置於卷首。後者不少取自《重修滬游雜記》卷三中袁祖志所撰同題之作。最末的卷六為〈海上冶遊瑣記〉，專詳於妓院各事。而〈滬游記略〉則被改題為《滬游雜記》，置於篇首，儼然成為提綱挈領性導遊文字。

　　1898 年滬上遊戲主（疑為李伯元）編輯的《海上遊戲圖說》，又兼取《重修滬游雜記》與《新輯海上青樓圖記》二書的編輯思路，再加增補。書分四卷。卷一首列〈四大金剛像〉並小傳，而林黛玉、陸蘭芬、金小寶、張書玉之並列「海上四大金剛」，出處即在李伯元主持的《遊戲報》所評花榜。與《新輯海上青樓圖記》相比較，林黛玉的臉形雖由圓變長，小傳中的年齡也由「年華廿三」更改為「年華三八」，出自「滬上好遊客」的〈滬北花鶯統領林黛玉小像〉之文字卻大抵為沿襲「浙西秋水館主人」的〈林黛玉〉而成。隨後的 20 幅〈海上快樂圖〉，繪圖方式已與前述諸作大相徑庭，其帶有情節性的場面描寫，更近乎李伯元後出小說中的插圖。接下來的《海上名花尺牘》，既於《新輯海上

青樓圖記》之作有所取捨，也有補錄。卷二則延續了自《申江時下勝景圖說》以來的體例，也以〈滬游記略〉開頭。不過，如果細加比勘，可以發現，在不斷重刊中，此篇文字其實也小有改動，因為娛樂場所與消費價格並非一成不變。以下專以妓女為話題，雜錄詩文，或取袁祖志重修本舊有論說，但也仿袁例，添入己作，大抵應采自《遊戲報》，只是因未署名，尚難一一指認。卷三前半仍錄詩詞歌賦，兼及小品談叢，取材半新半舊，但已擴及其它遊樂。從卷三後半到卷四，則大體抄自《重修滬游雜記》各條目。

可以順便一提的是，還有一冊今人發現的《滬遊夢影記錄》抄本，署「海天煙瘴曼恨生戲編」，經胡珠生考證，認為是浙江瑞安人池志澂（1854-1937）所撰，大約寫於1893年。但此文最多可說是〈滬游記略〉一文的擴寫本，雖也有作者個人的遊歷經驗，而其基本思路，毫無疑問是來自那篇被多次轉載的名文。當然也應該承認，池氏到底比袁祖志晚出生二十來年，所見游滬之樂又有不同。當其十九世紀九十年代初旅居上海時，正趕上了滬上私家花園的興盛期。這在他的「夢影」中也留下記憶，寫出來便成「八事」。多出的「花園」一段描述，也因此成為該篇最有價值的部分。

回到文章開頭的說法，有了上述如許多的旅遊指南文本，若耐心比對，以洋場為中心的晚清上海二十年間的變化，將可絲絲入扣地複現在我們眼前。以〈靜安寺〉一則為例。在葛元煦筆下，1870年代的靜安寺尚殘破、冷落：

> 寺在城西北十餘裡，規模向巨集敞，今則傾圮居多。門臨馬路，與法華東鎮相距數里。每年四月八日為浴佛會。地本僻靜，互市後馬車盛行，遊人始駐足焉。

到1880年代，氣象已大不同。十年前「經亂半成焦土」的廢寺，「今

已重建，煥然一新」。浴佛會上，也有了「鄉人於是日互市農具」的交易。而靜安寺的復興純粹繫於新式交通工具——馬車的出現，這在葛元煦的敘述中已露端倪，袁祖志又加突出，謂之：

> 近來馬車往來日盛一日。因左右有申園、西園，遊人如織，
> 寺名乃更著焉。

查〈申園〉與〈西園〉二條目均始見於《重修滬游雜記》，到《海上遊戲圖說》又一併隱去。其間的緣故，在《滬遊夢影記錄》中有說明：「今則愚園一開，而兩園皆寂寞塵飛。」因此，《海上遊戲圖說》的專記愚園——「而浙寧張氏，遂創設愚園一所，以供遊人駐足娛目之處」——以之為「馬車往來日盛一日」與「遊人如織，寺名乃更著」的原因，正是順應時事。此時的浴佛會更成為上海的一大盛事，市集的物品也從單一的「農具」變為「百貨」，規模更大。由此徹底結束了靜安寺因偏僻而冷清的歷史。

綜觀各書對海上繁華的不斷述說，讀者猶如《紅樓夢》中的劉姥姥三進榮國府，被作者引領著，一遍遍地仔細閱讀上海這座新興都市的不斷「變臉」。只是，賈家走的是下坡路，而在滬游指南諸作者筆下，上海卻是日新月異、欣欣向榮。無可否認，在享樂趣味的誘導下，總有些事實（甚至是基本狀況）被遮蔽或視而不見。但起碼，這些文本還是提供了一個城市成長史中大量豐富、生動且難得的細節。

（原刊《讀書》2003 年第 3 期）

車利尼馬戲班滬上尋蹤

　　記得六十年代初，在北京的北海公園後門口，常能看到雜技表演的巨大廣告。印象最深的是一幅「飛車走壁」的畫面，車手幾乎「橫行」在略微傾斜的牆體上，讓人看了提心吊膽。那時，年紀還小。家長們大概認為，孩子們都會對這類特技表演感興趣。於是，有了幾次全家入場觀看的經歷。不過，好像一直沒有見到廣告畫上的場景，而我的缺乏幽默感與好奇心，也使我對小丑的插科打諢以及魔術師的靈巧手法無動於衷。即使是笨拙的狗熊踩動著皮球而未失足落地，小狗們用叫聲回答「老師」的加、減法提問，看過一次後，我也不再思念。

　　「文革」十年，這類「資產階級」消遣的玩意，自然從「無產階級」佔領的文藝舞臺銷聲匿跡。到了八十年代中期，借改革開放的東風，有位香港同胞曾經運了一頭海豚到北京，在工人體育館進行表演。我也去觀望過。場地中間修了個巨大的水池，胖胖的海豚在訓練師的導引下，或直立水面「行走」，或連續躍起鑽圈，讓從未見過此物的北京人大開眼界。不久後聽說，由於過分賣力與水土不服，那只聰明的海豚累死了。希望這是個誤傳。記憶中，那是我在國內看的最後一次動物表演。其實，包括魔術、雜技與馬戲，在我都是久違了。不只是我提不起興致，這類演出在北京的近乎絕跡，也

說明國人想像力與好奇心的衰退，雖然現在已是娛樂更多元化的時代。因此，從晚清的書報中，看到當年上海人對馬戲的熱衷，倒生出幾分羨慕。

西方馬戲團何時打入上海，我沒有做過認真考證。起碼當 1876 年葛元煦撰寫第一本上海指南《滬游雜記》時，已專門列出〈外國馬戲〉一條，對其特殊的表演場地與演出內容做了仔細介紹：

> 西人馬戲以大幕為幄，高八九丈，廣蔽數畝。中闢馬場，其形如球，環列客座，內奏西樂。樂作，一人揚鞭導馬入，繞場三匝，環走如飛，呵之立止。復揚鞭作西語，馬以兩前足盤旋行，後足交互如鐵練狀。旋以手帕埋泥中，使馬尋覓，馬即銜帕出。場內又設一桌一杯，內注以酒。搖銅鈴一聲，馬屈後足作人坐，以前足據案，銜杯而飲。少間，一西女牽一馬，錦鞍無鐙，女則窄衣短袖，躍登其上，疾馳如矢。女在馬上作趷踏跳躑諸戲，有時翹一足，為商羊舞，或側身倒掛，似欲傾跌者。復使人張布立馬前，馬從布下馳，女起躍，仍立馬上，三躍三過，不爽分寸。又一西人錦衣馳馬，矯健作勢，與女略同。使人執巨圈特立，馬自圈下馳過，人則由圈內躍登馬上。自一圈至六圈，輕捷異常。其餘諸戲，備諸變態，絕跡飛行，誠令人目不及瞬、口不能狀也。

按照文中的描述，駿馬確實扮演了主角，譯之為「馬戲」，倒還貼切。問題是，後來的「馬戲」中也包含了魔術、雜技的成分，其他動物亦競相登場，這大概是國內嗣後統稱為「雜技」的原因吧。

按照十九世紀八十年代《申報》主筆黃式權的記述：外國馬戲團來「滬上已演過數次，惟車利尼班最為出色」。這從當時上海的時髦人物，少有未看過該班馬戲者可見一斑。所以，小說《孽海花》（上海小說林 1905 年版）的主人公金雯青初到十里洋場，作者也急忙安排他「看

「外國馬戲」（1894 年版《申江時下勝景圖說》）

了兩次車利尼馬戲」（第四回），才算有混跡上海灘的資格。黃式權眼
光所及不免偏向：「青樓妙伎，菊部雛伶，錦障銀驦，絡繹不絕。雷轟
電掣之餘，噠噠鶯聲，忽爾囀從花外，亦覺耳目一新。大家眷屬，亦間
有肩輿而至者，真有『萬人空巷鬥新妝』之概。」（《淞南夢影錄》卷
二，上海申報館 1883 年版）而看客中男士以外，女性亦多，也成為車
利尼班廣事招徠的資本。出現在廣告詞中的「且有佳麗婦女在座，故裙
屐少年趨之若鶩」（〈新到枝亞理尼馬戲〉，1886 年 5 月 30 日《申
報》），便利用了如黃氏一般觀眾的心理大做文章。

　　在《淞南夢影錄》中，黃式權記載車利尼（G. Chiarini）為「美利
堅人」。不過，《申報》1886 年刊登的該馬戲班自費廣告，卻有「枝亞
理尼演以大理亞國皇第一班之馬戲獸戲，極繁華美麗巧妙之事」（〈新
到枝亞理尼馬戲〉，1886 年 5 月 16 日《申報》）的說辭。琢磨了好久
才明白，「枝亞理尼」者，「車利尼」也；「以大理亞」者，「義大
利」也。再回看 1882 年 6 月該班在上海首演時所作中、英文廣告，在

車利尼馬戲班廣告（《申報》1882 年 5 月 16 日）

「西國頭等馬戲獸戲」之下，配的英文正是「G. Chiarini's Royal Italian Circus and Performing Animals」（〈西國頭等馬戲獸戲〉，1882 年 6 月 24 日《申報》）。因此，車利尼本人連同他所率領的馬戲班原來自義大利，應是確定無疑。當然，所謂「皇家第一班」的標榜未見得可靠。

車利尼馬戲班 1882 年夏首次在上海獻技。黃式權專記滬上風土人物的《淞南夢影錄》，對此也有專條記述。除葛元煦稱說的馬尋手帕，女騎手躍橫幅亦在戲單內，而其身姿之矯健、優美，則從上引廣告中可略窺一斑。六人立於桶上，分站兩側，拉住一方白布的圖畫，顯然比葛、黃二人的簡單描述更為傳神。此外，車利尼班的馬戲還有絕招：一是在馬上「疊羅漢」：「一人躍登騎馬者之頂，疊登六人，高與屋齊，而馬不停蹄，人不顛蹶」；一是騎馬放炮：「忽一女子怒馬突出，口銜卅餘磅之銅炮，攀機一發，石破天驚，而炮仍不墮，其齒力真不可以數計矣」。不過，該班的演出並不限於「馬戲」，其他動物的表演也很搶目。如黃式權寫到的「虎戲」：

　　　　末後，四人拉一大鐵籠出，籠畜二虎，一黃一黑。黑者尤猛，
大聲怒吼，聲震林木。有長生者，能入籠中，使演諸劇。虎皆帖
耳垂頭，略不奮怒。

雖然「諸劇」是何內容語焉不詳，但猜想這應該是車利尼班更得滬人歡
迎的原因。而且，其所做廣告中，本以「馬戲」與「獸戲」相提並列，
後者自應有招徠觀眾的獨特魅力。

　　四年後，即 1886 年夏，車利尼馬戲班再度來滬。本文擬對此次演
出活動略加追蹤，以見晚清上海社會的趨新好奇風氣。

　　有了第一回的成功墊底，捲土重來的車利尼班這次尚未登陸上海，
已是先聲奪人。1886 年 5 月 16 日的《申報》上，首次刊出了由該班先
鋒威利臣、參贊咪吔署名的廣告〈新到枝亞理尼馬戲〉。儘管在廣告上
方的圖畫中，動物主角仍是奔馬，而文詞開篇的預告卻偏偏強調：「枝
亞理尼班精演獸戲即日到滬。」預計的演出時間為 5 月 20 至 6 月 30 日
（實際為 5 月 21 日-7 月 7 日），有一個多月，比首次的連演兩月（1882
年 6 月 15 日-8 月 17 日）時日稍短。雖星期日停演，但週六加一日場，
故平均下來仍是每天開演一次。從馬戲班的角度講，沈重的行頭移動不
易，到一地設場，自是以表演天數多合算。而從上海設想，「每夜觀者
約二、三千人」（《淞南夢影錄》卷二）的排場能維持四十多天到兩個
月，也可見滬人之癡迷。

　　廣告的重心還在自我表彰。業績方面，「此班於三年（按：應為
「四年」）前曾到中國，經在滬上開演，極荷眾賞」，有黃式權的記錄
為證，我們可以相信。接下來說其周遊列國，從新金山（即澳大利亞的
墨爾本）到南印度，「奪標榮旋」，亦尚可接受。不過，一旦推廣到
「枝亞理尼戲班乃天下萬國人所共稱、有目同賞者」，則有誇張失實之
嫌。馬戲班較之其他的演出流動性大，本來不錯；但要走遍天下，談何
容易。後面我們會看到，即使走出上海，在車利尼班也非易事。

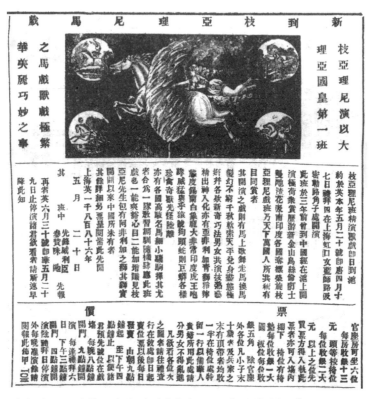

申報車利尼馬戲班廣告（《申報》1886 年 6 月 24 日）

倒是對所演節目的揭櫫，乃隨身技藝，確可信服。而其宣傳的焦
點，一是奇，一是新。「奇」足以眩人眼目，勾起興趣，不難理解；
「新」則可使人每見不同，不因三年前的閱歷而放棄再次臨場的快樂：

> 其開演之戲，則有馬上歌舞，走馬換馬，變幻不窮；千秋[秋
> 千]軟索，天平兌身，盡態極妍。並各款新奇巧法，男女共演，技
> 熟藝精，出神入化。

這是自演員方面說。而動物的陣容也頗可觀：「亦有亞[阿]非利加（按：
非洲）青獅，猙獰態度；錫蘭白象，龐大非常；印度虎王，咆哮威猛；

與乎猿號狗頭，蛇則巨蟒，各樣珍禽奇獸，光怪陸離。」馬戲團最重要的角色自然也不會遺漏，且同樣名品薈萃，濟濟一堂：「亦有各國高駿名馬，細小驪駒，擇其尤者，合為一隊。教習調馴，隨機肆應。」這無異於把一個小型動物園搬到上海，單是觀賞廣告中特別標榜的「實開闢以來中國所未有」的「阿非利加之獅」，已頗具號召力。

果然，當 5 月 18 日下午 4 點半，車利尼班所乘英國輪船德梗號抵達上海時，自公和祥碼頭到文監師路（今塘沽路）戲篷，觀看之人甚為擁擠，以致捕房必須派出二十多名巡捕維持秩序。在記者筆下，浩浩蕩蕩的登岸動物佔據了他所有的注意力：

> 計有獼猴四籠，每籠各有數頭。又狗數頭，猩猩、山雞若干頭，分裝鐵絲籠內。繼之以馬，大者廿四匹，送至大馬路龍飛馬廠安置；小者十四匹，即送至戲棚內。隨有一車，其箱紅色，如西人送饅頭車，二西人挽之以行。有猛虎一籠，內盛三頭；大獅一籠，亦盛三頭。大蟒則裝入略小之車。更有灰色大象二頭，牽之以走。最奇者，一牛面作馬形，昂首長鳴。及觀其身，則龐然一元一武也。（〈馬戲到申〉，1886 年 5 月 19 日《申報》）

顯然，記者不識的動物應是斑馬，其一黑一白的條紋即為標誌，我們在 6 月 8 日的《申報》廣告欄，也可以看到它奔跑的雄姿。如同非洲獅一樣，這些生活在熱帶的稀有品種，中國人此前確實無緣親見。因此，有流動的動物園招搖過市，即使無錢入場者，也得借機一飽眼福。觀者雲集，眾目睽睽，便都是可以想像得到的場景。而受冷落的演員在安置好珍禽異獸後，總算被記者提及，其人數約有五十，均住在禮查客寓。

從該馬戲班上岸起，《申報》即派出記者專門跟蹤，詳加報導。看過遊行街市的盛況，當晚，記者又深入旅館，把讀者無法親見的餵養猛獸情景公諸報端：

見有三西人方置牛肉於大桌上，舉刀切碎，用叉分飼獅虎。

其肉約有全牛之多。獅虎即張口大嚼，狀甚猙獰。

即此已勾起懸念：如此兇猛獰惡的野獸，怎樣任人擺布，一展技藝，確讓人放心不下。作了層層鋪墊後，記者又不忘言歸正傳，提醒讀者：「屆時必有可觀，欲飽眼福者，慎毋交臂失之也。」（〈馬戲到申〉）

只是這萬衆矚望的馬戲，並未能準時開演。20 日的《申報》不得不遺憾地通知各界，因「戲園一切事宜尚未佈置停妥」（〈馬戲改期〉），故演出推遲一日開始。

雖然無戲可看，記者們也沒閑著，正好先進場地踏勘，把周遭環境弄個清楚明白。馬戲棚位置在「文監師路及密勒路轉角處」（〈新到枝亞理尼馬戲〉，5 月 30 日《申報》廣告），今日稱為三角地廣場。因為表演多半在晚間進行，首先須考究的是光源：「其臺上除地火燈外，又有電氣燈，試燃之，餘光同白晝。又恐電氣或有隱現不定，另帶有美國油氣燈，以備可以接光。」（〈先睹為快〉，5 月 21 日《申報》）照明方面完全可以放心。

座位也分別等次，考慮周全：距離跑馬道最近處為包廂（即「官房」，又稱「官座房」），區別是「圍以五彩布幃，每間可坐六人」。後面是「椅位」（廣告中稱為「頭等校椅位」），記者形容為「鋪設地毯，淨無可唾」。想起 1903 年梁啟超去美國遊覽，對華人根深蒂固的國民性的刻畫——會場中「雖極肅穆毋嘩，而必有四種聲音：最多者為咳嗽聲、為欠伸聲，次為嚏聲，次為拭鼻涕聲」，「如連珠然，未嘗斷絕」（《新大陸遊記》193 頁，橫濱新民叢報社 1904 年版）——便忍俊不禁，為無地吐痰的國人擔心。椅位後是「以板層層鋪列」的「板位」，又分二種：「其左首板上有墊子（按：廣告中稱為「有椅墊」的「椅位」），右首則無」；並且，禮下庶人，「板位之中，亦分男女行列，不得混雜」。最末一等是站票：「又慮寒儉之人不得以半元一元之

費一豁眼界，因於椅位之後，再拓地一區，俾若輩出洋二角，亦得寓目。」雖有下等社會人入場，上等人也不必擔憂亂了體統，「其出入另闢一門，不與同門進出」，記者不由為設計者的兩全其美而讚歎「法至善也」（〈先睹為快〉）。

位置既有差等，付費自然不同。起初的定價是：官房「每房收銀十三元」；「頭等校椅位，每位收銀二大元」。買這兩種票的人尚可享受「入場內棚下」貼近觀看的優待。其他，有墊椅位「每位收銀一大圓」，板位每位五角。另有一種半價票，是專門為中國官眷所帶未滿十歲的孩童及僕役（所謂「兵家之未有頂帶者」）預備的，加座系「在椅位處特留一行」，同樣必須「分男女，不得亂進」。這個價格十天後有少許變動，官房加到十三元半；又添設了一客座的官座，「每位收銀二元二角五分」。而上演二十天後，每種票價均開始下調：官房降至每間十元，鋪地毯的椅位每人酌減五角，板位減一角。最便宜的站票也降價一半，且特意在廣告上注明：「在高處立看，每位取洋一角。」由此可以測知觀眾人數的起落情形。買票則採用西方通行的看圖訂座辦法：「凡欲看各位次之圖者，請往禮查行在。」（〈新到枝亞理尼馬戲〉，5 月 16 日、30 日及 6 月 10 日《申報》廣告）「行在」本指天子出行所住處，用在闖蕩江湖的馬戲班，很覺滑稽。不過，這未必是其有意製造的噱頭。

5 月 21 日晚 9 點，車利尼馬戲正式開演。可惜，當演出結束時，已過了 12 點鐘，《申報》已經上板開印，不能及時報導詳情。但記者仍儘先在當晚付印的報紙列出〈馬戲初開〉（5 月 22 日《申報》）的標題，並向讀者許願，首演情景「當於明日報上登錄」。

接下來，自 5 月 23 日始，一個月內，便有十八篇〈觀馬戲記〉在《申報》陸續刊出，其密集程度令人咋舌。甚至其中一篇〈觀馬戲記〉，竟然放在 6 月 15 日頭版頭條的「社說」位置。而且，雖然節目有重複，記者卻能挖空心思，機變百出，每寫必尋出新鮮話頭以餉讀

者，著實讓人佩服。

　　且看 23 日的開筆之作〈觀馬戲記一〉，洋洋灑灑，占了一個版面的一半篇幅。從入場所見獸籠，直到出演各戲，逐一詳細道來。開場戲乃是八位小演員，男女各半，由一年輕美女指揮，演出跑馬，以壯觀取勝。其次為小丑戲：「場上架一橫木，二西孩塗面作小丑狀，一躍而登。或倒掛，或橫臥，或長跪，或翻筋斗，或打鞦韆，要皆夭矯離奇，令人不可名狀。」在場的記者顯然對小丑的表演印象深刻，凡有丑戲均肯多用筆墨。第三個節目也是如此：一西人自讚其馬善解人意，天下無雙──

　　　　一小丑曰：「君雖自誇，我獨不信。請於場四隅攔橫木，能連躍三次者，當以五洋為注。」西人允之，馬果躍而過。小丑窘，附馬耳語數四，復搔其項數四，一若盡情獻媚也者。馬果止而不躍。小丑曰：「贏矣！贏矣！請給我注。」西人曰：「洋蚨我自有之，可速來領。」詎小丑正欲舉步，馬忽阻其前，小丑迂道行，馬亦迂道阻。小丑懼，躍上棚柱，西人乃信口嘲之，牽馬入。

　　第四齣主角，記者雖別其為「淨」（如京劇中「花臉」一類），但「滿面塗朱墨」，在西方馬戲中仍屬丑角。其表演技藝為翻筋斗，或以竹圈為道具，左右翻身穿過。接著上場的，應該就是「馬上歌舞」的名目，其各段的動作分解，已見於 5 月 16 日以來在《申報》連續刊登半月的廣告，大抵與葛元煦所記西女之馬上諸戲相似。上半場也以小丑戲結束：「一花面騎假馬出，阻以板，欲躍又止；圍以欄，欲過不能。筋斗一翻，翩然而入。」與前述之小丑躍上棚柱，玩的都是欲揚先抑的手法，實則均有絕技在身。

　　10 點鐘中場休息，記者又抽暇分記西人飲酒之習。即使無此嗜好者，也另有消遣，可出大門，觀賞大木櫃中畜養的三條巨蛇。「最大者

《觀西戲述略・直上干霄》（1889 年《點石齋畫報》第一百九十一號）

圍可二尺餘，長不可以尺數計」之駭人尚在其次，最可觀的是，「有二
雞雛立蛇背上，寂然不動，蛇亦無吞噬意」的雞蛇和平共處景象。不
過，在我看來，《申報》記者未免過分看重表演，而忽視了動物展覽的
意義。作為「社說」的〈觀馬戲記〉（6 月 15 日《申報》），即以不屑
的口氣提到：「若夫牛也，蛇也，駝鳥也，猩猩也，皆備以飾觀，與馬
戲了無干涉，姑勿暇論。」實在是放過了好題目。連孔聖人都懂得，讀
《詩經》的好處是「多識於鳥獸草木之名」（《論語・陽貨》）。觀馬
戲的附帶收穫，也應是多見識異域奇獸珍禽。幸好，記者雖無暇闡發其
間的意義，卻還保留了獵奇的眼光，因而，報導中不時可見：「中華素
不產獅，平日僅於畫圖中見之，至此方睹廬山真面目。其色黑黃，面長
尾銳。前半身茸毛鬖鬖然，後則毛短而光，與所圖絕不相類。予見所未
見。」（《觀馬戲記一》）證明僅供人觀賞的動物仍有益於增長知識，

開闊眼界。

下半場，車利尼親自登場，僅以一杆鞭子指揮，兩匹緬甸小馬即飛奔跨欄，隨心所至。也有葛元煦、黃式權都曾目睹過的人馬分離過橫幅之技，不過，將「白布」改作「紅綢」，自然更加好看。其間也少不了小丑的表演：

> 忽兩小丑聯步而登，初以氈帽相擲為戲。繼甲作偽死，乙扶
> 之起，渾身僵冷，鼻息全無。因裹以單被，呼二人舁之入。將入，
> 一人從旁擊以手槍，死者忽躍起驚避。

記者解釋為「猶華戲之有插科打諢也」，也比較得妥當。不過，大約因為前面敘說太細，字數夠多，下半的撮述便有不盡詳細之處。如最初上場的一幕：「二丑腳緣繩上，作種種戲法，大旨似華伶所演《三上吊》，而技則遠過之。」單憑此語，未見識過《三上吊》的我輩後人實無從想像。

這裡倒好借用《點石齋畫報》191 號（巳十一）上吳友如所繪〈觀西戲述略〉的第一幅「直上干霄」，雖然這已是 1889 年車利尼馬戲班三進上海所展之技：三位演員中，兩人倒掛，且一人尚伸出雙手，接住從對面秋千上躍身而來的同伴。從現場觀眾的目不轉睛舉頭仰望，也可見其驚心動魄。畫面表現的當然只是動作高潮時一瞬間的定格，未親臨其境者欲知首尾，則可參看圖像右側的文字：

> 其法如津人所演之《三上吊》，以巨索貫屋梁，人緣索而上。
> 索之南垂懸架。所謂「架」者，僅一銅棍，兩端繫繩懸空中，約
> 五六尺，可駢肩坐三人。三人者，一女二男。或以手攀，或以股
> 勾，倒掛側垂，屈曲如志。此架之南北，又懸二架，僅容一人，
> 相距約四丈。彼此摩蕩，俟兩身將及，北人脫手攀南人之身，以

俱南，折而回，仍攀北架以去。觀者全神方注此，而不覺女子者
已附麗竹木，幾臻屋頂。頂之中央，橫設鐵環十數枚，女子倒身
以足背勾環行，行盡退行，如往而復。故意失足，直注而下。下
張巨網，離地六七尺，如魚出水，疊翻筋斗以告竣。

而做出如此高難動作的演員，在畫家筆下均被處理成體態豐碩，偏偏押
尾章又用了「身輕如燕」的成語，其反差之大或許正是畫家有意製造的
效果。

　　再回到 1886 年的首場演出。最後是以獸戲壓軸，可知其在馬戲中
的難度之高，分量之重。先是「象戲」，由大象表演足蹬轉桶，並以鼻
吹響銅角與蘆笙。最驚險的還屬夜深以後上演的「獅戲」：升降機將獅
籠搖高到一丈開外──

　　　　一美人啟鑰入，就籠側置一板，呼獅登，獅即舉足登。其人
　　以首置獅口內，作種種狎玩狀。旋然籠中所置花筒，火星直上。
　　獅懼，繞籠狂奔，人即躍而出。

演至此，真是「觀止已」，觀眾自可心滿意足地退場。
　　而就我的觀馬戲經歷而言，除最末齣的「獅戲」未在現場觀看過，
其他倒都有記憶，可見中國的馬戲確實深受西方影響。而表演的程式化
傾向，也注定其必須遊走各地，才能靠觀眾的更新維持上座率。至於獅
虎戲的取消，猜想其原因，除與此類動物後來多半成為珍稀的國家保護
品種，更主要的恐怕還是安全考慮。當年的《申報》記者已有遠見：
「獨是凡物皆堪籠絡，而虎為猛獸，即在檻阱之中，搖尾求食，不啻鞭
撻犬羊。特恐野性難馴，終不能以降伏。」並舉一中國故事作為前車之
鑒：曾有杭州人養虎為生，常「攜籠入市，身伏籠中與虎狎，以頭探虎
牙」，所演諸戲與義國美女一般無二。但不幸終於發生：「一日，髮觸

虎喉，癢而嚏，鑄虎者之首已飽於虎腹中。」（〈觀馬戲記〉）如果認真推敲，悲劇的起因並不在虎，倒該怪養虎人自己不小心。不過，「虎能吃人」還是完全必要的提醒與告誡。

不消說，第一天的演出節目最精彩，戲班也最賣力，方可博得「開門紅」。此後，則編排儘管有變換，如 5 月 30 日《申報》登載的車利尼班廣告，畫面兩側特意添加了「另換新戲與前不同」的字樣，但訓練新法既需時間，又有體能的限制，實無法如〈觀西戲述略〉的題圖人所云：「戲無盡藏，日新而月異。」（《點石齋畫報》巳十一）因此，每天到場的記者難免有「縱極奇觀，不離前轍」的感覺。於是，記者自作解人，回答「客」之「是亦不可以已乎？山重水複胡為者」的提問，大意無非是發掘馬戲「以遊戲寓勸懲」（〈觀馬戲記六〉，5 月 28 日《申報》）的意義，未免迂腐。倒是班主車利尼的說法更可取：

> 是戲閱數年始一至申江，遠近風傳，爭先快睹。倘今晚演此劇，明晚又演彼劇，則先至者雖喜花樣翻新，後來者或至未窺全豹。故每劇必連演數夜，俾人人得饜眼福，歡喜無涯也。（〈觀馬戲記八〉，5 月 30 日《申報》）

證之以 5 月 26 日《申報》的〈觀馬戲記四〉，已有「聞各埠之人，附坐輪舟來觀其盛者，如雲如水，不絕於途」之說。只是，車利尼所言雖是實情，卻也透出生意人的精明與世故。

而該班既經千辛萬苦、長途跋涉來到中國，僅在上海賣藝，自然於心不甘；希望開拓市場，深入內地，原在情理之中。在擬往蘇州的計劃，因「腹地非通商口岸可比，諸多不便」而中止後，車利尼又曾試探移師寧波。寧波雖為最早開放的五口通商城市之一，卻「並無意國領事」。經由西人任職的稅務司與中國官員商議，中方的答復是：「恐馬戲班中諸人有滋事等情，須先以洋五百元作押；且試演一日之後，倘有

不合意之處，即當停止。」如此演出，風險太大，車利尼當然不敢接受，於是，寧波之行又作罷論，該班「因折而至東洋」（〈馬戲述聞〉，6月12日《申報》）。由此也可以明瞭，車利尼馬戲幾進上海，原來都與中國地方官是否批准無關，而純粹是租界當局作出的決定。享受了馬戲帶來的愉悅的上海人，卻是以喪失國家主權為代價的；反之，維護了國家權益，寧波人便無緣欣賞西方馬戲的精彩。這也是晚清特有的尷尬吧。

（原刊《尋根》2001 年第 6 期）

五、遊記與憶語

扶桑：追尋歷史的蹤跡
（關東篇）

體驗「一衣帶水」

1992 年，我得到一個機會訪問東瀛。聽說 10 月是日本賞秋景最好的季節，於是向東道主表示希望安排在此時，竟得如願以償。

坐在日航寬大的機艙裡，看到下方懸浮的白雲疾速後移，預計 4 小時後便可抵達東京成田機場，對於所謂「一衣帶水」、「一葦可航」這樣的形容，算是有了親身體會。遙想在交通尚不便利的一百多年前，黃遵憲已有與現代人相同的感覺，「僅隔一衣帶水，擊柝相聞，朝發可以夕至」，仍不免慨歎其時中國人對日本情形之暗昧，「如隔十重雲霧」（《日本國志・自敘》）；則我這位姍姍來遲的探訪者，想要追尋明治時期中國文人學者在日本的歷史蹤影，現代技術手段於彌合空間距離的同時，是否也可以幫助我跨越這百年時間鴻溝呢？

我的主要接待者、東京大學文學部的藤井省三教授，已事先為我預訂了校內山上會館的房間。第二天發現，我住宿的視窗正對著大片新建的現代化體育場，而旅館的另一側，隱藏在樹叢中的，便是根據夏目漱石發表於明治四十一年（1908）的同名小說命名的三四郎池。我在昨晚夜幕的包圍

下，已不知不覺潛入這一方聯結兩個時代的仲介地，或許是個好兆頭。

梁啟超‧明治小說

在東京大學最先訪問的便是明治新聞文庫。上午與藤井教授見面時，他告訴我這個文庫很有意思，值得看看。「當然」，他同時補充說，「你的訪問時間很短，恐怕無法查找很多資料。」我們都相信來日方長，對東大的藏書調查於是採取了走馬觀花式。明治新聞文庫很清靜，大約因為只有專門的研究者才會尋到此處。進門的桌子上放有藏書目錄，厚厚的幾大冊。這種專題收藏本來對於我很有用，只是借閱須經圖書館員代為檢出，不太適合我快速瀏覽的需要，只好棄而他就。

總合圖書館的藏書雖不夠專門，卻具有自行入庫取書的方便。沒有時間在書架間流連漫步，一入書庫，預先做過準備的東大博士生清水賢一郎便帶領我直奔主題。一排排擠滿書架的明治小說，正是我在北京做「梁啟超與日本明治小說」研究時無緣得見的原版書。分裝數函的《佳人奇遇》，精裝一冊的《經國美談》，大大小小各種開本的小說，展現了明治時期流行讀物的諸般品貌。一個世紀以前，康有為編纂《日本書目志》時，就是借助這些託行商日本的同鄉購回的通俗小說及圖書目錄，才得以完成「小說門」1058種的大規模著錄。其敏銳與專注真令人驚歎。

經過清水君的提示，翻開在梁啟超主辦的《清議報》上曾連續譯載的《佳人奇遇》與《經國美談》原書，果然有新發現。在國內做研究時使用的《現代日本文學全集》（改造社版）或《日本近代文學大系》（角川書店版），其中選錄的政治小說已刪去或添加假名改寫了當時十分流行的眉批，只原樣保留了回末總評。根據這種並非原貌的版本進行研究，便很容易忽略梁啟超創辦《新小說》、發表《新中國未來記》時出現大量眉批的日本文學背景。眉批在中國固然是古已有之，不過，這兩部日文小說的眉批是用漢文寫成，這一事實畢竟具有重要意義。當梁

氏在流亡日本的旅途中，由大島號軍艦艦長借予《佳人奇遇》，遂動手翻譯，連同接受日本「政治小說」的樣式一起，被域外文學所照亮的古老的小說眉批，一定也以新的面目與意義重新進入梁啟超的視野。所謂「傳統的再生與轉化」，看來並不是現代人才開始爭論不休的棘手問題，我們的先輩其實早在自覺或不自覺地實踐著，只是沒有發表宣言而已。

王韜・黃遵憲・明治詩文

「黃遵憲像」

除了梁啟超，王韜與黃遵憲在日本的活動也是我關注的重點。再次來到總合圖書館，便是專門訪求與二人相關的史料。赴日前，因準備在京都的講演稿〈王韜、黃遵憲在日本〉，借閱過北京大學圖書館收藏的日人宮島誠一郎的《養浩堂詩集》，其中正好同時收錄了黃、王二人的評點。此次在東大重見此書，偶然發現，北大的藏本居然在卷末多出附錄的〈筆話九則〉，儘管版本同樣標明是「明治壬午新鐫萬世文庫藏板」。遺落的原因，或許是因為裝訂成書時漏檢，更大的可能性則是重印時有所增補。與源輝聲保存的《大河內文書》中有關黃遵憲的部分已整理出版不同，宮島誠一郎和中國人士的筆談錄尚未公佈於世。這幾則遺存在當年《詩集》刊本中的筆話，多少揭開了塵封已久的史料的一角。不過，東大的藏本仍具有得天獨厚的價值，為北大本所不及，那就是蓋在內封上的「大正十三年四月七日三條實憲氏寄贈」的圖章，表明此本與宮島有著特殊的關係。《養浩堂詩集》所刊第一篇序，作者為宮島的老朋友三條實美。而據日本御茶水女子大學佐藤

保先生的考證，贈書者正是其孫。可以肯定，此本應是該詩集最早的版本。

　　像宮島誠一郎這樣熱心漢學的日本文士，當時很有一些人與黃遵憲、王韜相交往，也如同中國文人一樣喜好「以詩文會友」，因此，明治年間作漢詩、寫漢文的詩社、文社組織頗多。王韜在日本雖不過逗留4個月，逐日撰寫的《扶桑遊記》中，已隨處可見參加詩酒之會的記述。其中提及的以佐田白茅為首的大來社及其定期發刊的《明治詩文》（後改名《明治文詩》），規模便相當可觀。明治十四年（1881）一月更名以前，社刊至少已出至 56 集。所載有社集時之命題作品，也有任意之作並社外友投稿，附錄社評及諸家評點。黃遵憲、王韜與社中多人相熟，屢有詩文或評點登諸其中。應酬套話固多，但也有些資料可補闕聞。如第四十二集「外集」部分錄有王韜的〈粵逆崖略〉一文，於太平軍始末的記述中議論間出，以見洪、楊橫行天下之勢根源於朝政之窳敗。一篇史論，實為王韜所謂「未干當世」的「杜牧之《罪言》」。轉載之文末附佐田白茅評語：「先生來訪之次，余問曰：先生得意之文為何篇？先生即示此篇。」這對於瞭解曾經化名黃畹、上書太平天國駐蘇福省長官劉肇鈞，為攻佔上海出謀劃策的王氏心理，頗有助益。

不忍池・上野山・西鄉隆盛銅像

　　日本文士的聚會，常在風景名勝地的茶亭酒樓，大約也有意借山川之靈氣。王韜 1879 年 5 月到東京之日，便正趕上一月一集的東台之會，有 22 人來聚，王氏誇說為「一時之秀，萃於此矣」，地點即在不忍池邊的長酡亭。我本打算探訪遺跡，於是留心在圖書館裡尋覓相關地圖。只發現一張「上野公園之圖」，卻恰好是明治時期著名的文學家森鷗外的藏品。圖上沒有標出長酡亭的位置，想來是在忍岡一側統稱為「賣店敷地」的商店區。

　　從東大附屬醫院穿過，行不數步，便來到不忍池邊。10 月不是賞櫻

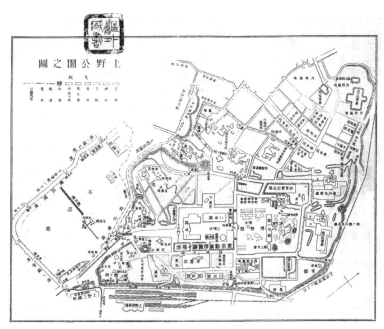

森鷗外藏〈扶桑遊記〉

花的季節，看不到被黃遵憲謳歌為「傾城看花奈花何」、「十日之游舉
國狂」（〈櫻花歌〉）的盛況。代替摩肩接踵、遊人如織的場景，冷冷
清清的池邊，只見到一位穿著頗為陳舊、約莫五十多歲年紀的男子，困
倦地靠在長椅上曬太陽。這一天是為紀念奧運會在日本舉辦而設立的體
育日。聽說當時為確定開幕式日期，曾查閱了歷年的氣象資料。因此，
10月10日難得下雨。這也是我到東京以後所遇到的兩三個晴天之一。
在陽光的照射下，池水、荷葉、寺廟都明麗如畫。

　　走過辯才天，登上上野山，又是一番景象。在鴿群棲落的十字路
口，一邊是三位已屆退休年齡的日本老人，在卡拉OK音響的伴奏下，
自得其樂地即興演唱歌曲；另一邊是一位身上裝備了各式樂器，來日本
淘金的西方流浪藝人在舉行街頭演出，琴盒裡有駐足賞樂的遊人投放的
錢幣。這一幅現代街頭即景，已為登臨此處的王韜、黃遵憲、梁啟超諸
人所不及見。只有與福澤諭吉並稱為「日本維新二偉人」的西鄉隆盛，

其鑄成於明治三十年（1897）的銅像仍矗立原處。武士打扮的西鄉，一手牽狼狗，一手握腰間佩劍，目光沉毅，英武不減當年。1899 年底，梁啟超出遊夏威夷前一日，曾到此像前瞻拜，作詩曰：

> 東海數健者，何人似乃公？
> 劫餘小天地，淘盡幾英雄。
> 聞鼓思飛將，看雲感臥龍。
> 行行一膜拜，熱淚灑秋風。（〈壯別二十六首〉其七）

今日至此，已成訪古，沒有梁氏那般心事相通的悲壯感慨。倒是漫山翻飛的鴿子不時在西鄉隆盛光亮的頭頂上歇腳，留下一片汙跡，成為遊人舉起相機爭相攝取的奇觀。

孫中山‧章太炎‧同盟會

去尋訪清末中國革命志士活動遺跡的那天，正是據說在 10 月很少見而我不幸屢屢遇上的雨天。不過，濛濛細雨很容易勾起思古之幽情，對於追尋歷史蹤跡的我，恰是合適的氛圍。東大文學部中文科主任平山久雄教授主動提議做我的嚮導，使我大為感激。平山先生對東京的文化遺址極為熟悉，我於是冒昧地向他請教明治時代新橋、柳橋與吉原的區別，因為對「異地煙花，殊鄉風月」很有興趣的王韜，每每在遊記中樂道涉足此間。平山先生的回答是：新橋、柳橋多藝妓，吉原多娼妓。常常有這種想法，研究中國古代文人社會，不可不探究青樓女子的生活情態。日本過去時代的文人與歌樓妓館的關係，同樣是值得去做的好題目。不知女性主義思潮的興起，會不會有助於此項研究的深入。

胡思亂想之中，已尾隨平山先生進入新宿區的神樂阪。當年這一帶是中國留學生與流亡知識者的聚居地。據劉大年先生在〈橫濱、東京孫中山遺跡訪問記〉中分析，因為弘文學院、東京大學、法政大學、早稻

田大學等校均距此不遠，上學方便；而且此地不是政治、商業中心，居民多為公教人員與城市平民，房租便宜。所以，孫中山、黃興等人的寓所以及《民報》等機關均擇鄰於此。

　　走進築土八幡町的小巷，便很能感受到昔日住宅區所擁有的那份幽靜。小巷的盡頭，一座米黃色的小樓，便是孫中山1906年前後曾經借寓的故居。門前沒有任何標誌，只是憑著中日學者的熱心考察，它才重新在少數有心人眼中顯示出歷史價值。而對於當地人來說，隔壁的築土八幡神社無疑更赫赫有名。早年居住或往來此間的孫中山、黃興、章太炎、魯迅、周作人，應當目睹過該神社的祭祀活動。留心日本民俗的周作人，日後在〈關於祭神迎會〉一文中曾有追述。所記雖不必限於築土八幡，而日本民族那種全身心投入的宗教狂熱，總讓周作人隱隱不安。今日在綿綿細雨籠罩下的神社，已洗去塵世的喧囂。闃無人聲的前庭裡，只有我們兩位偶然的闖入者。從後面繞過來，神社與民居毗連，顯得平易可近。一旦撐著雨傘拾級而下，到路口驀然回首，高踞頂上的神社又仿佛遠離人間，蕭穆威嚴，令人生敬畏心。

　　重新轉進剛剛經過的居民區，向前走去，拐入小巷深處，便來到了《民報》遺址所在地。明治四十一、二年（1908、1909），章太炎先生應魯迅的請求，在《民報》社寓所講授國學，學生中除周氏兄弟，尚有許壽裳、錢玄同等共八人。許氏於章太炎歿後，作〈紀念先師章太炎先生〉，記受業情形云：

　　　　每星期日清晨，步至牛込區新小川町二丁目八番地先師寓所，在一間陋室之內，師生席地而坐，環一小几。先師講段氏《說文解字注》，郝氏《爾雅義疏》等，精力過人，逐字講解，滔滔不絕，或則闡明語原，或則推見本字，或則旁證以各處方言，以故新誼創見，層出不窮。即有時隨便談天，亦復詼諧間作，妙語解頤；自八時至正午，歷四小時毫無休息，真所謂「默而識之，學

而不厭，誨人不倦」。

　　而此八番地宅邸，因世事變遷，門牌改動，已不可精確復指。

　　1905 年同盟會成立大會會址倒不難指認，卻又是地貌大變，原先的阪本舍彌子爵住宅已蕩然無存，代之而起的是與帝國飯店齊名的大倉飯店及其對面的大倉集古館。我們坐計程車上來，已是飯店的第五層。在樓內略為巡視，也看到了考究的會議室，可惜已與同盟會了無關係。隨即乘電梯下到底層，便完成了此番晚清革命志士在日遺蹤的探訪。

　　這次訪查印證了數日來我的一點發現，日本的中國學研究者偏愛具有革命傾向的人物，對有關史料更關注，論說頗用力。這與中國八十年代以前的學術方向大體相同。日本史學界有專門的「辛亥革命研究會」，自 1981 年開始編發《辛亥革命研究》專刊。文學界則凡屬現代方面的研究者，無不從事過魯迅著作的研討。與此數人相關的遺址，不乏關心與通曉者。同樣在日本，流亡時間長達 14 年的梁啟超，便因其保皇黨的名聲不好，而沒有這麼幸運。他在東京住過的多處住宅，也不見有人提起。而其初到日本曾借住的牛込鶴卷町四十號，以及 1899 年梁氏與原時務學堂學生蔡鍔、林圭等人共居的小石川久堅町，均在革命派活動地區周圍。如今隨著中國國內學界對改良派的重新認識，康有為、梁啟超等人的研究已開始輻射到日本，被冷落的這一批中國文化人活動遺存，大概也有望獲得中日研究者的關照。

大隈重信‧早稻田大學‧演劇博物館

　　平山先生下午在早稻田大學兼課，他把我帶到該校大隈重信銅像前，移交給下一位陪同人。快到上課時間了，學生們紛紛從校外湧入，急促地奔向各個教室樓。大隈重信是這座在中國留學史上頗負盛名的大學的創辦人，為紀念他而建立的銅像有兩座，一取站姿，一取坐姿，卻無一例外，都身穿博士服，頭戴博士帽。

　　大隈重信也是與中國近代史有關係的重要人物。梁啟超出亡日本時，便很得其照顧。大隈時任首相兼外相，梁氏到日本不久，即與其代表志賀重昂商談過借日本政府之力，幫助光緒皇帝復位之事。第二年在首途夏威夷的船上，梁啟超作〈壯別二十六首〉，也專有「別大隈伯一首」，先說：「第一快心事，東來識此雄。」末尾又重提前言：「牛刀勿小試，留我借東風。」這種交往大致保持到梁氏離開日本歸國，《飲冰室合集》中還收錄了一篇 1910 年發表的〈讀日本大隈伯爵開國五十年史書後〉。

　　或許是由於大隈重信的關係，早稻田大學以培養政治人才聞名日本；而明治二十年代起執教該校的文學家坪內逍遙，也成為早稻田的驕傲。其《小說神髓》一書，一向被視為日本近代文學開端的標誌，近乎胡適的〈文學改良芻議〉、陳獨秀的〈文學革命論〉在中國。坪內逍遙一生創作甚豐，用力最多的還是戲劇。他不僅兩次翻譯《莎士比亞全集》，從事劇本創作，而且發起戲劇改良與新劇運動，被人們稱為「劇壇之父」。1928 年，為紀念其古稀壽誕，在早稻田大學內，特為他建立了演劇博物館。博物館是按照坪內逍遙意圖建造的兩翼伸出的小樓，正中可作舞臺，裡面的展室可作樂池。紅色的屋頂、白色的牆壁，配上正面褐色的線條切割，總體建築風格係採自莎士比亞時代的命運劇場。

　　不須購票，也沒有人在旁監督，入門者把隨身攜帶的雨傘掛在門邊的傘架上，即可自由觀賞。館內收藏了大批戲劇資料，徜徉於各個展室，日本戲劇發展的歷史便依次呈現眼前。在「明治以降的演劇」展廳內，我發現了一張明治十四年新富劇場的圖繪，不禁喜出望外。王韜在《扶桑遊記》中，兩次記其往此處觀劇，雖比畫面時間早兩年，到底相去不遠。明治前期劇場的情景歷歷在目，觀眾席地而坐，坐位之間以低矮的圍欄分隔開，恰如王韜所述，「從高視之，方罫縱橫，如畫井田」，與今日置身銀座西式的歌舞伎座，觀感截然不同。數日後，到位於犬山市郊的明治村參觀，親身走進從大阪遷移來的吳服座場內，總算

實地體驗了王韜當年的感覺。

清議報．新民叢報．大同學校

離開東京的前一天，是由清水賢一郎君和他的女朋友陪我去橫濱。此行的訪查重點是梁啟超在橫濱的辦報活動。事先，平山久雄先生為我複印了一批資料，其中松本武彥在《辛亥革命研究》上連載的《在日本的辛亥革命史跡與史料》最具參考價值。自 1898 年 12 月《清議報》創刊，到 1907 年 11 月《新民叢報》停辦，報社社址幾經變遷，終不出舊日的外國人居留地，而以今名中華街的華僑聚居區為中心。

從善鄰門進入中華街，滿眼盡是熟悉的街名與店名。作為主幹的中華街大道通貫社區，除中山路外，其他路段多以地名命名，如廣東道、香港路、北京小路、上海路等，儼然一個小中國。店名也有濃厚的中國風味，老字型大小如「萬珍樓」、「聘珍樓」不必說，即便是「老維新號」、「東方紅」，也帶出中國歷史的投影。先已聽說，中華街的門牌號碼百年來一仍其舊。然而，經過 1923 年關東大地震的破壞，房屋已全部改建，鱗次櫛比的店面將同一房號分為數家，門前又無標識，讓人看不出究竟。走進一家餐館詢問，也只知道自家門牌，說不清分界在何處。幸好還有知情者，按照店中人的指點，我們尋到另一處小鋪。一位老太太獨守店中，向我們展示了一張外套塑膠薄膜的舊地圖，各處號碼一清二楚。我一邊慶幸自己的運氣不錯，一邊努力記住地理方位。再三向老人家道謝後，一行人重又折入善鄰門。

《清議報》初設於一三九號，至 31 冊後變動過一次，而從 71 冊起，直到《新民叢報》第 33 號，均在一五二號。其時正當梁啟超熱心報事、言論影響力最大的時期，〈戊戌政變記〉、〈中國積弱溯源論〉、〈新民說〉、〈論中國學術思想變遷之大勢〉等一系列名文，俱在此問世。梁氏往來橫濱，也留宿此間。因此，兩處遺址非實地踏勘不可。一五二號為從善鄰門進來左手第三個號碼，這是一家中國土產商

大同同學錄題辭　四十韻

大道久陵夷　禮闈求諸野　司成失其職
學統斯立下　麗澤盍朋簪　參风閟帷舍
泄泄私闈中　間出千里馬　況自海禁開
城外樑航跨　學軍不自張　蓋去將長夜
蓬萊水注淺　彼岸推廣厦　定石曰大同
孔法道郵傳　筆始丁戊間　作人擯免置
乒時學涂堙　舉國若尪痙　故見農自封

梁啟超手書《大同同學錄題辭四十韻》

店，雖然明明從旅遊手冊上知道此店創辦不過 40 年，仍忍不住一直走到三樓，想像著梁啟超當年在此伏案疾書的情景。一三九號也在街角，不過已到了中山路的另一端，對面是橫濱華僑總會。只是這一處多為茶室、電工商店等小店，不好確指，只得拍下一張街景，權示到此一遊。

橫濱華僑總會及其背後的橫濱中華學院，佔據著一四○號的地界，後者即是在近代史上頗有名氣的橫濱大同學校。據馮自由《中華民國開國前革命史》與《任公先生事略》記述，1897 年冬，橫濱華僑鄺汝磐、馮鏡如等有組織學校以教育華僑子弟之議，欲由國內延聘新學之士擔任教員，就商於孫中山。孫乃薦梁啟超為校長，代定校名曰中西學校。鄺氏持孫中山介紹信到上海見康有為，康以梁啟超其時正從事《時務報》工作，遂推薦另一弟子徐勤代往；且謂「中西」二字不雅，更名為「大同」，並親書「大同學校」四字門額為贈。關於孫中山薦舉梁氏一事，梁女令嫻及梁之弟子何天柱雖否定此說，但無論如何，梁啟超撰寫的〈日本橫濱中國大同學校緣起〉，確已刊載於 1897 年 12 月出刊的《時務報》第 47 冊。文中標榜「以孔子之學為本原，以西文日文為通學」，從今日教學樓正門上方書寫的「禮義廉恥」四字校訓中，仍可看出中華文化一脈相繫的傳統，雖在海外，亦未隔絕。橫濱大同學校原與改良派關係甚深，連日後與梁啟超反目的馮自由也並不諱言。不過，至今校方卻只認孫中山為該校創始人，簡樸的校園內，也僅有孫中山銅像與蘇曼殊文學紀念碑並肩而立。

橫濱中華學院的側面，一牆之隔，便是中華街上最豪華的建築關帝廟。高大的門樓引導人們走上金碧輝煌的殿堂，鏤刻精細、人物鳥獸凸現的石柱顯示了造價的昂貴。這已是關帝廟的第四次興修。作為保護神，關羽一向最得華人社會崇仰。而世界各地唐人街的關帝廟中，又以橫濱這座最氣派。中國講求實際的民間信仰，在此處有集中表現。除主神關羽之外，觀音菩薩、地母娘娘等眾神也同受供奉，相安無事，以滿足世人不同的心願。1879 年，王韜東遊至此，恰逢民間傳說的關羽誕

辰，「故華人之商於橫濱者，鏗鏘歌舞以侑之」，「鑼鼓喧闐，笙簫如沸，士女來觀者，絡繹不絕，幾於袂雲而汗雨」。連何如璋、張斯桂兩位駐日正、副公使，也要專程從東京趕來進香（見《扶桑遊記》）。其時，關帝廟建成不過六年。今日遊觀，我有幸從關帝廟管理人員手中討到最後一張「橫濱中華街案內圖」，圖中仍標明每年的「橫濱關帝誕祭」是重大的節慶。

在有關橫濱的材料中，出現頻率最高的詞語大概是「文明開化」。即使非賣品中華街地圖，也以「展示橫濱文明開化的歷史」作為該街區的定語。橫濱自 1859 年開港，結束了幕府時代二百年的鎖國狀態，便成為近代日本輸入西方文明的一大通道。迄今，橫濱人的穿戴仍比東京人更時髦，雖然兩城相距很近。開港是明治維新的前奏，研究這一段歷史的學者必定光顧的一個去處，就是橫濱開港資料館。此館的前身為原英國總領事館。我們到達那裡時，館內正舉辦題為「橫濱全景圖」的定期展覽。從開港後第二年，到本世紀五十年代，橫濱各處的街市景觀以全景式的攝影，一次次出現在我們眼前。我最感興趣的自然是明治年間橫濱居留地的圖片。在鋪滿一面牆的巨大的橫濱街道圖上，一些可以確定的建築物照片，被一一固定到相應的位置，令人一望可知早先的街區格局。現在的中華街，只是原居留地的一部分。我在地圖上，輕而易舉便找到了一五二號與一三九號。回到明治三十年（1897）拍攝的兩張居留地全景照片前，力圖分辨出《清議報》與《新民叢報》社原址，終於還是迷失在一片屋頂的海洋中。最後，我以六百日元買到一張 1865 年法國人繪製的標明住宅編號的橫濱地圖，可隨時作今昔比較，感覺此行還是大有收穫。

對於遊客來說，橫濱最吸引人的地方還是海港。一艘被稱為「太平洋女王」號的豪華客輪冰川丸，自 1961 年退役以來，即停靠在岸邊，成為一種特別的展覽館。二十世紀末，距離新世紀來臨僅有 12 天，梁啟超從橫濱乘「香港丸」出發去夏威夷時，曾慨然有言：

　　雖然，既生於此國，義固不可不為國人；既生於世界，義固
不可不為世界人。夫寧可逃耶？寧可避耶？又豈惟無可逃、無可
避而已，既有責任，則當知之；既知責任，則當行之。

梁氏以此次往遊美洲，為「學為世界人」的開端（〈夏威夷遊記〉）。
眺望橫濱港灣與遠處浩淼的太平洋，不期然想起的，竟是梁啟超近一個
世紀以前的豪言，歷史仿佛又在眼前重演。

（原刊《讀書》1993 年第 3 期）

梁啟超墓園的故事

梁啟超墓與母親樹

發現梁啟超墓純粹出於意外。

1995 年的 10 月 28 日是一個星期天，時值深秋，正是到香山賞紅葉的最佳季節。不料，路經櫻桃溝的靈機一動，竟使「附庸蔚為大國」。漫山成片的紅葉林終於不見，無意中在臥佛寺附近發現的梁啟超墓倒占去了我們不少的時間。

北京香山植物園中的梁啟超墓

　　許久未到此處，這一帶的歸屬也發生了變化，原本獨立的臥佛寺與櫻桃溝已一併納入北京植物園的轄區，僅成為其中的一個景點。觀看路邊樹立的遊覽圖時，「梁啟超墓」的標記突然闖入眼簾，讓我們又驚又喜。如此「妙手偶得」自然比刻意求索更引人興味。

　　按照地圖的指引，在接近臥佛寺山門的路東，有一條小路。沿此前行數百米，穿過一個西洋式的石亭，便進到梁啟超墓園中。

　　墓園的主體是梁啟超（1873—1929）與夫人的合葬墓，墓碑及兩側襯牆由淡黃色的花崗岩製成，方位取標準的坐北朝南式。碑體上刻兩行字：

　　　　先考任公府君暨
　　　　先妣李太夫人墓

後面是眾多兒女、婿媳、孫輩們的名字。兩側襯牆呈「凹」字形展開，折向墓前方的牆體側翼均刻一雙手合十的觀音像，作為裝飾。

　　根據梁啟超生前對子女的囑咐，此碑文原擬由曾習經（字剛甫，一作剛父，1867—1926）書寫。曾為廣東揭陽人，與梁為大同鄉。梁曾為其作〈曾剛父詩集序〉，中敘二人交誼始於 1889 年，為鄉試同年。次年入都，曾中進士，梁落第。但自此，梁氏每次來京參加會試，均「日與剛父游：時或就其所居之潮州館共住，每淪茗譚藝，達夜分為常；春秋佳日，輒策蹇並轡出郊外，攬翠微、潭柘之盛」。二人不僅趣好相投，而且同為國難，憂心如焚：「甲午喪師後，各憂傷憔悴。一夕對月坐碧雲寺門之石橋，語國事相抱慟哭。」據此，香山一帶也是二人早年行蹤所到之處。一旦梁啟超歸於泉下，預先請托當年並轡同遊、心跡相同的老友題寫墓碑，也很合適。何況，曾氏精於書法，習北魏張黑女碑，又能作瘦金書。只是，如果遵照梁啟超 1925 年定下的規矩：

　　將來行第二次葬禮時，可立一小碑於墓門前之小院子，題新
會某某暨夫人某氏之墓，碑陰記我籍貫及汝母生卒年月日，各享
壽若干歲，子女及婿、婦名氏，孫及外孫名，其餘贊善浮辭悉不
用，碑頂能刻一佛像尤妙。（1925 年 10 月 4 日《與思順、思成、
思永、思莊書》）

則「第二次葬禮」即梁啟超本人於 1929 年 1 月過世時，曾習經已於三
年前離去。現刻之碑因無落款，不知是否曾氏手筆；而梁之〈曾剛父詩
集序〉倒確是踐死友生前之約而作，撰寫於 1927 年，時在曾病逝一年
後。這一段文字緣也見證了二人的生死交情。

　　與梁啟超夫婦墓的飽經風雨不同，墓東略靠後的一塊臥碑顯然為新
製。趨前細看，此碑的題目為「母親樹」，我們才恍然悟到，這就是碑
後那株小松樹的題名。鐫刻在石碑正面的文字說明了植樹的緣起：

　　為紀念梁啟超第二夫人王桂荃女士，梁氏後人今在此植白皮
松一株。

　　王桂荃（一八八六至一九六八），四川廣元人，戊戌變法失
敗後梁啟超氏流亡日本時期與梁氏結為夫妻。王夫人豁達開朗，
心地善良，聰慧勤奮，品德高尚。

　　在民族憂患和家庭顛沛之際，協助李夫人主持家務，與梁氏
共度危難。在家庭中，她畢生不辭辛勞，體恤他人，犧牲自我，
默默奉獻；摯愛兒女且教之有方，無論梁氏生前身後，均為撫育
子女成長付出心血，其貢獻於梁氏善教好學之家良多。

　　梁氏子女九人（思順、思成、思永、思忠、思莊、思達、思
懿、思寧、思禮）深受其惠，影響深遠，及於孫輩。緬懷音容，
願夫人精神風貌常留此園，與樹同在。

　　待到枝繁葉茂之日，後人見樹，如見其人。

碑後記有建碑人、梁家 27 位後裔的姓名。讓我們更為驚喜的是，此碑最後一行所署時間：「一九九五年四月立」。剛剛半年以後，我們就來拜謁墓園，見此新植之樹，也應説是頗有緣分。

王夫人雖然對梁家貢獻極大，但在很長一段時間裡，她一直隱身幕後，甚至名字亦不見於各種梁啟超傳記、年譜中。1984 年，上海人民出版社首次在大陸出版半個世紀前編纂的《梁任公先生年譜長編初稿》修訂本。細讀這部易名為《梁啟超年譜長編》的大書，可以發現在梁氏的家書中，常會提到一位「王姑娘」，後又改稱「王姨」。當李夫人不在身邊的時候，她顯然承擔了照顧梁啟超起居的責任，而且為梁氏生兒育女。但通讀全書，編者丁文江與趙豐田卻始終未對王氏的身份有任何説明。恰好，那時《北京日報》發表了一篇表彰梁啟超堅守早年與譚嗣同所創「一夫一妻會」的理想，在檀香山拒絕何蕙珍女士追求的短文。我記起「王姑娘」之事，私心以為「此一時也，彼一時也」，未可一概而論。

並非梁啟超側室的情況無人知曉，即如梁早年在橫濱大同學校的學生、後因政見相左反目成仇的馮自由，在《年譜長編初稿》完稿的 1936 年，便發表過一篇〈梁任公之情史〉的筆記。其中説及李夫人「有隨嫁婢二」，其一名來喜，為貴州人（所謂「黔產」）。「甲辰（一九〇四年）某月啟超忽托其友大同學校教員馮挺之攜來喜至上海。友人咸為詫異，後乃知為因易地生產之故」。由於馮氏對梁啟超所取攻訐口吻，容易惹人懷疑，且刊載於《逸經》雜誌的此文，在彙編成《革命逸史》一書時，也被馮本人刪落，故一向少有人知，也少有人信。

由梁家後人正式披露王夫人存在事實的，是梁啟超的外孫女、梁思莊之女吳荔明所撰《梁啟超和他的兒女們》。這篇 1991 年初刊於《民國春秋》的長文，第一次向世人介紹了王夫人的生平：

　　梁啟超的第二位夫人王桂荃是四川人，一九〇三年嫁給外公，

　　生有六個子女長大成人：三舅思永、四舅思忠、五舅思達、五姨
　　思懿、六姨思寧、八舅思禮。

　　雖然敘述仍嫌簡略，但王夫人畢竟已在梁啟超的家庭史中佔據應有的位
置。四年後，在梁啟超墓側栽種「母親樹」的活動，既表達了梁家全體
對因遭遇文革、骨灰無存的王氏的永久懷念與鄭重感謝，也使王桂荃的
名字終於在身後與梁啟超係聯在一起，不可分離。

　　不管當初因為什麼樣的原因，王桂荃走進了梁啟超的生活，她終究
已成為這個了不起的家庭中不可或缺的人物。吳荔明出版於 1999 年的
回憶錄《梁啟超和他的兒女們》（上海人民出版社版），專為王氏寫了
一章〈記憶中的溫馨形象——我熱愛的婆王桂荃〉，盡可能詳細地描述
了王夫人值得同情的一生與令人尊敬的品格。閱讀的感受是，梁啟超有
此良助，確可在流亡異域的顛沛生活中得到莫大慰藉。

　　歷史已經發生，就應該讓它原樣呈現。

先行安葬的李端蕙夫人

　　一般而言，合葬墓多半建於夫妻中先去世的一方下葬之年。梁啟超
墓也是如此。李夫人 1924 年 9 月 13 日（舊曆八月十五）病卒，次年 10
月 3 日（舊曆八月十六）安葬於此墓地。因此，1925 年也就是梁啟超墓
園建造之年。

　　關於梁啟超與李夫人的婚姻，在梁氏撰寫的〈悼啟〉中有追述：

　　光緒己丑（引者按：1889 年），尚書荔園先生諱端棻主廣東
　　鄉試，夫人從兄也。啟超以是年領舉，注弟子籍。先生相攸，結
　　婚媾焉。

如此平實道來，只因出於當事人自述，不便自我誇耀。但其中包含的本

是舊時官場中常見的佳話，即「座師招贅高足」故事的變異。一介貧寒子弟，由於才華出眾，為考官賞識，主動提親，在那個年代確是十分榮耀的事情。梁弟啟勳對同一情節的敘說便更帶戲劇性：

> 光緒十五年己丑，十七歲，舉於鄉，榜列八名。當時典試之正座乃貴州李苾苾園，副座乃福建王可莊（引者按：名仁堪）。榜發，李請王作媒，以妹字伯兄。同時王亦懷此意，蓋王有一女公子正待字也。但李先發言，乃相視而笑。（《曼殊室戊辰筆記》）

李夫人出生於 1869 年，1891 年與虛齡十九的梁啟超結婚時，李已二十三歲。毋庸說，李端棻與梁啟超的結親，也是其戊戌政變發生後獲罪遠謫新疆的重要因由。這使梁對李在知遇之恩外，更懷有感激之情。

李夫人為世人所知的名字是「蕙仙」，這在梁啟超寫給妻子的家信與詩詞中均可見。梁家後人也據此稱其名，如吳荔明著《梁啟超和他的兒女們》，書中專記李夫人的一章，副題便寫作「公公和婆李蕙仙」。不過，對親近的人應呼表字是舊日常規，「蕙仙」因此很可能並非李夫人的本名。梁啟超在〈悼啟〉中對此既未作說明，我們只好另尋線索了。

1897 年冬，維新派在上海籌建中國女學堂時，主事者經元善刊行過一本《中國女學堂捐款章程》。其中所附捐款人名單中，對梁家女眷有如下記注：

> 揀選知縣、咸安宮教習、新會梁啟超之母、覃恩誥封宜人、新會吳氏率媳貴築李端蕙捐助開辦經費洋銀伍拾員、常年經費洋銀拾員

此外，1898 年 7 月 24 日，由中國女學堂同人編輯的《女學報》問世，創刊號上登載的「本報主筆」18 位女性的名字中，也列出了「貴築李端蕙女史」。根據李氏從兄端棻之名，可知「李端蕙」才是梁啟超夫人正式的名諱。

李端蕙大約因出身官宦人家，為人嚴厲。吳荔明的回憶錄中也說，「李蕙仙婆是個較嚴肅的人，性情有點乖戾」，「所以家裡的人，都有點怕她」（《梁啟超和他的兒女們》20 頁）。這和經常寫信給「寶貝思順」與「對岸一大群可愛的孩子們」的梁啟超，恰好形成「嚴母」與「慈父」的對照。

李夫人最終由於乳腺癌擴散而去世，患此病症恐怕也與其個性有關。但事後追思，梁啟超總埋怨自己的不忍讓。一年後，在給大女兒思順的信中，他仍然懺悔道：

> 順兒呵，我總覺得你媽媽這個怪病，是我們打那一回架打出來的。我實在哀痛之極，悔恨之極，我怕傷你們的心，始終不忍說，現在忍不住了，說出來也像把自己罪過減輕一點。（1925 年 9 月 29 日《與思順、思成、思永、思莊書》）

這一讓梁啟超痛悔莫及的夫妻齟齬，具體情節現在已很難知曉，但他在〈亡妻李夫人葬畢告墓文〉中用韻文表達出來的傷痛，讀來卻令人感動：

> 嗚呼哀哉！
> 君我相敬愛，自結髮來，未始有忤。
> 七年以前，不知何神魅所弄，而勃豀一度。
> 君之彌留，引疚自懺，如泣如訴。
> 我實不德，我實無禮，致君痼疾，豈不由我之故？

天地有窮，此恨不可極，每一沉思，槌胸淚下如雨！

這篇〈告墓文〉被梁啟超自許為「一生好文章之一」，寫作也大費經營。以梁氏「下筆不能自休」的倚馬才，不過千字的祭文竟然「做了一天，慢慢吟哦改削，又經兩天才完成」，足見其推敲鍛煉用功之深。如此嘔心瀝血做成的文章，期以傳世，也在情理中。梁氏對此文極為珍愛，不但把原稿交給思順保存，囑咐「將來可裝成手卷」，「有空還打算另寫一份寄思成」；而且因為「其中有幾段，音節也極美」，所以要求思順、思成等姐弟與林徽音「都不妨熟誦，可以增長性情」（1925年9月29日、10月3日《與思順、思成、思永、思莊書》）。

這樣一篇好文章，僅只家藏，未免可惜。而在《飲冰室合集》中失收的〈亡妻李夫人葬畢告墓文〉，其實還有在1925年10月出版的《清華文藝》第2號上露面的機會。引人注目的是，這篇在古代文體中屬於「祭文」類的文字，卻堂而皇之地放在「詩歌」欄刊出，並完全採用了現代詩的分行與標點形式。在感歎梁氏好奇趨新、永遠充滿活力之時，也讓人對其「情感之文」非用韻文不可的表達方式發生探究的興趣。

癌症本是很痛苦的病，李端蕙初次發現乳腺癌是在1915年，先後做過兩次割治手術。此次復發，已是大面積擴散，治無可治。從身旁親人的感受，我們也可瞭解其所經受的病痛非常人能忍耐。李夫人病逝當年的12月，梁啟超照例須為《晨報》紀念增刊作文，所撰〈苦痛中的小玩意兒〉，開篇便講到「今年真要交白卷了」的緣故：

因為我今年受環境的酷待，情緒十分無俚。我的夫人從燈節起，臥病半年，到中秋日，奄然化去。他的病極人間未有之苦痛，自初發時，醫生便已宣告不治。

半年以來，耳所觸的只有病人的呻吟，目所接的只有兒女的涕淚。喪事初了，愛子遠行，中間還夾著群盜相嚙，變亂如麻，

> 風雪蔽天，生人道盡。塊然獨坐，幾不知人間何世。哎！哀樂之
> 感，凡在有情，其誰能免？平日意態活潑興會淋漓的我，這會也
> 嗒然氣盡了。

並非身受者已感覺「生人道盡」，那麼，對性格堅毅的李端蕙也會由於
不堪忍受無休止的疼痛而另尋精神寄託，我們便很容易理解了：

> 夫人凤倔強，不信奉任何宗教。病中忽皈依佛法，沒前九日，
> 命兒輩為誦《法華》。最後半月，病入腦，殆失痛覺。以極痛楚
> 之病而沒時安隱，顏貌若常，豈亦有凤根耶？哀悼之餘，聊用慰
> 藉而已。（梁啟超〈悼啟〉）

由此也可以知道，梁啟超夫婦合葬墓的墓石上為何刻有佛教浮雕，
那原是李夫人臨終前的信仰，精研佛學的梁氏亦希望借此表達自己深長
的哀思，給長眠地下的愛妻帶來安慰。

墓園的購建經過

記得以前閱讀《梁啟超年譜長編》時，曾看到梁啟超給子女的信
中，保留了大量關於購建墓地的說明。探訪歸來後，少不得乘興重溫，
也更覺親切。

還在李端蕙病中，二子梁思成與梁思永恰好從清華學校畢業。李夫
人不願因自己的病耽誤兒子學業，故還是催促二人赴美留學。李氏辭世
後，梁啟超又將兩個女兒思順與思莊送去加拿大。因此，墓地的修築便
全由梁弟啟勳一力承擔。在此期間，梁啟超也不斷給「對岸一大群可愛
的孩子們」寫信，隨時告知工程進度並徵詢意見，足見梁家自由民主之
風氣。

墓園於 1925 年 8 月 16 日開工，本來準備陰曆九月入葬。但經過梁

啟超約請的一位同鄉「日者」推算，「謂八月十六日（引者按：陽曆為
10月3日）辰時為千年難得之良辰」，故定於此日安葬李端蕙。相信科
學的梁啟超竟然也迷信占卜，似乎不可思議。但在喪葬大事上從眾從
俗，趨吉避凶，以求盡心、安心，畢竟是值得尊重的人之常情。在此情
境下，安葬妻子的梁氏也不可能有其他的選擇。只是，工期突然縮短了
半月，忙碌可想而知。不僅監督工程的梁啟勳須一直住宿在附近山上，
而且，為趕工期，「中間曾有四日夜，每日作工二十四小時，分四班輪
做」（1925年9月20日梁啟超《與思順等書》），監工者的辛苦異常
自不待言。

關於墓穴的設計，也有過一番周折。起初，梁啟超因考慮到，「若
不用石門，只用磚牆堵住洞口，則六百餘元便殼」，可節省一半費用，
故打算「四圍用『塞門德』（引者按：英文cement「水泥」的譯音）灰
泥，底下用石床，洞口用磚」，認為這樣「也殼堅固了」（1925年8月
3日《給孩子們書》）。寫信徵詢孩子們的意見，並不獲贊成。隔海通
郵本來費時，很可能誤事。幸好，細心的梁啟勳先已做了周到的安排：

> 他說先用塞門特不好，要用塞門特和中國石灰和和做成一種
> 新灰，再用石卵或石末或細砂來調，（……）磚縫上一點泥沒有
> 用過，都是用他這種新灰，塚內壙雖用磚，但磚牆內尚夾有石片
> 砌成的壙，石壇都用新灰灌滿，壙內共用新灰原料，專指塞門特
> 及石灰，所調之砂石等在外，一萬二千餘斤。二叔說算是全壙熔
> 煉成一整塊新石了。

而且，按照梁啟勳的設計，墓壙開掘很深。「開穴入地一丈三尺，壙高
僅七尺，壙之上培以新灰煉石三尺，再培以三尺普通泥土，方與地平
齊」。這樣堅固的墳墊，難怪梁啟勳敢擔保，即使梁家兄弟日後要在上
面「起一座大塔，也承得住了」（1925年10月3日梁啟超《與思順、

思成、思永、思莊書》）。

　　壙內的格局則多半是根據梁啟超的意願，一分為二，梁氏居左，夫人在右。「雙塚中間隔以一牆，牆厚二尺餘」；「牆上通一窗，丁方尺許」。李端蕙下葬後，先用浮磚把窗戶堵上。準備等梁氏百年入葬時，再以紅綢取代磚塊，覆蓋窗上。可以發現，在墓穴的佈局上，梁啟超刻意追求的是連死亡也不能隔斷的聲應氣求、心心相印。他特別向兒女們解釋目前這種安排的優長：先採用排他法，袪除了「同時並葬」時所用的一塚內置兩石床的方案，因「第二次葬時恐傷舊塚」；而「同一墳園分造兩塚」的形式亦不可取，因其「已乖同穴之義」。那麼，剩下的便只有梁氏所用的一壙兩塚、間隔一牆的設計了。牆上設窗，意在強調「同穴」，而「第二次葬時舊塚一切不勞驚動」，故被認為是「再好不過」的法子（1925 年 10 月 3 日《與思順、思成、思永、思莊書》）。梁啟超這番體貼入微的心意，在〈亡妻李夫人葬畢告墓文〉中也吐露無遺：

> 鬱鬱兮佳城，融融兮隧道，
> 我虛兮其左，君領兮其右。
> 海枯兮石爛，天荒兮地老，
> 君須我兮山之阿！行將與君兮於此長相守。

　　也即是說，在梁啟超看來，墳墓並不意味著愛情的終結，倒恰恰是「愛之核兮不滅，與天地兮長久」的實在證明。借助墓地的營建，梁啟超也在向夫人表達永遠不變的情感。

　　如此費心經營的墓園，最後的費用超過預算原不足為奇。早先以為買地、築墳加葬儀，「合計二千元盡彀了」；但到喪事辦完，已「用去三千餘金」。如果就此打住，尚可稱「工程堅美而價廉」。何況，這一年，梁啟超每月有北洋政府致送的夫馬費八百元，支付喪葬應有餘，梁

啟勳還為此開玩笑說，李夫人的入殮「無異國葬」。不料後來旁枝橫逸，多出一段插曲，又使此項開支突飛猛進，漲到四千五百餘元，不僅梁氏個人的「存錢完全用光」，梁啟勳「還墊出八百餘元」（1925 年 8 月 3 日、9 月 20 日、10 月 3 日、11 月 9 日梁啟超《給孩子們書》）。

而大幅度超支意外情況的出現，竟是為了兩塊未派上用場的石碑。關於此事的經過，不如直接引用梁啟超本人的敘述，反更覺生動有趣：

> 葬畢後忽然看見有兩個舊碑很便宜，已經把他買下來了。那碑是一種名叫漢白玉的，石高一丈三，闊六尺四，厚一尺六，駝碑的兩隻石龜長九尺，高六尺。
>
> 新買總要六千元以上，我們花六百四十元，便買來了。初買得來很高興，及至商量搬運，乃知丫頭價錢比小姐闊的多。碑共四件，每件要九十匹騾，才拖得動，拖三日才能拖到。又卸下來及豎起來，都要費莫大工程，把我們嚇殺了。你二叔大大的埋怨自己，說是老不更事。後來結果花了七百多塊錢把他拖來，但沒有豎起，將來豎起還要花千把幾百塊。（1925 年 11 月 9 日《給孩子們書》）

我們這次參觀時，在梁啟超夫婦墓南面，看到兩塊高大的龜趺碑，一碑無字，一碑為康熙四十年所刻，分立墓道兩側。當時琢磨了半天，不明究竟。讀了這封梁啟超寫給子女們的信，才知道這塊與梁家沒有任何關係的舊碑得以進入墓地的緣故。根據吳荔明的記述，倒臥地上的兩碑直到五十多年後，才由北京植物園出資樹立起來。如今，它們作為梁墓的點綴，也留下了一則逸話。

提前到來的梁啟超葬禮

安葬夫人時，梁啟超大概絕對沒有料到，自己的「第二次葬禮」會

來得這麼快。而其伏因，在李端蕙患病時即已種下。

梁啟超去世後，子女追述其病逝經過，首先提及：「十二（引者按：疑當作「三」）年春，先慈癌病復發，協和醫院聲言不治，先君子深受刺激，遂得小便帶血之症。」（梁思成等〈梁任公得病逝世經過〉）至 1926 年 3 月，因病情加劇，相信科學的梁氏在協和醫院動手術割去了右腎，尿血卻未治癒。在後來時好時壞的反覆過程中，又出現了新的病症。1929 年 1 月 19 日，梁啟超遽爾逝世。辭世情景，《北平朝報》次日曾記載如下：

> 某記者於午後二時，赴該醫院（引者按：指協和醫院）調查。是時梁之病室內外，其親屬友朋麇集，情形極為紛亂。其弟啟勳，及公子思達，女公子思懿，思寧在側，旋其在天津南開大學服務之幼弟啟雄亦趕到。二時一刻，梁病勢轉劇，喉間生痰。弟在病榻之左，大喊哥哥，兒在右哭叫爸爸。梁左望無語，旋右望，眼中落淚，即溘然長逝。一時哭聲震耳。（〈梁啟超昨日逝世〉）

生命的突然中斷，使 1 月 11 日還在為自己一個多月後的六十壽辰預請友人撰文百篇的梁啟超，留下了數不清的無可彌補的遺憾。

梁啟超病逝後，2 月 17 日，在北京的廣惠寺與上海的靜安寺，親友分別為他舉行了公祭大會。此後，一如其夫人的先停棺、後入埋的營葬方式，梁啟超的靈柩也在弔唁後暫厝廣惠寺，直至當年的 9 月 9 日才正式安葬。猜想這樣安排的原因，大概是為了等待時在國外的思順、思永、思忠與思莊歸來。

關於梁啟超的葬禮，歷來少有敘述。我是因輯錄《追憶梁啟超》（中國廣播電視出版社 1997 年版）一書，翻檢楊樹達日記《積微翁回憶錄》（上海古籍出版社 1986 年版）時，偶然發現其並非如常人所想像，在開吊後很快入土為安。楊樹達為梁啟超早年執教長沙時務學堂時

的學生，對梁終身執弟子禮。先是 1929 年 1 月 19 日日記云：「今日任公師病逝於協和醫院，中國學人凋零盡矣；痛哉！二十日大殮，赴廣惠寺參加。」可知梁之遺體於逝世第二日已移至廣惠寺。9 月 8 日，楊氏又記道：「任公師出葬西山。余待殯於宣內大街，參與執紼，送至西直門始歸。」因知梁氏葬儀實在此時舉行。

至於安葬的具體日期，則有賴於吳其昌之女令華先生提供的吳撰〈祭先師梁啟超文〉的提示。吳其昌係梁啟超擔任著名的清華國學院導師時指導過的研究生，收入《飲冰室合集》中的梁氏晚年著述，不少便由其筆錄。祭文開頭即明言：「維中華民國十有八年九月九日，實我夫子大人新會梁先生永安窆窀之期也。」而據此查找當日報紙，所得卻極為有限。而其大體經過既與李夫人之葬儀相似，不妨先引錄梁啟超 1925 年 10 月 3 日寫給海外子女們信中的記述：

> 葬禮已於今日（十月三日，即舊曆八月十六日）上午七點半鐘起至十二點鐘止，在哀痛莊嚴中完成了。
>
> 葬前在廣惠寺作佛事三日。昨晨八點鐘行週年祭禮，九點鐘行移靈告祭禮，九點二十分發引，從兩位舅父及姑丈起，親友五、六十人陪我同送到西便門（步行），時已十一點十分（沿途有員警照料），我們先返，忠忠、達達扶柩赴墓次。
>
> ……我回清華稍憩，三點半鐘帶同王姨、懿、寧、禮赴墓次。直至日落時忠等方奉柩抵山。

之所以費時一天才將靈柩送到西山，乃是因為採用了杠抬的辦法。據梁啟超說，當時規定，「靈柩不許入城，自前清以來，非奉特旨不可，而西便門外無馬路，汽車振動，恐於遺骸有損」（1925 年 9 月 20 日《與思順等書》）。這些梁氏生前寫下的細節，倒可以填補其本人葬事報導不詳的缺憾。

　　根據天津《大公報》1929 年 9 月 10 日的一則「電話」通訊，同時參照楊樹達日記與梁啟超的前述信件，可以知道，梁啟超的移葬程式應該是：9 月 8 日上午從廣惠寺發引，執紼者送至西直門，當晚靈車到達臥佛寺。9 日，葬禮告成。

　　《大公報》的報導題為〈梁任公葬於西山〉，全文如下：

> [西山電話]一代名士梁任公昨日已安葬於西山臥佛寺東坡之墓地。先是八日晚已將靈柩由北平廣惠寺移至臥佛寺，至昨晨十時以前，關於安葬之準備，俱已妥貼，家屬全到，親友會葬者，有張君勱等二百餘人。安葬之前，舉行公祭，當場議，捐資建築一紀念亭。經眾同意，即時行破土禮。至十二時葬禮告成，會葬者在臥佛寺聚餐而散。是日也，無僧道參加，儀式甚為單簡云。

　　值得一提的是，《大公報》的短訊儘管簡略，卻是我翻閱過的八種京、津、滬報紙中唯一有關梁氏葬儀的記載。此外便只有上海的《時事新報》在 9 月 9 日那天，專門發表了張其昀的〈悼梁任公先生〉。文中提到：「梁先生之歿，輿論界似甚為冷淡。先生遺體將於今日在北平香山臥佛寺之東坡安葬。」張因此特為撰文，表示悼念。

　　而《大公報》通訊中提到的紀念亭，便是今日墓園西側居中而立的那座八角石亭。據梁家後人回憶，此亭的設計者為梁啟超長子、著名建築學家梁思成。其建築風格的中西合璧，已隱然顯示出梁思成日後更趨成熟的作品傾向。亭身仍採用淺黃色花崗石，上面覆蓋著藍綠色琉璃瓦，裡面頂部正中，雕刻有葵花圖案。亭內原準備安置一尊梁啟超半身銅像，卻始終未能如願。

　　紀念亭雖然在 1929 年 9 月的葬禮中已破土奠基，但其建成之日則未見紀錄。依據石亭與墓碑建材相似來推測，二者應是同時完工。那麼，梁啟超夫婦墓碑陰所記建立時日，即「中華民國二十年十月」，應

該也是紀念亭建築之年。其時距梁啟超下葬恰好過了兩年。

回頭再來看梁啟超墓的樣式。因為安葬李端蕙夫人時，梁啟超已一再向孩子們交代，「墳園外部的工程，打算等思成回來佈置才好」，「所餘塚頂上工作，如用西式墓表等事，及墓旁別墅之建築等，則待汝兄弟歸來時矣」（1925 年 8 月 3 日、9 月 20 日《給孩子們書》），故負責墓園總體設計的梁思成自當遵囑而行。於是，壙內的設置儘管保持了中國夫婦「死則同穴」的古義，而地表的墓體，如前面的墓碑、供台與襯牆以及碑後的墓蓋，卻全然屬於西式結構。於此亦體現了梁啟超一生融貫中西的理想。

吳其昌撰寫的〈祭先師梁啟超文〉，乃是代表清華大學研究院全體學生在墓前致祭時所唸誦。文中祝禱梁師「苦難都消，痼疾永棄」，因為「西山湯湯，終古晴翠。岩深壑靜，泉冽潭泚。芬芳高偉，宜是師儷」。在這一片佳山勝水之間，梁啟超是不是真的能夠像吳文所祈願的那樣得到安息，梁在南京教過的學生張其昀顯然表示懷疑。在他看來，「自稱元氣淋漓，不讓後生」的梁啟超，「乃享壽未滿六旬，其生平志業，多未成稿」，因而，「棲依西山，想有遺恨」（〈悼梁任公先生〉）。是耶非耶？不得而知。

前賢往矣，評說由人。但在梁啟超，總是實踐了其「戰士死於沙場，學者死於講座」的人生信條。哲人雖萎，精神長存。

墓園的興衰與逝者的命運

現有的梁啟超墓園本來很有可能成為梁氏家族共同的墓地，這在年方 25 歲的梁思忠 1932 年病故後，即由兄長思成與思永入葬於此園，已可看出。不過，1950 年代以後，頻繁出現的政治運動改變了這一切。梁啟超既成為屢遭批判的「反動的」保皇黨與資產階級改良派，1954 年病逝的考古學家梁思永之另尋墓所，也就情有可原了。不消說，死於文革期間的長女思順、長子思成，以及屍骨無存的王桂荃夫人，當時更不可

能歸宿此間。

唯一的例外是梁啟超的七弟梁啟雄。這位以研究荀子知名的學者，1965 年去世前為中國科學院社會科學部哲學所研究員。他在靠近梁啟超墓的東南方有一小塊墓碑，此碑是否文革前已進入園中尚不清楚。此外，墓園裡還有其他兩塊石碑：緊傍梁啟雄、同樣小小的一方，為其子梁思乾之墓；在梁啟超墓西南、貼近紀念亭較大的一方，為原任北京大學圖書館副館長的梁思莊之墓。後者與梁思忠墓均面向主墓，比肩並排，一立一臥，猶如仍然依偎在父母懷抱中的兩個孩子。

仔細觀看墓碑，可以發現，梁思乾與梁思莊分別去世於 1983 與 1986 年。其時已進入改革開放的年代，對梁啟超也開始重新評價其功過得失。二人於此時埋葬墓園，顯示了不公正的政治壓力已經緩解，梁家後代不必再有意回避與先人的骨肉親緣。

而在此之前的 1978 年，梁家已經把墓地捐獻國家。歸公以後，再要於此地添置新墳，原非易事。為紀念王桂荃夫人而立碑栽樹，便經過了八個月的審批周折。直到梁啟超幼子、身為中國科學院院士的梁思禮直接寫信給統戰部部長，此事才獲解決。梁思莊的躋身墓園，更帶有若干傳奇色彩。那過程聽其女吳荔明老師講來，簡直形同「偷埋」。幸好梁思莊有足夠的名望，配得上在此名墓中佔據一席之地，因而這一安葬行為，事後還是得到了有關方面的同意。

早在墓地初建的 1925 年，梁啟超已開始籌畫種樹。那時的想法是：

> 墓頂環一圓圈，滿植松柏。墓道兩行松柏，與馬纓花相間。圍牆四周滿植楓樹，園內分植諸果及雜花。外院種瓜蔬。（1925 年 9 月 21 日《與思順等書》）

現在的佈局雖並不盡如梁啟超當年所設想，但收歸北京植物園後，這一帶已規劃為銀杏松林區，植被優良。大墓周圍松柏環繞，墓道兩側喬木

高大，雖值晚秋，依然綠意蔥蘢。

也許真的如俗語所說，「有一利必有一弊」。除了導遊圖上的標誌，沿途走來，我們竟再看不到一個指示梁啟超墓所在地的路標。植物園對自然風景的刻意經營，是否會淹沒對已然存在的人文景觀的應有關注？我希望事情不至於走到這個極端。

（原刊《書城》2002 年第 9、10 期）

以學為樂　以史為志
——回憶季鎮淮先生

緣份

　　好像是一種特別的緣份，一入大學直到研究生畢業，季鎮淮教授始終是我的學術引路人。

　　1978 年 3 月，我與其他九位因擴大招生而遲來的學生，反而有幸先認識了這位元北京大學中文系的著名教授，季鎮淮先生專門為我們補講中國文學史的先秦部分。那年季先生六十五歲，頭髮花白，身材寬厚，穿著一套當時流行的灰色制服。剛經過文革的學生，還不習慣使用一度被廢除的尊稱，通常只按職業分類，對所有的教員一律稱「老師」。季師是唯一的例外，不過一兩天，我便改口叫他「先生」。這不只是年齡上的區別，也包括學問上的崇敬。

　　大學本科期間，我選修了季先生的「韓愈研究」專題課。期末作業有心取巧，於是比較韓愈的〈南山詩〉與王維的〈終南山〉，站在尊唐抑宋派的時興立場上，對韓詩的鋪陳不以為然。季師本力讚韓愈的文學革新精神，讀我的文章卻並不生氣，雖以商量的口吻表示此一「比較研究的結論，則似有問題，尚待進一步討論」，而評語的基調仍是鼓勵，且給以「優異」的成績。嗣後，我聽說，季先生不止一次向其他老師推許我的「能讀《南山詩》」，在青年人中不多見。季師

1992 年的季鎮淮先生

的輸心相待，只有讓我更覺慚愧。

因了這一份好感，大學畢業後，季先生又收我作他的碩士研究生。八十年代初，近代文學尚屬冷門，研究乏人。季師學問廣博，先秦兩漢或隋唐又均為學生看好，他卻不趨時尚，獨具慧眼，特於近代段招生。待我入得門來，先生又不急於為我填補空白，將我封閉在晚清專心用功，反開放門戶，向上追尋，要求我從清初大家別集讀起。我體會，季先生是把治學看作一項崇高的事業，鄙視急功近利，而注重打好根基。何況，在他心中，文學史也呈現為生生相續的動態過程，研究其中任何一段，都不可能在對前後文學演進一無所知的情況下作出成績。這一學術思路，無疑將使我終身受益。

在我之後，季先生雖還帶過一名研究生，論文階段卻因病重體力不支，轉由別位老師指導。我因而成為季師的關門弟子，並一向引以自豪。

窮而後工

作了及門弟子，追隨多年，對季鎮淮先生的學術生涯自然有較深瞭解。在一篇自述〈小傳〉中，季師這樣講到他的求學經歷：「家貧，本無進學校希望，中學畢業後，始不可止。」短短數語，包含著如許多的艱辛。

入學開蒙，季先生進的是舊時私塾。父親的願望不過是要他識得些字，仍以種田為本務。季師卻從作對子開始，迷上了詩文，並憑著其文學才華，進新式小學後，從三年級直接插班入六年級。中學時代，他在學校已有文名，作文常在校中張貼展覽，以為模範。由《左傳》中自我

命題，季先生作了好幾本文章，一些曾在當地報紙發表。有位大學生不肯相信其文出少年，當面出題，先生毫無難色，文成後，此人方表佩服。舞文弄墨既成習慣，季師日後的從事文學研究，便為水到渠成之事。

不過，其中尚多波折。一心向學其志雖堅，卻因無力支付學費，淮安高中畢業後，季先生只能選擇不收錢的高等院校。他同時考上了山東大學中文系與安徽大學外文系，不料，濟南開課不久，即由於抗戰爆發，津浦路戰事緊張，學校停辦而回家。偶於舊報紙上見長沙臨時大學招生啟事，季師又千里趕赴。為照顧戰區學生，儘管甄別考試已過期，教務長潘光旦仍特許其以山大學生名義借讀。而當時臨大中的北大、清華、南開三校中文系並無學生，全系僅先生一名借讀生。隨著戰火蔓延，長沙仍未能久留。不出三月，學校南遷，季師又毅然報名參加徒步旅行團。一路跋山涉水，勞頓異常，而與師友結伴，吟詩論文，入洞探源，先生於是不以為苦，反覺其樂無窮。

抵達昆明後，通過轉學考試，季先生正式成為西南聯合大學中文系的本科生。主持考試的恰是系主任朱自清，他作為影響最深的導師，得到季先生終生的愛戴與崇仰。其時的風氣是中文系被冷落，經濟、英文等專業受青睞，因畢業後容易謀職。季師也動過轉系的念頭，終因深入骨髓的對文學的喜好，才沒有委屈自己，堅持下來。並且，一發而不可收，大學結業，又更上層樓，考入研究院深造，師從聞一多先生三年，專治古典文學。季先生平生堅實的學問功底，多半得自西南聯大的一段苦讀。

讀書得間，季師撰寫了不少學術論文。大學三年級在《中央日報》昆明版發表的〈《老子》文法初探〉，運用瑞典漢學家高本漢《〈左傳〉真偽考》一書中的比較語言學方法考證《老子》，得出「《老子》和《論語》是一個文法系統」、「《老子》書應成於戰國晚年的齊魯人之手」的結論，與歷代相傳的老子為東周楚國人的成說不同。這雖源於

季師在家鄉讀書時對梁啟超和胡適等人辯論疑古及《老子》的著作年代問題所引發的興趣，而從語言學的角度為梁說張目，仍充滿新意，難怪此文大得羅常培教授賞識。就讀西南聯大六年餘發表的文章，大多已收入《來之文錄》第一輯。未面世的論稿當然還有，如《聞一多全集》中的〈「七十二」〉一文，初稿便是季師所交的一份讀書報告，後加入聞先生與何善周先生的討論與補充，成為「集體考據」的成果。而據聞一多先生的說法，文中「主要的材料和主要的意見，還是鎮淮的」。

研究生期間的學位論文，季師選擇的題目是《魏晉以前觀人論》，因經濟窘迫，已通過結業考試的先生，終竟未能完成此文，至今引為憾事。不過，大量閱讀文獻資料的功夫並未白費，復員回京後，出自其手的一批關於漢末魏晉人物的短論，引人注目地接連在朱自清先生主編的《新生報》「語言與文學」專欄刊出，顯示了精湛的識見與深厚的功力。初執教清華，季師正是意氣風發。賀昌群先生的力作《魏晉清談思想初論》一問世，季師即在朱自清先生的鼓勵下，憑著對材料的熟悉與縝密的思考，充滿自信地向賀書質疑。此時展現在季先生面前的，已是一片輝煌的學術前景。

文學史情結

任教大學，業有專攻。特別是 1952 年院系調整之後，季鎮淮先生由清華轉入北大，文學史的教學也隨之一分為三，先秦兩漢、魏晉南北朝隋唐、宋元明清的時段劃分，雖方便了教員，易於深入，卻也會帶來限制研究視閾的隱患。季師的想法有所不同，在專任第一段課程的同時，他仍心存全史，對各段文學均作過精深探究。

總結兩位恩師聞一多與朱自清先生在文學史研究上的貢獻，季師以為其最終的事業即在著成完整的通史。他多次提到聞、朱兩先生有意寫作中國文學史或文學批評史，由於兩位導師早逝，季先生自覺有責任代償心願，完成遺志。而其把握數千年中國文學的研究策略，同樣得益於

聞、朱二師。聞先生考察中國古典文學，便從杜詩入手，「由杜甫研究而擴及全唐詩的研究；由唐上溯六朝、漢魏，直到古詩的源頭《楚辭》、《詩經》」（〈聞一多先生與中國傳統文學研究〉）；朱先生研治中國文學批評史，「首先著眼於古代以來批評史上若干傳統的概念的分析研究，弄清它們原來的意義和在各個時代的變化」（〈紀念佩弦師逝世三十周年〉）。在剔抉闡發之中，已顯露出季師的獨到眼光與深有會心。

以聞、朱二先師為楷模，季先生的中國文學史研究也採取了「重點突破」與「以點帶面」相結合的可行方法。在漫長的中國文學史中，他選取了處於兩端及中間部位的秦漢、唐朝、近代為主攻方向，又在其中擇出足以代表此一時代文學成就、有承前啟後之功的司馬遷、韓愈與龔自珍用力考究。以作家研究為基礎，輻射開去，便可理清各個階段的文學脈絡；再上下勾連，左右旁通，貫穿全史亦大有希望。因而，季師用功處雖在個別作家，著眼點卻在整部文學史，考論三家不過是其賴以構建全史的一方基地或重要支柱。

對於文學史寫作，季先生也有一套成熟的意見。他嘗借用桐城派「義理」、「考據」、「辭章」並重的說法，加以概括、發揮。所謂「義理」，即正確、合適的理論與方法；「考據」，即充足的資料；「辭章」，即文字好讀。三者之中，最別致的是對文章的看重。學術論文講究材料充實，言之有據，卻很容易導向行文枯燥，填砌滿目，非有專業興趣，不能卒讀。而季先生根深蒂固的好文習性，使他把各類文體一律作為藝術品對待，自覺地當做古人所說的「文章」來寫。他作《司馬遷》一書，對相關史料雖竭澤而漁，落筆時卻化繁為簡，將大量考證壓在紙背或移入注釋，引文力求精煉，因而出語可信而又文脈暢通。季師將這一道工序看作是文學史著作能否成功的關鍵，前此所有的努力都要靠它最終實現。

為完成這部理想的文學史，季先生已作了長期的積累與準備。1990

年代初，巴蜀書社計畫出版一套「學者自傳」叢書，向季師約稿，他經過慎重的考慮，婉言謝絕了。我追問原因，季師的回答很簡單：「我的主要著作中國文學史還沒有寫出來。」他要以畢生的精力，去做這一件他認為值得奉獻終身的事業。

純粹學者

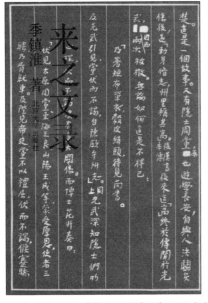

季鎮淮先生著《來之文錄》（1992 年）

季鎮淮先生在師生中，屬於那種有口皆碑的「忠厚長者」。在他面前，我常常會因發現其天真而自慚世故，雖然他是長者。久處書齋的生活，使他對歷經變遷的世態人情保持著一種有距離的獨立。社會上的拜金主義、腐敗風氣也有耳聞，終不能污染、改變其性情。

時常會發生這種事情：一篇文章發表，雜誌社表示希望你認購二十本，季先生便如數買下，又為送人困難而發愁；一本學者辭典要你提供資料，看校樣時，再附帶要求購買三五冊價格不菲的成書，季先生便不知所措，左右為難。如果有我在場，自不會讓先生化這些冤枉錢，因為我知道他的經濟並不寬裕。

但季先生從來就不是一個自私的人。昆明時期，聞一多先生曾以其字「來之」為文，專為他治印一方。聞先生過世後，無論從收藏價值還是紀念意義上，這方印章對於季師都是可一不再的重要文物。而一旦得知聞家收集遺物的消息，他便忍痛割愛，捐獻璧還。前年清華大學出版社印行了王國維的《古史新證》，原初的講義底本也是由季先生提供的。此本儘管稀見因而珍貴，季師卻認定它保存在清華才是物得其所，

更能發揮作用，於是一發慷慨贈送。

而做起學問來，季先生又是一絲不苟，嚴格得近乎苛刻。這當然是他對自己的超常要求。研究生期間聽季師講龔自珍詩，一句「金粉東南十五州」，在別人也盡可囫圇吞棗，蒙混過去，多家注解均語焉不詳。季師偏抓住不放，多方詢問，廣查書籍，並屢次要我讀書留意。歷經十餘年，這一存置心中的疑案才終於獲解。1993 年 7 月，在為季師八十華誕祝壽兼紀念《中國文學史》出版三十周年的座談會上，他興奮地講到新近的一大收穫，從《資治通鑒》的胡三省注中，他到底找到了「十五州」的出典。季先生由此慨歎道：「書是要一個字一個字讀的，不讀熟也沒有用。」我體會這話的意思是，經典作品須反復熟讀，這些功夫總於治學有益。

在學術研究上，季先生從來不願偷工省料走捷徑。一部《韓愈》書稿，文革前即已完成，因遭遇十年動亂，未能及時出版。1983 年，一位齊魯書社的編輯通過我向季師徵稿，雖經我力勸，先生終不肯脫手。他以杜甫「毫髮無遺憾」的警言自求，感覺原稿有多處需要補充加工，以舊面目示人便對不起讀者。晚年因哮喘症頻發，白內障日重，季師借書、讀書已越發困難，而《韓愈》一書的修改並未放手，仍時斷時續艱難地進行。對全書的總體結構，他有意作較大調整，把韓愈放在唐代文化的背景中考察、論述。這需要重讀大量的資料，對於一個年邁體衰的人，該具有怎樣的勇氣才能作出如此的決定！季先生正不會知難而退，他果然從《全唐文》讀起，從頭開始。韓愈生平中的大事小節，他都逐一考證，不輕易放過。為了張籍年長於韓的舊說，他細心考索，終於證明事實恰好相反。一個被研究者漫不經心遺漏的長安「十二街」確址，因韓愈、孟郊詩均曾提及，也引起季師的關注。為此，他遍查《三輔黃圖》、《長安志》、《唐兩京城坊考》等書。聽說本校歷史系教授閻文儒勾稽古代史料與近年考古發現，撰成《兩京城坊考補》一書，他又囑我買來，仔細閱讀。

我時常感覺，就心態而言，季師比我更顯年輕。他總有許多著作計畫，總是興趣盎然地談到可以研究的不計其數的題目。雖然他在學術上早卓然成家，七十之年卻仍然高吟「大器晚成許自期」。在〈幻想和希望總是引導我前進〉一文中，季師這樣講述他對退休的感覺：

> 我是照章進入老年的。我承認我是老年人，因為我正式退休
> 了。我心理上還是那樣，比實際年齡差十歲，好像六十多歲。……
> 人以得利為樂，而我仍以讀書為樂，不以為苦，以苦為樂，這也
> 是沒有辦法的事。

一輩子與書為伴，一輩子治文學史，這本是季師早已擇定的人生道路。而我也私心祝願，「不知老之將至」的季師能了其心願，為我輩後學留下一部可以傳世的中國文學通史。卻未料到，修撰文學史的計畫終竟成為季師未了的心願，人間憾事直是無可彌補。

最後的遺憾

1996 年初秋，季先生不慎摔傷後，身體狀態便每況愈下。當我去協和醫院看望他時，印象中一直樂觀的先生，竟表現出少有的灰心。他不願意接受手術，從年齡與健康的角度，這可以理解；只是他那樣平淡的談到「坐輪椅」，而絲毫未涉及其中的不便，已使我感到悲涼。提起幾天前在他家中講到的整理日記一節，我認為有關 1938 年赴滇徒步旅行團的部分很有史料價值，曾建議季師拿出來發表，當時談得興致勃勃的話題，此時已引不起正在作牽引的先生的興趣，他以一句「現在一切都談不上了」作為答復，不夠機敏的我也無言以對。

出院後，為便於家人照顧，季師移居到清華。前一年的眼科手術並未帶來預期的視力恢復，我始終覺得這給他的心理打擊很大，也與身體的迅速衰弱直接相關。試想，一位一生以讀書為樂的學者，突然間被判

定不再可能擁有自由閱讀的快樂，該是多麼痛苦的事情！在醫院季先生的拒絕聽收音機，以及回家後的放棄重新行走，實際都表現出面對無情現實的清醒選擇。既然自己終生從事和熱愛的學術研究已無法繼續進行，生命對於他也就失去了最大意義。

由於中間一個月的香港講學，加之搬家與辦理出國手續的忙碌，到 1997 年 3 月 7 日赴美前，我只有三次機會與病中的季師見面。而先生竟於一週後遽爾辭世，生離已然成為死別。在有限的幾次探望中，讓我感覺心情沉重的是，

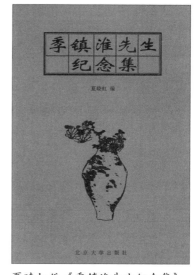

夏曉虹編《季鎮淮先生紀念集》（1992 年）

一向怕麻煩別人的先生，因為此次住院請人看護開銷太大，竟破例要我代他向系裡申請困難補助；並多次表示，他想回北大，甚至可以住在中文系，請學生照顧。在他心目中，北大、中文系就是他的家，是他應該葉落歸根之處。

視力衰退以後，季師對舊體詩詞的寫作表現出前所未有的興趣。還記得讀研究生期間，一位朋友有意編一本當代詩詞選，託我徵稿於先生。他當時的回答是：不擬發表。原因在於他的導師聞一多與朱自清先生，當年為提倡新詩，將舊體詩視作腐朽文學，雖私下創作，卻決不發表。季先生也取法兩位導師，寫舊詩純屬個人愛好，只作為自娛，不以之面世。這種對導師的尊重與對新文學傳統的忠誠，曾給我留下深刻印象。而白內障手術後，季先生竟幾次提到想出版其舊體詩集的話頭，並請家中聘用的一位略識之無的小保姆，在專門購買的上好宣紙上以大字抄寫舊作，供整理之用，其專注與執著令人驚訝。其實，吟詩作賦本是季師的天性所好，雖然可為一時的文學使命感壓抑，然而如此寫出的終

究是真性情的結晶。也許已經意識到生命無多的季先生，希望以這種方式向世人坦露心靈——既然文學史的研究已被迫中止。

　　不過，我的印象中，季師一直到臨終，學者的嚴謹與認真仍保持不變。 最後一次見到先生時，他因多日失眠及體力不支，神智已不很清楚。我來前，他正反覆詢問家人，南京一位學生的名字，他只記得姓張。被告知「大概是張中」時，他說：「好像對，但證據不足。」我加以肯定後，他才放心睡去。然而只有片刻功夫，他又似乎覺得有什麼不對，突然發問：「為什麼名字叫『中』？」這一次我們都無法回答了。

　　這可以作為一個象徵。季先生是帶著許多沒有解決的疑問離開人世的，關於「十二街」，關於長安到潮州的驛路究竟有幾種走法……而讓我輩後學感到遺憾的是，季師研究多年的有關韓愈、龔自珍的專著竟因此未能脫稿。我不能設想季先生會改變其學術個性，我只能怨恨生命的短促，留給季師從事研究的時間太少。

　　願先生在天之靈得到安息！

（原分刊 1996 年 2 月 24-25 日《中央日報》、

1997 年 6 月 9 日《明報》美東版）

在學術中得到快樂與永生

——葉曉青《西學輸入與近代城市》編輯
感言

葉曉青留影

葉曉青生前是澳大利亞麥克理大學（Macquarie University）的高級講師，她是那種見過一面就讓你很難忘記、而且可以談得很深的人。細數起來，我和她的直接交往其實並不多，可感覺上卻是平生知交。

第一次見面大概在 1995 年，曉青應邀來我所在的北大中文系講演，主持人為陳平原。那時曉青正關注晚清上海的城市文化研究，講題大抵與她隨後發表的〈上海早期的城市化與城市文化〉（《東方》1996 年 4 期）相關。其中印象很深的一個細節是，曉青重新考辨了外灘公園那個著名的「華人及狗不得入內」的牌子。她根據 1919 年出版的《老上海》書中記錄的這條禁令全文，即第一條「腳踏車與犬不准入內」與第五條「除西人之傭僕外，華人一概不准入內」，力圖還原晚清民族主義思潮在該禁令被簡化過程中所起的作用（見其論文〈民族主義興起前後的上海〉）。這個在今日學界已經獲得更多認可的說法，當場還是激起了強烈反彈，一名博士生對此提出質疑，另一位出身上海的資深教授更以親眼所見，強

調此木牌的真實性。曉青的回應大抵是說,她對弄清歷史真相更感興趣。但我可以感覺到,她對自己的現實身份有一種內在焦慮,那是一個從大陸出去的學者,面對這類涉及民族主義的話題時必然產生的掙扎。

這個感覺再次得到印證,是第二年去曉青家做客。當時,曉青的先生康丹(Daniel Kane)正擔任澳大利亞駐華文化參贊,我和平原應邀於2006 年 9 月 13 日去他們使館中的家吃晚飯。這是我們第一次進入外國使館,按照龐樸先生的描述,那座深灰色建築物的外形酷似監獄。不過,他們的家卻很舒服,因為相當中國化。這與康丹也是一位漢學家有關,只是他的研究更集中在幾成絕學的女真與契丹文字上。自然,我們首先觀賞的就是康丹從潘家園和各處商店淘來的古玩,其中很多都是鮮為人知的金、遼文物。而由於在座的多為曉青的同行,康丹也參與了我們的討論。記得當時又發生了爭論,已忘記因何而起,但肯定是關涉到國族這一敏感問題,我看到曉青很著急地為她的丈夫解釋:「康丹不是一個西方主義者,他認為自己是世界公民。」從這樣的感性經驗出發,我對曉青的最初體認就是一位努力求真的學者,儘管這可能會招致很多誤解。

由於 1986 年赴澳大利亞國立大學留學,遇到了生命中的另一半——康丹,曉青因此定居國外,但她的中國情結始終不曾釋懷,或者還因為空間的阻隔而愈形強烈。《澳洲新快報》2009 年曾為她發過一篇專訪,記者起初擬定的題目是〈「特別中國人」〉,曉青認為這會造成「與眾不同的中國人」的歧義,所以建議改為「最中國的中國人」。但無論哪一種說法,其實都是對她的中國人身份的強調,這顯然是她喜歡的自我表達。而記者以此名篇,出典也正在曉青的一段敘述:她在一次課上給學生們看介紹馬王堆的紀錄片,有人沒興趣,在下面聊天,讓她很生氣。因為片中介紹的一件素紗蟬衣非常精美,曾讓沈從文感動得落淚。曉青因此對學生說:「你們不尊敬我沒有關係,因為在人生旅途中,我們很可能只是擦肩而過的路人,但是你們至少要對中國文化有點敬

意。」她說自己「在這些方面特別中國人，對中國的文化特別有感情」（匡林〈一個「特別的中國人」〉，《澳洲新快報》2009 年 7 月 11/12 日）。

1997 年，康丹結束了在中國的外交使命，回到澳大利亞，此後，我們的聯繫便斷斷續續，多半是在曉青回國的時候見面。當然，她的研究有了新進展，也很願意與我們的學生分享。起碼在 1999 年 9 月與 2004 年 12 月，平原先後請她來做過兩次演講，題目分別是「園林植物與文化認同」以及「歷史檔案中『瑣事』的意義——看若干清代皇帝的內心世界」。所講內容，日後在她的〈園林植物與中國文化認同〉（《二十一世紀》2003 年 4 月號）以及〈四海升平——乾隆為瑪噶爾尼而編的朝貢戲〉（《二十一世紀》2008 年 2 月號）、〈光緒帝最後的閱讀書目〉（《歷史研究》2007 年 2 期）三篇論文中得到了充分的展開。不過，這兩次我恰好都不在國內，錯過了先聽為快的機會。而將自己尚未成文的思路與資料公開，使學生們可以盡先受益，我從這裡也領略到曉青的胸懷。

與曉青的交往中，只有一次不是她來看我們，而是我們去探望她。那是 2007 年的 8 月，平原應邀參加莫納什大學在墨爾本舉辦的一個學術會議，我隨同前去旅遊。行前，我們向曉青諮詢過景點的選擇，她大力推薦大堡礁，認為其奇幻斑斕的海底世界在別處絕對看不到。可惜那裡路途太遠，我們的時間不夠，於是同大多數遊客一樣，會議結束後，我們去了悉尼與布里斯班。雖然這樣的決定不能免俗，不過，現在想來還是值得慶幸，因為這讓我們有機會看到曉青的生活環境。在墨爾本時，作為平原論文的評議人，曉青又當面邀請我們去家中晚餐。轉到悉尼後，按照她的詳細指點，由一位已在悉尼大學任教的先前的學生開車，我們順利找到了他們位於郊外的家。

那是一個不大的住宅區，到達時天色已黑，本來不易看清門牌號碼。但在空寂無人的昏暗街道上，一座屋簷下開著燈的院落格外引人注

目。朝著光亮走去，落地窗後面高大的青花瓷瓶也顯現出來。毫無疑問，這裡就是曉青和康丹的居室。老實說，初見此景，我還頗為其安全性擔心。

這一次，我們看到的中國古董更多。而用他們所有的收藏裝飾起來的家，儼然已成為一個小型博物館。生活在這樣充分中國化的文化空間裡，多少會讓曉青在異國他鄉獲得真正家的感覺吧——我私下這樣揣度。我們的餐飲則是中西合璧，有中式炒菜，也有西式沙拉，最後一道甜點是曉青最拿手的烘烤果仁蛋糕，她說那是她唯一學會製作的西點。席間，我們喝了不少紅葡萄酒，酒助談興，那次聊得很暢快。話題多半圍繞我們共同交集的近代文化，談論各自近期關注的問題。其實，雖然不常通信與見面，但由於興趣的接近，不必仔細解說，我們已能完全瞭解對方的思路及研究的意義。

那一次也見到了曉青和康丹的兒子。可能由於語言和生疏的關係，那個靦腆的男孩只出來和我們一起吃了飯，便很快退回到自己的房間。臨走時，曉青堅持要送給我們一個從瑞典買來的玻璃雪燈，我們推辭時，她的藉口是，因為分量重，她無法帶去北京，只好麻煩我們自己拿走。另外還有兩瓶她參加了一個俱樂部才購買到的好酒，曉青不僅細心地為這兩瓶酒穿上了「小衣服」，以免我們放在箱子裡托運打破，還特意囑咐我，其中一瓶酒已存放了五年，再等三年喝，口感會更好。而這兩瓶酒現在還珍藏在我們家裡。

最後一次見到曉青是 2008 年 12 月 31 日。因為那天上午平原要去學校參加團拜會，曉青 12 點才到我們家，我們一起吃飯、談天。曉青帶來一些靈芝，說是她在上海的姐姐專門請人在東北的深山老林中採製的，她最近每天服用，也建議我們試試。我們當時並不知道這和她的病有什麼關係，只簡單地理解為是一種健身補品。聊到三點多，我們希望她留下來和我們一起吃年夜飯。但她惦記著康丹（可能還有兒子），還是走了，不過當時留下的話是，等我們 1 月中旬從海南回來，再找時間

聚會。那時絕對沒有想到竟然不再有下一次。

　　直到 2009 年的 2 月 9 日，我們才收到曉青的回信。對於她在北京
的兩個電話皆無人接聽、未能再見的遺憾，曉青回答說：「這次雖沒有
再聚，但在你家的差不多一天，還是很好了。」她的興奮點更在於我們
分手之後，她的西藏之旅：

　　　　我是 15 日離開北京去西寧，然後去西藏的。在西寧時去了冰
　　天雪地的青海湖，也去了珠峰的大本營。在超過 5 千米的高度，
　　很覺得挑戰，不過很高興過來了。一週前回來的，馬上就流感，
　　躺了整整一星期。今天剛上班。

在嚴寒的 1 月登上珠峰大本營，這真是讓人意想不到的冒險。不過，那
時我對曉青挑戰生命極限的衝動並沒有多想，所有的只是佩服她的勇
氣。

　　曉青的這封信也對平原邀請她來北大做集中講演有積極的回應。兩
天后，按照要求，她提供了八講的題目。原信如下：

　　　　平原，曉虹，以下是我擬定的 8 個講座題目。其中多半與實
　　物有關，即使不是，比如清代國歌，也與禮儀相關，值得一提。
　　這些講座，我都會用圖像的。你（們）看看如何。　　　　曉青
　　北大中文系講座系列 1、老北京——從皇城內外的日常生活看
　　滿漢文化認同 2、戲劇與清宮 3、近代醫學文化演變——觀念與實
　　踐 4、二十世紀初的商業廣告中的政治漫畫 5、唐詩中的鬱金香與
　　中醫的藏紅花——看同一植物的多次引進與功能變化 6、盛宴的社
　　會功能——中西歷史的比較 7、從清代國歌看中國傳統音樂思想
　　8、宋代建築思想與悉尼歌劇院（這個題目不像表面上那麼荒唐，
　　因為建築師的設計思想是受了宋代營造法式的影響，但是這件事

沒什麼人知道，我一直想宣傳一下。）

　　僅看題目，就知道其內容的豐富多彩。平原大喜，當即回信表示，「八講題目都精彩，我和曉虹也很想聽」。此後，曉青也應平原的要求，為這八講設想了總題「歷史研究中的聲色犬馬」或「視覺、實物與歷史研究」，從中已很能看出她對歷史細節的重視。只是因為那年的 5、6 月曉青無法前來，而我們下半年又都要去香港講課，不能接應，所以，當時初步商定將演講安排在 2010 年 4、5 月間。

　　接下來，2009 年 9 月，為了北大舉辦的「北京論壇」，平原擬邀請康丹參加，又與曉青聯繫。10 月 11 日收到她的回信。信中先是興高采烈地報告她的新疆之行：「剛從甘肅和新疆回來，這次是把中國境內的絲綢之路好好走了一遍。所有人都認為這個時候去新疆是瘋子的行為，不過我很高興我一意孤行的[地]做了。」而這次甘肅、新疆之行，顯然也與曉青對經由西域傳入的植物、醫學等研究題目感興趣直接相關。不過，因為已有半年前登上珠峰大本營的壯舉與奇跡，曉青這次在國內絲綢之路上的一人獨行，倒還沒有帶給我們更多的驚訝。我也無從知道，曉青之所以這麼急迫地接連長途遠行，是否已有與生命極限競賽的意味。信中也回答了平原的會議邀請，她的問題是：「我不大知道這個會議是請我們兩個還是他一個，千萬不要介意我這麼問一下，我從不是什麼知名學者，沒有被包括在內，絕不會介意的。」這讓我們看到了她沉潛平和的心態。

　　依照這封信中預告的計畫，曉青於 2009 年 12 月 11 日又來到北京。一週後，她給我們寫信，說明 1 月 22 日回去，如果我們在此之前回京，可以見面。而我們確實是及時回來了，可惜又像去年一樣，電話聯繫不上。發電子郵件詢問，曉青回信說：「真抱歉，我們都病了，今年北京的冬天太冷。所以提前回來。我過些時間再同你聯繫。」而我們也就輕易認定，他和康丹得了重感冒，很快會好。

　　4月4日，因為已到了去年約定的系列演講時間，平原寫信給曉青，道歉因為籌備百年系慶，活動太多，無法如期安排，建議她把計畫推遲到明年。而直到 5 月 21 日，一向迅速回復的曉青才發來郵件，其中提到她的病情，讓我們大為震驚：

> 　　平原，曉虹，你們一定納悶為什麼我渺無音訊。首先我們學校的電子郵件改為另一個系統，在這過程中把我的郵件弄得完全不通，所以我有兩三個月不能看學校的郵件，昨天剛弄好。
>
> 　　但是這個並不是最主要的。我在北京時發現病了，馬上提前回來，結果是癌症擴散，所以影響到骨頭。我以為是天氣寒冷的緣故，我就不用這些瑣碎的事來麻煩你們了。簡單的[地]說，我正在治療，放療已做好，化療作了一大半。所以 6 月到北京的事本來也已經不行了，所以你不用抱歉。倒是我應該早告訴你，省得你白費力。但是我猶豫很久，是否有必要報告這樣的消息。現在只好告訴你們了。我還好，也很豁達，正在把我關於清宮戲劇的書稿最後定稿，所以一點不無聊。望你們多保重。　　　　曉青

　　與曉青交往這麼多年，我們從來不知道她得過癌症。而這封信才讓我們意識到，曉青總是在替他人著想，她只願意把自己治學的快樂與人共用，卻不願意讓朋友為她的病痛擔憂。

　　雖然明白所有安慰的詞語都貧乏無力，平原還是一廂情願地表達了對現代醫療技術的信任。實際上，對於像曉青這樣以學術為生命的學者，更實在的幫助顯然還是讓她的著作早日面世。為此，平原提議：「你關於清宮與戲劇的書，是用英文還是中文撰寫？若是中文，可否交北大出版社刊行；若是英文，則等英文本出版後，我們來出中譯本（你自己譯，或我們共同尋找合適的譯者）。聽你講過好多次了，知道你為此書所下的功夫，我們都很期待。」平原還有意把話題拉遠，說：「等

你身體好些，還是希望你多回來，到北大講學或座談或遊玩。具體怎麼操作，我會想辦法。」也就是說，那時我們已經有了不好的預感。但這一切還是來得太快了！

晓青其實已很清楚她的時間表，她答復平原說，清宮戲劇的書為英文本，已交給香港中文大學出版社。而且，「我也認真考慮了你的建議，我當然很願意有中文本，但是這裡有太多的實際困難。我自己做大概不太現實，請原諒我實話實說了，因為我不知道我有多少時間」。她也充分估量到翻譯的難度：「所有從英文譯成中文的書，都有找到準確原文的問題，而且，我用了那麼多檔案，一一還原更不得了。」有鑒於此，晓青提出了「另外的可能性」：「康丹自從我生病以來，老嘮叨我可以出本論文集，我自己本來沒什麼興趣，但是如果你這邊覺得這個主意還不壞，我自以為在這些年裡，我還是有些值得看的文章的，當然我絕不要難為你。」可見，即使已經病勢沉重，晓青仍然不願給別人增添麻煩。她甚至還勉力寬慰我們：「如果居然我會有恢復好的時候，我很樂意來北大講學，或座談。不過這都是以後的事了。」

而我先已向平原建議過編論文集的設想，於是向晓青轉達平原的意見，「最好能略有主題性，其他論文可以編為附錄」，並承諾會儘快設法出版。晓青回信除了感謝，還表示：「我會仔細考慮選題，看怎樣安排最妥當。」此後，我們之間的通信大半是圍繞這本書稿展開。這些寫於晓青生命最後階段的信件，不僅顯示了她一直不曾中斷的思考，也讓我們充分領會到她對學術研究的激情投入與無限眷戀。如今，這些郵件已經連同她本人一起進入歷史，因此我覺得有必要用大段引錄的方式，將其中表達的思想與文字保存下來。

5 月 29 日的信寫道：

> 我這兩天在翻箱倒櫃（當然不是我自己，是康丹）找出我過
> 去的論文。我要先問個實際問題。很多的文章是沒有電腦存檔的，

只有 hard copy，那樣的話就要你這邊的編輯做更多的工作了。另外雖然我不會做太多修改，但是還是有很重要的地方要補充。舉個例，好幾年前我曾在北大講過關於中國園林植物的象徵的講座。當時我提到唐朝大將軍契苾何力如何用漢古詩 19 首中白楊的象徵來警告新宮殿外的白楊。那時我對他特別感興趣，想知道多些他的情況，為什麼一個「胡人」，如此漢化，他是什麼人。可是除了《唐書》之外，沒有任何資料。前年康丹被邀請參加蒙古舉辦的「古回鶻國在蒙古的歷史」的會議。（如你們不嫌我好事，我還要講幾句背景。回鶻最早在蒙古草原建國，那時蒙古人還在東邊，就是今天的呼倫貝爾地區。蒙古人逐漸強大，他們西移進入今天的蒙古地區，回鶻人四散，其中一部分移到今天的新疆，成為維吾爾族，一部分遷到河西走廊，今天的一些極小的少數民族便是他們的後代，像裕固族。）古回鶻並不是康丹的領域，不知為什麼他們把他當專家請去。他在那裡認識了中國極少數的回鶻專家，是蘭州大學敦煌研究所的，他送給康丹一本他的書。我看了這本書，大部分的我不懂，但是卻看到了「甘州回鶻」一章，我簡直不能相信這個可以如此「得來全不費功夫」。因為契苾何力就是甘州回鶻，並是家族的首領。所以關於他，我會用注的辦法補充。

這些年來我越來越對這種在多種族，多文化的環境中從容自如的人感興趣。唐朝當然充滿這種人，安祿山，也是這種。當然他的情況要複雜（得）多。元朝宮廷也是。我說我那麼興奮關於藏紅花的文章就是因為它與唐和元有關，但是非常不容易，就是因為沒有現成的材料。我恐怕來不及把它收進這本集子了。

我發現我寫這個信，本來為了實際問題，但是後來成為聊天的藉口。

言歸正傳，第二點，我要選的基本是中文的，但是偶有我覺

得很重要的（英文）文章，也應包括，我不能翻譯，但是可以在
文前加個簡介。我在想的是我關於清代國歌的文章，幾年前在最
老的權威漢學雜誌「通報」上發了。這件事連近代史家也不知道，
是在辛亥（革命）前幾天清廷宣佈為國歌的，結果成了亡國之音。
更離奇的是從樂來分析，也是如此，中國的音樂詞從來不要緊，
樂才是關鍵，這讓我們更體會儒家的思想。當然這件事要複雜
（得）多，歌詞是嚴復寫的。

　　第三，即使文章是中文的，我也想加個注，說明產生的經過，
比如光緒的最後讀書單，這不完全是增加可讀性，也是讀史的重
要部分。

　　我一定不能再多寫了，其中有些是需要得到你們的意見的，
大部分就是隨便聊天而已。

而這封信前半的內容，與曉青為〈中國園林植物與文化認同〉一文所寫
的〈後記〉有關。這篇文字並沒有完成，它已成為曉青的絕筆之作。我
回信推薦了一個撰寫《近代音樂文化與社會轉型》學位論文的博士，請
她為曉青翻譯關於清代國歌一文，同時告訴曉青，用影本修改和排版，
編輯處理完全沒有問題；「至於藏紅花的論文，如果你是用中文寫，有
電子版，只要在書尚未付印前寫成，應該是可以隨時加入的。這就是電
腦排版的好處。」曉青很高興，馬上快遞來她手頭已有的論文以及譯文
所需資料。收到時，我才發現，有些早年的論文竟然是她收藏已久的雜
誌原件或抽印本，顯然，她已經等不及複印了。

　　6月4日寫給我的信說：

　　　　我找到一些寫清國歌時用的中文材料，我本想把它傳過來，
　　也許可以省些時間，但是再看這些材料的大小不一，掃描很麻煩，
　　還是寄過來，這樣就要下星期了。

　　我還有篇文章是「二十世紀初中國商業廣告中的政治漫畫」，聽起來有點無聊，而且不是我的通常興趣。不過背景是這樣。在我為了別的事翻《申報》時，看到有個健康補品的廣告，在武昌起義之前不過強調效果，二十天後突然變成「從專制到民主過渡」的必備品。就是武昌起義之後[前]，大批內地難民到上海避難，廣告只是強調給親戚送禮，請看戲不如買補藥，因為他們旅途顛簸等等。顯然他們那時還沒確定對武昌起義的態度。但是二十天後就十分明確了。商人對政治的敏感和準確真讓人感歎。（說句無關的話，我年輕時十分醉心思想史，覺得多重要，但是年記[紀]越大，或者說得好聽些，也是閱歷多了，對具體的事，小事感興趣。覺得這些才是更反映社會和人的真實的。我們可是看多了思想家是多麼不忠實於自己的思想的。我和金觀濤雖是好朋友，但是在這點上我們完全不同。我說我對小事感興趣，他說他對細節不感興趣，我就直接的[地]說「你的思想史是蒼白的」。）就是在短短的時間裡，商業廣告利用民族主義氾濫成災，這一定是順應了當時的社會思潮的。這個讓我想起了幾十年前文革期間看《西行漫記》時的驚訝。讓我印象最深的是毛澤東要去上一個做肥皂的學校，因為肥皂與救國有莫大關係。我還清楚記得看到這裡時的驚訝，雖然當時外面是個瘋狂的世界，可是這種牽強還是讓我不能忘懷。這兩個例子是我寫這篇文章的原因，我想從廣告看社會思潮。這篇文章是英文的，但是非常容易翻，尤其是中文原文用大量《申報》，還有些普通書。我不知道你有沒有學生是做上海研究，或是近代媒體的，那樣翻譯的人會更有興趣些。如果找人有困難，那麼我還是希望收入，我可以寫簡介。

　　我曾在姜進開的一個會上講過這個文章，當時她提的問題我不記得原話，但是意思是「怎麼會是那麼荒唐呢」，因為那是小會，又是老朋友，很放鬆，所以她才會那麼坦白。我明白她的感

受就如同當年我自己讀斯諾的書一樣，可是我們現在是歷史學家，超越自己的具體社會、環境去瞭解他人的感受，這是我們應具備的能力。當然這是理想的情況，大部分人恐怕都不會意識到。我還記得平原很多年前給你的書寫序，我記得最清楚的是他稱讚你能體貼入微，是關於婦女放腳的文章吧。

我已將文章選好，會馬上動手寫些背景。

這裡所談論的大部分內容，即構成了曉青為〈二十世紀初中國商業廣告中的政治漫畫〉一文所作的〈後記〉。此文的中文翻譯，我也立即請到平原一位已畢業的博士幫忙。而被曉青引為同道，則讓我深感榮幸。她提到的平原為我的《晚清文人婦女觀》所作書序，其中確實特別表揚了我「詳細考察放足女子可能碰到的各種難題，及其克服的途徑。比如，放足的過程中如何減少痛苦、放足後沒有合適的鞋子怎麼辦、『放大的小腳』日後婚姻的困難等」，因為我認為，「對於具體的女人來說，這些代價都是實實在在的，絕非幾句『歷史的合理性』所能掩蓋」。於是在回信中，我對她注重歷史細節的做法表達了與有榮焉的讚賞。關於論文集的出版，平原也已與北大出版社談妥。因為需要先報選題，我請曉青儘快提供一個書名和內容介紹。

雖然曉青自稱「書名是我最感頭疼的事，我是沒有做廣告的本事的，書名多少要好聽點」，但她還是很快寫來了一篇〈關於這個集子〉的介紹文字，其中包括了作者情況、內容簡介與論文目錄三個部分。她說自己「本來是想寫給讀者的，現在不倫不類」，希望我按規矩替她定奪。此文將作為作者自序，收入她的這部遺著。而對於她自擬的書名《中國近代史中的人與事》，平原提議改為《西學輸入與近代城市》，認為這樣大致能夠涵蓋書中內容，也可以體現曉青的學術路徑。曉青回信贊成，說「當然很好」。

這之後，6月10日的信是交代論文集各文的情況：「兩日前已將要

給清國歌譯者的中文材料以及我自己的 14 篇論文用快件寄來。還有兩篇需要翻譯的已在譯者出[處]。我這邊只有瑪噶爾尼和光緒兩篇你沒有。因為我在為幾篇文章寫後記，包括光緒，園林植物還有政治漫畫三篇。我希望很快可以都給你。」曉青的最後一封信是 6 月 14 日上午十點多發出的：

> 平原，我發現我寄給你的論文都是要打字的。寄來的要翻譯的已經在電腦上了，這樣只有兩篇還沒給你都是在電腦上的，所以沒寄，是想等後記寫完後，可是最近我不太好，沒有力氣很快完成，我想還是先把文章寄來再說。確[缺]的是園林植物和漫畫兩篇，漫畫還在譯，不要緊，園林我正寫著。我把這兩篇寄來後，文章就全了。我希望你歸類時把我方[放]在比較傳統的一類。謝謝。　　　　　　　　　　　　　　　　　　　　　　曉青

信中同音字的增多，表明曉青的身體在迅速衰弱。作為附件，她發來了〈光緒帝最後的閱讀書目〉與〈乾隆為英使瑪噶爾尼來訪而編的朝貢戲〉兩篇論文，前者的〈後記〉已寫好。

6 月 23 日，我們收到了康丹的信，告知曉青已於前一天上午去世。8 月 11 日，《中華讀書報》發表了劉東的紀念文章〈學界痛失葉曉青〉，從文末附載的《悉尼晨報》（Sydney Morning Herald）7 月 10 日的訃聞中我才得悉，早在三年前，曉青的癌症已經復發。那麼，她的登珠峰、走新疆，出沒冰川大漠間，尋求觀覽人世間奇美絕異的景色，竟是她面對大限來臨，刻意安排的縱肆享受與全力抗爭。那一份從容不迫中包含的淡定、堅毅與激情令人震撼，而曉青的生命也在如此壯麗的上下求索中得到昇華。

9 月 14 日是曉青的生日，那天康丹給我們寫了一封很長的電子郵件，詳細敘述了曉青最後的日子：

給你們寫信的時候，她已經知道她不能再堅持多久，但是還是情緒相當好，跟我們說話，開玩笑，跟平常一樣。6 月 15 號她開始覺得很疲勞，睡覺特別多，一天可能 20 個小時，並且特別軟弱，不能起床，不想吃飯。她一直認為這是化療的副作用，讓我不擔心，可是我還是很著急，17 號送她去醫院檢查。星期六，星期天還是很軟弱，但情緒還不錯。星期一已經失去了意識了，我陪她一天一夜，第二天早上她安安靜靜地去世。

這樣算來，我們 14 日收到的電子郵件，很可能就是曉青留在世間的最後一封書信了。而通過電腦的記錄功能，我們可以清楚地還原曉青臨終前的寫作狀態：6 月 4 日上午 11：38，開始寫〈光緒帝最後的閱讀書目·後記〉；一個鐘頭後的 12：53，創建了〈中國園林植物與文化認同·後記〉的文檔；5 日 8：57，開始寫〈關於這個集子〉；7 日 9：40，開始寫〈二十世紀初中國商業廣告中的政治漫畫·後記〉。很清楚，直到還能握筆的最後一刻，曉青仍在奮力工作，期望把她的論文撰寫思路以及無法添改到文中的新發現，借助〈後記〉留給讀者。毫無疑問，學術對於她乃是生命意義的最高體現；而在我的理解中，這也是她自覺選擇的生命延續方式。與曉青心心相印的康丹因此在信中有這樣的表述：「感謝你們替曉青做的這件事情，雖然她是一個很謙虛的人，如果她能夠看到北大給她出版的論文集，她會額外地驕傲！」

編輯曉青的這部論文集，對於我是一次滿懷傷感與驚歎的閱讀經驗。就年紀而言，1952 年出生的曉青是我們的同輩人；不過，在學術的道路上，她比我們起步早得多。我們剛剛大學畢業的 1982 年 2 月，曉青已在史學界的權威刊物《歷史研究》第一期的頭條，發表了長文〈近代西方科技的引進及其影響〉。此後，〈西學輸入和中國傳統文化〉、〈中國傳統文化在近代〉也接連在同一雜誌刊出，不僅保持了兩年一篇的驚人記錄，而且，其第二篇論文也享受到與處女作幾乎同樣的待遇

（前面僅有一篇「本刊評論員」的短文）。以這樣驕人的成績，曉青的作者身份也迅速從「中國建設銀行上海市分行」的職員，轉變為第三篇文章所署的「上海社會科學院歷史研究所」的研究人員。其間自然有《歷史研究》的編輯善於發現與培養人才的作用，如曉青的〈西學輸入和中國傳統文化〉一文，即經編輯部列印出來，分寄給包括李時岳、章開沅、陳旭麓等在內的十幾位近代史學界著名學者提意見，曉青再作修改（見李妍〈《歷史研究》的片段歷史〉，《炎黃春秋》2007 年 1 期）；但

葉曉青著《西學輸入與近代城市》（2012 年）

她本人顯示出的才華與功力，也足以讓她實至名歸地領受《歷史研究》第一屆優秀論文獎。

　　1986 年的留學，顯然改變了曉青偏重近代科技思想史的治學路數。發表於 1988 年第一期《自然辯證法》的〈康有為《諸天講》思想初探〉，可以視為其學術研究第一階段的告別之作。接下來，曉青的興趣明顯轉向上海城市文化。而這一從精英人物下調至平民社會的視點轉移，不只反映在引用材料由個人文集到報刊、筆記的變化，更是一種意義重大的思路更新。作為上海人，曉青對其出身的城市自覺負有一種正確解讀的使命。見於 1990 年《二十一世紀》創刊號的〈《點石齋畫報》中的上海平民文化〉一文，對此已有初步、卻相當精闢的論述：

　　　　按照文化霸權理論，上層文化總是控制、影響著下層文化。

　　然而在十九世紀下半葉上海租界的城市化過程中，這種上層文化

　　在中國人口中並不存在。……由於脫離傳統結構，他們（按：指

紳士）其實已失去過往的社會功能。因此，匡救傳統的努力便成
為徒勞。當時的租界出現了上層文化真空，換言之，上海平民文
化是在不受上層文化控制的情況下形成的。上海平民無傳統道德
負擔，十分樂於接受新鮮事物、西方物質文明。媚外的價值觀首
先在平民中產生，早於中國知識分子。但這並不是由於下層文化
對上層文化的影響，只是由於西方在經濟、政治上的壓倒優勢所
造成。上海平民文化後來的確影響了上海文人，產生了學界認為
的所謂「海派心態」、「上海氣」。

這一論點也成為其上海研究諸文的核心理念。2003 年出版的英文著作
《〈點石齋畫報〉：上海城市生活（1884-1898）》（The Dianshizhai
Pictorial： Shanghai Urban Life 1884-1898），即為曉青此項研究的匯
總。這部在她的博士論文基礎上修訂而成的大作，率先對《點石齋畫
報》豐厚的蘊藏進行深度開掘，由此引發的中外學界探究的熱潮，足以

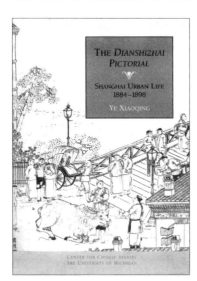

葉曉青著《〈點石齋畫報〉：上
海城市生活（1884-1898）》
（2003 年）留影

證明曉青擁有立身於學術前沿的銳氣與
實力。

　　我的感覺是，由此開始，曉青也真
正進入到自由揮灑、觸手成春的研究境
界。而這同樣意味著對史料的更高要
求。從圖書館中的近代報刊，轉向第一
歷史檔案館中的清宮文獻，曉青為搜集
資料所付出的辛勞也加倍增長。可想而
知，當她從塵封的檔案裡發現乾隆皇帝
為接待英國使節馬嘎爾尼所編寫的《四
海升平》劇本，以及光緒皇帝於去世半
年前的 1908 年 1-4 月間索要西學書籍的
採購紀錄，會讓她多麼驚喜！所謂「機

會只給予有準備的人」，這些零散的材料，只有落在曉青這樣已有深厚積累的學者手中，才會充分掂量與挖掘出其異樣的價值。也正是依靠這般艱苦卓絕的努力，曉青即將出版的英文論著《四海升平：戲劇與清宮》（Ascendant Peace in the Four Seas - Drama and the Qing Imperial Court）自然多有創獲。

而讓我最覺遺憾的是曉青一直念念不忘的藏紅花研究，我們聽她興致勃勃地講過兩三次，並且，直到臨終前一個月，曉青還提到了它：「我還想寫一篇很漢學的文章，是關於藏紅花的，這也是我本來計畫在北大講課中的一個題目，是個特別有意思和有學問的題目，這裡我不能詳細講。」（5 月 23 日信）按照康丹的描述：「關於藏紅花，她沒有寫完。她已經收集了很多的材料，並且在一些研討會介紹了一下。她說，化療完畢了以後，第一個大任務就是這篇文章，她特別重視。她讓我把各種有關的書和其他的材料，放在她在樓下的書房。」曉青無疑是帶著諸多未了的學術心願離開的，這已然成為學界不可彌補的損失。

曉青留給我們的最後遺言是：「我希望你歸類時把我方[放]在比較傳統的一類。」這是她對自己學術研究的定位，然而，這又何嘗不是一種自覺的疏離與向「知人論世」傳統的復歸？她之所以臨終前仍堅持為幾篇論文寫〈後記〉，其實更想傳達的是她在研究過程中壓在紙背的關懷與心境。正如她在〈光緒帝最後的閱讀書目・後記〉中所述，「這份看似枯燥的文件震動了我，不但是從歷史學角度出發，凡能幫助我們更接近歷史真相的發現都是重要的；而且從更大的人文主義的立場出發，個人的命運，也是值得我們關懷的」。所以，曉青期望的——「我希望我做到了上述兩點——對歷史領域的一點貢獻和對自己人文理想的實踐」，也可以用來概括她所有的研究。

可以告慰曉青的是，她在歷史研究中寄託的人文關懷與良苦用心，已為年輕學者所領悟。2004 年 12 月 1 日聽過曉青的演講後，博士生季劍青（網名「周書白」）在他的博客上寫下了這樣的感言：

　　今天陳老師的課上請到澳大利亞國立大學的葉曉青教授做演講，題目是「歷史檔案中『瑣事』的意義——清代幾位皇帝的內心世界」，講了好多清代皇帝有趣的故事，說實話，能把學術演講講得這麼有趣還真不多見。葉教授講到歷史研究中常常忽略了對歷史人物內心世界和情感的體貼，大概在主流歷史學家看來，重要的永遠是政治、經濟、社會結構這些大問題，「人」本身倒只成了無關緊要的了，他們常常只是一種功能性的存在，被他們自己無法把握甚至無法意識到的潮流所裹挾，他們的命運不是由他們自己，而是由其所處的社會結構所決定的。

　　在這樣的歷史研究框架中，個人的內心情感自然是無足輕重的。然而這正是葉教授所關注的，或許這和她是一個女學者有關。她有一個說法很有意思，說我研究乾隆我首先得「認識」乾隆這個人。也許這對很多學者來說並不重要，而且也不影響他們做出出色的成果。但是，相比那些大問題而言，歷史中的個人本身不也是值得關注的嗎？就算他們不能左右歷史，他們的豐富的內心情感世界就沒有認識價值了嗎？有一次在檔案館裡看清宮的檔案，她偶然看到光緒皇帝去世前幾個月寫下的一份書單，主要是當時關於西方政治、經濟、文化的一些著作，有些甚至還沒有中譯本，這份書單是她托上海商務印書館幫她找的這些書的目錄。這個發現讓葉教授激動不已，雖然與她當時正在進行的研究毫無關係。戊戌變法後光緒已經退出了中國的歷史舞臺，可以說與中國的現實已經毫無關係。對歷史學家來說，他已經成為了一個毫無意義的存在。然而，如果說戊戌變法是一個時代悲劇，此後的光緒則開始了他的個人悲劇。他仍然是一個活生生的有血有肉的存在，他並沒有放棄自己重新執政的希望，他仍然懷抱著振興中國的雄心和夢想。只是歷史沒有給他這樣一個機會，於是他便被遺忘了，僅僅成為用來紀年的抽象的符號。在佈滿灰塵、無比寂靜的檔案

館裡，葉教授仿佛看到塵封的卷宗背後一個鮮活的生命的躍動，她沒有辦法讓自己的心情平靜下來，獨自坐了很久。這便是她今天關注的這個題目的由來。

聽到這個故事我感覺自己受到的震動並不亞於葉教授初次閱讀到這件檔案時的感受。三教 305 的大教室裡，北京正午冬日溫煦的陽光從窗外照射進來，一時竟有恍然隔世之感，而一種久違了的、來自學術本身的感動也開始縈繞在心頭，久久不能散去。

而這個學生的感受正體現了一種學術精神的傳遞與承繼，曉青因此不死。

（原刊《書城》2011 年 6 月號）

後記

夏曉虹

　　雖然在大陸已經刊行過十來本書，這卻是我在臺灣出版的第一本著作。承蒙呂正惠教授抬愛，主動邀稿；也感謝呂文翠副教授一力承擔，除了撰寫長序，還攬下了從選編到校對的所有繁瑣工作，我於是得以坐享其成。唯一需要親力親為的「勞作」，只是寫一篇短短的後記。

　　不過，這樣表述仍不夠準確，我的任務其實還包括想出一個可以涵括選文內容的書名。文翠是一個很執著的學者，她不但說服了原先希望出版一本專著的呂正惠先生，而且也努力讓我相信，編輯這樣一本能夠大致覆蓋筆者研究領域的選集，對於臺灣學界、尤其是年輕學子很有必要。

　　按說，就碩士階段已經選定的近代文學方向來說，本人可謂相當專一，幾乎一直在晚清的範圍裡徘徊流連。只是，儘管從鴉片戰爭開始到 1911 年辛亥革命爆發，算年頭不過七十有二，這一段的歷史內涵卻異常豐厚。尤其是晚清時期的文學完全無法超然獨立，必得與社會文化相繫連，方足以呈現其獨到的價值。而追隨研究對象之間的關聯線索，筆者於是也不斷拓展考察的視閾，由文學進入史學，並力圖融通二者，由此造成了本書的論題分散。因而套用梁啟超自嘲其政治小說《新中國未來記》「似說部非說部，似稗史非稗史，似論著非論著」（《〈新中國未來記〉緒言》）之言，我的

研究也可說是「似文學非文學，似史學非史學」吧。

　　儘管筆者自認為這是一條順理成章的路徑，不過，對於本書讀者來說，仍然需要回答何以致此而非如彼的疑問。簡述我的從學經歷或許不算多餘。

　　自 1982 年入讀研究生起，近代便成為我主攻的專業。值得慶幸的是，在兩年半的研修中，我花費最多時間閱讀的就是梁啟超的《飲冰室合集》。從梁啟超進入，近代文學才展現出別樣的風采。其間不僅有古今並存、中西交匯的多元樣貌，而且，借由梁啟超這位跨時代人物而上下勾連、左右開拓，近代作為社會文化轉型期的延展性也充分顯示出來。循此以往，呈現在我面前的正是一條寬闊且風光迷人的大道。

　　而梁啟超亦得風氣之先，二十三歲便躋身報界。其著述所以產生巨大的影響力，實與報章這一新興媒體的傳播能量密不可分。由追蹤瀏覽梁氏主辦的《時務報》、《新民叢報》、《新小說》開始，晚清報刊即以完好地保留了時代信息，成為我極為倚重的史料來源。我所完成的第一本專著《覺世與傳世——梁啟超的文學道路》（上海人民出版社 1991 年版），也由於利用了舊刊上的新資料，使討論可以更深入的展開，並引發出新的話題。

　　1994 年夏，應朋友邀約，參與一套叢書計畫，我又倉促上馬，轉向晚清女性研究。這套名為「萊曼女性文化書系」的選題，本是為配合 1995 年 9 月在北京召開的聯合國第四次世界婦女大會而組織，在字數與交稿時間上都有限制。我最終交出的書稿《晚清文人婦女觀》（作家出版社 1995 年版），算篇幅也勉強達到了要求，實際上卻只能稱為半成品。「綜論」之外，「分論」只得兩章，未能依據原先的設想全部寫出。自我檢討，主要還是因個人積累不足，下筆太慢。不過，以此為契機，讓我提前進入近代女性研究的新領地，則未嘗不是令人欣喜的意外收穫。

　　一直想要彌補的各章「分論」雖然至今未能完成，已然成為我的一

椿心病，但經由此書的撰寫而引出的端緒，日後卻持續發酵，誘使我繼續關注相關議題。因而，《晚清女性與近代中國》（北京大學出版社1994年版）在某種意義上，也可以視為《晚清文人婦女觀》的擴展版。只是，與前書的個案乃擷取具有代表性的近代人物作為考索對象不同，這回的案例大都以蘊涵了豐富信息量的「事件」為主體。透過晚清女性這扇打開的窗口，筆者期望觀照到的是近代中國社會深層變遷的圖景。這樣的期待視野，已與最初著力探究晚清婦女觀念的演進有所不同。

實際上，筆者對於晚清女性的研究，更加依賴當時的報刊資訊。儘管此前也出版過個別資料專集，如李又甯與張玉法兩先生合編的《近代中國女權運動史料》，但相比於梁啟超這樣刊行過文集的大家來說，近代婦女史料的散碎仍是常態，需要研究者下更多的功夫多方採集。而報刊實為其中最豐沛也最有價值的資源。尤其是當我的目標由研討女性問題推展到透視社會變革，解析事件所激發出的輿論反響正是必不可少的途徑，報章也以其不容替代的及時效應成為當然首選。何況，即便各有其立場，在眾聲喧嘩之中，非官方報刊的獨立性也足以昭示民間社會的趨向。

由梁啟超與晚清女性這兩個研究基點推擴開去，我對探究明治日本給予近代中國的深刻影響也充滿好奇。《覺世與傳世——梁啟超的文學道路》用了近半篇幅考論明治文化、小說、文章對梁啟超的啟示，這也成為我在論述梁氏的文類概念、學術史寫作時的一個潛在背景。只是，後面這些收在《閱讀梁啟超》（三聯書店2006年版）一書中的論文尚另有側重，反倒是對晚清中外女性典範的研討，讓我沿流溯源，得以探查外國女傑傳的原本，而與日本明治時期的「婦人立志」讀物相遇，並有了相當新奇的發現。其實，這一系列追尋的源頭，仍應歸屬於梁啟超。他在1902年發表的幾成經典的《羅蘭夫人傳》，實為德富蘆花所寫《佛國革命の花（ローラン夫人の傳）》（《法國革命之花：羅蘭夫人傳》）的譯述本。收入蘆花此文的《世界古今名婦鑑》，連同其他同

類傳記於是牽引而出，寶庫由此打開。

除了撰寫學院派論文，作為調劑，我也會將一些零散的資料與想法寫成短文。同樣是得益於朋友的約稿，我的第一本小書《詩界十記》（浙江文藝出版社 1991 年版）之被列入「學術小品」叢書，也算是為這類寫作確定了名目。集中各篇大抵圍繞近代詩歌題材的新變作文章，意在以小觀大，落腳點還在其時社會文化的新舊更替。嗣後，《舊年人物》（中國廣播電視出版社 1997 年版）亦沿襲此路，不過話說的對象已更偏向「人」。

此類寫作最具規劃性的當屬《晚清上海片影》（上海古籍出版社 2009 年版），而其起意仍與報刊研究相關。1884 年由申報館創辦的《點石齋畫報》，在《申報》的文字記述之外，又以圖像的方式摹繪晚清社會百態。在與陳平原合作，編注了一本選圖與配文相互對照的《圖像晚清：點石齋畫報》（百花文藝出版社 2001 年版）之後，運用圖像資料，廣採報章及遊記、筆記、詩文集等各類文字，加以生發演繹，力求還原歷史文化場景，也成為我的新念想。滬上既為近代報業最繁盛之地，而追溯各種新事物與新思想（包括關切於女性生活與觀念者），上海幾乎都是首屈一指的源發地。因此，我這些介於論文與隨筆之間的文字，儘管鉤稽的只是旅遊指南、賽馬、馬戲班、跳舞會一類陳年瑣事，卻還是以彰顯上海之為中國早期現代化橋頭堡的意涵為目標。

雖然一路走來，東張西望，也還有很多設想未能實現，但清點以往所得，不難窺見，「晚清」始終是我心中揮之不去的情結。甚至出遊在外，無論國內國外，尋覓晚清人物的行蹤已構成我的旅行安排中不可缺少的節目。我曾經將這種體驗稱為「透過晚清人的眼睛看世界」，為的是以此「恢復麻木的知覺，使世界在我面前重新生動起來」（《返回現場——晚清人物尋蹤》序，江西教育出版社 2002 年版）。也即是說，「晚清」對於我已不只是學術研究的對象，同時也進入了我的生活，成為其中重要的一部分。

於是，總結這些散亂的思緒，我想到了這樣幾個關鍵字：晚清、報刊、性別、文化、轉型，並把它們組合在一起，定為我的書名。

2013 年 1 月 9 日于香港中文大學寓所

國家圖書館出版品預行編目資料

晚清報刊、性別與文化轉型 : 夏曉虹選集 / 夏曉
虹著 , 呂文翠編. -- 初版. -- 臺北
　市 : 人間, 2013. 06
　　面 ; 　公分
　　ISBN 978-986-6777-61-5（平裝）

1. 中國文學　2. 近代文學　3. 晚清史　4. 文學

820.907　　　　　　　　　　　　　101025142

晚清文史叢刊　1

晚清報刊、性別與文化轉型
——夏曉虹選集

著者◎夏曉虹

編者◎呂文翠

出版者　人間出版社

發行人　呂正惠

社長　林怡君

地址　台北市長泰街 59 巷 7 號

電話　02-2337-0566

郵撥帳號　11746473 人間出版社

排版印刷　龍虎電腦排版股份有限公司

電話　02-8221-8866

登記證　局版台業字第三六八五號

初版　2013 年 6 月

定價　新台幣 400 元